S I X
BLOOD BROTHERS

[美]查尔斯·萨瑟 著　　曾雅雯 译

SIX: Blood Brothers by Charles Sasser
Copyright © 2017 by A&E Television Networks, LLC.
Published by arrangement with Skyhorse Publishing through Andrew Nurnberg Associates International Limited.
Simplified Chinese edition copyright © 2018 by Chongqing Publishing & Media Co., Ltd.
All Rights Reserved.
版贸核渝字(2018)第189号

图书在版编目(CIP)数据

热血兄弟/(美)查尔斯·萨瑟著;曾雅雯译. —重庆:重庆出版社,2018.12
书名原文:SIX:Blood Brothers
ISBN 978-7-229-13771-7

Ⅰ.①热… Ⅱ.①查… ②曾… Ⅲ.①长篇小说—美国—现代 Ⅳ.①I712.45

中国版本图书馆CIP数据核字(2018)第278455号

热血兄弟
REXUE XIONGDI
[美]查尔斯·萨瑟 著 曾雅雯 译

责任编辑:陈渝生
责任校对:刘小燕
装帧设计:田 璐

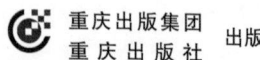
重庆出版集团
重庆出版社 出版

重庆市南岸区南滨路162号1幢 邮政编码:400061 http://www.cqph.com
重庆出版社艺术设计有限公司制版
重庆三达广告印务装璜有限公司印刷
重庆出版集团图书发行有限公司发行
全国新华书店经销

开本:889mm×1194mm 1/32 印张:10.875 字数:312千
2018年12月第1版 2018年12月第1次印刷
ISBN 978-7-229-13771-7
定价:38.00元

如有印装质量问题,请向本集团图书发行公司调换:023-61520678

版权所有 侵权必究

第一章

阿富汗贾拉拉巴德空军基地

绰号"阎王"的海军军士长理查德·塔格特已经记不清这究竟是他第几次飞越这片山崖了——是第十二次,还是第十五次呢？他们一次又一次地经由此地,飞往位于伊拉克、阿富汗、利比亚以及北非等混乱之地的战场。对于美国海豹突击队第六分队而言,前方总有战斗在打响。这支美军反恐精英部队随时都得响应呼召,奔赴如地狱般险恶的战场。

初升的太阳正沿着远方的兴都库什山脉努力向上攀爬,贾拉拉巴德军用机场中的美军前沿作战基地"芬蒂"正沐浴在耀眼的金色晨光之下。酷热的狂风呼啸着穿过拉格曼山谷,居民们挂在屋前做装饰用的旧锡罐被吹得咔嗒作响。这狂风一路肆虐,一直刮向位于喀布尔河与库纳尔河交汇处的贾拉拉巴德郊区,人们在"洗衣日"晾晒的衣服如同风中的经幡一般飘摇不定。曾于数百年前吹打在古丝绸之路骆驼商队身上的风,现今正吹打在身着沙漠迷彩服的军士长身上,还将他身后一座座军用帐篷的门帘吹得上下起伏。

塔格特长着一张棱角分明的脸,面部皮肤被沙漠的烈日晒得干燥而黝黑,一双略微凸出的眼睛里流露出坚毅、无畏的目光。他的身形好似雪貂,瘦长而结实,举手投足间无不散发出硬汉所独有的鲜明特征。此时,他正神色凛然地眺望远方：在通往巴基斯坦的霍斯特-加德兹隘口附近,好几架A-1喷射战斗机和AC-130"幽灵"武装飞机正朝着分散在起伏山峦上的敌军据点发动袭击。一枚枚白磷弹接连爆炸,发出了异常明亮的火光,可这并未使得军士长的面部表情产生丝毫的变化。当人们对彼此怀怒不消,且惹动了上帝的怒气时，他眼前的这种混乱而暴力的场景便会愈加频繁地出现。这对人类来说，确乎是一种莫大的悲哀。

隆隆作响的爆炸声宛若来自远方的阵阵惊雷，或是让人联想起某只正在清嗓子的巨大怪兽。爆炸产生的滚滚浓烟被初升的太阳染成了粉红色，笼罩在目标区域上方，久久未能散去。

干掉他们就是替天行道。

塔格特深吸了一口气，将一只手的掌心放在了腰间一把H&K①.45手枪的枪托上。如今数千名士兵——他们分别来自美国的骑兵巡逻队、陆军第十山地师、陆军特种部队、空军部队、海豹突击队、中央情报局、国际安全援救组织以及阿富汗本地国民军——已将塔利班和基地组织成员赶出了贾拉拉巴德，可是置身于这座机场中的每一个人，无一不携带着武器。众所周知，在阿富汗，你永远都不能掉以轻心。

一个女人的声音夹杂着来自远处的依稀战火声，传入了塔格特的耳中。他听出这是莉娜·格拉夫斯在说话，应该是从离自己最近的一个帐篷里传出来的。莉娜是"大熊"约瑟夫·格拉夫斯的妻子。这对夫妻的感情如胶似漆，为了缓解相思之苦，他们时常在Skype上热聊，或是给彼此写信。

"我告诉鲍勃——你知道他吗，就是那名年轻的牧师？"莉娜的声音通过人类技术史上的奇迹——Skype网络通话软件——被播放了出来，"我告诉他让儿童唱诗班在联谊厅里唱歌。结果，我们在一小时之内就卖出了一百五十个纸杯蛋糕。"

"这算多吗？"格拉夫斯以低沉的声音回应道。

"已经相当多了。以往我们最多只能卖到一百个呢。"

在塔格特看来，这种便利的通讯方式能使队员们与家人保持密切联络，有助于让大伙儿"以战场为家"。他突然转过身去，大步流星地绕过一道顶部装有蛇腹形铁丝网的艾斯科防爆墙，朝着位于其

---

① 德国黑克勒和科赫（H&K）有限责任公司，是德国著名枪械公司。

后的帐篷区走去。他从用作团队室的帐篷旁边经过,来到了作战室帐篷跟前,一把掀起门帘,抬脚走了进去。

塔格特的团队主要负责战术控制方面的事务,被称为"铁血团队"。此时此刻,团队室里的队员们正在享受闲适的休息时间。他们彼此开着无伤大雅的玩笑,说着与人无害的闲话。身为军士长的塔格特是团队领袖,常被戏称为"老爸"。"铁血团队"成立已久,当中的成员们多年来相互扶持、并肩作战,彼此间早已有了胜似亲兄弟的深厚情谊。对于一个你完全信赖的人,你会对他的一切都了如指掌。你知道他内心深处真正的为人,也知道他所有的缺点和陋习,你了解他的妻子和孩子们,还知道他的初恋是谁,他开什么样的车,他的生日是什么时候……

帐篷里有四名"铁血团队"成员——格拉夫斯、人称"佛爷"的里基·奥尔蒂斯、亚历克斯·考尔德和绰号"鱼饵"的阿尔明·卡恩。四人皆三十来岁,看起来都存在着不同程度仪容不整的问题——头发杂乱、胡子拉碴、穿着随意。不过,按照战区所执行的"宽松仪容标准",他们的衣着打扮和个人卫生状况其实都属于可以接受的范畴。他们时常需要与阿富汗国民军并肩战斗,而那些士兵大多是留着大胡子的穆斯林。在战场上,他们可不希望被持有狙击步枪的哈吉[①]认出自己的美国兵身份,从而被其另眼相看。

置身于帐篷里的这四名成员,加上队长塔格特和绰号"公鹿"的新兵蛋子唐纳德·巴克利,便构成了一支完整的"铁血团队"。

海军特种作战部队是一支小而精锐的部队,其成员包括近二千五百名现役舵手及大约六百名特种作战人员。这支部队的主要任务是:秘密地将海豹突击队员送往他们即将执行任务的危险禁入区,并在其完成任务之后将他们安全地接走。这支部队由八支海豹突击队构成——不过海豹六队并不包括在其中,且根据其辖下海豹突

[①] 伊斯兰教称谓,意为"朝觐者"。专用以尊称前往伊斯兰教圣地麦加朝觐,并按教法规定履行了朝觐功课的穆斯林男女。

击队编号的奇偶数被分为了两大作战群:编号为奇数的海豹突击队驻扎在加利福尼亚州科罗纳多的西海岸,编号为偶数的海豹突击队则以弗吉尼亚州小克里克的东海岸为基地。

每支海豹突击队由一名海军指挥官统领,其中包括一个指挥部和八支由十六人构成的排。每个排又由八人小分队或四人火力小组构成。

海豹六队——其正式称谓是"海军特种作战研究组"——是独立于海豹部队的存在,由美军联合特种作战司令部管辖。其主要任务是搜集情报,进行各种反恐怖主义行动。海豹六队的队员们在军中被称为"力量倍增器"。据说六名海豹六队的队员所能带给敌人的"烈火与硫磺"[1]远比一整支传统军队更甚。

塔格特是"铁血团队"的决策指挥者,"大熊"格拉夫斯在团队中充当二把手的角色,是塔格特的得力干将。格拉夫斯身高一米八八,遇事冷静沉着,做起工作来干练而有效率。在他执行任务的时候,总能让人联想起一条反应敏捷的响尾蛇。

帐篷里的格拉夫斯没穿上衣,一双脚也赤裸着。他坐在一把帆布折叠椅上,面对着电脑,一面借着Skype与莉娜聊天,一面拆卸和擦洗自己手中的H&K MP4型卡宾枪。电脑屏幕中的莉娜正凝神注视着丈夫,她被"铁血团队"中最年轻的成员——西班牙裔美国人奥尔蒂斯称为"漂亮的金发女人"。没错,留着一头柔软金发的莉娜看上去颇有些浪漫剧女主角的韵味。

"这周亚当斯牧师布道的主题是什么?"格拉夫斯问莉娜。

莉娜停顿了片刻,用目光扫视格拉夫斯所在的帐篷,打量着与她丈夫亲如手足的弟兄们。

"'人为朋友舍命,'"她引用了一句《圣经》里的经文,

---

[1] 大卫在《圣经·诗篇》第十一章六节讲到了上帝将如何对恶人施行报应:"他要向恶人密布网罗,有烈火、硫磺、热风作他们杯中的份。"后来人们常用"烈火与硫磺"比喻恶人所遭受的严厉惩罚。

"'人的爱心没有比这个大的。'"

"大熊"抬眼思索了片刻,"是《圣经·约翰福音》第十五章第十三节的经文。"

"没错。"

莉娜犹豫了片刻,嘴角随即浮现出一丝略显神秘的微笑,仿佛正打算吐露一个秘密似的。她的一双蓝眼睛似乎正因着内心的激动而闪耀着动人的光彩。她站起身来,透过屏幕能够清楚地看到她身上的牛仔裤和休闲衬衫,以及她身后客厅里的家具陈设。格拉夫斯夫妇的家位于弗吉尼亚海滩,客厅里的情形与"大熊"眼下所处的闷热、简陋的环境形成了极其鲜明的对比。

"约瑟夫,还记得我们为将来的宝宝准备的那些名字吗?"

格拉夫斯漫不经心地点了点头,转而将注意力集中于手中的步枪上。他以极其娴熟的动作将步枪重新装好,然后滑开枪栓,用一只大拇指检查了一下膛内是否有多余的机油,紧接着又将枪栓推了回去,最后松开了扳机。当他完成了手上的一系列动作,再度抬起头来时,发现面前的屏幕竟然被莉娜举在手里的一张超声波扫描图给占满了。

"嘿!"她激动地喊道,"约瑟夫,来见见萨拉吧。"

惊讶无比的格拉夫斯一时间竟没回过神来。过了好几秒之后,他似乎才弄明白妻子究竟在说什么。他凝神紧盯着还处于胚胎初期的"萨拉",这是他的女儿!想到这儿,他那黝黑的脸上缓缓绽放出灿烂的笑容。他迅速站起身来,兴奋地晃动着手中的步枪。莉娜已经怀上了他们的第一个孩子,这可是他俩多年来的一桩夙愿啊!

"嘿,大家听好了!莉娜怀了一个女孩儿,我们就要有自己的女儿啦!"

亚历克斯·考尔德窝在破旧的沙发椅上,紧盯着面前一台硕大的平板电视,兴致勃勃地摆弄着手中的微软 X-Box 游戏机。阿尔明·卡恩——来自新英格兰的阿富汗裔美国人——站在考尔德身旁,饶有兴致地看着后者打游戏。两人一听到声音，立刻转过头来，望向"大熊"面前的电脑屏幕。

"真为你感到高兴，'大熊'。"考尔德慢吞吞地说。他是个反应敏捷、富有讽刺幽默感的人。他继续说道："如果可以选择的话，我会不要孩子的。"

"你不是认真的吧。"绰号"佛爷"的奥尔蒂斯佯作责备道，"你要知道，孩子可是我们生命中最重要的东西。"

"噢，是吗？"考尔德反驳道，"我可不这么认为。"但他说这话时顽皮地眨了眨眼，仿佛在表明这不过是自己的一派胡言罢了。

奥尔蒂斯长得又高又瘦，头发乌黑。他那高挺的鼻梁和略显忧郁的神情，令他看起来像极了詹姆斯·迪恩在"特纳经典电影频道"播出的那些老电影中所扮演的角色。他的外貌特征跟所谓的"佛爷"并无相似之处，不过他倒是具备只有"佛爷"才有的耐心。此刻他盘腿坐在帐篷里的胶合地板上，冲泡着一种名为"玛黛"的巴拉圭茶。这种茶的冲泡步骤比较复杂，而且很花时间，其间还得用到一个由葫芦制成的沏茶容器和研磨棒。奥尔蒂斯的床铺边贴了好几张他妻子杰姬和两个孩子的照片，他们分别叫安娜贝尔和小里基。

"大熊"用右手的指尖轻触了一下屏幕上莉娜的脸，而在大半个地球之外的莉娜也抬起手来做了跟他一样的动作。

"我得走了，我……"流淌在他内心深处的喜悦和爱意令他有些哽咽。

在他关掉电脑屏幕之前，莉娜再一次举起手中的超声波扫描图同他道别。

"等等，'大熊'。"考尔德故意一本正经地问道，"你来这里有多久了？你确定那孩子是你的？"

兴奋得无法自已的格拉夫斯没去理睬他，只是兀自说了一句："我们要给她起名叫萨拉。"

"这个名字是取自《圣经》中亚伯拉罕的老婆吗?"

"大熊"朝他翻了个白眼,"又来了……"

"你要知道,亚伯拉罕可是个花花公子,伙计。他总共娶了五个妻子呢。还有,我有个名叫亚伯拉罕的朋友,也是个多情种。"

"再这么说下去的话,你就得下地狱了。你知道吗?"

考尔德耸了耸肩,咧嘴笑道:"这只是一种唯心的说法,对吧?因为我们脚下这个旋转不息的地球内部不过只有滚烫的岩浆而已。还有,看看这里的情形吧,我真的很难想象你们的上帝还能盘算出什么更糟的事情来。"

"大熊"继续盯着漆黑的电脑屏幕,依旧因刚刚得知的那个消息而满心喜悦。"上帝赐给我们妻子和孩子,"他说,"这对我来说已经足够了。"

他难以置信地摇了摇头,情不自禁地念叨着那个甜美的名字,"萨拉。萨拉。我的女儿!"

"萨拉是个好名字。""佛爷"赞同道,"在西班牙语里,念作'萨丽塔',听起来也挺不错的。你会爱上当父亲的感觉的,'大熊'。父亲这个角色会让你的心稳定下来,也会令你更有力量去面对生命中的一切风暴。"

考尔德还不打算放弃戏弄他们,"这话出自一个花了两天时间将干草做成茶叶的家伙……"

"这可不是普通的茶叶,笨蛋。这叫玛黛,它富含二十四种维生素和矿物质,十五种氨基酸,还有大量的抗氧化物。"

"没错。它就是墨西哥佬的'红牛'。"

"是南美人的'红牛'。你净瞎说。"

考尔德的注意力转回到他的 X-Box 游戏机上,却仍若有所思地戏谑道:"我在科罗纳多倒是认识一个叫萨拉的女人,她是我所见过最棒的钢管舞娘。"

奥尔蒂斯和"鱼饵"同时瞪了他一眼,他们的神情似是在说:

"你到底怎么了?"

"怎么了?"考尔德作出一脸无辜状。

帐篷的门帘突然被掀开,"公鹿"巴克利走了进来。一头黑色卷发和唇边略显玩世不恭的笑意,令他看起来与《迈阿密风云》里那个时髦的卧底警探颇为相像。

"'阎王'想见我们,"他宣告道,"他让我们现在就去作战室。"

一听这话,众人立即结束了彼此间的打趣说笑。"大熊"将他的步枪背在背上,"佛爷"浇灭了煮巴拉圭茶的火苗,"鱼饵"开始四下寻找自己的武器,而考尔德则一脸平静地耸了耸肩。"公鹿"转过身去,所有人都跟在他身后走出了帐篷。此行只可能意味着一件事,那就是重归战场。

第二章
阿富汗贾拉拉巴德空军基地

贾拉拉巴德机场驻扎着各种军事部队。机场中有各色木制营房及一些主要由泥土或水泥筑成的现代化建筑,之间还点缀着许多"帐篷城",它们被临时起上了诸如"毒蛇镇"或"沙漠之城"之类的名字。海豹突击队所执行的任务大多具有保密性质,所以他们驻扎在了机场的一个小角落里。在"9·11"事件发生之后不久,乔治·沃克·布什总统便派遣特种部队到这儿来搜寻奥萨马·本·拉登及其基地组织成员的踪迹。民用航空运输公司从那时起就完全撤离了这座机场。

团队室离作战室的帐篷只有几步之遥,一行人匆匆赶往作战室的途中,"大熊"格拉夫斯却在两座帐篷之间停下了脚步。沐浴在清晨柔和的太阳光下,他不由得想到了莉娜和关于萨拉的喜讯。他没法不去想这件事——一个女儿,他就要有自己的女儿了。

他抬眼眺望着距机场大约五公里远的那座城市。它在某些方面显得非常现代化,但从另一个角度看则又充满了古老的气息。它跟这个国家的其他地方一样,也是主要由棕褐色和灰色这两种色调构成。他吸入一口热烫的空气,从中嗅到了砂石和柏油碎石路面的独特气味,其间还混杂着由风挟裹而来的山间的气息,以及由远处谷仓散发出的阵阵芬芳。先前在山间执行任务的机群已没了影踪,只留下一团满是油气的云,在地平线附近氤氲不散。在阿富汗漫长而残酷的历史当中,这国家曾无数次地被侵犯、占领、摧毁和重建,究其原因,大概跟它所处的独特地理位置——"亚洲的十字路口"——不无关系。阿富汗是这个世界上最不发达且完全被陆地所包围的国家之一，它的东部及南部毗邻巴基斯坦，西界伊朗，北边是三个前苏联加盟共和国，东北部凸出的狭长地带与中国接壤。

苏联于1979年对阿富汗发动的入侵是该国最近一次受到的侵略，后来苏联深陷泥潭，内外交困，最终不得不狼狈退出。在"9·11"事件之后，美国派兵前往阿富汗搜捕基地组织的恐怖分子，并支持北方联盟的"圣战者"在其内战中对抗塔利班。

数百年来，阿富汗人的基本生活方式几乎一直没有什么改变。"大熊"在自己的家乡未曾见过多少真正意义上的穷人，至少没见过像此地的阿富汗人一样光景的穷人。在这里随处可见身着棉质阔腿裤的黝黑小孩，以及穿着脏旧长袍的成年男女，男人们戴着穆斯林头巾，女人们围着短披肩。他们当中的大多数人都因被迫接受充斥着战争和士兵的生活而面露愠怒愤恨之色。

穆斯林教徒们通常会在"礼拜日"换一身服装，并穿上皮鞋或凉鞋，而他们在整个夏天其余的日子里几乎都是赤着脚的。在各家各户的泥巴小屋后面，通常会有一块由树枝或棍棒围起来的空地，里面大多养着瘦成皮包骨头的骡子或骆驼，内中还混杂着一些绵羊或山羊。略微富裕一点的人家，可能还会养一些奶牛。通常，四到五个家庭会合伙购买一辆破旧的丰田皮卡，以供日常出行、运输之用，或是在农场里派上些用场。

值得注意的是，这里的人们几乎都没有什么财产，但却差不多人手一部手机。他们一般会把手机塞在自己的长袍下面，或是阔腿裤的裤兜里。对塔利班士兵而言，手机是他们最基本的军备。他们需要借助手机来追踪美军的行动。

"大熊"琢磨着自己实在是太幸运了，因为他的萨拉将出生在美国，而不是眼前这个鬼地方。在这里，由于医疗设施极度匮乏，大量的婴儿在满一周岁之前就会因病夭亡，其余的幸存者也大多只能在一贫如洗、充满战乱的环境中长大。

他突然听到了考尔德的喊声："'大熊'！快进来！"

"铁血团队"的成员们全都聚集在了作战室的帐篷里。几台大屏幕电视、一些白色简报板、几个用来安置地图的三角支架、一块展示着主要敌人头目（也称"高价值目标"）照片的软木板以及四名正在电脑前专心敲打着键盘的海军技术支持员，把这里挤得满满当当的。塔格特正双腿分开站在一张野战桌后面，他的团队成员们也来到桌边各自找了把帆布椅坐下，等着"老爸"发布作战指示。

队长花了几分钟的时间让大伙儿浏览了一下桌上的照片。这些照片都被放大了，每一张都记录了塔利班和基地组织所犯下的暴行——简易爆炸装置在自由市场被引爆，无辜受害者的尸体被炸得四分五裂；一家人在他们的小土屋里被人斩首，原因是身为家主的父亲被怀疑是告密者；一名村民被人倒挂在树上，他的喉咙被割开了，鲜血从伤口喷涌而出，染红了地面……

残忍的杀戮并不能让恐怖分子们满足，他们还将自己的暴行进行大肆宣扬。他们拍下施暴现场的血腥画面，并把照片广为散发，以儆效尤。

军士长瘦削的脸上表情严肃，紧抿着嘴唇，胸中的义愤令他的整个身体都紧绷着。片刻之后，塔格特举起了一张彩色照片，上面呈现的是一群孩子在校园里惨遭杀戮的画面，几只秃鹫栖息于泥土筑成的小校舍屋顶上，正伸长脖子等着享用一顿饕餮大餐。

"看看这个，"他恼怒地说，"发生在该省的每一次恐怖活动，都是那混蛋穆塔基在幕后操纵的。"

他换了一张照片拿在手里，那是一个肤色较深、神情冷酷的男人的脸，看上去四十出头的样子。不用军士长再多说什么，众人皆认得照片上的人正是哈基姆·穆塔基。在过去的五年里，海豹突击队一直在搜寻他的踪迹。

三年前，瓦尔达克省境内有十名海豹六队的队员因穆塔基而丧命。塔格特在参加海豹突击队的"基本水中爆破训练"[①]时就结识了他们当中的一些人,同时他们也与这间作战室里的每一个人都情同手足。

事发当时,几架奇努克直升机载着海豹突击队员们前往一所房子,准备对一群聚集在屋里的叛军首领们发动突袭,这帮人都听穆塔基指挥。没想到村子里有人提前获悉了海豹突击队的突袭计划,并向穆塔基等人告密。结果,突袭队员们落入了圈套,中了敌人"L"形埋伏,全数牺牲,这成为海豹六队历史上损失最为惨重的一次事件。

首要目标穆塔基当晚从现场逃走了。三天之后,美军对其藏身的建筑发动空袭,可他竟再次脱逃成功。情报机构开始怀疑美军内部有人向他通风报信。

塔格特怒视着这名恐怖分子的照片。"我们刚刚获取到一条来自库纳尔省的信号情报,"他透露道,"穆塔基身边有很多平民百姓——所以我们不能用无人机进行空袭。作战方案正在拟定中。指挥官想让我们去探探情况。"

他以冷峻的目光扫过整个团队。"就在今晚。"他补充道。

考尔德面露怀疑之色——噢,他似乎对任何事都持怀疑态度,"你知道他曾有多少次在我们眼皮底下溜掉吗?有许多人为他通风报信,可能是农夫,可能是信使,也有可能是'鱼饵'的堂兄弟。"

"他们都是我的堂兄弟,""鱼饵"回敬道,"我们部落向来的行事方式就是这样。"

"大熊"格拉夫斯已经在心里做好了行动准备,"你是怎么想的,'阎王'?"

[①] BUD/S(海豹突击队基本水中爆破训练)是众所周知的最具挑战性的训练项目。在受邀参加这项训练的人当中,差不多有百分之八十会中途退出,而坚持留下来的五分之一则可以获得殊荣,他们的名字将位于全球最受尊重的名单之前列。——节选自汤姆·克兰西为《勇者行动》所作序,重庆出版社,2015年。

"你知道我是怎么想的。"

"好吧。那我们开干吧。"

考尔德仿佛陷入了沉思。不一会儿,他耸了耸肩,举起两只手来,"管它呢。算我一个。"

"佛爷"奥尔蒂斯从一个葫芦制成的容器里喝了一小口玛黛茶。他终于成功做到用军用水壶的内胆来烧水沏茶了——不过真正的行家可不会如此将就而不讲究地饮用玛黛茶。"好的,没问题。"他说,"在今天这样的夜晚出去走走也不错。不过'大熊'刚刚得知了一个消息。'大熊',快告诉他……"

格拉夫斯怀着准爸爸的自豪感站起身来。"我和莉娜,我们就要有自己的孩子了。"他激动地脱口而出。

"阎王"花了好几秒钟的时间来消化这个消息,仿佛在头脑里搜寻着什么,大概是他身陷战场多年来已经失去了的东西吧。最后,他动了动薄薄的双唇,流露出一丝近乎微笑的神情,"太好了,'大熊'。我真为你感到高兴。"

"我们希望你能做孩子的教父。"

塔格特看上去有些不敢相信,"这可真是我的荣幸,'大熊'。可是,上帝啊,你们竟然选了我?我得做些什么?"

"佛爷"显然对此非常在行。他举起手里的葫芦容器朝"阎王"致意,"我来帮你负责跟上帝有关的那部分事务,你只需要带着糖果和礼物出场就行了。"

"大熊"笑了笑,随即掏出手机,"我们来为莉娜拍一张合照吧。"

"新来的,你来拍吧。"奥尔蒂斯向巴克利提议道。就这样,"铁血团队"的全部六名成员以塔格特为中心,挤挤挨挨地站成了一排。他们像大学兄弟会成员一般亲密地臂挽着臂,喜笑颜开,最后由巴克利将手机平举,伸直手臂,拍下了这张自拍合影。

稍后,格拉夫斯就会把这张合照发送给团队里的每一位成员。

除了"阎王"塔格特之外,照片上的每一个人都喜气洋洋,一脸兴奋,可塔格特却一脸严肃地盯着镜头,双唇紧抿,眼睛如同玛瑙一般发出冷峻的光芒。

第三章
阿富汗库纳尔省

库纳尔省,也被称作"敌人的中心",是阿富汗境内最难将塔利班成员作为攻击目标的地区之一。美军或阿富汗国家军队很少冒险进入这一敌对区域,也从未在此地与塔利班展开任何争斗。相比之下,这里的地形对于山羊来说尚且适宜,对人就非常苛刻了。海拔较低的兴都库什山脉简直就是一座由无数大大小小的山峰和狭窄山谷构成的迷宫,而狭谷地两旁那令人望而生畏的峭壁如同一道道强大的天然屏障。几个世纪以来,库纳尔省一直为阿富汗的叛乱组织所用。1979年,苏联入侵阿富汗时,他们从不允许任何一支比装甲步兵连人数更少的部队单独进入此地。

塔利班组织成员身型特别强健,当他们在阿富汗山区作战时,其灵巧敏捷的程度完全不亚于生活在亚利桑那州和新墨西哥州高地沙漠上的阿帕切人。塔利班组织成员只要有一把步枪,一条牧羊人阔腿裤,再加上羊肉和子弹各一口袋,那么他即便置身于狼群当中,也能应付自如。

考尔德对团队能否俘获穆塔基深表怀疑,"他就像是卡通片《道路赛跑者》里面的主角,他的对手丛林狼每次都绞尽脑汁地用各种招数去追他,可他却总能顺利逃脱。"

凌晨一点左右,借着夜色的掩蔽,几架MH-60黑鹰直升机载着十五名海豹突击队员降落在一处临时着陆区。此地位于目标村庄——据一个消息来源称,此时穆塔基就待在这座村庄里——南面的山脊底部。这支海豹突击队小组包括以塔格特为首的六名"铁血团队"成员,以及数名后备支援成员。当他们从直升机上跳下来时，附近的一群小鸟被惊得迅速朝夜空中飞去。

以军事标准来看，这一组前去执行突袭任务的海豹突击队员们须发显得略长，穿着混合搭配的制服，看起来竟有些像维京人。突袭小组沿着山脊上一条若隐若现的羊肠小道悄然上行，随即又穿过了一道两旁都是陡峭岩壁的狭窄山谷。在他们头顶上方的黑色夜空中，唯一能看见的只有一架AC-130"幽灵"武装飞机，为其设置好的无线电呼叫号为"收割者一号"。机上装备有口径40毫米的加农炮、口径一百零五毫米的榴弹炮及电视机，仪表板上还安装有红外与雷达定位传感器。据说，这个拥有尖端技术的传感器不仅能找到地面上的小昆虫，甚至还能辨其雌雄。

海豹突击队执行任务时总是轻装上阵。队员们当中流传着"轻便的才是最好的"或"白天轻装、晚上冻僵"等诸如此类的戏言，大多数队员的小臀包里不过只装着几本杂志、几枚手榴弹、水壶、军用套餐、GPS装置、指南针、手电筒及对讲机而已。他们都穿着凯夫拉防弹衣，各人腰间佩带着一把小手枪，同时还带着一支M4 5.56短管步枪，这让他们在城市环境——包括室内的房间、走廊以及室外环境——执行任务时能够灵活应变。巴克利分配到的武器是一支MK48 7.62机枪，此枪易于操作和拆解，稳定可靠，不失为杀敌利器。

各名队员的头盔上都附有新型夜视镜。他们的步枪上还装配有消音器及热成像瞄准镜。

海豹突击队员们沿着狭窄的山谷来到了比目标村庄海拔略高的山口附近，透过夜视镜，他们看到了一个沐浴在绿光下的安静小村落。一栋栋房屋挨得很近，将一块小广场围在中央。这些房屋都由石头和泥土砌成，与周围的峭壁融为一体。

被认为是穆塔基躲藏地点的目标建筑是一栋两层的简易小楼，有着符合当地特色的屋顶平台和一片由附属小建筑群围起来的庭院。尽管是凌晨，其中一栋附属房屋的一扇窗户里还亮着微光，那大概是一盏用作夜灯的煤油灯。除了这一扇亮着的窗户之外,整个村庄都处于一片漆黑当中,仿佛被切断了电力供应一般。不过,滚动式灯火管制本来也在这一带颇为常见。

塔格特的团队沿着一条步行小道朝村庄所在的方向下坡而行。一路上他们穿过了一片树丛,跨过了一条小溪,并从一片果园旁边经过。后备支援成员们兵分两路,一路驻守在村庄四周,便于在"铁血团队"撤退时对其予以掩护,另一路人马绕到了目标房屋背后较远处,准备好捉拿可能会从屋后逃跑的敌人。

格拉夫斯的心脏在胸腔里"怦怦"狂跳着,此时他的团队已经悄然进入了村庄,并沿着一条小巷前往穆塔基的藏身之所。他们尽可能地紧贴着小巷两旁的建筑前行,好让自己隐藏在建筑物的阴影底下。没有什么事情比潜入敌营——尤其是直接走进敌人睡觉的房间——更令人血脉偾张了。

"铁血团队"的成员们每每谨慎地迈出四五步之后,便会停下脚步四下察看一番。他们将武器扛在肩头。"大熊"紧盯着瞄准镜,警惕地搜寻敌人的任何动静。他的队友们也在做着同他一样的事情,瞄准镜纷纷发出肉眼不可见的红色激光束,在黑暗中快速移动并不时交错。

走完小巷之后,他们又穿过了一片空地,这里停放着一些废弃的车辆,具体而言是一辆锈迹斑斑的海拉克斯皮卡,一辆由千斤顶支住边缘的丰田汽车,以及几辆没有窗玻璃的旅行车,被取下的窗玻璃已经被安在了附近一些建筑的窗户上。前方一条黑暗街道的对面,依稀可以见到目标建筑的外墙。墙上有一扇挂着床单以作门帘的小门,门后面是一个院子。

塔格特用手比画着,示意巴克利留下来,并端着机枪守在门口。其他人待会儿撤退的时候,也会从这扇门出来。"公鹿"点了点头,悄悄溜进报废车辆中间躲了起来。

格拉夫斯领着众人穿过布满灰尘的街道,他的眼睛一直盯着目标建筑的外墙，搜寻着任何微小的动静。待确认暂无危险之后，他一把掀开门上那块用作门帘的床单，窥探着门后院子里的情形。

他手中步枪的红外激光探到了两名熟睡的守卫。这两人置身于一堆由垃圾、工具和汽车旧零件组成的废弃物当中，各自的AK-47步枪静静地躺在各人触手可及的位置。其中一人坐在一块大石头上，双腿弯曲，头靠着膝盖，双臂抱住头。另一人摊开四肢躺在地上，背部斜靠着一块生锈的气缸零件。两人鼾声不断。

好极了。他们肯定是在这儿守卫着什么，这就意味着这屋子值得一探。

"大熊"的激光束落在了第一名守卫低垂的头上，光点正好停在后者的头盖骨中央。他感觉到塔格特伸手压了压自己的肩膀，于是点头以示回应。

再见吧，这帮混蛋。

他接连扣动扳机——其实也就是连续两下，将两名守卫一个接一个地送入了他们的"天堂"，在那里，他们大概会因自己的殉难而得到七十二名处女的服侍。由于子弹命中脑部，他们几乎是悄无声息地断了气。M4卡宾枪经消音处理后的声响经由建筑外墙的阻挡，微弱得几乎听不见了。与此同时，这外墙还阻隔了子弹击中人体后所带来的血腥气味。这黑夜，很快就变得寂静如初。

"大熊"感觉自己好像听见了塔格特未说出口的赞许声：干得好！

这段时日以来，"大熊"留意到队长似乎常常饱受痛苦折磨，而这种痛苦看上去不仅仅是战争带来的。队长的心像是正渐渐被某种东西蚕食。

第四章
阿富汗库纳尔省

躲在围墙外面废弃车堆里的"公鹿"巴克利依稀听到了枪响,"大熊"格拉夫斯干掉两名守卫的枪声虽小,却并不至于彻底被消音器阻断。巴克利认为这枪声意味着是时候轮到他带着机枪穿过街道,进到目标建筑的墙内。这样一来,当他的队友们进到屋子里面去时,他才能给他们提供最好的掩护。他从被床单遮蔽着的入口走了进去,一路上谨慎地透过夜视镜搜寻着周围的动静。他很快就发现了地上的两个死人,不过他的目光迅速转向了房子本身。他既紧张又兴奋,一颗心剧烈地跳动着,但握枪的手和神经功能倒还都相当稳定。

他的五名队友排成一列,正沿着房屋侧面朝前方的一扇门走去。他们始终保持着队形,敏捷前行,整体看上去就像一部协调运转的机器。巴克利看着他们以半蹲的姿势从一扇亮着微弱灯光的窗户边经过,手中的枪握得稳稳当当的,每一个动作都显得连贯而协调。他们在位于弗吉尼亚的海豹突击队基地里已经就这样的战术行动在战斗训练室里演练过上百次了——噢,不,确切地说应该是上千次了。

塔格特试了试房门,发现它是锁着的。于是他迅速给了"佛爷"奥尔蒂斯一个信号。

奥尔蒂斯将一个爆炸装置安在门上,当其被引爆时,会产生巨大的冲击力将门向内炸开。他设置完成之后,走到一旁,同队友们一起将背紧贴在墙上。

伴随着震耳欲聋的爆炸声、猛烈的火光和漫天扬起的粉尘,木门被炸得脱离铰链并裂成了碎块。紧接着，浓烟腾起，突袭的号角就这样被吹响了。他们已经向这整座村庄的人宣告了自己的到来。眼下对他们而言，行动的隐秘性已不再重要，真正要紧的是速度！——赶紧进去，完成任务，然后赶紧撤退。

行动！行动！赶紧行动！ 训练有素的队员们凭着经验和直觉，立即展开了迅猛的行动，不禁让人联想起了一群灵活的芭蕾舞者。

他们先是对首当其冲受到爆炸影响的一楼进行了一番检查，并未发现任何可疑之处。随即塔格特带队，考尔德、奥尔蒂斯及"鱼饵"依次排在队长身后，格拉夫斯负责殿后，他们以这样的队形冲上了通往二楼的楼梯。很快，他们进入到一条又长又黑的走廊里，在他们身后，走廊尽头处是一扇能俯瞰院子的小窗，而另一侧的尽头挂着一块上达天花板、下及地面的帘子。这时帘子突然颤动了一下，背后似有动静。

只听得有人用普什图语喊了一句什么，紧接着，一名手持AK-47步枪的士兵飞快地从帘子后面跳了出来。然而塔格特速度更快，连开两枪，那士兵还来不及使用手中的武器，瞬间被结果了性命。他的身体颓然倒地，在倒下的过程中还撞翻了一把放着空水桶的椅子。水桶坠落地面，"哐当哐当"响着滚入了走廊。

离团队最近的一间卧室门是打开着的。塔格特、考尔德和格拉夫斯守在门口，奥尔蒂斯和"鱼饵"则迅速对其余两个房间展开了搜索。一个房间是储藏室，另一个是卧室，看上去似乎不久前曾有人在里面睡过觉，可现在却空无一人。

现在就只剩下开着门的大卧室了。塔格特首先走了进去，他透过夜视镜看到了三张床和一个橱柜。再一看，其中一张床上躺了几具血淋淋的尸体。他辨认出死者是两个小孩和一名成年男子，三人应该是刚被人残忍杀害致死的。

格拉夫斯突然高声喊道："住手，混蛋！"

房间另一头的角落里，站着一名如同困兽的士兵，只见他用一只手臂紧搂着一名身着白色睡袍的年轻女子,随即又将这名女子拖到自己跟前,让她像盾牌一样挡住了他的身体。他的另一只手握着一把刀,刀尖紧贴着女子的喉咙。队员们透过夜视镜也能清楚看出,他那双瞪得大大的眼睛里盛满了恐惧。

队员们娴熟地分散开来,避开彼此的火力范围。与此同时,他们都专注地留意着正在房间角落里快速发展的戏剧性事件。它并没有持续太久。信奉伊斯兰教的恐怖分子持守着这样一条残酷的殉教准则:如果你活不了了,就得尽己所能地拉着你身边的人一起殉难。

顷刻间,刀光一闪,被逼入角落的恐怖分子迅速割断了女人质的颈部静脉,几乎将其斩首。暗红色的血液顿时从女子的颈侧喷涌而出。他松开手臂,任由女子的尸体软绵绵地倒在地上。对他而言,一名死去的人质没有任何意义。

海豹突击队员们不约而同地扣动扳机,几束枪火汇集成圆锥形,齐齐射向墙角那个丧心病狂的恐怖分子。子弹击中皮肉和骨骼时所发出的声响在房间里回荡,竟远大于消音武器射击时的枪声。凶手立马毙命,倒在了遇害人质身旁的地面上,再无任何动静。房间里混杂着浓烈的火药味和血腥味。

考尔德拉出挂在自己脖子上的一张压膜照片,弯下腰将手中的照片和死去凶手的脸进行比对。

"这不是穆塔基。"他告诉大家。

格拉夫斯站在躺卧着一大两小三具尸体的那张床旁边,低头注视着两个被残杀的小孩。小女孩年约三岁,小男孩大概四到五岁,他们都被割破了喉咙。刚刚死在角落里的那名女子,可能就是他俩的母亲。很好判断,四名受害者是原本住在这屋子里的一家人。

"伙计们,来看看这个。"格拉夫斯低沉而忧郁地说道。

大量的鲜血浸透了床上的草垫子,滴落到床下的地面上。当格拉夫斯将盖在父亲及其两名年幼子女身上的毯子掀开来时,他不由自主地再度想到了萨拉。闻声而来的其余队员们都没有说话,默默地注视着他的举动。

他们曾见过类似于此的场面。鉴于他们在这所屋子内外总共发现并击毙了四名圣战分子,这足以证明穆塔基的确有可能曾和他的一些手下在这儿待过。当他们发现自己行踪败露,便在狂怒之下展开了报复之举。这些恐怖分子显然认为他们是被住在这儿的一家人给出卖了,于是将其残忍杀害,顺道也让人们知道告密者的下场。

这一次穆塔基又逃掉了。

无辜的一家人惨遭杀身之祸,"阎王"气得浑身发颤。他涨红了脸,双手握紧了手中的枪,"这该死的野蛮人。"

他转过身,背好步枪,大步朝房间角落走去。当他来到那名死去的圣战分子身边时,猛地抽出了对方手里的刀子。他跨坐在死者身上,向前弯下身子,背对着其余队员们。格拉夫斯并不清楚"阎王"想做什么。

"'阎王'?"

考尔德第一个猜到了"阎王"的举动,只听他喝道:"'阎王'!"

紧接着奥尔蒂斯也明白了过来,"噢,伙计。嘿,别这样……"

考尔德走向这位朋友兼队长,并朝对方伸出一只手去。可惜太迟了,只听得整个房间都充斥着头皮从头盖骨剥离的声音。

第五章
阿富汗库纳尔省

塔格特站起身来,低头怒瞪着杀害女人质后被击毙的塔利班成员。他的一只手里握着刚从这名恐怖分子头上剥下来的头皮,另一只手紧握着刀子。

最先从极度震惊中恢复过来的是考尔德。他将一只手放在塔格特的肩膀上,"天哪!快振作起来,伙计。"

没有任何征兆,一道假墙轰然倒塌。这是一道不承重的填充墙,极其不易令人察觉,所以先前队员们扫视卧室时彻底忽略了它。一名士兵从坍塌的墙后钻了出来,以极快的速度穿过房间,然后以迅雷不及掩耳之势从二楼的窗户跳了下去,瞬间就消失在了夜色之中。

"有人逃跑了!"奥尔蒂斯大喊。

"那一定是穆塔基!"塔格特扔掉了手中那张血淋淋的头皮,拿起了对讲机,"'收割者二号',这里是D组。我们这里有人逃跑,此人很可能就是我们要找的'高价值目标'。"

支援小组的组长立即做出了回应,"D组请听好,'收割者二号'已收到。请稍等……"

"铁血团队"静静地等待了一分钟。

"D组请听好,'收割者'正在进行密切监视。'收割者一号'已发现目标,逃跑者正向西北方向移动。"

塔格特赶紧朝走廊走去,"我们走。"

这时整个村庄的房子里都亮起了灯。看来此地并未实施灯火管制,不过是俭朴的住户们想在深夜节省电力而已。"铁血团队"刚刚捅醒了一窝熟睡的马蜂——而穆塔基却依然逍遥法外。

在"铁血团队"扫荡完目标区域并在村庄里循着逃跑者——很可能是"高价值目标"——进行追击的时候,巴克利也带着他的机枪回到了队伍当中。海豹突击队员们以"低预备"姿势迅速而谨慎地前行着,他们将步枪稳稳地扛在肩头,食指靠近却未碰触扳机,大拇指准备好随时可以开启安全开关。他们浑身的肌肉都绷得紧紧的,一面四下察看,一面沿着一栋栋房屋外面的水泥砖墙飞快行进。

突然间,前方的几座房子中间有人用扬声器喊了一句普什图语,随后队员们近旁响起了敌人的阵阵枪火声。队员们以"射击、疾走、交流"并用的方式有条不紊地分散开来,择机全面控制整个战场。AK步枪瞄准镜发出的绿色光束在夜幕中不断扫过,搜寻着目标。与此同时,黑暗中也有红色光束在穿梭移动着。红色来自好人,绿色则来自他们的敌人。

一枚火箭助推榴弹在队员们附近爆炸了,威力大得仿佛整个宇宙都行将被摧毁。队员们原本正借着近旁可用的掩蔽物向前行进,刹那间被暴露在了强烈的白光之下。他们继续透过夜视镜,循着手中枪支瞄准镜所发出的红色激光束,在黑暗中搜寻着目标。

塔利班士兵们似乎已经占领了整座村庄,眼下他们正全力发动攻击。他们无处不在,如同一群焦躁不安的蚂蚁。

考尔德透过夜视镜发现了几名敌对目标,于是他在一堆柴薪后面迅速弯下身子,不紧不慢地扣动扳机,一一歼灭了这群敌人。

"大熊"格拉夫斯站在一堵水泥墙边,四下环顾,发现一名哈吉正飞奔着穿过他前方的街道,一边跑还一边开枪射击。格拉夫斯用红色激光束瞄准对方,随即扣动扳机,敌人瞬间趴倒在了脏兮兮的狭窄街道上,脸部贴地,宛若在得克萨斯州被射杀的野兔一般。

道路正前方,远远地传来了一辆卡车发动机的轰鸣声。卡车渐行渐近,突然刹车停下,破旧的刹车片发出了尖锐刺耳的声响。这辆小型丰田卡车还没停稳,一名机枪手就在卡车的后厢开火了,他手中的德什卡高射机枪以低沉而有节奏的声响不断喷射出长达五厘米的子弹。一串子弹正好击在了格拉夫斯身边的水泥墙上，炸出的砂石碎块将他的脸颊弹得生疼。他弯下腰，将自己更好地隐蔽起来，随即找准机会开始还击。

不远处的巴克利扛着他的重机枪与格拉夫斯协同作战。可惜那辆卡车是停在树丛中的，而且一部分车身正好被一堵复合墙给挡住了，想要击中车上的机枪手实在有些困难。卡车上的高射机枪继续喷射着杀伤力极大的弹药，冒火的枪口如同火焰喷射器一般。

得尽快干掉这个王八蛋才行——否则我们所有人都得葬身于此。

格拉夫斯拿起对讲机，呼叫考尔德和"佛爷"奥尔蒂斯与他一同前去对付卡车上的机枪手。格拉夫斯和奥尔蒂斯兵分两路上前，格拉夫斯一路紧依着身边的墙，奥尔蒂斯紧贴着房屋边缘而行，他俩试图从侧面包抄那辆卡车。考尔德在两名队友的掩护下，从正面迎敌而上。

"让'公鹿'暂时停火。"他说。

奥尔蒂斯通过头戴式无线电通信设备将该条指令传达给了"公鹿"，后者的机枪顿时没了声响。考尔德和两名队友静悄悄地前行，渐渐靠近那辆隐匿在一条窄路对面树丛中的卡车。当这辆丰田皮卡车上的高射机枪继续开火时，车身也随之剧烈地上下震颤着。子弹越过格拉夫斯的"三人组"成员，沿街朝塔格特和"公鹿"的方向射去。高射机枪的枪管喷着火，在黑暗中闪耀着炫目的红光。

考尔德用手肘推了推"大熊"，给出了一个信号。"大熊"还来不及加以阻止，这名最缺乏耐心的团队成员已经迅速抵达街对面，从卡车背后朝它冲去。车上的机枪手们发现了考尔德，迅速转动机枪想瞄准他，可惜已经太迟了。考尔德握着手中的M4卡宾枪朝他们开火，两名机枪手瞬间丧失了战斗力。其中一人四仰八叉地躺在丰田车旁边，濒临垂死的边缘；另一人已经丧命，身体悬垂在后厢的挡板上，体内的鲜血正往地面滴流。考尔德停下脚步，大口喘着粗气。不一会儿，那名受伤的机枪手猛地挣扎几下之后，也断了气。

格拉夫斯朝考尔德跑来，奥尔蒂斯和塔格特也紧随其后跑了过来。

"你还好吧，考尔德？""大熊"惊叹道。

考尔德勉强挤出了一个虚弱的笑容。

"我要炸了它。""佛爷"警告道，同时指了指卡车上的高射机枪。说话间，他已经取出了一个热压手榴弹。

格拉夫斯和考尔德一路小跑着暂且离开，奥尔蒂斯和塔格特留下来和"佛爷"待在一块儿。整个村庄的战斗喧闹声一下子减弱了。这场战斗完全符合塔利班组织的典型作风——迅速发起猛攻，转瞬便逃之夭夭。

队员们的对讲机里传来了一个女人的声音，她正在播报盘旋在战场上方的AC-130"幽灵"武装飞机捕捉到的情况："D组请注意，'收割者一号'发现一百五十米外有两名逃跑者，他们正往西北门方向逃窜。"

"'收割者一号'，D组已收到。"格拉夫斯确认道，"请求火力牵制。"

一束仅透过夜视镜方能看见的红外光从漆黑的天空中投射而下，一道绿色的锥形光柱追踪到了两名正穿过村庄鬼祟潜逃的敌方士兵。两人前方有一道简陋的村庄大门，门外是一片山区。

"热压弹准备！"塔格特话音刚落，奥尔蒂斯的手榴弹就被引爆了，突然腾起的一团大火烧掉了那辆丰田皮卡、车上的高射机枪以及两具敌人的尸体。

爆炸的余音仍在村庄回荡，这时考尔德和格拉夫斯瞥见两道在红外光照射之下的人影正穿过前方的街道，往村庄大门的方向逃去。与此同时，伴随着一声震耳欲聋的巨响，"收割者一号"上配备的四十毫米口径加农炮开火了。炮弹炸毁了村庄的大门，爆炸时产生的强光将眼前的一切都照得透亮。格拉夫斯看到两名逃跑者迅速钻进停在路旁的废旧汽车堆里躲藏了起来。

"逃跑者目前还没有任何动静。"不带任何感情色彩的女声在海豹突击队员们耳边如是播报着。

敌方枪火渐渐止息,塔格特与其余队员纷纷赶到了格拉夫斯和考尔德身边。整个团队呈扇形分散开来,一面朝村庄大门行进,一面搜寻着两名隐匿在附近的逃跑者。穆塔基很可能就是那两人当中的一个。

考尔德透过夜视镜发现了一名蹲伏在右侧墙角边的塔利班士兵,后者正用手中的枪瞄准了离他最近的海豹突击队员格拉夫斯。考尔德略微转过身子,一枪击毙了这名哈吉。

格拉夫斯朝着考尔德点头致谢。

两人继续前进,并四下搜寻着。格拉夫斯发现停在路边的一辆车子背后出现了一些动静。

"我找到他了。"他朝着对讲机说。

"他有武器吗?"考尔德回应道。

"是的。他手里拿着东西。"

"大熊"用步枪的红外激光束瞄准了车后的敌人,随即扣动扳机。此时他满脑子都想着他的妻子和他们那尚未出生的女儿萨拉。伴随着"砰"的一声闷响,"大熊"手中装有消音器的步枪吐出的子弹正中目标。敌人发出一声痛苦的尖叫,身体不受控制地倒在了地上。

又一名穿着传统式样的牧羊人阔腿裤和长衬衫的士兵出现了,他连忙跑去帮助中枪的同伴,后者正在泥地上蠕动着身体,并用双手使劲捂住大腿,嘴里发出极其痛苦的哀号。这时,要不是受伤的士兵口中喊出了一连串英语,那名冲上前去援助他的同伙很可能已经被击毙了。

"别打啦!别打啦!我是美国人。"

妈的,这是怎么回事!

受伤士兵挣扎着跪在地上,年轻的他将两只空着的手高高举起,他的同伴见状便待在原地一动不动。很明显,这名伤者迫切而慌乱地表达着他的诚意。

"兄弟,我来自密歇根州,该死的密歇根州。你们是从哪儿来的?我知道我应该支持底特律活塞队的,可我却是湖人队的球迷。我……我喜欢科比·布莱恩特。我知道很多人都不喜欢他,可我却喜欢。俗话说'走自己的路,让别人说去吧',对吧?"

此人看上去不过只有二十岁左右。就在他滔滔不绝地说个不停时,考尔德和格拉夫斯将他和他的同伙翻了个遍,搜寻着他们身上可能存在的武器。格拉夫斯猛地推了一把没受伤的敌人,让其双膝着地,跪在负伤的同伴身边,然后命令两人都抬起手来抱住各自的头。伤者的裤腿被鲜血浸透了,泪水顺着他的脸颊往下流。考尔德掏出穆塔基的照片,与这两名俘虏的脸一一进行比对。

"他不是。他也不是。"

未受伤的俘虏到现在仍是一言不发,考尔德指着他,向喋喋不休的伤者发问:"他是谁?他是活塞队的球迷吗?"

"他?他不过是个裹着穆斯林头巾的司机而已。他连英语都不会讲。"

"穆塔基在哪儿?"格拉夫斯厉声问道,语调充满威胁意味。

"我不知道,老兄。他们什么都没跟我说。他本来应该在这里的。或许他听到你们要来的风声了。"

"是你杀了那些孩子吗?"

"不是的,天哪,真的不是我。是阿卜杜勒干的,出于一些私人恩怨吧。你们应该知道这些哈吉的嘴脸。嘿,我的腿伤得很厉害,有人能为我做些医疗护理吗?"

身体的疼痛和内心的恐惧令这年轻人不禁哭出声来。

"那你为什么要跑?"考尔德问他。

"我太害怕了。你们在这里的阵仗那么大。"

他就是刚才推倒屋内的假墙并跳窗而逃的那个人吗？

"你们看到他做了什么？哥们，我只想回家去。可以放过我吗？求你们了！"

他眼里充满恐惧，或许他认为自己即将成为下一个被剥掉头皮的人。

他飞快地转动眼睛，四下搜寻着什么。当他看到其余队员赶来时，不由得瞪大了双眼。"不！等等……"他绝望地尖声喊道。

装有消音器的M4卡宾枪连发两弹，正在哭泣的年轻士兵额头中枪，鲜血喷溅在了格拉夫斯脸上。年轻士兵的头猛地向后一扬，身体却向前扑倒在地。塔格特转而又将手中卡宾枪的枪口对准了另一名士兵的额头，后者毫不畏缩地怒视着塔格特，脸上写满了仇恨。

考尔德赶紧上前，挡在了两人之间。"你干什么？"他质问道。

塔格特平静地将夜视镜推到头盔上方。村庄大门附近"噼啪"燃烧着的火堆将他的脸映照得无比清晰。

"他是个威胁。"

暂时幸存下来的俘虏继续怒瞪着塔格特，似是要将对方消瘦脸庞上的所有特征都一一记在心里。

"他已经投降了，'阎王'。"考尔德反驳道，"而且他是美国人。"

"不，他不是美国人。"

"佛爷"奥尔蒂斯介入僵局进行调停，"我们把剩下的这个俘虏交给当局来处置吧。"

"交与不交都不会有任何差别，"塔格特咆哮着说，"用不了两周他就会被释放出来的。"

考尔德继续坚持自己的立场。"阎王"一定有哪里不对劲，相当不对劲。

"这实在是太蠢了。"塔格特气冲冲地嘟囔着，随即转身从那具刚断气的尸体旁边漠然地走开了。

考尔德还不想就这么算了，"'大熊'，你也看到了。你……"

"'阎王'是对的,""大熊"反驳道,"他的确是个威胁。"

这就是"铁血团队"处理不同意见的方式,他们在行动后的小结报告中也会再次重申这样的方式。他们不会对任何一位弟兄的想法弃之不顾,会尽力照顾每一个人的感受。他们深知自己是一个团队,一个凝聚起来对抗身边野蛮世界的团队。

一切都已尘埃落定,"鱼饵"卡恩取出数码相机,全方位拍摄眼前的场景,以供情报部门使用。事后做记录也是他们的标准作业流程之一。这名活着的俘虏并非穆塔基,但他将来也许会成为穆塔基那样的人物。待"鱼饵"拍完他所需要的照片之后,取出了一个黑色袋子,将其罩在俘虏头上,继而将俘虏的两只手腕捆缚在身后。他拉着俘虏站起身来,押着他与其他队友一起来到了塔格特身边。众人仍带着警觉穿过被炸毁的村庄大门,朝候在山口处等着接走他们的黑鹰直升机群走去。

亚历克斯·考尔德独自留在原地多待了一会儿。在这期间,他一直站在年轻士兵的尸体旁边,若有所思地低头盯着死者的脸。

第六章
弗吉尼亚海滩上的海豹突击队基地

清晨，海浪轻柔地拍打着欧西安纳海军航空站所在的海滩，平静的大西洋海面上冒出了三名泳者的头。这里是弗吉尼亚海滩，也是全美著名的度假胜地，沿海岸线往北走大约五公里，就是游人如织的休闲旅游区了。欧西安纳海军航空站是海军舰队战斗训练中心和海豹突击队第六分队总部所在地，总占地面积为七平方公里，包含沼泽、海滩及沙丘，还有整个东海岸景色最为宜人、长达五公里的海岸线。脑袋冒出海面的三个人都穿着黑色橡胶潜水服，戴着游泳护目镜，正朝着陆地张望，似是即将从生活在水里的幼体蜕变为可来到陆地生活之成体的两栖动物。

被称为"生命之源"的大海，总是对一些人有着独特的吸引力。美国前总统约翰·菲茨杰拉德·肯尼迪执政期间，陆续爆发了猪湾事件及后来的古巴导弹危机；性情倔强的老罗伊·贝姆——曾任海豹突击队第二分队的第一任指挥官，也被全体海豹突击队员们尊为"海豹之父"——时常向人发问："上帝为什么要将古巴这片土地放在大海中间？"

大西洋里的游泳者们如同海豚一般，悄无声息地潜入水中不见了踪影，他们没有在水面上留下任何痕迹。尽管他们下潜时带着水下呼吸器，可海面上却连一点气泡也看不见。过了一会儿，他们的身影又出现在了浅海区。随即他们脱掉了蛙鞋和护目镜，仍穿着湿漉漉的黑色潜水服走在海岸边。他们彼此嬉笑打闹着，看起来就像既长相依存也曾患难与共的手足兄弟。

在亲如兄弟的三人前方，另一群海豹突击队员们也刚刚游完了晨泳，正回头打量着走向海岸的他们。突然，其中一人开玩笑地抓起一把沙子，向后扔来。就这样，两组队员展开了一场投沙大战。"战斗"并没有维持太久，很快便以"侵略者"高声呼号着逃跑而宣告结束。

"大熊"格拉夫斯、"佛爷"奥尔蒂斯及亚历克斯·考尔德拿着他们的蛙鞋和氧气瓶，继续沿着沙滩走向海豹突击队的基地。跟几年前在库纳尔省那晚相比，三人脸上的皱纹更深了一些，真可谓是"岁月不饶人"呢。还记得那天晚上他们的队长"阎王"塔格特……不过团队成员们都不愿谈及那件事。过去的事情就让它过去好了，一切都结束了。

奥尔蒂斯友好地用胳膊肘碰了碰考尔德的肋旁，似乎是在继续先前的谈话，"……在摩苏尔时，我们一起谈论自己认为重要的事情。'大熊'，你谈到了最新型的夜视镜，我提到了用塔巴斯科辣酱来配佐军用套餐的十种方法，而考尔德……"

脑子里的回忆不禁令奥尔蒂斯大笑起来。格拉夫斯以粗哑的嗓音接过话头，"他问'生命的意义是什么？'而你到现在也不知道这个问题的答案。"他转而又说："考尔德，你就是一个地道的嬉皮士。"

"我问那个问题，并不是为了寻求答案。"考尔德为自己辩解。他那一脸顽皮的模样像极了"淘气阿丹"①，要是再在他额前增加一绺翘起的头发就更像了。"看吧，问题就在于你们总是不能跳出思维定势，这就是你们每次钓鱼时都一无所获的原因。你们总是像渔夫那样思考。其实，你们应该想想鱼在思考什么。"

沐浴在初升的红日之下，一组海豹突击队员在潮湿的沙滩上列队慢跑，同时还齐声唱着军歌。

---

① 电影《淘气阿丹》跟《小鬼当家》是同一个套路，但"小鬼"的年龄更小，只有五岁，调皮捣蛋的程度也远远超过考尔金饰演的角色。本片改编自20世纪50年代的漫画及后来的电视剧，小鬼丹尼斯跟邻居威尔逊老头的往来是剧情的主线。该片在1993年及1998年有两部电影版，但每部演员都不同。

"我不知道,但有人告诉我——

爱斯基摩女人的下体很冰冷……"

格拉夫斯轻轻地朝考尔德手臂上击了一拳。"既然你让自己像鱼一样思考,"他说,"那么让我们看看你因此而得到了什么收获。"

"兄弟,我正好就待在我需要待的地方。"

"随你怎么说吧。"

考尔德笑了笑,慢慢跑上一个沙丘,凝望着大海,奥尔蒂斯也做了和他一样的举动。列队跑步的海豹突击队员们从他们身旁经过。海浪拍打着岸边,初升的太阳将平静的海面照得波光粼粼,美丽极了。

"你知道吗,大海和母腹中的羊水有着同样的成分。"考尔德感慨道,"按照进化论的观点,大海孕育了生命,万物因水而生。来到海边,就像回到了孕育我们的子宫一样。"

奥尔蒂斯点了点头。"我会想念这里的。"他若有所指地说。

考尔德瞄了奥尔蒂斯一眼。这话是什么意思?不过他嘴上说:"没错。没人想要主动离开母腹。"

他回过头来看着格拉夫斯,"'大熊',别瞎忙活了,来看看风景吧。"

格拉夫斯刚刚脱掉了潜水服的上衣。他抖掉粘在衣服上的沙粒,走上沙丘,和伙伴们并肩站着。像他们这样的人,正是全球动荡及持续反恐怖主义战争的产物。

中东伊斯兰激进主义的兴起,以及发生于20世纪80年代的伊朗人质危机事件,都对建立美国海军自己的反恐精英部队起到了催化作用。海豹突击队第六分队在美国海军中的地位与陆军中的三角洲特种部队相当。"陆军有三角洲特种部队,"创立了海豹突击队第六分队的海军指挥官迪克·马辛克曾如是说道,"我们则着眼于海上的目标——油轮、游艇,还有诸如海军船坞、航空母舰和核潜艇之类的军事资产……"

从那时起,海豹六队逐渐发展为一支多功能特种部队,其职责包括解救人质、猎杀恐怖组织头目及执行其他特别任务等等。他们的任务并不是全都跟水有关。事实上,他们执行大多数任务时都远离大海,只有当他们在欧西安纳海军航空站接受训练的时候,方能尝到海水的滋味。迪克·马辛克所提到的"海洋环境"实则已被赋予了全新的定义:"海洋环境指的是任何能让我们从军用水壶中喝到水的地方。"

考尔德以一种冲浪者所特有的自由洒脱的姿态站在沙丘上,跃于海面之上的太阳和来自大西洋海面上的微风都令他沉醉不已。"置身于此情此景当中,"他若有所思地说,"我觉得我几乎快要相信这世上有上帝存在了。"

"无论你是否相信上帝,他都一样地爱你。"格拉夫斯说,语气中带有一丝苦涩的意味。他转过头去,继续说道:"令你心潮澎湃的浩瀚大海,不过是上帝送给人类的礼物罢了。"

"你应该也会为我祷告的,对吧?"考尔德说,"我希望自己能得到各种神灵的庇护。"

奥尔蒂斯"扑哧"一声笑了,戏谑道:"你俩可真够烦人的,而且都死性不改。"

说完,他跟在格拉夫斯身后离开了海滩。考尔德在朝大西洋投去最后的深情一瞥之后,也跟上了他俩的步伐。

海豹六队正式创建于1980年,总部坐落于海豹突击队第二分队总部后方,两者距离不到十五米。海豹六队的总部包含两栋建于"二战"时期的土木结构建筑,房屋宽十二米,长度二十四米,都建在混凝土板上。这两栋老房子,曾分别被用作海军之妻俱乐部和童子军营。

自创建以来,海豹六队总部建筑曾被修缮过,不过基本上维持了原状。海豹六队是一支高度机密的部队,通常不会出现在公众视线之内。除非发生了影响恶劣的重大事件——恐怖分子在地中海劫持了一艘游艇，美国公民在索马里遭遇绑架，夺回恐怖分子在欧洲窃取的核装置——而"山姆大叔"又需要有人去执行军中其他部队都无法完成的特殊任务之时，海豹六队便会挺身而出。

"大熊"格拉夫斯、考尔德和奥尔蒂斯穿过指挥中心的走廊，朝位于建筑物后部的笼屋大厅走去，他们脚上的潜水靴在走廊地面留下了几串湿漉漉的印子。

"那么，'佛爷'，"考尔德开口道，"说到安娜贝尔的派对，我们需要穿正装出席吗？"

"如果你想问的是能不能穿凉鞋出席的话，答案是不行。"

"可他们都是孩子呀，老兄。"

海豹六队的每一位队员都在这间开放式大厅里拥有一间属于自己的笼屋——由钢丝网围起来的小房间，用来存放他们各自的武器和任务装备。海豹突击队拥有当今最尖端的作战装备——由高科技材料"戈尔特斯"制成的派克大衣和靴子，降落伞，登山攀岩用具，头盔和护目镜，双肩背包，弹道尼龙布软面行李箱，凯夫拉防弹衣，滑雪板，水下呼吸器，适用于不同环境的迷彩服……他们的武器也同样高端——西格绍尔九毫米口径手枪，MK48机枪，50-cal狙击步枪，H&K冲锋枪，战斗突击步枪（装有消音器和未装消音器两种皆有），震撼手榴弹[①]，C-4炸药，克莱莫杀伤地雷，无线遥控远程雷管，无人机……此外，海豹突击队每年获得的弹药培训经费比整个海军陆战队得到的还更多。

考尔德的笼屋里有一台微软X-Box游戏机、一把舒适的躺椅和一个啤酒冷却器。奥尔蒂斯在他的笼屋里挂满了大幅照片作为装饰，所有照片的主角都是他的妻子杰姬、他的女儿安娜贝尔和儿子小里基。"大熊"的笼屋则颇具斯巴达式极简风格，内中除了一个装有他妻子莉娜单人照的相框之外，别无其他私人物品。有人还出于

[①] 能够制造强烈闪光和巨大噪声的非杀伤性手榴弹，常用于封闭空间内的反恐行动。

恶作剧，在"鱼饵"卡恩的笼屋里挂了一条塞了满肚子作料的鲭鱼。

"公鹿"巴克利为了修理一个堵塞的马桶，错过了今天的晨跑，他一直懒散地躺卧在笼屋地面上，读着一本平装本小说。时间差不多了，他合上书，开始和其他人一起换上今天要穿的工作服装。他们今天要去射击场，这就意味着牛仔裤、靴子和鸭舌帽一样都不能少。

"'佛爷'，说到你办的这个派对，"考尔德一面换衣服一面说道，"十五岁了，'佛爷'。你能相信安娜贝尔已经十五岁了吗？看看你在这儿做些什么，大叔？你应该在某个沙滩上售卖巴拉圭茶才对。"

"我想提醒你一下，你女儿也有十五岁了。"

"嘿，可我在十二岁的时候就有她了。你呢？你现在少说也快五十了吧？"

奥尔蒂斯朝他竖起了中指，"我们都会变老，朋友。"

"我可不会。我将历经艰辛，英年早逝，死得无限风光。"

"我能看出其中有两点你的确说对了。"格拉夫斯冷冷地插嘴道。

考尔德朝他竖起了中指。

一名年纪在二十五至三十岁之间的深肤色非洲裔美国人试着以不引起任何人注意的方式悄然走进这间开放式大厅。他看上去颇有些常春藤盟校学生的派头，脸上的胡子剃得很干净，顶着一头利落的短发，肌肉发达，两只宽阔的肩膀上各背了一个庞大的潜水装备包。他的脸上带着严肃而高贵的神情，却仍然无法掩饰以初来乍到者的身份出现于此的不自在感。

巴克利看了看这名陌生人。"他是谁啊？"他疑惑地问道。

"这位是罗伯特·蔡斯。""大熊"格拉夫斯一边介绍，一边为新人指示着方向，"那间空着的笼屋是你的。"

"谢谢。"

军士长格拉夫斯——团队的现任队长兼"老爸"——昨天从海

豹二队选中了这名新人,并将其调拨到了六队。团队成员们不约而同地看着蔡斯将自己的行李放在了大厅中央的空笼屋里。

考尔德的脸上又流露出了"淘气阿丹"式的招牌表情,"那间?你确定吗,'大熊'?上一个用那间笼屋的伙计,结局可不怎么好呀。"

"佛爷"加入了考尔德的玩笑,"上一个的上一个也一样,好像遭遇了一件跟大砍刀有关的不幸事件。"

"还有海豚。"考尔德补充道。

蔡斯的神情依然没有舒缓下来,"这就是你们欢迎新人加入团队的方式,对吗?"

考尔德和奥尔蒂斯一脸无辜地彼此对视了一下,巴克利接续他俩开始戏弄新人。"我以前还不知道你会游泳。"他看着蔡斯的潜水装备包说道。

蔡斯似笑非笑地说:"你的玩笑倒是开得有些别出心裁。"

格拉夫斯打断了他们,说道:"蔡斯,你去团队休息室帮我们倒些啤酒过来。我们的杯子都放在墙边的架子上。"

"你应该知道我们每个人的名字,对吧?"巴克利问。

蔡斯看上去一脸困惑。难道你们当真要把这种欢迎方式进行到底?

"这也是工作的一部分,孩子。"考尔德说。

团队休息室是由一个曾经用于工业生产的大房间改造而来的,一条长长的吧台占据了一整面墙旁侧的空间,新人蔡斯站在吧台后面扮演起了酒保的角色。一块迷彩色的降落伞伞衣遮盖着天花板的一部分区域,以作装饰。一个真人大小的女性裸体瓷像双腿中间安着一只电灯泡,照亮了整个空间。各面墙上都装饰着各式各样的纪念品,其中包括照片、海报女郎以及从异国他乡收缴而来的武器。

"大熊"坐在吧台外侧,以不易令人察觉的方式微微点头,他其实是在暗中帮助新人蔡斯能顺利地将马克杯一一分发给它们真正的主人。格拉夫斯拿到了印有"大熊"标记的杯子,奥尔蒂斯拿到了"佛爷",而巴克利拿到的杯子上印着"公鹿"。

"我就知道你有自己擅长的事情。""公鹿"继续拿新人寻开心,"嘿,'佛爷',你知道美国人最喜欢哪三样首字是以字母'm'来拼读的东西吗?其一——美钞。其二——母亲。其三——咪咪。"

大伙儿都等着考尔德拿到他的杯子,然后再一同举杯祝酒。然而没想到的是,蔡斯递给考尔德的杯子上赫然印着的却是"阎王",而非"亚历克斯"。

"你是从哪儿拿到这个杯子的?"格拉夫斯问道。

"就在架子上。我找不到考尔德的杯子了。"

房间里的气氛瞬间变得严肃而凝重。奥尔蒂斯站起身来。"把它放回去。"他命令道,似乎正在拼命压抑着某种突如其来的强烈情感,"没人能用那个杯子,你知道吗?"

"我……呃……我还不知道。"

"现在你知道了。"

第七章
非洲西部，尼日利亚

"塔格特！塔格特，快起床。"

在一栋一居室的平房里，"阎王"塔格特赤身裸体地躺在房间角落里的一张矮床上。突然，轻薄的木门上响起了一阵震天响的敲门声，惊醒了塔格特。他一睁开蒙眬的睡眼，便看到了锈迹斑斑的铁皮屋顶。紧接着，他又看到一只绿色的蜥蜴从屋顶与泥草墙接合处的开放山墙迅速溜了出去。

"塔格特？"

他迷迷糊糊地侧了侧身，准备从床上坐起来，这时他的双腿无意中碰到了另一双裸露的腿，他不禁皱了皱眉头。躺在他身旁的是一名非洲女子，年纪很轻，身材高挑，肤色很深。微弱的晨光从这栋平房唯一的一扇窗户照了进来，她那光洁的皮肤在阳光下微微发光。女子呻吟了一下，随即翻了个身，趴在床上继续睡，裸露的臀部就这么暴露在空气中。塔格特用两只手肘支撑着身子坐了起来，一脸茫然地盯着床上的女子。我是在哪里找到她的……

管它呢。想不想得起来又有什么差别呢？

"我这就来，凯斯。"当敲门声再度响起时，他高声回应道。

他发现自己正经历着一场严重的宿醉。他快速而用力地眨了眨泛红的眼睛，好让视线不那么模糊，接着离开床朝卫生间走去。卫生间不过是从同一个房间隔出来的狭小空间罢了，里面只有一个马桶、一个盥洗盆和角落里一处简陋的淋浴隔断。他打开盥洗盆上的水龙头，将自来水捧起来浇在自己脸上。当他透过墙上那面有裂缝的镜子看到自己憔悴不堪的模样时，不由得面露苦相。

他的眼眶略微有些凹陷，面容中依旧流露出一丝硬汉所特有的坚毅果敢，但与他担任团队"老爸"时的状态相比，气场已经减弱了许多。他看上去有些焦虑不安，宛如为逃离某个不可告人的秘密而选择浪迹天涯的独行侠。

他穿上一条卡其布长裤和一件与裤子颜色搭配、配有肩章的短袖衬衫，再戴上一顶橄榄色阔边帽，还在衬衫外面套上了一件防弹背心。他将自己的冲锋包挎在一侧肩膀上，然后回头瞥了一眼床上的妓女。她现在又变回躺卧的睡姿了，两腿分开，正张嘴打着鼾。该死！他希望这女人在他回来之前就已经离开了。

他"砰"的一声关上了身后的门，抬手调整了一下鼻梁上的遮阳眼镜，随即跨上了门口一辆棕褐色路虎越野车的副驾驶座位，凯斯正坐在驾驶座上等着他。

凯斯是来自南部——佛罗里达州或南卡罗来纳州——的非洲裔美国人，他的肤色比大多数尼日利亚人更浅，年近三十岁，留着短发，长了一对肌肉发达的宽阔肩膀。他和塔格特曾联手参与过一场酒吧斗殴，两人配合得相当默契。塔格特上车后，凯斯朝他粲然一笑。

"你看起来可真是糟透了。"他开口问候道。

车上的收音机里正播放着来自阿布贾某个广播电台的节目，美国说唱音乐充斥着车内的空间。大多数尼日利亚人的主要语言都是英语，而非各地方言。

"把音乐关小声点儿吧。"塔格特嘟囔道。此刻他正饱受头疼的困扰，不住地用手按摩着头部，"那么，我们今天要怎么拯救世界？"

凯斯将收音机的音量调小了一些。"做公关。"他说，"有家石油公司想做点善事，打算破土动工修建一所新的女子学校。"

塔格特若有所思地点了点头，总算回想起了跟此事有关的情况。辛科石油公司已出资在尼日利亚兴建一所新学校，塔格特和凯斯将以保镖的身份护送公司要人前往破土地点开展宣传活动，旨在提升公司知名度，以增加其产品在美国国内市场的销量。鉴于博科圣地组织的兴起，国外石油公司的高管们若非有塔格特和凯斯这类雇佣兵的保护，绝不敢在尼日利亚境内随意走动。

博科圣地组织是ISIS在非洲的分支，它发动了一场针对尼日利亚政府的影子战争，力图废除该国的世俗制度，从而以伊斯兰教法取而代之。该组织几年前曾对二百七十六名尼日利亚女学生实施绑架，之后在尼日利亚境内及非洲大陆北部地区频繁发动影响极其恶劣的恐怖主义袭击。到目前为止，被该组织致残或杀害的受害者人数已经达到了两万五千人之多，被其绑架的绝大多数女学生至今仍下落不明。

凯斯伸手从路虎车的后座取来两块与防弹背心配合使用的凯夫拉防弹插板，将其递给塔格特。

"阎王"摇了摇头，"我不用这个。"

"你已经不再是海豹突击队员了，塔格特。所以你得服从命令。命令就是我们看上去应当像是知道自己在做什么。把它们插进你的防弹背心里。"

塔格特不置可否地问道："沟通计划是什么？"

"沟通计划就是，别让你的手机没电。"

"阎王"从背心里取出一部手机，激活屏幕检查其电量是否充足。手机屏幕上赫然出现了一张照片，是某天早晨巴克利在贾拉拉巴德为海豹六队全体成员拍摄的自拍照，之后他们为了搜捕穆塔基，在库纳尔省发动了突袭。塔格特盯着照片看了一会儿，熄掉了手机屏幕。

凯斯将路虎车开到了位于埃多村旁边的指定集结待命区。塔格特在自己的冲锋包里搜寻一番之后，掏出了一些九毫米散装子弹。他将子弹装入一个空弹仓，用手掌将弹仓推进了他的西格绍尔手枪的握把，再把枪装入枪套里。接下来，他又将手伸进包里摸索起来，最后取出了一个小酒瓶，将其塞进了背心的一个口袋里。

"把酒扔了。"凯斯有些恼怒地斥责他,"拜托,请你表现得专业一点。来点薄荷糖吧,喏,你可以把这一整盒都拿去。你呼出的气息简直就像从飙车族酒吧地板上散发出来的味道。当我还在第九骑兵团第一营服役的时候,我们可不会容忍像你这样的废物。"

"是吗?"塔格特语带讥讽地回应道,"我听说你们营可真的是神勇无比啊。"

放眼望去,他们周围全是简陋的泥土房子,另一辆路虎越野车正停在匆忙奔走着的非洲人当中等候他们。在这炎热的天气里,非洲男人们上身要么赤裸着,要么穿着防弹衣,下身都穿着棉质的短裤或长裤,头上戴着圆形的针织帽。妇女们穿戴着各色长袍及头巾,令"阎王"不禁联想起了一群五颜六色的鸟儿。

一名尼日利亚司机耐心地坐在另一辆路虎车的驾驶座上。三名美国白人从一栋小屋里走出来,陆续进到车里。他们分别是头发灰白、人届中年的石油公司总裁特里·麦克埃文,公关专员尼克——他拥有与全美橄榄球联盟中后卫球员相似的身板——以及扛着影像器材的小个子男人肖恩。

凯斯朝另一名司机比了一下手势,询问对方是否已准备就绪。

两辆路虎车一起驶上了泥土路。这时,一名潜伏在附近隐蔽处的非洲人掏出手机,对着话筒低声说道:"他们来了。"

第八章

尼日利亚

距离埃多村数公里之外的农场里,有一栋新建成的四室校舍,一只绿色的鹦鹉栖息在校舍外一棵菩提树上,发出响亮又刺耳的叫声。与此同时,在校舍内,一位年轻的非洲教师正带领三十名非洲女学生唱着一支宛转悠扬的约鲁巴语歌曲:

"Ose ayo Abeh adeh o Ayeho……"

一曲终了,取而代之的是姑娘们银铃般的一串笑声。

"唱得太美了,姑娘们。谢谢你们。"

"谢谢你,娜奥米老师。"

"现在我们开始每日的朗诵练习吧。埃丝特,你准备好了吗?"

"准备好了,娜奥米老师。"

"很好。我们已经等不及要欣赏了。请开始吧。"

十二岁的埃丝特穿着学校的新制服——白色衬衫配格子短裙,走到教室前面,开始有板有眼地朗诵起《双城记》的开篇段落。

"那是最美好的时代,那是最糟糕的时代;那是智慧的年头,那是愚昧的年头……"

一群更年幼的女生正在教室外面的硬土操场上嬉戏玩耍。当她们看到两辆路虎越野车驶到校舍前面停下来时,不禁满脸诧异地抬起头来观望着。娜奥米老师也听到了引擎声,只见她原本和蔼的脸上顿时露出了不悦之色。

"埃丝特,你先继续朗诵,"她指示道,"我去去就回。"

"……那是光明的季节,那是黑暗的季节;那是希望的春天,那是失望的冬天……"

在学校操场里,塔格特的搭档凯斯将一些铁铲从路虎车的后备厢里取了出来,塔格特忙着将防弹插板插进自己的背心里,随即又从冲锋包里掏出了一支M4卡宾枪。

"我不是早就告诉过你吗,"凯斯责备道,"别带长枪。毕竟我们是在学校里。"

塔格特并不赞同凯斯的看法,不过他只是摇了摇头而已,一句话也没说。他把手中的卡宾枪放回冲锋包,抬起头来,正好看到了匆匆跑出教室的老师。她浑身上下散发出一种试图保护雏鸟的雌鸟所特有的气势。她穿着和学生们一样的白衬衫配格子短裙,深褐色的大腿在阳光照射下微微泛着光。塔格特还留意到,她那双杏仁形状的眼睛里面充满了怒气。

"这里发生什么事情了?"她质问道。

公关专员尼克向她解释道:"我们要为你们的新学校举行动土仪式。辛科石油公司想要回馈贵国,其方式不限于创造就业机会的经济型投资,还有关乎国家未来的教育型投资。"

娜奥米以审视的目光一一打量着眼前的几位不速之客,"在我接受你们的提议时,就已经说得非常清楚了——当然,我对你们心存感激,谢谢你们——但这里不应该有任何宣传活动。"

她讲着一口非常流利的英语,"阎王"听出其中带有一点点大不列颠口音。

"你们的到来使这儿变得非常危险,"她以斥责的口吻说,"难道你们没看到墙上的那些标语吗?"

她走到一旁,伸出一只纤细的手,指向自己身后一名正忙活着的老师。后者将一把刷子伸进一个装着肥皂水的桶里蘸了蘸,试图用它来清洗昨晚被人写在校舍墙壁上的侮辱性字迹。

女人不配上学……

异教徒的男男女女都去死吧……

头发灰白的石油公司总裁特里·麦克埃文试图安慰老师,"我们只需要几分钟的时间就够了,女士。完事后我们就离开。我的一位同事马上会和你商量一下具体的安保措施,这样你就会感觉安全多了。"

说完,他朝塔格特点了点头。"阎王"会意,赶紧走上前来,"女士,如果你能带我四处看看,我就可以提出一些预防措施……"

她气恼地转过身去,甩开了麦克埃文为抚慰她而放在她肩上的手。这时,有着运动员身型的公关先生尼克将一把崭新的铁铲递给了他的老板。麦克埃文匆匆瞥了一眼那名老师,无奈地握着铲子走开了。与此同时,摄影师肖恩已经动作娴熟地调整好了相机。麦克埃文手握铁铲来到肖恩的镜头前站定,迅速摆好了拍照姿势。

"像这样可以吗?"麦克埃文问道。他对着镜头露出灿烂的笑容,并将一只脚踩在铁铲上。

"我们能让几名女生也一起入镜吗?"肖恩提议道。

"我去叫她们。"尼克立即回应。

"不行!"娜奥米表现出了强烈抗议,"你们都得离开了。就是现在!"

她快步冲到麦克埃文面前,整张脸涨成了巧克力似的棕褐色,一双乌黑的眼睛因愤怒而眯缝了起来。"阎王"跟上前去,伸手放在她肩上,试图对其进行劝说,可她却毫不留情甩开了他的手。

尽管塔格特的体能和精神状态已大不如前,今天还饱受着宿醉的折磨,不过他仍然具备海豹突击队精英队员的敏锐特质。他的神情突然变得警觉起来,身体也僵住了。随后,他迅速转过身去,仔细察看着周围树林里的情形。难道他当真听到了窸窸窣窣的脚步声和军事装备经人手摆弄时所发出的声响?

娜奥米留意到塔格特的表情突然发生了变化,她自己也僵住了,转而将目光投向丛林。她脸上的怒气已烟消云散,取而代之的是一种对眼下情形毫无把握的迟疑。

整个校园被一种不祥的寂静笼罩着,甚至连树枝上那只聒噪的鹦鹉也没了声息。

第九章

弗吉尼亚海滩

在墓园,"大熊"约瑟夫·格拉夫斯不愿从他的皮卡车里出来。他向前俯身在方向盘上,目光越过妻子和园中成排的墓碑,直直地凝视着初升的太阳。莉娜面带忧伤之色,穿着漂亮的黑色蕾丝晚礼服,为了参加安娜贝尔·奥尔蒂斯的成人礼庆典,今天她特意盘起了头发。坐在副驾驶座上的莉娜伸出手来,轻抚了一下约瑟夫的手肘。她能理解他的心情,而且她的眼眶里闪烁着泪光。片刻后,她推开车门,走了出去。

约瑟夫也为小安娜贝尔的成人礼仪式穿上了正装。他继续留在驾驶座上,将视线转开,因为他实在不忍心继续看着妻子因内心苦楚而备受煎熬的模样。莉娜手捧一束鲜花,在一块块墓碑间缓缓穿行。最后她来到一块小小的墓地前站定,把手中的花放了上去。她低垂着头,在那儿默默地伫立了好一会儿。

萨拉·格拉夫斯

我们的小天使

2014年12月15日—2015年4月25日

她回到了通用皮卡车的副驾驶座位,约瑟夫载着她驱车前往圣玛丽天主教堂,一路上两人都一言不发,沉浸在各自的感怀当中。里基·奥尔蒂斯和他的妻子杰姬已准备好在圣玛丽天主教堂为他们的女儿安娜贝尔庆贺十五岁生日兼成人礼。

依照拉美裔美国人的传统观念,一个女孩的十五岁生日标志着她已经从小女孩摇身变作了年轻淑女。这一习俗起源于古老的阿兹特克文化,认为男孩在十五岁时足以成为一名战士,而十五岁的女孩则可以被人视为孕育未来战士的母亲。身为战士的"佛爷"奥尔蒂斯认为该习俗合情合理,他觉得女儿的成人礼应当是一个正式而严肃的仪式,同时也是一个洋溢着欢乐的场合。

"大熊"和莉娜加入到了一小群聚集在教堂祭坛前的海豹突击队员当中。团队成员全都在场——"佛爷"里基·奥尔蒂斯,巴克利及妻子塔米,单身汉"鱼饵"卡恩,同样单身的新人罗伯特·蔡斯,以及育有一女的单亲父亲考尔德。考尔德脸上带着顽皮的笑容,一身笔挺的西装和领带,与他脚下穿的黑色勃肯拖鞋构成奇妙的组合。他将一根银杖握在手里,不时偷瞄着来宾中一位身材火辣的金发女子,他刚听说对方的名字叫凯莉。

留着一头黑发的安娜贝尔有着与母亲一式一样的长腿,整个人看着漂亮极了。她穿了一件粉蓝色晚礼服,一袭长发在脑后被盘成了圆髻,洋溢着拉美裔女子的独特韵味。杰姬·奥尔蒂斯就站在她丈夫身旁,夫妻俩可以很容易地彼此沟通。此时,杰姬的眼里闪烁着自豪的泪水。夫妇俩的儿子——十岁大的小里基——安静地站在她身体的另一侧。

安娜贝尔的三个好友也在现场,为了不在这个特别的日子里盖过主角的风头,她们都穿着简洁朴素的礼服。杰姬觉得这些女孩们像极了春天细雨中的娇艳花朵。安娜贝尔和三名女伴一起来到一位牧养会众长达半个世纪之久的年长牧师跟前,女孩们努力地抑制着内心的激动情绪,好让自己不至于笑出声来。牧师低下头来,众人也随之低下了头,并闭上了眼睛。

"慈爱的上帝啊,感谢您对安娜贝尔的守护和引领。今天她迎来了自己的十五岁生日。愿她成为一名智慧、博学而优雅的女子。愿她爱自己的家人,忠于她的朋友。奉我主耶稣基督的名向您祷告。"

安娜贝尔睁开眼睛,在母亲杰姬、父亲里基和弟弟小里基那三双洋溢着爱和骄傲的目光之下,她以清晰有力的声音开始致辞:

"亲爱的天父,感谢您呼召我通过洗礼而成为您的女儿。圣母玛利亚，我愿将此生献给您——我愿一生帮助有困难的人，施加力量给软弱的人，安慰忧伤的人，并为上帝的子民祈祷。我将在有生之年都借着上帝的恩典来服侍主内的弟兄姊妹。天父啊，愿所有向您寻求庇护的人都能得到您的保护。阿门。"

身为教父教母的格拉夫斯夫妇走上前去，"大熊"面带微笑地将一块圣牌戴在了安娜贝尔的脖子上，莉娜为她戴上了一串玫瑰念珠。考尔德调皮地眨了眨眼，随即上前将手中的银杖递给了安娜贝尔。在退回来的过程中，他还不忘朝那名叫凯莉的性感女郎眨眼示意。奥尔蒂斯和杰姬一齐将一枚冠状头饰戴在了他们心爱的女儿头顶，内心的喜悦和骄傲化作两行热泪，挂在杰姬的脸上。

莉娜轻轻地捏了捏"大熊"的手，迅速抹掉了她为自己的女儿而流的忧伤眼泪。他们的女儿萨拉，永远也不可能过十五岁生日了。

接下来，庆贺地点从圣玛丽天主教堂转移到了附近的宴会大厅。这里有一个宽敞的舞池，四周摆满了一桌桌珍馐美味，以求宾主尽欢。"佛爷"奥尔蒂斯——在今天这样的场合大家都称呼他为"里基"——举起了一双做工精美的崭新高跟鞋，以吸引众人的注意。随后，他来到安娜贝尔身边，准备为女儿穿上她人生中的第一双高跟鞋。

"今天，"他宣告道，内心的激动令他的喉咙略微有些哽住，"你将穿上这双鞋，从而提醒我们：你现在已经长成了一名真正的淑女。可是，安娜贝尔……"

他深吸了一口气，以控制住自己的情绪。

"可是，安娜贝尔——在我心目中，你永远是一个小女孩，永远都是我的心肝宝贝。"

安娜贝尔抬起一只手来轻轻拍了拍父亲的脸颊，"你可别哭出来哦，爸爸。你能做到的。"

他跪在安娜贝尔的光脚旁边，克制着心中激荡起伏的情绪，将手里的高跟鞋摆在了她的一双玲珑小脚边上。他依稀觉得，面前这双脚在不久之前还比现在要小得多。

第十章

弗吉尼亚海滩

里基·奥尔蒂斯搂着他的女儿安娜贝尔，在由七彩旋转灯照射着的舞池里缓缓起舞。考尔德佯作邀请格拉夫斯与自己共舞，后者朝他翻了个白眼。随后，两人并肩朝一张餐桌走去，那里摆放着小虾、单片牡蛎、墨西哥卷饼及炸玉米饼，还有炸鸡和肉汁——考尔德以半开玩笑的方式称其为"下里巴人的食物"。"公鹿"的娇小妻子塔米·巴克利从餐桌旁经过时，不由得在他俩身旁驻足停留了片刻，她以批判的眼光看了一眼考尔德脚上的鞋子。

"拖鞋挺漂亮的。"她面无表情地评价道。

考尔德的目光越过塔米，落在了金发美女凯莉身上，后者也对他的注视报以带有肯定意味的回应。"这可是勃肯牌的经典款拖鞋哩，"他为自己申辩道，"再说我现在已经陷入爱河了。"

"大熊"善意地嘲弄他："我看这不过是你一时头脑发热而已。不过呢，你向来都是如此。"

"嘿，她是一名兽医[①]。"

"噢，是吗？她从前在哪里服役？海军还是陆军？"

考尔德用一个长柄勺舀起了一款绿色酱汁。他将勺子凑到鼻子跟前嗅了嗅，立刻做了个鬼脸，然后把勺子放了回去。"我说的是给动物看病的兽医，兄弟。她人很不错的。"

塔米兀自表达着自己的看法，"这我倒还没看出来，不过如果你这么说的话……"

话刚说到一半，她一下子瞥见了位于大厅另一头的杰姬·奥尔蒂

---

① "兽医"的英文单词"vet"也有"退伍军人"的意思。

斯和莉娜·格拉夫斯，她俩正饶有兴味地看着翩翩起舞的奥尔蒂斯和安娜贝尔。塔米走过去，加入到女人的行列当中。

"安娜贝尔可真美啊。"莉娜说道。

"你俩应该再试试的，"杰姬朝莉娜提议道，"现在时机应该也成熟了吧。"

萨拉去世的时候才四个月大。医生说她是被一种先天性疾病夺走性命的。团队成员的妻子们很少提及这个夭折的婴儿。时过境迁，莉娜内心的伤痛却依然如初。

莉娜略微转过脸去看着别处，"我想约瑟夫还没准备好。"

"男人们永远都不知道应该怎么做，"杰姬说，"得靠我们来告诉他们。"

塔米"咯咯"地笑出声来，"'公鹿'才不会听我的呢！"

三人静静地看了一会儿奥尔蒂斯父女俩跳舞，随后杰姬·奥尔蒂斯开口打破了沉默，听起来仿佛认为两名女伴对她所提及的事情已经知晓了一般，"多年来我一直劝里基应该尽早退伍，现在他终于有了回应。"

"有了什么回应？"莉娜一脸困惑地问道。

"对啊，现在是什么情况？"塔米也附和道。

"他愿意退伍去环球安保公司工作，面试时间都已经安排好了。"杰姬回答道。这时，她从两名女伴的表情得知原来她们对这件事其实一无所知，"里基还没有告诉他们吗？"

她早该料到这一点的。里基跟队友们情同手足。对他来说，向他们宣布这个消息，就如同向自己深爱的妻子宣告离婚一样艰难。

"约瑟夫肯定会因此而大受打击的。"莉娜开始琢磨这则消息将会带来的影响。

杰姬板着脸——女人们往往善于运用面部表情来实现她们想要的效果——跨入舞池，径直来到了丈夫身边。她把丈夫叫到一旁，同时示意安娜贝尔去找她的朋友们聊天。"佛爷"看上去精神略显恍惚——或许这与他今天没有饮用玛黛茶有关。

"今天的派对很棒吧?"他一脸热忱地说,脸上带着全然无辜的神色。

"没错,不过它还可以更好的。"

奥尔蒂斯听出这是她心有不悦时惯用的语气,"亲爱的,你怎么了?"

杰姬气得不想说话,只是怒瞪着自己的丈夫。这下子奥尔蒂斯才渐渐明白了妻子的心思。

"我会告诉他们的,"他闪烁其词地说,"我向你保证。"

她早有准备,"就在今天,里基。你今天就得告诉他们。"

"你觉得现在说合适吗?"

莉娜站在舞池边,怀着戏谑的心情看着杰姬与她丈夫进行交涉。杰姬以咄咄逼人的方式连珠炮似的说着一连串西班牙语,同时还配合着拉美裔女子特有的手势。奥尔蒂斯显然试图以邀请妻子共舞的方式来安抚她,可她却不愿意再接受丈夫一拖再拖的态度了。只见她摆出玉树临风的气势,挺直了身板,抬起手臂,用手指着格拉夫斯和考尔德所在的方向。那两个可怜的队友,此时还站在餐桌边,一面啜饮潘趣酒,一面分享着各自所经历的战争故事。

"现在说正合适,里基。"杰姬说。

她看着丈夫离开,随即兀自微笑起来。她爱这个男人,尽管他并不是没有缺点。

"看来你的真爱就要离开了。你怎么还不采取行动呢?""大熊"对考尔德,他用眼神指了指考尔德中意的金发女子凯莉。考尔德还没答话,奥尔蒂斯已经来到他们身边,看上去有些局促不安。

"投资房地产的要诀在于选对位置,哥们。至于这种事嘛,我的已婚朋友,其要诀在于选对时机。你就等着瞧吧,跟着我好好学学。"考尔德说。

"大熊"嗤之以鼻,转而看向奥尔蒂斯。"恭喜你们,安娜贝尔长大了，"他说，"这成人礼派对办得真不错。"

"是啊，"考尔德附和着，"安娜贝尔出落得亭亭玉立。考虑到……"他狡黠地笑了笑，让尚未说出口的话给他的听众留下了足够的想象空间。

"佛爷"想起自己肩上还背负着妻子安排的使命。"伙计们。"他勉强开口道，目光空洞地看了看远处，随即又低下头来盯着考尔德脚下的勃肯拖鞋，"伙计们，我有话要说。我要退出了。"

"大熊"相当诧异，他皱了皱眉，"你在说什么啊？"

"佛爷"只得和盘托出，"安娜贝尔被一所舞蹈学校录取了。凭我现在的E-8级工资，是没法为她支付学费的。"

他的朋友们这才明白了他说的"退出"是什么意思。

"而且，""佛爷"又补了一句玩笑话来缓和气氛，"我也厌倦你们了。"

考尔德回敬道："我们也一样。"

和莉娜估计的一样，格拉夫斯很难接受这个事实，"你不能就这样离开我们。"

"'大熊'……"他不知道该怎样措辞，"'大熊'，是时候了。我会努力把新人蔡斯训练好，这是我唯一能做的了。我去意已决。"

他有些犹豫地继续开口道："你去和安娜贝尔跳支舞吧，'大熊'，不然她会不高兴的。"

"我不怎么会跳舞。""大熊"以冰冷生硬的语气回应道。他看上去就像刚被人在肚腹上捅了一刀似的，痛苦而又沮丧。

"唔，让我来吧。"考尔德努力显得振奋一点，"让派对开始吧！"

他朝调音师比画了一个手势，音乐戛然而止。巴克利会意，登上舞台，站在麦克风前，"时候到了，伙计们。'佛爷'，'大熊'，考尔德，'鱼饵'，你们快上台来吧。"

四人一起朝麦克风走去。格拉夫斯有些不大情愿，他显然还沉浸在"佛爷"出乎意料的"背叛"所带给他的震惊和伤害中,难以自拔。奥尔蒂斯站在"公鹿"身旁,因自己刚刚宣布的消息而感到不大自在。巴克利被蒙在鼓里,全然不知情,他正准备全心全意地投入到接下来的表演中去。

"我们的演出要开始了。"他高声宣告,麦克风发出尖厉刺耳的啸叫声,将笑意盈盈的宾客们都吸引到了舞台边上。他伸出食指轻轻地敲打了几下麦克风,继续说道:"安娜贝尔,你站到那里去。"他用手指着一个位置,"还有,杰姬,你也到台上来。"

他等着她们服从他的指示。

"好了……寿星的爸爸,'大熊'叔叔,还有考尔德叔叔,三位朋友,我们开始吧……"

"鱼饵"卡恩匆匆备好了吉他。他拨动琴弦,和着节拍点头踏脚。"嗒!嗒!嗒!嗒!嗒!……""公鹿"突然以深沉的嗓音唱起了爱尔兰组合"西城男孩"的歌曲《我的姑娘》。

"金钱、财富和名气,我皆无所需……"

"'佛爷',该你了……"

他把麦克风递给奥尔蒂斯,后者煞有介事地在舞台上单膝跪下,为自己的女儿献唱。

"男人能拥有的一切珍宝,亲爱的,我都已得到……"

安娜贝尔满脸欣喜地笑了起来。

"兄弟们,开始合唱!"巴克利精神抖擞地鼓舞道。

考尔德已经准备好了,他总是能很快进入状态。只见他拖着格拉夫斯走上前去。"大熊"勉强加入了合唱,他还没接受奥尔蒂斯即将离他们而去的事实。安娜贝尔一面开怀大笑,一面加入到考尔德、格拉夫斯和奥尔蒂斯三人的合唱当中。

"我想你会不明白,

为何我如此乐开怀?

我的姑娘,都是因为我的姑娘、我的爱……"

莉娜·格拉夫斯静静地看着他们,内心深受触动。上帝啊,她打心底里爱着这些男人,还有他们的妻子和孩子们。这个团队不仅仅是由男人们组成的,他们的妻儿也是团队的一部分。为什么一切不能始终保持原来的样子呢,就像萨拉出事之前那样,就像"阎王"塔格特离职前那样,甚至就像杰姬和里基夫妇决定退出之前那样?

她也深爱着她那魁梧而英勇的丈夫。也许现在时机已经成熟了。也许他们应该试着再要一个孩子了。

第十一章

尼日利亚

娜奥米老师完全被愤怒的情绪给攫住了，她没能觉察出校园四周的丛林中有任何异样。她继续对这群来自辛科石油公司的不速之客——尤其是"阎王"塔格特——发动言语上的攻击。她清楚知道，倘若有人看到她的女学生们跟来自异国他乡的异教徒有任何瓜葛，将会是多么危险。博科圣地组织正需要找到一个理由——任何理由都行——来实施新一轮暴行，而近来不时有人在这座村庄里散播传闻，声称出现在校舍墙壁上的威胁性语句并非出自单纯的恶作剧。娜奥米认为自己得尽快将这些外国人打发走，学生们的生命正受到极大的威胁。

"你们给这里带来了诸多问题，"她言辞激烈地逼近塔格特，"而非解决之道。你们偷走我们的石油，剥削我们的人民，还美其名曰这都是为了我们的益处着想……"

塔格特成年后的大部分日子都是在与各地恐怖分子作战中度过的，他战斗过的地方多不胜数，连他自己都无法一一列举，恐怕只有调用他在海军人事局的档案来仔细查看方可知晓全情。作战经验丰富的海豹突击队员们往往都擅长依靠直觉行事——此时塔格特的直觉正向他发出警告：眼下的一切都相当不对劲。

他面前的女人并不打算安静下来。"我和你说话的时候你怎么都不看着我？"她气势汹汹地说，"你究竟有没有在听我说话？我是不会住口的，你休想让我住口。"

他朝女老师走近一步，伸出两只手来按住她的双肩，轻轻晃动了几下，"女士，你吵得我都头疼了。"

她是一名性情刚烈的女子，绝不能容忍自己受到任何粗暴的对待。她猛踢塔格特的胫骨，用力挣脱了他双手的束缚，"你呼出的气体简直跟宿醉的酒鬼没什么两样。我就不该拿你们的臭钱。我……"

塔格特知道该如何对付不合作的男人。你可以狠狠地对他们拳脚相加。可是面对这样的女人又该如何呢，尤其是当她们表现得比男人还要刻薄时？塔格特实在拿眼前这个女人没辙。

凯斯一脸戏谑地看着他俩。他并不具备塔格特那样的"本能"，而其他人的注意力又都被摄影师正在拍摄的"破土动工"场景所吸引，所以他们都没有留意到四周的情形。他们可真是彻头彻尾的傻瓜。

或许这名女老师倒不傻。起码她知道危险是存在的，只是她不知道它离得有多近。

备感挫败的"阎王"别无他法，只得扬起手来打了这女人一巴掌，好让她停止喋喋不休的责骂。她这才住了口，目瞪口呆地望着"阎王"，震惊到了极点。

"把姑娘们带进教室里去。"他命令道。

"你说什么？"

他猛地转头与她对视，眯缝着眼睛，以一种迫切而又不容商榷的口吻，咬牙切齿地重复道："把姑娘们带进教室里去！"

已经太迟了。他听到了快速移动的低沉脚步声。一群全副武装的穆斯林野蛮分子突然从树丛中钻了出来，他们举着手中的AK-47步枪进行疯狂射击，口中还叫嚣着"真主至大"。"阎王"赶紧把手伸向腰间的手枪皮套，准备取出他的手枪。与此同时，他一把将娜奥米推倒在地，好让她避开众枪口。

两名戴着黑色头套的入侵者一面喊叫和大笑，一面朝硬土操场上那群受到极大惊吓的小女孩冲了过去。女孩们四散逃开，到处都是恐惧的尖叫声。其中一名入侵者追上了一个年龄较小的女孩，并将其一把拎起来夹在腋下，仿佛她是自己的专属战利品一般。"阎王"用一发子弹击穿了他的头颅,只见他瞬间倒地,被他挟持的小女孩赶紧逃开,跟在其余同学身后飞奔着撤回到相对安全的校舍里。

塔格特将注意力转向一群正朝他逼近的疯狂入侵者,还有不知所措的辛科石油公司的一众代表。他用眼角的余光瞥见摄影师肖恩不幸中弹,后者的身子猛地一震,随即便倒在地上不再动弹。凯斯连中数弹,惨叫着倒地身亡。

"阎王"迅速降低身体的重心,以避免成为敌方的显要攻击目标,随即他面朝敌方的枪火屈膝跪下,挡在了女老师跟前。他开始有条不紊地瞄准那些冲在队伍前面的入侵者并朝他们一一开枪,冷静而沉着,仿佛又重新回到了位于弗吉尼亚的海豹突击队战斗训练室。无数子弹"嗖嗖"地朝他飞来,在他四周的不毛之地上炸出了一个个凹坑。

他在抵御攻击方面显得颇有成效——敌方的一些射手已经开始为保命而往后撤退了——然而这时他的手枪卡壳了。他拉起套筒,弹出一枚受损的弹壳。由于他暂时停止了防御射击,入侵者们趁机壮起胆子朝他猛冲过来,犹如扑向一只受伤水牛的凶狠土狼群。他几乎可以嗅到从敌人们嘴里散发出的口臭气味,也能听到他们呼吸时从肺部发出的"呼哧"声,同时还能看到他们的狂怒眼神。

"真主至大!真主至大!"

"阎王"决定战斗到底,他迅速站起身来,将手中那支无用的手枪朝冲在最前的敌人掷了过去。枪打在那家伙戴着黑色面罩的脑袋上,又猛地弹了起来。那人大叫了一声,随即一屁股跌坐在地。

在这名敌人身后,另有几名同伴决意攻破这最后的一道防线。他们举起手中的步枪齐齐开始射击。子弹打在塔格特胸前的防弹插板上,犹如一记记重锤击打着他的胸膛,令他向后倒在了地上。他一动不动地躺在自己倒下的地方,双臂展开,一双眼睛茫然地注视着非洲的毒日头。

第十二章

弗吉尼亚海滩上的海豹突击队基地

"大熊"格拉夫斯记得，海豹突击队曾经的战斗训练室是位于地下室的一处面积不大的实战演习场所，内中有用废旧轮胎建成的靶墙，以及一些被随机定义为"可射杀"或"不可射杀"的模拟目标。新的战斗训练室是一片面积与小型超市相当的建筑群，无疑花费了"山姆大叔"好几百万美元。新训练室有五十二个房间以及足以容纳四队人马在其中展开独立训练的空间，其中包含好几座模拟住宅、清真寺和教堂，甚至还有银行和超市……它们看起来非常逼真，很可能是从市郊的某个社区整体迁移过来的。

这里的房间都安装了与好莱坞拍摄基地一式一样的复合墙壁——由橡胶和钢铁等材料组成，能吸收子弹并防止其反弹。形态逼真的模拟人体目标被安装在一条条轨道上，它们能"飞奔"着在各个房间穿梭，能"开枪还击"，还有"卧倒掩蔽"的功夫。

"真实的城市作战环境与战斗训练室的差别仅仅在于这里的敌人不会真的朝你开枪，""大熊"对新来的黑人小伙子蔡斯解释道，"而且训练结束后所有人都能活着走出去，并一起享用啤酒。"

"佛爷"奥尔蒂斯——团队的爆破专家——领着蔡斯下到"矿井"，指导他将一个爆炸装置安装在一扇钢制的门上。奥尔蒂斯信守了自己的承诺，他要先训练好新人之后才会离开。格拉夫斯和考尔德站在一个高台上观察着下方的训练情景。"铁血团队"目前暂时处于非战斗状态，他们一面开展训练，一面等待新的任务。他们的外表也发生了一些转变，每个人都剃光了胡须，头发也剪短了，还穿上了数字化作战服和翻毛作战靴。

"佛爷"有着与詹姆斯·迪恩极为相似的英俊相貌，此时他正以特蕾莎修女般的耐心态度对蔡斯进行指导，不厌其烦地告诉年轻人应该如何以正确的方式炸开一扇门。高大的黑人小伙蔡斯目前是"大熊"的团队里最年轻、资历也最浅的新人，他已经将填充有C-4炸药的爆炸装置固定在了那扇门上最为薄弱的地方，并转头看向"佛爷"。还有什么要做的吗？

"佛爷"使劲扭了扭头，两人立刻退到墙边的安全区域蹲伏起来。爆炸声震耳欲聋，那扇钢制的门瞬间被炸得脱离铰链，朝里面倒去。就在奥尔蒂斯对爆炸情形进行评估之时，几名来自美国海军工程兵部队的技术工程兵迅速赶了过来，准备把门重新装回去。

"你读过大学，对吗？""佛爷"对蔡斯说，"那么你应该知道每一个作用力都对应着一个与之相等的反作用力。"

"是的，这是牛顿的第三运动定律。"

"你说得很对，"奥尔蒂斯奚落道，"你刚刚的作用力太大了，知道吗？就好比你在该用手术刀的情况下却错用了斧头。再来一次吧。"

技术工程兵们还在安装先前那扇被炸开的门，于是他们走到另一扇完好的门边。站在观察台上的"大熊"面露不悦之色。"看来新人一时半会儿还没法达标。"他评价道。

"我跟你赌一打牡蛎拼盘，我想你猜错了。"考尔德向他挑战。

在他们下面，蔡斯在"佛爷"的指导下，开始往另一扇门上固定一个更小的爆炸装置。

"停下！"

"怎么了？这次我减小了力度。"

"这不仅仅关乎力度。炸药的位置也同样重要。你必须全面考虑与爆破有关的问题。现在你来仔细观察一下这扇门。"

他等着蔡斯对门进行观察。可是蔡斯看上去却困惑不已。他究竟该怎么观察这扇门啊？

"赶紧啊!""佛爷"提醒道,"快去观察它。"

蔡斯对此已经受够了,"不如你就直接告诉我哪里做错了吧,奥尔蒂斯,我会改正的。"

随着时间渐渐过去,奥尔蒂斯那特蕾莎修女式的耐心也被消磨殆尽了。他无奈地垂下头,眉眼垮了下来,"你自己来琢磨吧,聪明人。聪明的哈佛毕业生。"

他走上高台,来到了格拉夫斯和考尔德身边,留下蔡斯独自解决他遇到的问题。

"难道你不该多鼓励和夸奖他吗,'佛爷'?"考尔德语带埋怨,"那孩子不错啊,不比你差。他应该用不了多久就能独当一面。"

"佛爷"没作任何回应,转而看格拉夫斯,"他还带着之前队伍的习惯。不过我还有两周时间,我会把他训练好的。"

格拉夫斯与他四目相对。自从奥尔蒂斯在安娜贝尔的成人礼上说出了自己打算退出的计划之后,他俩之间便竖起了一道隐形的高墙。

"你真的去意已决了?"格拉夫斯追问道。

"是的,还有一些文件需要签署……"

"那就快去签吧。签好之后就赶紧滚蛋。"

队长的语气中没有丝毫幽默的意味。格拉夫斯是真的在生气。

奥尔蒂斯耸了耸肩,"随你怎么说吧,老大。"

他知道自己必须将安娜贝尔及整家人的益处摆在首位。他没再搭理"大熊"和考尔德,头也不回地离开了战斗训练室。事已至此,他知道自己不会从他们嘴里听到什么好话。

"说得可真好,'大熊'。实在是太激励人了。不过你想让'佛爷'改变主意留下来的话,就得以爱来感化他才行啊。"

巨大的爆炸声打断了两人的谈话。蔡斯抬起头来看着高台上的两位前辈,那眼神似是在等待他们的赞许。可是他俩的心思都在别处,压根儿就没正眼瞧他一下。

"'大熊',"考尔德说,"对于你喜欢吃的软绵绵的牡蛎,我其实并不怎么感兴趣。店里那些来自加拿大的性感女招待倒是令我颇有兴致。"

* * *

晚些时候,"佛爷"奥尔蒂斯独自回到了笼屋大厅。他打开了自己笼屋里的一个空行李袋,将其扔在脚边的地面上。他耷拉着两只肩膀,仿佛它们正承受着某种无形的压力似的。这个团队里唯一的西班牙裔美国人任由自己的目光在队友们的笼屋之间久久徘徊着。他看了看考尔德的X-Box游戏机和躺椅,打量着挂在"鱼饵"笼屋里的鲭鱼,随即又注视着自己近旁一尊几乎跟真人大小相当的佛像。他的阿富汗裔队友不知从什么地方找来了这尊佛像,并作为礼物送给了他,为的是跟他的绰号"佛爷"相呼应。在大厅的另一头,原本属于"阎王"塔格特的笼屋如今已成了"大熊"格拉夫斯的栖息地。

他叹了一口气,选出一双长筒靴放进了行李袋。他还会在这里待上两周,然后就要离开了。现在是时候开始收拾行李了。

他又将靴子从行李袋里取出来,放回到鞋架上。他完全沉浸在自己的内心世界里,以至于压根儿就没注意到此时格拉夫斯已经步入了他的笼屋。当他突然意识到"大熊"的存在时,才发现对方正默默地盯着自己。两人都不知道该如何翻越那堵阻隔在他们之间的高墙。

"呃,里基……"

此前"大熊"从未叫过他"里基"。"唔,佛爷……"他又改口道。

像他们这样的硬汉,通常都不知道该如何清楚地表达自己的感受和情绪,于是便习惯于采用善意的言语侮辱或讥嘲来取而代之。格拉夫斯任由沉默在两人之间流淌了片刻。好了,"大熊"。再试一次吧。

"呃，里基，听我说。你已经在这里与我并肩工作了很长时间。唔，确实很久了。正是由于这个原因……我想说的是，现在你决定要离开……"

奥尔蒂斯看出格拉夫斯是在试着为自己先前的态度道歉，于是打算帮他将这场道歉进行得更容易一些，"我们已经一起经历了那么多事情，'大熊'。我明白你的意思。"

巴克利穿过笼屋大厅朝他们走了过来，无意中缓解了两人之间的尴尬。巴克利把头探进奥尔蒂斯的笼屋。"指挥官让所有射手都去作战简报室开会。"他宣告道。

格拉夫斯和奥尔蒂斯意味深长地对视了一眼。奥尔蒂斯现在改变主意还不算太晚。"大熊"跟在巴克利身后走出了大厅，而"佛爷"则转过身，在原地伫立着，陪伴他的唯有他将再也不能看到的装备——当然还有无尽的回忆。

第十三章

弗吉尼亚海滩上的海豹突击队基地

整个海豹六队由数支以颜色命名的中队构成,各突击中队又分为三个排,而各排则根据任务需要被划分为数支小分队。此刻,三支中队的指挥官都聚集在宽敞的作战简报室里,连"白色中队"的指挥官阿特金斯也在,这就足以表明此次会议绝非普通的日常例会。一定有什么大事发生了。海豹六队所有未在执行任务的成员都被召集到场,他们当中有些人穿着便服,看来是在休假中途被紧急召来的。另一些人——比如罗伯特·蔡斯——则是从汗流浃背的训练过程中赶来的。

"鱼饵"卡恩和"公鹿"巴克利将各自的手机放在了简报室门外的小杂物间里,一前一后走了进来。他们在靠近"大熊"、考尔德和蔡斯的地方找了两把空椅子坐下。"佛爷"奥尔蒂斯也改变了主意,决定参加这次会议。他比其他人到得稍迟一些,进来之后他悄无声息地在靠后的区域找了个位子坐下。

主持会议的情报官员是海军上尉卡蜜尔·冯。她穿着一双擦得锃亮的靴子,站在一块大屏幕旁边,面对着众人。她是一名相貌精致的美亚混血儿,年约三十岁。身处一屋子身着迷彩服、血气方刚的硬汉中间,她一点都不怯场,腰板挺得直直的,以锐利的目光扫视了一下全场。所有人都到齐了吗?

"好了,我们开始吧。"她开口说道,"在刚刚过去的一小时中,我们看到了好几起显然属于协同袭击范畴的事件,事件发生地点分别位于伊斯坦布尔的一家电影院……"

说着她朝伫立在旁待命的技术人员点了点头。墙上的大屏幕上出现了一张照片,是一家电影院被大火吞噬的画面。

"雅加达的一个军事训练基地……"

屏幕上的画面被切换成另一幅:印度尼西亚的军校学员们正忙着将其余同伴从一堆废墟中拖拽出来。

接下来的画面是一栋看似政府大楼的建筑,其上冒出的滚滚浓烟直冲云霄。"最后是我们在非洲坦桑尼亚的大使馆。作案者并非身着自杀式炸弹背心且手握AK步枪的初级圣战分子。这些事件像是巴黎袭击事件的升级版——由采用先进武器且有着高度组织化与控制能力的小型团队所为。"

大屏幕旁边的一个小屏幕上显示着一张照片:两名身穿黑衣且戴有黑色面罩的士兵站在燃烧着的大使馆门前,他们手中挥舞着一面黑旗,旗上印有一排绿色的字母。

"冯上尉,"阿特金斯指挥官代表众人问道,"我们知道那是谁的旗帜吗?"

"鱼饵"卡恩念出了一串阿拉伯语:"La-eelah ella lah wa Muhammed rah-sool el lah."

"听不懂这是什么下流话。""公鹿"低语道。

"鱼饵"笑了笑,开始翻译:"这句话的意思是:'这世上没有上帝,只有真主——他的先知是穆罕默德。'这是很常见的一句标语。不过我们还没见过用绿色字体印出来的。"

"没错,"冯上尉确认道,"这是一个新的组织,可能隶属于ISIS或基地组织,也可能独立于它们之外。对此我们正在进行调查。最起码我们知道一点,这些人看起来训练有素,有着我们从未见过的组织能力。"

说完她朝阿特金斯指挥官点了点头。后者大步走上前来。他是一名四十来岁的高个子男人,留着平头,满脸沧桑,神情严肃,下巴上还有一道疤痕。

"好了,还有一件事,"他宣告道,"不过显然跟我们刚才提到的事情无关。二十四小时以前，一群武装人员对尼日利亚贝宁城西北边一百多公里外的一所女校发动了袭击，而且他们还将一些照片散布到互联网上。"

技术人员将一系列展现该袭击事件之后果的照片逐一显示在了大屏幕上。第一张照片是林间空地上一座带钟的四室小校舍，看上去就像经典美剧《草原上的小木屋》里的小房子。其他照片从不同角度展现了校舍内的混乱情形。室内随处可见翻倒在地的课桌椅以及非洲女童们扭曲的尸体。惨遭毒手的女孩们身上穿的白衬衫和格子短裙已经被鲜血浸透了。教室外面的操场上有更多的尸体，其中至少有一名死者看起来应该是身着欧洲人服装的白人男子。校舍附近还停着一辆四个车胎都被扎爆了的路虎越野车，车窗全无，车子的引擎被火烧得焦黑。

"他们还挟持了一些人质。"阿特金斯指挥官透露道。大屏幕上开始播放人质照片，他对人质的身份一一进行介绍。据推测，恐怖分子是出于某些政治或宣传目的而挟持这些人质的。臭名昭著的ISIS及其附属组织时常将虐待或残杀人质的恐怖行径——斩首、将人质关在笼子里溺亡、把人质钉在十字架上活活烧死等——拍摄下来，并将录像广泛公布于社交媒体。这种病态的方式对他们的招募工作起到了推波助澜的作用。

"被挟持的有一名教师和几十名女学生……"指挥官指着第一张照片介绍道。

照片上的年轻女老师有着棕褐色皮肤，看起来勇敢而坚定，她正试着帮助一群吓坏了的学生躲避来自画面之外的持枪歹徒的袭击。

"他们杀害了这名美国雇佣兵和一名摄影师，当时一家来自美国的石油公司正在那所学校举办一场宣传活动……"

大屏幕上出现了两具尸体的特写照片。死者分别是一名大个头的黑人男子和一名白人男子，两人都很年轻，而且都趴在光秃土地上的血泊当中。

"大熊"格拉夫斯不由得眯缝起了眼睛。这个世界已经变得越来越疯狂了。

"他们掳走了那家石油公司的一名高管和一名公关专员。"指挥官继续说道,"另有一个坏消息。他们还挟持了……"

当军士长理查德·塔格特的照片赫然出现在屏幕上时,整个房间里涌动着一股愤怒的洪流。塔格特瘦削的脸上沾满了血迹,他毫不畏惧地直视着相机镜头,眼里充斥着愤怒和蔑视。在这间作战简报室里,还有极少数人并不认识塔格特,于是阿特金斯指挥官作了一番简要介绍。

"理查德·塔格特曾是海豹六队的一名团队领袖。事发时他显然在为那名雇佣兵工作。到目前为止,'阎王'曾效力于海豹六队的背景尚未被人发现。我想,不用我说你们也能想到,那将给他个人带来多大的人身危险,并且也会给国家带来极大的安全隐患。若有任何新闻记者到海滩来探听消息,所有人都不得走漏任何风声。"

"长官,劫持他的是谁?"格拉夫斯问道,他的声音因愤怒而有些发颤。

阿特金斯转头看向冯上尉,"博科圣地组织?对吧,上尉?"

"绑架学生是他们的惯用作案手法之一。"她评论道,"博科圣地组织做事从不拖泥带水,去年他们杀死的人比ISIS还多。"

曾由塔格特率领的五名海豹突击队员——"大熊"、考尔德、卡恩、巴克利及奥尔蒂斯(此时依然没有人注意到他正坐在后面)——都呆呆地坐在原位。他们紧抿着的嘴唇和凶狠的目光昭然揭示出了其心中熊熊燃烧着的怒火。

"我们正在追踪一个高价值目标,"冯上尉继续说道,"他是一个对博科圣地组织的运作方式有着详细了解的通讯员。我们获取的信号情报表明,他已前往拉各斯去参加一场会议了。"

阿特金斯指挥官回到了自己的座位上,但他并未坐下,就站在那儿面对着这个坐满了海豹突击队员的寂静房间。

"白色中队,"他说,"你们来负责这次的任务。"

"大熊"格拉夫斯非常看重这个任务。那名通讯员或许知道博科圣地组织将"阎王"塔格特和其余人质带到了何处。他突然站起身来,双手握拳紧贴身体两侧,"长官,我的团队想要这个任务。"

"我已经为你们安排了任务,格拉夫斯队长。在我们制订目标计划的过程中,你们得保持待命状态。"

指挥官打量着一张张望向他的严肃脸孔。他为他们感到骄傲,非常地骄傲。在这间作战简报室里,没有哪一个人会不愿为他的弟兄冒险甚至舍命。

"好了,会议到此结束。'大熊',你的团队在接到进一步通知之后的一小时内就展开行动。"

第十四章
尼日利亚

当"阎王"塔格特醒来的时候,他不知道现在是什么时辰,也不知道自己身在何处。他只知道自己正位于一块上下颠簸着的移动的硬质平台上,正前往——地狱?他向来认为自己早晚都会去地狱,却不曾料想是由一辆卡车运去的,魔鬼撒旦拥有一支专门用来运送人们去地狱的卡车队吗?

他的胸口疼痛不已,由此他判定自己很可能还活着。随着他的心脏每跳动一次,一种类似遭受电击的疼痛感便会从他那曾被子弹击中的躯干向全身蔓延开去。多亏了凯斯坚持要求他把凯夫拉防弹插板插进自己的防弹背心里面,这才勉强捡回了一条性命。不过凯斯可能已经死了。在校舍遇袭的时候,"阎王"亲眼见到凯斯倒在了地上。

从不远处传来的一声绝望的大叫令他彻底清醒了过来。"不!别这样!"

他环顾四周,发现自己被关在了一个狭小的钢丝笼子里,这个笼子和好些别的笼子都被堆放在一个类似船运集装箱一样的容器里面,显然正由一辆平板卡车运载前行。堆放着笼子的空间里灰尘弥漫,能见度极低。起初他只看见一双穿着皮靴的脚从毗邻的笼子伸了出来——那笼子的门洞是敞开的。那双靴子的鞋尖向下,正不住地蹬着地。

一个女人的尖叫声再度传来。"阎王"猛地站起身来,却发现这笼子的高度不到一米,根本不容他挺直背站立。看来当初他是被人将身体弯折后硬塞进这笼子里的。

"住手!"他喊了一声。由于他非常虚弱,这已经是他当下所能采取的最强硬的回应方式了。

他双手握拳,敲打着笼子,以发出尽可能大的声响。集装箱后面的一扇宽门打开了,光线一下子亮了起来。门口赫然出现了一个庞大而骇人的魔鬼的轮廓,只见他佩戴着十字弓,手里还握着一支手电筒,大步走进集装箱里。

手电筒的光束在集装箱内四处扫射着,最后停留在了那个穿着靴子、刚爬出笼子并准备站起身来的男人身上。刚进来的"魔鬼"手握十字弓,向后拉动弓弦。只听得"嗖"的一声,一支弩箭飞了出去,正好射中了那名违规者的后脑,并射穿了他的头颅,一时间血流如注。笼子里的女人喊叫得比先前还要更尖厉刺耳,不过塔格特却看不到她。

这时又有几名拿着手电筒的卫兵冲了进来,以十字弓作为武器的"魔鬼"用一种来自地狱深坑的低沉声音对他们说了一句阿拉伯语。

借着众手电筒的光,塔格特看到女老师娜奥米正惊恐万状地蜷缩在笼子的最里面。"魔鬼"将一只穿着12码靴子的脚踩在死者颈部,用力地将弩箭从他头上拔了出来。其余的人走上前来,拖着尸体离开了。从随后传来的声音判断,他们很可能将尸体直接扔下了卡车。

大个子"魔鬼"转头瞪向塔格特,后者赶紧将头转开不去看他。塔格特知道眼下自己正处于绝对劣势,没理由去挑衅对方。

"他刚才说什么了?"当卫兵们重新锁好娜奥米的笼子并走出集装箱之后,"阎王"有些好奇地问道。

"他说要把我留给他们的头儿。"她以麻木而又微小的声音回答道。

伴随着轮胎与尘土、碎石相互摩擦的声音,以及呼啸着吹过集装箱外壳的风声,卡车继续在荒野中行驶着。当卡车最终停下来的时候，仍然还是白天，不过日头已经开始西沉了。那名佩戴着十字弓、脑袋跟南瓜一样大小且剃着光头的男人——塔格特终于在自然光下看清楚了他的模样——监督着"阎王"和娜奥米从集装箱里走了出来。路边还停着另外两辆积满灰尘的卡车，十字弓射手指挥着他俩进到了其中的一辆。来自女校的其余俘虏被聚集在马路上，他们大概是被另一个集装箱先行运来的。小女孩的数量少说也超过了一打，她们全都紧紧地拥抱在一起，脸上挂着眼泪。辛科石油公司的总裁特里·麦克埃文、有着运动员身型的公关专员尼克以及他们雇佣的非洲裔司机则各自分开站着，内心的恐惧令他们的身体显得异常僵硬。

"让他们全都到卡车里去。"十字弓射手发号施令。

大多数身着校服的女孩被卫兵分别开来，并被驱赶着走向一辆有着高板条侧板的卡车。

"不！"娜奥米抗议道，"你们要把她们带到哪儿去？"

另一些穿着卡其布制服的卫兵们抓着她的手臂和头发，推搡着她上了另一辆卡车，剩下的五名女学生跟她待在一块儿。塔格特、麦克埃文、尼克还有那名叫哈基姆的司机也被推上了同一辆卡车。伴随着"砰"的一声响，卡车的后挡板被关上了。几名武装卫兵攀上了卡车的侧挡板，并在接下来的行驶途中始终待在那上面。

出于职业本能，塔格特转头四下察看了一番，试图找到一些可供日后参考的地标，却未能如愿。在前方的十字路口，有一条蜿蜒着穿过林间的窄路，泥泞的路面上布满了车辙，周围看不到任何有人居住的迹象。就在一名卫兵将一个粗麻布袋套在他头上，从而蒙蔽他双眼的那一刹那，他突然留意到了一个有价值的地标，并将其牢牢记在脑子里。他看到远处有一根持续燃着火的火炬，他猜测那可能是一座炼油厂。

待两辆卡车上的俘虏都被安置妥当并做好防卫措施之后，两辆卡车朝着两个不同的方向开走了。

第十五章
弗吉尼亚海滩上的海豹突击队基地

"大熊"的团队得在接到行动通知后一小时之内就立即出发。到了那时,他们根本来不及跑回家去跟自己的妻子和孩子们吻别,也来不及打电话跟银行沟通关于某张透支支票的事宜。一旦队员们的手机上收到了内容为"999999"的代码信息,就表明他们是时候拨出那通令各自的妻子惧怕不已的电话了。

亲爱的……亲爱的,我今天不回家吃晚饭了。

今天晚上?噢,上帝啊。你要小心哦。我爱你。我会为你祷告的……

"大熊"格拉夫斯和他的队友们离开作战简报室后都径直前往各自的笼屋,开始为将临的呼召做起了准备。"佛爷"也和他们一道行事。他还未提交自己的离职文件,这就意味着他仍然还是"铁血团队"的一员,理当继续服从团队的安排部署。

"大熊"在笼屋里找出了他的水下呼吸器、靴子、头盔、阔边丛林帽、帆布背包、GPS装置、野外作战装备、凯夫拉防弹背心及插板、夜视镜、匕首、手枪等适用于各种作战环境的装备,并将它们全都堆放在了笼屋的水泥地面上。待他从上级那儿得知具体的目标计划之后,便会从中挑选出适用于本次任务的必要装备。

他拖来一把凳子坐下,然后开始对地上的装备进行分类整理,可他的思绪却飞到了别处。他总是忍不住去设想塔格特落入非洲那些混蛋的魔爪之后,将会有怎样的遭遇。他和塔格特共事的时间很长,至少有十年之久。"大熊"这条命也是借着"阎王"才得以保全下来的。

在格拉夫斯刚开始与塔格特一同执行任务的那段时间，有一次他们的团队获派潜入伊拉克境内被敌军控制的城市摩苏尔，目的是救出一名被俘虏的美国海军陆战队员。这名队员落入了一群头裹穆斯林头巾、由伊朗人支持的基地组织之手。该组织的头领是一个残忍至极的王八蛋，他的名字是……

该死！"大熊"还以为自己绝不会忘记那个名字……欧麦尔·阿尔伽马。

他们发现那名海军陆战队员被关在了一间地下室里，他的颈上套着绳索，如同待宰的猪一般被悬垂在天花板上。他的阳物被残忍地割下，之后又塞入了他的嘴里。俘虏他的混蛋还用刀子在他的胸膛上深深地刻下了"真主至大"几个字。在他被吊起来之前，已遭砍掉了十指、鼻子、双耳和双脚。

"大熊"刚一开始执行救援任务，就被那该死的阿尔伽马发现了。就在对方朝"大熊"开枪的那一刻，"阎王"不知从哪儿突然冒了出来，挺身为格拉夫斯挡住了子弹，同时对阿尔伽马予以反击。"阎王"的腹部负伤，但顺利结果了那混蛋的性命。他朝对方发射了整整一弹匣的子弹，将其打得体无完肤，恐怕连"天堂"里的七十二名处女也不敢近身前去服侍这殉难的家伙吧。

人为朋友舍命，人的爱心没有比这个大的。[①]

"阎王"和"大熊"合在一起，构成了整支团队的灵魂。他们亲如兄弟，且手足同心。

考尔德走进了格拉夫斯的笼屋，"'大熊'，你还好吗？"

格拉夫斯的手里握着一个潜水面罩。由于用力过猛，他的指关节有些发白了，他的手也开始不由自主地颤抖起来。

"我之前还不知道'阎王'在非洲哩，"考尔德说，"你知道吗？"

置身于自己笼屋当中的"佛爷"猛地发觉，他们的队长正被一种渐渐增强的情绪所吞噬。

---

① 引自《圣经·约翰福音》第十五章第十三节的经文。

"或许我们应该以后再讨论这个。""佛爷"朝考尔德喊道。

已经太迟了。"大熊"突然跳了起来,使劲将手中的潜水面罩甩向地面。由于他用力过猛,面罩一下子被摔碎了。紧接着,他伸出两只手来握住了考尔德的脖子,将后者推过去抵在了笼屋的钢丝网墙上。

考尔德并未做出任何反抗。他的颈部被"大熊"牢牢钳住,全身渐渐变得麻痹而又动弹不得。他的太阳穴上青筋暴突,整张脸都变成了紫色。

"佛爷"一个箭步冲上前去,试图将两人分开。"噢!'大熊',快放开他,"他以一种安抚性的口吻说道,"放开他,'大熊'。别这样。嘿,嘿!看着我,'大熊'。快看着我。"

格拉夫斯眨了眨眼。他的视线又能重新聚焦了,随即他环顾了一下四周。

奥尔蒂斯继续以平静的语气宽慰他:"这不是他的错,'大熊'。这不是任何人的错。事已至此,我们都该接受现实。"

"大熊"用力地摇了摇头,似是想让自己冷静下来。片刻后,他松开了握住考尔德颈项的手,双臂垂落在身体两侧。心有余悸的考尔德一面警惕地留意着比自己个头大很多的"大熊",一面呛咳起来。

"我们要解决眼前的问题,'大熊',""佛爷"低声说道,语气柔和得像是正在安抚一个发脾气的孩童,"这才是我们应该做的。我们要把他带回家来。"

格拉夫斯一言不发地大步走出了开放式大厅,随后又朝着团队休息室所在的方向走去了。蔡斯一脸困惑地转头看向巴克利。

"这是怎么回事?"他不解地问。

蔡斯听说过一些片面的小道消息,但并不知道事情的全貌。他只知道团队在库纳尔省执行任务的那天晚上,塔格特、"大熊"和考尔德之间发生了一些事情。在行动后的小结报告中,此事略有被提及，不过那只是官方的说法罢了，或许离真相还是有一些距离的。

"公鹿"怀疑奥尔蒂斯或许知道真相，不过"佛爷"也对此事守口如瓶。

"我们没权知道，是吧，'佛爷'？"巴克利试探着问道。

"知道什么？"

"在阿富汗时到底出了什么事。'阎王'为什么在那之后很快就退伍了。"

考尔德揉搓着自己的喉咙。"'阎王'退伍是因为一些个人问题，"他那受伤的喉咙发出了嘶哑的声音，"他的妻子离开了他，并且清空了他的银行账户。"

"佛爷"朝"公鹿"走去，举止中毫无退缩之意，"现在你知道了吧？事情就是这样。已经够清楚了，是吗？"

第十六章
弗吉尼亚海滩

弗吉尼亚海滩一年一度的十五公里长跑比赛将于三周后拉开帷幕。莉娜·格拉夫斯为迎接比赛的到来而刻苦训练着，她在每日例行的长跑练习中始终保持着有规律的深呼吸方式。现在，她离家还剩最后一百米的距离了。她减慢了速度，从军事基地外的锡达克雷斯特社区的宽阔街道上跑过。街道两旁各有一排外观非常相似的房屋，里面住着一些已婚的海豹突击队员和其他海军人员。她从跑步短裤的腰带环上取下一张手帕，擦了擦额头上的汗水，转眼已来到了位于街道尽头处的一栋房子跟前，她丈夫的皮卡车就停在家门口的车道上。她看到了自己的丈夫，他正用一根水管为门廊前种着的矮牵牛花和金盏花浇水。

他的眼睛朝着莉娜跑来的方向，目光无神而空洞，似乎并没有看到她。莉娜可不是一个容易被人忽略的女人，她有着运动员式的苗条身型，四肢被晒成了健康的棕褐色，秀美的金发从她头上那顶印有旧金山巨人队标志的棒球帽边缘逸出，随风飘荡。她驻足停在草坪上，盯着格拉夫斯看了一会儿，内心的担忧令她不由得皱起了眉头。

"大熊"手握水管，一动不动地呆立着，管子里的水倾注在花坛中，在他靴子四周的泥土里聚集成了一个小水坑。莉娜轻轻地从他手里取过水管，伸手关掉了水龙头。

"你在想着关于'阎王'的事，对吗？"

格拉夫斯这才回过神来。片刻之后，他机械式地点了点头。

"是杰姬告诉我的。你们很快就要离开了？"

"也许是吧。现在还不知道具体时间。"

她举起一只手放在他的脸颊上,"我要进屋去冲个澡。我们半个小时后吃饭。"

他的心里依然记挂着"阎王",所以心不在焉地洗了个手之后便回到了客厅。他认为自己先前对亚历克斯·考尔德的所作所为实在欠妥。当塔格特身为队长的时候,可从来没有像他那样在队员们面前失去冷静,甚至大发雷霆。

莉娜是个爱整洁、有条理的人,从她家的客厅就能看出这一点来。所有物品都各归其位,摆放得整整齐齐。格拉夫斯在该放电视遥控器的地方找到了它,然后用它打开了电视机。他的目光在电视机旁边的全家福照片上停留了片刻,照片上的爸爸、妈妈和萨拉宝宝组成了甜蜜的一家三口。他的注意力很快就被福克斯新闻频道正在播放的内容吸引了,新闻里正在报道美国人质在尼日利亚被掳走的事件。其中三名人质的身份已经得到了确认,他们分别是特里·麦克埃文、尼克·罗杰斯和理查德·塔格特。谢天谢地,到目前为止,"阎王"曾担任海豹突击队员的身份尚未被暴露。

莉娜已经准备好了食物,是"大熊"最爱吃的烤土豆、洋葱及胡萝卜,还淋上了肉汁。可是当他和莉娜一起在餐桌前坐下时,他压根儿就没留意到桌上正摆着自己最爱吃的菜肴。他没法不去想跟"阎王"有关的事情,而这恰恰是他最不愿意和妻子谈论起的一个话题。

"你刚才跑得怎么样?"他问莉娜。

"四分半钟跑了一公里。"

"还不错嘛。"

她的声音听上去有些缺乏信心,"我总感觉自己还没准备好参加比赛。"

"你会做得很好的。"格拉夫斯鼓励道,"你无论做什么,都能做得很好。"

莉娜突然想到了什么，脸上露出了一丝笑意。她以半戏谑性的口吻说道："要不你和我一起跑吧？我喜欢看你穿紧身弹力裤的样子。"

"这一天会到来的。"

他握着莉娜的手，开始进行简短的谢饭祷告："亲爱的上帝，感谢你赐给我们今日的食物，也感谢你保护我们。奉主耶稣的名向你祷告。阿门。"

莉娜抬起头来。"你知道我在祈祷什么吗？"她问他。

哦，他已经透过莉娜的眼神猜出她要说的是什么了。这样的情形从前不是没有出现过。可是，上帝啊，求她别说出来，别在今晚说出来。格拉夫斯试图转换她的思路。

"浴室门有点卡住了，你希望我能把它修好。"

"别去想修门的事了。萨拉的事情已经过去差不多一年了，约瑟夫。"

自从萨拉夭折之后，家里的气氛似乎一直都是这样。他时时刻刻都能感受到整栋房子里充斥着失去她所带来的巨大忧伤。

"这一年来，我投入到了全能三项运动中，也致力于攻读硕士学位。可是约瑟夫，我觉得这样还不够。"

她悲伤地叹了一口气，然后继续说道："还记得你曾告诉我你想要多少个孩子吗？四个，约瑟夫。你说你想要四个孩子。现在，只要有一个我就满足了。我需要一个孩子。你也一样。"

格拉夫斯感觉自己已经没了胃口。他低头凝视着面前的盘子。莉娜拒绝转变话题，看来她已下定决心要在他再次外出执行任务之前把这个问题解决了。

"上次我们用了多长时间……"她提醒道，说着说着她显得容光焕发起来，连眼睛也变亮了，"约瑟夫，我打算预约……一位专家。"

"那些医生，"他抗拒道，"我们可负担不起。"

她一把握住了他的手，"这不是钱的问题。"

"这就是钱的问题,现在不是,将来也会是。"他反驳着。

他们曾经有过一个女儿,后来又失去了她。他不愿再冒一次险了。

"约瑟夫,我们得向前看,也得往前走。萨拉的在天之灵也会希望我们、也希望你这样做的。"

他转过头去,试图隐藏心头突然涌起的强烈情愫。许多像他这样的硬汉都敢于直面危险,敢于与恶棍歹徒兵戎相见,敢于跳伞空降到敌人后方,敢于在海中与鲨鱼共泳……可是当他们面临与情感有关的问题时,却又变得多愁善感且软弱不堪。

"听我说,"莉娜提议道,"晚饭后,你去一趟你的工作间,把你为萨拉做婴儿床的图纸找出来。现在是时候做一个新的了。你的双手自然知道它们该做什么。"

这次她当真是铁了心了。

"那么,约瑟夫,我们就这么一言为定了吗?过会儿我去工作间找你。"

* * *

由于刚才用餐时的气氛有些紧张,所以"大熊"吃得很少。饭后,他认为自己起码应该去车库的工作间里做点什么,才能让莉娜得到些许安慰。再说了,他也发自内心地希望能独处一会儿。来到工作间,他凝视着自己曾为萨拉的婴儿床所画的图纸,一时间思绪万千。那时他和莉娜都兴奋不已,他们抑制不住地不断谈论着与即将诞生的女儿有关的种种梦想。那些梦想,都已经随着萨拉的逝去而烟消云散了。

他叹了口气,戴上防护眼镜,然后选了一块胡桃木,将其放上车床加工起来。霎时间,整个车库里都充斥着刺耳的摩擦声。

他很快就加工完了第二条床腿,他把它握在手里仔细查看着,以确认其上是否存在任何瑕疵。这时考尔德走了进来,他穿着已经洗得褪色的牛仔裤和勃肯拖鞋,带着满脸悔意。

"莉娜说你在这儿。"他解释道。考尔德看起来有些犹豫,似乎不确定对方会有怎样的反应。

格拉夫斯什么也没说,考尔德显得更加不安了。他不想让自己的两手闲着,便拿起一把木凿子,用拇指轻抚凿子的刃口,看它是否足够锋利。紧接着,他抬起握着木凿子的那只手,指了指"大熊"放在车床上的那段木料。

"你在做什么?"

格拉夫斯立即将婴儿床的图纸翻了个面,将其隐藏起来。"给'佛爷'的分别礼物。"他回答说。

"真奇怪。莉娜说你准备做一张新的婴儿床,我觉得这倒是个好主意。你需要跟她多谈谈,她……"

格拉夫斯打断了他,"你到底想说什么?"

考尔德脸上一怔,俯身将两只手臂支撑在工作台上。他朝格拉夫斯倾过身去,"听我说,'大熊'。我跟你一样,也为'阎王'遇到的事情感到很生气。所以我不会把今天发生的事情放在心上的。"

"你的确应该这样。"

接下来发生的事情颇有些出人意料,有着"淘气阿丹"式的相貌特征,性情放浪不羁的考尔德,竟然摆出了一副圣贤之士的姿态。"'阎王'做得太过了,"他说,"他有点儿失控。"

格拉夫斯又开始埋头苦干起来。他今晚不想听考尔德对"阎王"的论断之词,"至于他做得是否过分,我唯一在乎的评判依据就只是善与恶之间的那条界限而已。'阎王'是站在善那一边的。"

考尔德有些难以置信地摇了摇头,"所有的一切你都看到了,可你仍然认为事情有那么简单吗?"

"大熊"依然坚持己见,"你背叛了团队的队长。与其这样,你还不如直接杀了他。"

考尔德丝毫没有妥协之意。他迎着"大熊"的目光,"我不过是将'阎王'自己已经知道的事情告诉他了而已。这就是他离开的原因。"

他停顿了一下。

"还有,'大熊',如果你像他那样失控,我也会对你做同样的事情。"

"这就是我跟你不同的地方。"

"这只是其中一方面罢了。"

考尔德停顿了片刻,让对方能充分吸收自己所说的话,随即以非常自然的方式转换了话题,"'大熊',如果'阎王'还活着,我们一定会救出他的。"他的口吻变得柔和,"我们一直并肩作战,'大熊',将来我们还要继续合作,互相支持。不过……"

他再次用一只拇指轻抚着木凿子的锋利刃口,"不过你要是再像那样对我的话,我劝你最好把事情做绝了。"

两人之间的气氛剑拔弩张,对立的情绪渐渐高涨,眼下的情势变得越来越危险。他们面对面地站着,考尔德手里握着木凿子,"大熊"拿着一块胡桃木。情况急转直下,空气似乎冻住了。

随后,考尔德竟突然莞尔一笑,化解了眼前的危机,"你想和我一起去喝一杯啤酒吗?"

格拉夫斯拒绝了。他低头继续工作,"现在还不行,我得先完成这个。"

第十七章
弗吉尼亚海滩

海豹突击队员们喜欢彼此黏在一处,即便是在非工作时间也一样。里基·奥尔蒂斯心神不宁地待在客厅里,他的居所与格拉夫斯的家相隔不远,就在步行距离之内,同属锡达克雷斯特社区。他不停地按遥控器,在各个新闻频道之间来回切换着,以搜寻跟"阎王"有关的新闻。在这期间,他拿起手机,拨通了一个号码。

"我是'佛爷',"他对着手机话筒说道,"有什么进展吗?"

电话那头的考尔德表示无可奉告。

"是啊,我也在等,""佛爷"说,"眼下也只能这么等着了。"

杰姬进到屋里,肩上扛了一根棒球棒。小里基跟在杰姬身后进了门,他穿了一套少年棒球联合会的制服,式样是按照圣路易红雀队的制服仿制的。今晚是他的比赛之夜。

"里基,你怎么还在这儿啊?"

怎么了?莫非他忘了什么?

"你想更多地参与到家庭事务当中来,不是吗?"她语带责备地说,"那么,安娜贝尔的舞蹈课快要结束了。你说过你要去接她放学的。"

她猛地拍了一下手,"快!快!快!你快要迟到了。"

难道这就是他所期许的提交辞职文件后的生活?

当他赶到新星舞蹈学校时,舞蹈课快要结束了。教室里,舞台下方被骄傲的母亲们挤得水泄不通。她们大多有着较高的社会地位,穿着与其身份相得益彰的高档套装。奥尔蒂斯四处打量了一番,发现他是这里唯一一名男性家长。或者更准确地说,他大概是方圆十英里之内唯一的一名男性。身在芭蕾舞教室的海豹突击队员！他觉得自己仿佛是桑德斯上校炸鸡店里的一块鸡肉。

漂亮的女学生们穿着紧身裤袜、芭蕾舞短裙和看起来颇有些滑稽的平头舞鞋，以极其优雅的姿势在舞台上绕圈行走着。里基看到了安娜贝尔的身影，胸中顿时充满了骄傲之情，整个心境也发生了变化。他的女儿无疑是拉美裔女子当中漂亮而又优雅的典范——就和她妈妈一样。这时，安娜贝尔和同伴们一齐展开双臂，朝着舞台下方行了一个优美的屈膝礼。母亲们爆发出一阵阵热情洋溢的掌声，旋即她们争先恐后地朝自己的女儿奔去。

"不好意思……借过一下……"里基一面不住地念叨，一面在笑意盈盈的年轻女孩们中间穿梭前行。他紧紧地拥抱了女儿一下。置身于眼下的环境中，他感觉更加难为情了。不过他依然笑容满面地望着女儿。

"你可真棒啊，"他热情地赞许道，"安娜贝尔，你跳舞的时候很有自信。"

安娜贝尔把一个衣袋递给了他，"你压根儿就没看到我跳舞的样子。妈妈在哪儿？"

"今天我想来接你。你想吃点冰淇淋吗？"

她以责备的眼神看了他一眼。在我成长的过程中，他总是缺席。他究竟干什么去了？"我患有乳糖不耐受症，"她提醒道，"已经有一段时日了。"

"你患有什么？"

她看到了他脸上震惊不已的表情，随即以更柔和的口吻说道："没事的，爸爸。走吧，我们去吃冰沙。"

第十八章
弗吉尼亚海滩

在团队等待呼召的过程中，队员们的生活还是得尽可能如常地进行。自从指挥官向众人汇报了塔格特在非洲被绑架的消息之后，二十四小时已经过去了。里基·奥尔蒂斯正在为参加环球安保公司早上九点的面试而忙碌地准备着，这次面试的结果与他——以及整个家庭——将来的命运息息相关。杰姬满怀信心地认为里基必定能获得这个职位，在她看来，环球安保公司绝不可能找到比她丈夫更适合管理其安保部门的人选了。

不过里基本人却有些紧张，他上次干类似职位的工作已经可以追溯到他申请加入海豹六队的时期了。他甚至无法分辨，令他感到紧张不安的原因究竟是他担心自己不能得到这份工作，还是因为他害怕自己会得到这份工作。

安娜贝尔穿着睡衣，交叉着双腿盘坐在父母的床中央。她一边给女伴发短信，一边因母亲无法为父亲扣上衬衫最上面的一颗纽扣而强忍着笑意。作为一名海豹突击队员——即将成为"前"海豹突击队员，里基很少穿着正装。他上一次盛装打扮，是为了参加安娜贝尔的成人礼仪式。这时他佯作干呕状，喉咙里还刻意发出"汩汩"的声音，似是假装成被杰姬折腾得差点儿窒息的模样。杰姬最终还是放弃了，随即将他的领带结拉了起来。

"那就别扣了吧，"她说，"领结可以把领口遮住的。"

安娜贝尔咯咯直笑，"你吃了太多次塔可钟快餐了。"

里基用一根手指头指着她，"等我把你的手机当掉用来支付学费时，看你还怎么笑得出来。"

门铃响了,安娜贝尔被这突如其来的声音吓了一跳,不由得从床上跳了下来。

"我来开门吧。"正在客厅观看卡通频道的小里基高声喊道。

奥尔蒂斯穿上一件西装外套,却发现手臂下方有点紧绷。安娜贝尔再次笑出声来。这都得怨"塔可钟"!他没去理睬安娜贝尔,开始扣上外套的纽扣,不想却发现杰姬也在强忍着笑意。于是他决定了,索性就让外套敞开着吧。

"别忘了问问他们关于学费补贴的计划,"杰姬提醒他,"安娜贝尔和小里基的学费是不是都包含在内?"

"这话你已经跟我说了五遍了吧。"

她纠正道:"不,至少有六遍了。"

她拍了拍他的头,就像她常对小里基做的那样。就在这时,精瘦结实的小里基带着"大熊"格拉夫斯缓缓走进了卧室。"大熊"冲杰姬笑了笑,算是打了个招呼。不过杰姬的脸色顿时变得严肃起来,她太了解眼前这个男人了,他是个绝不轻言放弃的人。

"现在不大方便吗?"格拉夫斯问道,他也觉出了房间里的紧张气氛。

杰姬以一种别有深意的眼神望向自己的丈夫,"是吗,里基?现在不方便吗?"

为了这个家着想,她决意不让任何事情阻碍里基接受来自环球安保公司的新工作。因为一旦里基得到了这个职位,那就意味着全家人可以过上一种正常的生活——大家可以按时共进晚餐,父亲能出席小里基的少年棒球联赛,当然最重要的是:她的丈夫不会为了在外追捕恐怖分子而长久地缺席孩子们的成长过程。从前那种家庭生活模式实在是毫无可取之处,而且每当身为丈夫和父亲的里基外出执行公务的时候,她和孩子们都得担惊受怕,不知道他是不是还能活着回来。

奥尔蒂斯看了"大熊"一眼。他知道"大熊"所为何来。他又回头看了一眼妻子,一时间竟有些左右为难起来。

"我跟他说一会儿话,不会很久的。"格拉夫斯带着歉意对杰姬说。

里基又看向杰姬,这次两人对视了良久。他的目光似乎在对杰姬说:没事的,别担心。他领着"大熊"走出卧室,来到了屋后的露台。这里非常隐秘,早晨的阳光透过后院那棵大槲树枝叶间的空隙照射下来,在他俩身上投下了斑驳的树影。

"唔,我送给安娜贝尔的那条项链,她还喜欢吗?""大熊"有些尴尬地开口道。他有些犹豫,不愿直接说出自己来这儿的目的,不过"佛爷"却早已对此心知肚明。

"喜欢啊,她都舍不得取下来。""佛爷"也显得不大自在,"我昨天去舞蹈学校接她放学了……"他的声音越来越小,留给"大熊"一个开门见山道明来意的良机。

"大熊"抓住了这个机会,"嘿,我得问问你,你签好你的退伍文件了吗?"

"我准备尽快去签……"

"大熊"转头仔细端详着他,眼前的"佛爷"西装革履,跟他那天在战斗训练室里的模样简直判若两人。格拉夫斯决定还是要努力争取一番。

"'佛爷',如果没有你,我们没法救出'阎王'。新人蔡斯显然还没有准备好。而且,呃……"他勉强笑了笑,"而且我不知道没有你的话,我还能不能忍受考尔德的那些废话。"

奥尔蒂斯若有所思地沉默了良久。杰姬正透过露台边的窗户看着他们,她板着一张脸,心里其实对丈夫可能会因迫不得已而做出的决定感到担忧不已。她知道里基面临的是一个两难的选择,要么选择她和他们的家庭,要么选择与他亲如手足的团队战友。里基总是说他更看重的是她,那么他在接下来的几分钟里所做出的决定将会证明他说的是不是实话了。

"'大熊',我实在别无选择,"奥尔蒂斯说,"我们下个月就得向安娜贝尔的学校支付学费的定金了。我必须得接下这份新工作。"

"听我说,我知道这对你来说是一个艰难的抉择,""大熊"做出了让步,"那么你再跟大伙儿合作一次好吗,这是我唯一的请求,最后一次就好。"

里基望着玻璃窗后面的杰姬。他实在不忍心拒绝"大熊",可是上帝啊,他的妻子又该怎么办呢?"大熊"兀自点了点头,随即转身离开露台,绕过屋子的侧面朝他的卡车走去。

* * *

里基·奥尔蒂斯深呼吸了一下,让自己更为振作。而后他再度确认未能扣紧的衬衫领子已经被领带结遮挡好了,便迈步走进了环球安保公司的会见室。一名年纪在五十岁上下的男子正坐在一张桃花心木做成的大桌子后面等他。面试官穿了一套灰色的西装,系着灰色的领带,头上留着灰白色的头发,脸上呈现出久不见天日的灰白肤色。奥尔蒂斯不自觉地微微战栗了一下,十五年后的自己也会是这般模样吗?

这位"灰色"先生抬手指了指一把摆放在桌前的椅子,示意奥尔蒂斯坐下。这椅子摆放的位置,不由得令"佛爷"联想起了囚犯接受审讯时的情形。房间一侧的墙上挂着一台平板电视,它正以极低的音量发出单调沉闷的声响。面试官一点时间也没浪费,直奔主题地谈起了正经事。

"奥尔蒂斯先生,正如你所知道的,我们的团队遵循海豹突击队的行事准则,不过却能够提供更好的薪酬待遇。你会为你实际拿到手的工资感到满意的。我想你的机密工作许可证已经更新过了吧。"

"当然。""佛爷"抑制住了想将一根手指塞到衣领下面并将其拉松一点点的冲动,这领子紧绷得令他几近窒息。

"关于福利待遇,"他说,"我听说你们有一个助学金计划?"

"没错,这个计划的实施范围是一些经核准的教育机构。"面试官回答道。

这时,"佛爷"眼角的余光瞥见电视机屏幕上出现了一张"阎王"塔格特的照片,照片下方显示的文字是:一名人质的身份已被确认为前海豹六队成员。

"佛爷"感觉自己的腹部像是突然挨了一记重拳似的。噢,该死!

"那么,你什么时候可以到岗呢?""灰色"先生彬彬有礼地问。

第十九章

弗吉尼亚海滩

亚历克斯·考尔德的帆布背包外面绑着头盔，被扔在了他那栋破旧的海滨小屋门外一把只剩一只扶手的旧椅子上。这背包里装的全是他的作战装备，一旦他接到行动通知，就能在跨出家门时一把抓起背包，即刻出发。若他穿戴上全副装备，并拿上武器，便能摇身变作一名杀伤力十足的人物。

小屋门外的沙滩上停着两辆车。这沙滩本身就可以用作车道。其中一辆是涂着炫彩油漆的大众复古露营车，另一辆是考尔德的紫红色老式福特野马汽车，车顶已经被锯掉了。两辆车以一种怪异的方式向彼此致意。除了在这间科德角式样的破旧钓鱼小屋门外，你还能在别处找到像这样停放在一块儿的旧汽车吗？小屋被漆成了灰色，一些油漆剥落之处看上去像极了难看的疤痕。一块冲浪板斜靠在小屋唯一的一扇门边，门的另一边摆放着一张破旧的汽车座椅，生锈的弹簧暴露在外，座椅上面还放了几根钓鱼竿。

当"佛爷"奥尔蒂斯第一次和团队成员们来这儿参加野餐会的时候，曾无比感慨地说这间小屋令他想起了老电影《惊魂记》，它简直就是电影中位于马路边上的"贝茨汽车旅馆"的缩小版。

屋内的情形也与考尔德追求自由精神的人格相得益彰。小屋共有两个房间，分别是客厅和卧室，屋后的门廊上还有一间小厨房。客厅里杂乱无章地堆放着攀爬和潜水装备，书籍随地散落，墙上贴着各式海报，一台带有唱针和旋转圆盘的唱机上放着一张黑胶唱片。客厅里还有一台来自二十世纪六十年代的电视机，它与这屋里的装潢风格倒是极为匹配。

客厅的开放式天花板上拉了一根绳子,其上悬挂着一排五颜六色、印有祷文的西藏风马旗。一头完整的咆哮状黑熊标本竖立在客厅一角的沙发旁边,沙发表面铺着一顶降落伞的伞衣。《感恩而死》[①]专辑的音乐正以震耳欲聋的方式从唱机里一涌而出,似是以这种方式来证明那古老的唱机还能继续运转。

考尔德在执行任务前最喜欢采取的减压方式是在床上流汗——而且是和另一个人一起。此时从小屋唯一一间卧室里传出的声音表明他正在进行这样的活动,与之呼应的还有《感恩而死》的音乐声以及海浪冲撞岸边的声音。凯莉——安娜贝尔的成人礼上那位火辣的金发美女——正用细长的双腿牢牢地钳住他的腰身。他们身下的弹簧床垫是考尔德从"罗伯二手商店"里淘来的便宜货,在压力下发出有节奏的"嘎吱嘎吱"声。

他的手机突然铃声大作。

别在现在响啊!现在可不是时候!

不过他还是翻身从金发女郎身上下来了,拿起手机看了看。他的神情颇为惊讶,同时开始穿上自己的牛仔裤。

凯莉笑道:"你是要来还是要走啊?"

他开玩笑地拍了拍她的臀部,"你知道吗,你让我想起了爱因斯坦。还记得他提出的关于无限的理论吗?你来她走之时便是无限。"

凯莉做了个鬼脸,"我听不懂你在说什么。"

"快穿上衣服吧。我已经迟到了。"

消音器上破了个洞的野马汽车一路飞驰,二十分钟之后他已经来到了县法院门口。他把今天要参加的那场听证会完全忘到了九霄云外,此时赶来已经迟到得太久了。他的前妻埃丽卡和十五岁的女儿德尔玛已经走出了法院内庭,埃丽卡刚刚在那儿提出了请愿,要求增加前夫付给德尔玛的抚养费。埃丽卡也是一名金发女郎。很明显,他对金发碧眼的女人有着特别的偏好,不过埃丽卡的刻薄性格

[①] 这是于1964年组建的美国乐队于1967年发表的同名专辑。

削弱了她在考尔德心目中的魅力。

自从考尔德上次见到德尔玛之后,她便开始采取哥特风装扮。她从法院走了出来,穿着一袭黑衣,唇上涂着黑色的唇膏,连头发也被染成了像煤炭一样漆黑的颜色。她浑身上下唯一不是黑色的东西是她头顶那一绺被染成白色的头发,这令人不由得联想起了臭鼬那黑白相间的皮毛。当考尔德慢跑着登上法院门口的阶梯并朝她们走去时,德尔玛完全没认出他来。

"恭喜了,你现在欠我一笔钱。"埃丽卡对他说,语气不无刻薄,"如果你不把费用付清,那就构成'蔑视法庭罪'了。"

她转头看向女儿,更多的刻薄话语从她嘴里喷涌而出,"德尔玛,这个男人就是你父亲,恐怕你还没认出他来。"

"你为什么不等着我?"考尔德抱怨道。

埃丽卡嗤之以鼻地说:"我们会把这件事累加到你在她成长过程中错过的其他事情之上。还有,顺便提一下,你的律师已经辞职不干了。"

考尔德的手机发出"嗡嗡"的声响,这独特的声音足以表明他接到了非同寻常的召唤。不过他还是低头看了一下手机屏幕,以作确认。其上显示着一条内容为"999999"的群发短信。就是它了!该来的终于还是来了!

"德尔玛,那是他的狗哨。"埃丽卡解释道。事实上,这的确是导致他俩离婚的因素之一。"你父亲很快就要消失了。"

"我会处理好这件事的。"考尔德承诺道,他指的是关于抚养费的事情。

"你当然会的,亚历克斯。"她已经不止一次从他嘴里听到过类似于此的空口大话了。

考尔德飞快地跑下法院门口的石阶,旋即坐进他那辆紫红色的野马汽车疾驰而去,徒留一团浑浊的尾气。德尔玛一脸漠然地看着离去的父亲,不过她那看似置身事外的神情底下还蕴藏着些微的好奇。

第二十章

弗吉尼亚海滩

一架外壳以棕褐色为主、整体如迷彩服一般斑驳相间的C-130大力神大型运输机停在欧西安纳海军航空站那条长达十三公里的跑道上。这架运输机的四个大型涡轮螺旋桨发动机正运转不停,背后的装卸坡道已经放下,正在装载海豹六队的队员及各类军备物资。与本次任务有关的人员已经开始登机,"大熊"格拉夫斯出现在了机场,他把一个行李袋挂在一侧肩膀上,手里还拖着一个行李箱。考尔德、巴克利和"鱼饵"很快与他会合,各自带着行李登上了运输机。

他们将制服和其他一些衣物随意搭配着穿在身上。按照特种部队的规定,凡执行秘密任务的队员不得穿着或携带任何可能会暴露其国籍的物品。倘若他们不幸被敌人俘虏,美国政府不会公开承认其真实身份。

这并不意味着他们将被弃而不顾。从未有过任何海豹突击队员、三角洲特种部队成员或"绿色贝雷帽"陆军特种部队成员被丢弃。他们的弟兄们早晚都会前去营救他们的。"大熊"和他的团队成员在离装卸坡道不远处坐了下来,他能透过敞开的舱门看到停机坪外面那片用栅栏围起来的停车场。

"该死的媒体,"他抱怨道,"就这么把'阎王'的身份给曝光了。究竟是谁告诉他们的?"

考尔德看起来像是刚刚经历了一个狂欢之夜,他来到"大熊"身边,将一块帆布垫在自己瘦削的臀部下面,随即坐了下来,"他们终归会发现的。况且这对于我们来说并不会改变什么。"

"这意味着我们得赶紧行动了,否则他们可能会把从'阎王'身上肢解下来的残块挂在某座桥上示众。"

这时,一架FA-18大黄蜂战斗攻击机沿着跑道疾驰起来,很快就直直地冲入了大西洋上方那片没有一丝云朵的碧蓝晴天。欧西安纳海军航空站是美国海军首要的喷气式飞机基地,同时也是世界上最大、最先进的航空站之一,其主要使命是训练和部署海军大西洋舰队的突击作战群。

"大熊"看了看手表。自召集令发布之后,已经过去四十五分钟了。飞机上没有人知道他们将会前往何处,也不知道此行的任务,只知道它跟塔格特有关。具体的目标计划将会在飞行途中公布出来。

格拉夫斯犀利的目光正注视着打开的舱门,似乎在等待"佛爷"奥尔蒂斯的现身。到目前为止,他并未就自己是否参与此次任务而给出明确的答复。

罗伯特·蔡斯登上了飞机。除"佛爷"之外,他是团队中最后一名登机的队员。他将自己的装备放在机舱地面上,随即朝众人露齿一笑。这将是他第一次与海豹六队及格拉夫斯的团队一起执行真正的战斗任务。

"蔡斯,""大熊"嘟囔道,"你带引爆器了吗?"

"我带了四种……"

"无电触发的那种带了吗?"

格拉夫斯从来不必向"佛爷"询问这类问题。

"嘿,'大熊',"考尔德插话道,"放那孩子一马吧。这又不是他上幼儿园的第一天。我们可以出发了,你去通知机组吧。"

格拉夫斯再次看了看手表。"他会来的。"他说,仿佛这句话具有一种能改变现实的力量似的。

"算了吧,'大熊',"考尔德劝说道,"我们每个人都有自己的路要走,只不过'佛爷'的路不在这里而已。"

格拉夫斯看了考尔德一眼,神情有些受伤,随后他将目光继续投向舱门之外。这时,一名地勤人员开着一辆液压车飞快地驶过,很快便消失在了他的视线之外。

* * *

里基·奥尔蒂斯家的厢式旅行车驶入了停机坪外那片用栅栏围起来的停车场,急刹着停了下来。驾车的是杰姬,这位母亲看起来面露不悦之色。

"就到我们把'阎王'救回来为止,"他承诺道,"这是我欠他的。"

"你欠我们的还更多呢,里基。安娜贝尔从六岁开始就一直梦想着要去这所学校念书。"

奥尔蒂斯焦急的目光掠过了远处那架C-130大力神运输机,它快要起飞了。他赶紧下车,卸下了他的作战装备,他妻子也紧随其后地下了车。

"我知道,我都知道,"他试图安抚妻子,"所有的问题都会迎刃而解的。"

他感觉糟透了,他觉得自己是个糟糕的丈夫,也是不称职的父亲。不过倘若让他在"阎王"和团队弟兄们需要他的时候摒弃他们的话,那他的感觉会比现在还更糟。

"怎么解决?你来告诉我该怎么解决,里基。难不成把小里基卖了换钱吗?你已经把我们的积蓄全都花在成人礼仪式的筹备上了。还有,别跟我说你要卖掉房子,现在我们欠银行的抵押贷款数额已经超出房子本身的价值了。"

飞机还没起飞,他迅速伸出双臂将妻子搂入怀中,但她却挣脱了他的怀抱。

"冷静一点,亲爱的,"他以柔和的口吻说道,"我回来后会把一切都处理好的。我向来都是这么做的。"

"你应该做的是照顾我们一家人。可你却没有做到。"

她气恼地回到车里，直挺挺地坐在方向盘后面，心里满是愤慨。里基倾身趴在打开的车窗边，她却把头转到了另一边。

"告诉孩子们我一周后就回来，或许比那更早。"

"你自己跟他们说去，里基。"

"嘿。"他伸出手去，轻轻地将她的下巴扭过来朝向自己，"我爱你。"

她瞬间有些动容，眼泪顺着脸颊流了下来，"你要平平安安地回到我身边来，里基。"

"我一直都是这样。"

一名海军士兵站在停机坪的入口处把守着，当奥尔蒂斯来到他身边时，回头望了望身后。杰姬依然呆坐在方向盘后面，她没有在看他，而是直直地盯着前方的挡风玻璃。他登上了C-130运输机的机舱，将自己的装备和其余队友的放在一块儿。格拉夫斯和考尔德迅速对视了一眼，不过却都假装没看到"佛爷"。直到他来到他俩对面，并与"鱼饵""公鹿"和蔡斯并排坐下时，他们才与他有了目光接触。

"你迟到了。""大熊"只说了这么一句话。

"你应该只是说说而已，不会真的以违反纪律对我论处吧？""佛爷"回敬道。

格拉夫斯强忍着嘴边的笑意。他知道"佛爷"一定会来的，他就是知道。

舱门关闭，引擎轰鸣，C-130运输机颠簸了一下，开始缓缓前行。杰姬·奥尔蒂斯站在自家的厢式旅行车旁边，看着飞机直冲云霄，随即向东飞到了大西洋上方。她一直望着它，直到它变成了一个小黑点，最终消失在了远方的天际。一个女人就这样将自己的丈夫送去了战场，她脸上的泪水在阳光下闪闪发光。

"里基？里基，你一定要平安地回到我身边来啊。"

第二十一章

非洲,坦桑尼亚

位于坦桑尼亚乞力马扎罗机场尽头处的飞机库是专门留给一些特殊顾客使用的——比如某些于周末抵达此地、眼下正准备乘坐一架由巴西航空工业公司制造的"莱格赛"650私人飞机离开的顾客。这架喷气式大型公务机稳稳地停在飞机库敞开着的门外,沐浴在非洲特有的猛烈阳光之下。一些身着沙漠迷彩服、头戴黑色针织冬帽或裹着头巾的男子正忙着往这架蓝白相间、机身呈流线型的飞机里装载物品。

这群男人都面带冷酷而凶狠的表情,不禁令人联想起那些在夜晚的隐蔽角落互相打着手势的帮派分子。人们或许会在某个美国大使馆附近、耶路撒冷的某个酒店里或巴黎的某个火车站见到像他们这样的人。他们都是年轻男人,同时具备中东人和非洲人的面部特征。这群人当中有一个是领袖,他是一名年近三十岁、久经沙场的战士。他是叙利亚人,名叫阿克马尔·巴拉耶夫。此人中等个头,长了一张长脸,一头黑色鬈发紧贴着头部,面色黝黑。他从十六岁开始就加入了基地组织,如今负责协助ISIS及博科圣地组织扩张其在非洲的势力范围。

他脱下身上的作战背心,将其扔给一名从他身旁匆忙走过的士兵。后者正扛着一面黑旗,旗上印着一排绿色的阿拉伯文字。这时,巴拉耶夫的嘴角露出了一丝略显残忍的笑意。他在坦桑尼亚的任务已经取得了巨大的成功。两天前,位于坦桑尼亚首都多多马的美国大使馆遭遇炸弹袭击,之后有好几面这样的旗帜飘荡在遇袭建筑之上。迄今已有六十名异教徒在爆炸引起的大火中丧生。

在飞机库的一个角落里，两名裹着传统"希贾布"①的年轻妇女和四名士兵正忙着将一些电脑和便携式工作台打包装箱。巴拉耶夫大步走过去，来到一名又高又瘦、眉毛极其浓密的男子身后站定。后者正交叠着双腿坐在飞机库的水泥地面上，目不转睛地盯着面前一台电视机的屏幕。巴拉耶夫对迈克尔·纳斯瑞所知甚少，只听得有传闻称他是一名美国人，且与他们的上级埃米尔②哈基姆·穆塔基关系密切。纳斯瑞是这群人的另一名领袖，他主要负责利用社交媒体从全球各地招募圣战分子。

迈克尔前倾着身子，眉头皱得很厉害。屏幕上的新闻中出现了一名美国人伤痕累累的面部特写照片，照片下方的文字说明称其身份已被确认为前海豹六队成员。纳斯瑞仔细打量着屏幕上的瘦削脸庞。这张脸，给他一种似曾相识的感觉。

突然间，他全都想起来了。他的思绪飘回了阿富汗，继而又飘回了在库纳尔省的一个夜晚。他仿佛再次听到了从四面八方传来的枪响。那晚他和他的兄弟德温被一群试图搜捕穆塔基的美军海豹突击队员追击。他俩试图逃出村庄的拱门，继而躲进山区，可从天而降的一枚炮弹阻断了他们的去路。随后德温的一条腿中了枪，忍不住地在疼痛与恐惧中哀号起来。

迈克尔本来可以独自继续逃跑并成功逃脱的，可他却没这么做，他回到了自己的兄弟身边。他的兄弟已被俘获，正跪在地上哀哭着，求对方放他一条生路。迈克尔永远都忘不了那天晚上的情景——正当德温跪地哀求的时候，却冷不防地被人用一支装有消音器的M4卡宾枪击中了头部。

击杀德温的射手就站在原地，将夜视镜推到了头盔上方，从而

---

① 指穆斯林妇女所戴的面纱或头巾，也指穆斯林风格的服装。大部分伊斯兰法律将这种类型的服装定义为在公开场合遮盖除脸和手的其余身体部位。按照伊斯兰观点，希贾布带有谦逊、隐私、美德的含义。

② "埃米尔"是伊斯兰国家对王公贵族、酋长或地方长官的称谓。阿拉伯语原意为"统帅""长官"。

露出了他的真容。纳斯瑞永远都不会忘记那张脸,而那张脸就跟此时出现在电视机屏幕中的脸一模一样。看来博科圣地组织已经将他掳为了人质。透过他的脸可以看出,他眼下的光景比纳斯瑞被关押在古巴关塔那摩湾拘留营时的处境要糟糕得多。纳斯瑞以美军俘虏的身份在那儿被囚禁了一年,最终因其美国公民的身份而被民权律师解救了出来。

阿克马尔·巴拉耶夫留意到了纳斯瑞观看屏幕时的强烈反应,便俯下身子与他一同注视着屏幕。

"那人是谁?"他用阿拉伯语问道。

纳斯瑞正在全力对付胸中涌起的强烈情绪,所以未能立即作答。他全身因愤怒而微微战栗着。片刻之后,只听得他以一种饱含憎恨的语气回应道:"他是杀害我兄弟的凶手。"

第二十二章
迪拜

迈克尔·纳斯瑞去过不少地方。每逢阿克马尔·巴拉耶夫戏称他为"真主安拉麾下游历最广的战士"时,他都会会心一笑——当然,他笑的时候非常少。在埃米尔哈基姆·穆塔基的核心圈子里,并非人人都能获得游历四方的特殊待遇。

眼下迈克尔正置身于阿拉伯联合酋长国的迪拜,他坐在酒店房间里的一台电脑面前,玩着一款相当怀旧的电子游戏。他坐在椅子边缘,头戴耳机,浓黑色的眉毛微微皱起,专心致志地操纵着手里的游戏控制器。在墙上的大屏幕里,一个手握大斧、脑袋也相当之大的彩色卡通人物在其所处的魔幻世界中走入了末路穷途。玩电子游戏可以说是迈克尔·纳斯瑞唯一的放松渠道,也是他借以脱离充满暴力的真实世界的一种方式。

"别着急。"他喃喃自语道,屏幕上那手握大斧的卡通人物依然置身于险境之中。

英语是他的第一语言,不过在阿富汗的那天晚上,他的兄弟德温却告诉海豹突击队员们——他压根儿不会说英语。他或许是在美国出生的,可由于他长了一张典型的中东人脸孔,只需一件白色长袍和有双色方格图案的头巾便能令他摇身变作阿拉伯酋长的模样。

站在房间的大落地窗旁,便能俯瞰林立在迪拜海滨区的未来派摩天大楼,其中包括高达828米的哈利法塔,连曾经的世界第一高楼——已被摧毁的纽约双子塔——也无法与之媲美。就平均水平而言,迪拜酒店费用的昂贵程度位居全球第二。

纳斯瑞、巴拉耶夫和一群年轻的圣战分子此时分别置身于彼此相连的不同套间里。年轻人们坐在笔记本电脑跟前,接连不断地敲打着键盘,为的是从世界各地为真主招募战士,以建立一个新的阿拉伯帝国。进行这项招募工作的诀窍在于充分利用社交媒体——脸书、推特等——在世界范围内搜寻对现实不满的人,比如孤独、焦虑、无所寄托、渴求人生意义之人,然后再设法将其转变为狂热的殉道者。对圣战分子而言,社交媒体就如同一个大型超市一般,供其从中挑选合意的人选。纳斯瑞在这个领域是被公认的专家。

"迈克尔,你能帮帮我吗?"有人在另一个套间里用英文喊道。

纳斯瑞将手中的游戏控制器扔在床上,不过依然戴着耳机,起身朝年轻招募者们所在的套间走去。这六人与他一道乘坐私人飞机从坦桑尼亚飞来了这里,此刻正用手指飞快地敲击着各自面前的电脑键盘,他们当中还有两名女性成员。在阿拉伯联合酋长国,男人们穿西式服装是可以被接受的,而且也比较常见。不过女人们却只能穿着端庄的传统服装,她们必须裹着严严实实的头巾和如床单一般尺寸的"希贾布"。

"跟我说说是什么情况。"纳斯瑞来到向他求助的男子身边。

他的笔记本电脑上同时开着好几个即时消息窗口。只见他点开其中一个窗口,一名十来岁女孩儿的脸书自拍头像赫然映入了纳斯瑞的眼帘。照片上的她看上去并不怎么好看,脸上长着痤疮,上排牙齿有些向外突出,神情颇为忧郁。"她叫玛丽萨·怀亚特,来自美国俄勒冈州,"年轻的招募者介绍道,"今年十七岁。我已经与她交流了三个月。她的祖母想让她同我断绝联系。"

"你进行到哪一个步骤了?"

"我们设计的步骤根本行不通。"

"那就想办法让它奏效啊。告诉我一些线索吧。"

"她喜欢足球,可她并不会踢球。她患有哮喘。"

迈克尔在头脑里分析了一下情况,若有所思地点了点头,然后提出了一个解决方案。"她渴望加入一个群体,从而获得归属感。"

他一针见血地指出。

招募者在自己的工作区域翻找了一下，抽出几页纸来。"参考步骤里也提到了这一点。"他承认道。

"你说得没错。那么你针对她的情况做了哪些尝试呢？"

"同她建立友谊，给她定一个人生目标，让她看到能在组织中成为领导的机会……"

纳斯瑞打断了他，"别忘了家庭，伙计。永远记得要提及家庭。好了，你继续说吧。"

"我们为她创建了属于她的推特账号，好让她觉得自己很重要。"

这时阿克马尔·巴拉耶夫出现在了房间门口，他穿着宽松长裤和懒汉鞋，上身的一件钉有领尖扣的淡蓝色衬衫更衬托出了他的黑色头发和黝黑面色。

"我们已经准备好了。"他宣告道。

纳斯瑞朝他举起一根手指。等一等。他在招募者的电脑上浏览着玛丽萨·怀亚特的个人简介。"看看所有这些自拍照，"他留意到了一些线索，"我来告诉你吧，送她一件阿莱克斯·摩根[1]的运动套衫和一台尼康单反数码相机，然后就别再担心她的祖母了。她不会是个问题的。"

纳斯瑞的耳机里传来了大脑袋卡通人物发出的声响，这家伙怕是已经等不及要去继续实现他那堂吉诃德式的梦想了。阿克马尔跟在纳斯瑞身后回到了先前那个套间。纳斯瑞查看了一下屏幕上的游戏画面，随即将游戏暂时中止，开始接听穆塔基打来的电话。

---

[1] 出生于1989年7月2日的一名来自美国加州洛杉矶钻石吧市（Diamond Bar）的女足运动员，毕业于美国著名学府加州大学伯克利分校，是现役美国女足国家队国脚，也是该队征战2011年德国女足世界杯最年轻的球员。

"你看到新闻了吧?"纳斯瑞通过耳机的麦克风问道。

"当然看了,"穆塔基用英语回答道,"我这里的所有人都对大使馆事件非常满意。你准备好开展下一个阶段的工作了吗?"

他身边的床上摆放着一个敞开的行李箱,里面装着各式各样的高科技摄像装备。迈克尔朝阿克马尔点了点头——一切都已准备就绪——然后继续与穆塔基通话。

"我想说的是那名美军士兵,"纳斯瑞说,这时他感觉下巴上的肌肉变得紧绷起来,"就是被博科圣地组织挟持的那个。"

"和他一起被挟持的还有一名美国石油大亨。是的,那个新闻我也看到了。"

"我想得到他。"迈克尔斩钉截铁地说。

"你得避免分心,"穆塔基告诫道,"我们要优先处理迪拜的事务。"

"可这件事更为重要。"纳斯瑞反驳道,看起来毫无放弃的意思。

"迪拜优先,然后我们再谈其他的。"穆塔基很勉强地做出了一点点妥协,随即挂断了电话。

迈克尔抬手取下了头上的耳机。

"他说什么了?"阿克马尔问道。

迈克尔被他拉回了现实世界,"他说我们可以准备行动了。"

第二十三章

尼日利亚，废弃的村庄

"阎王"塔格特坐在一辆载重量为2.5吨的军用卡车后厢里，这辆卡车正沿着一条坑洼不平的道路驶向未知的目的地。车厢内闷热无比，而且满是扬尘。凯斯坚持让他用上凯夫拉防弹插板，这让他捡回了一条命，可他的胸口仍然疼痛难忍，仿佛被著名摔跤运动员曼·芒廷·迪安和一头来自密苏里州的骡子同时踢中了一般。每当卡车在路面颠簸的时候，或是当他因吸入过多灰尘而忍不住咳嗽的时候，他感觉自己的身体似乎快被疼痛给刺穿了。

塔格特被人用一个麻布口袋罩住了头，他在这段难行的路途中竭力忍着身体的伤痛，同时仅仅仰赖双耳来判断周围可能正在发生的事情。他听到一些小女孩在抽泣，娜奥米试着安慰她们。麦克埃文、尼克·罗杰斯和他们的司机哈基姆大多数时候都悄无声息，仅仅会在卡车行在某些特别粗糙的路段而剧烈颠簸时，才偶尔不满地嘟哝几声。

这辆卡车显然属于博科圣地组织的某支车队，它的前后都有汽车发动机的轰鸣声，不时还会传来士兵们因俘获了众多年轻姑娘而兴高采烈欢呼的声音。等待着娜奥米和她的女学生们的，唯有恐惧，别无其他。博科圣地组织因对其俘虏实施奸淫、劫掠及虐待而臭名昭著。

又过了一段时间——"阎王"估摸着大概是一个小时，卡车减慢了速度。伴随着一记尖厉刺耳的刹车声，卡车停了下来。后挡板被放下，好让俘虏们从车上跳下。这时，"阎王"总算找到机会取掉了罩在自己头上的麻布袋子，开始打量起他们的目的地来。

这里看起来像是一个废弃的村庄，被丛林包围着。村庄里有几十座房屋，有些是锡顶木屋，有些是土坯房，所有的房屋都有一种年久失修的沧桑感。一群像游击队员一样的士兵一面欢呼，一面将手中的武器高高举过头顶，以庆祝他们的"胜利"。士兵们用手中步枪的枪托狠狠地推挤着车上的俘虏，催促他们从两排非洲男子中间穿过。这些非洲人又是吹口哨，又是高声叫喊，已经从这位女老师和她的五名女学生中做出了选择并给出了相应的报价。娜奥米压根儿就不敢去想等待着她们的将是怎样的命运。

"阎王"观察到，其余几名男性俘虏——麦克埃文、尼克及哈基姆——在被推挤着从那群暴徒当中穿过，继而走向其中一座小屋的途中，他们的头上依然还罩着麻布口袋。一名卫兵发现塔格特头上的袋子不见了，于是将手中步枪的枪托戳向"阎王"的肚腹，痛得他赶紧将身子弯折起来。另一名卫兵又取了一个粗麻布袋罩在他的头上，"阎王"的视线再次被遮挡住了。他的身体原本就饱受伤痛的折磨，此时腹部又遭遇了这新近的一击，可谓是雪上加霜。狼狈不堪的"阎王"这才意识到眼下他除了等待，已别无他法。

一个名叫凯多的卫兵从一座小屋里飞快地跑了出来，他看起来气急败坏，颇有些霸道的气势。他极其激动地直奔男性俘虏们而来。

"他在哪儿？"此人用卡努里语问道。

紧接着，他开始一一揭掉男性俘虏们头上的麻布袋子。有着慈祥祖父般面容的特里·麦克埃文在赤道烈日的光芒下眨着眼睛。公关专员尼克·罗杰斯的整张脸都因恐惧而扭曲变形，想必他已经开始对职业生涯的规划进行重新考虑了。哈基姆的头罩并没有被摘下来，这是因为身为非洲黑人的他绝不会是凯多要找的人。最后，凯多取下了塔格特头上的袋子。

塔格特的面前赫然出现了一名大块头的非洲男子。这个人的光滑皮肤、眼睛的形状和体形特征，不由得令塔格特联想起了从前的一位重量级拳击圣人舒格·雷·罗宾逊。

"你们看到了吧?他就是电视上那个人!"凯多洋洋得意地告诉周围的人。

"阎王"保持着镇定的姿态,一言不发地怒视着他。

"特种兵,"凯多怒气冲冲地说,"你的队友会来吗?他们会来救你吗?"

"阎王"旧日的战斗求生本能被激发了出来。他转头看了看四周的战术环境。这个与世隔绝的废弃村庄看起来像是被一群残暴的恐怖分子给占领了,此时他唯一能做出的判断是:他陷入大麻烦了。

凯多一把抓住塔格特的后颈,将其推得跪在地上,然后用AK-47步枪的枪口粗鲁地抵住了"阎王"的太阳穴。塔格特以一种恬淡而坚韧的姿态默默忍受着此番袭击。去他妈的!一名战士或许没法选择自己将在何时何地阵亡,但却能选择以何种方式来面对死亡。

他等待着那颗行将结束自己性命的子弹。有些奇怪的是,他甚至对死怀有一丝期待。他能感觉到阳光暖暖地照在自己脸上,微风拂过发梢,又带来了一丝凉意。他还听到附近丛林中的某处传来了一只猴子"吱吱"叫的声音。

突然间,那个像魔鬼一样的野蛮人——正是他用十字弓射杀了企图在平板卡车上强奸娜奥米的男人——不知从哪里冒了出来。听起来,两人就如何处置"阎王"这个问题展开了争执。

"他是个危险人物,受过专业训练,我应该现在就把他杀了。这对所有人都更好。"凯多怒气冲冲地说。

"如果你杀了他,我就拿不到钱了。所以这样做并不是对所有人都有好处,对吧?我们等阿比德来了之后,再让他做决定。""魔鬼"奎恩亚姆争辩道。

第二十四章

尼日利亚，废弃的村庄

一名卫兵将塔格特推入了一间被改造成牢房的小屋，他俯身摔在了硬邦邦的泥土地面上。随后牢房的门"砰"的一声关上了，还被一把挂锁给锁了起来。他压根儿也没指望能在此地受到多殷勤的对待，只是努力坐起身来，环顾了一下四周的状况。

一排嵌入地面的钢筋栅栏将这间小屋分隔成了两个牢笼。阳光透过墙面的几道裂纹照了进来，夹杂着灰尘的光束正好落在娜奥米和她的女学生们身上。她们被关在屋里靠内侧的牢笼里，此时正在一个角落里挤作一团。麦克埃文、尼克、哈基姆与塔格特一起被关在了靠外侧的牢笼里。两间牢笼的分隔栅栏上有一扇门，此门已被铁链牢牢地锁住了。

"阎王"听到屋外充斥着博科圣地组织射手们的喧闹声，还听出他们踩着散漫混乱的步子在门外来回巡逻的声响。这屋子只有一扇敞开的窗户，位于女囚牢笼的一面墙上。小屋的后门上也有一扇窗户，不过已经被木板封起来了，后门也用链条锁上了。

公关专员尼克几乎处于崩溃的边缘。他躲在牢房的一个角落里瑟瑟发抖，身子蜷缩成一团，似是以这种方式将自己在人前隐藏起来。考虑到他的运动员身型，他现在的举动着实显得有些滑稽。

"我们接下来会怎样？"他呜咽道，"谁来告诉我啊？"

麦克埃文把脸转到一边，紧紧地闭上了双眼。他不愿去想接下来会发生什么事情，现在还不是时候。哈基姆盘腿坐着，用一根手指在泥地上画着人物简笔画。娜奥米忙着照料姑娘们，塔格特便成了尼克唯一能寻求安慰的对象。

"你是安保人员。你能做点什么的,对吧?"

娜奥米闻听此言,不由得嘲弄道:"他是个酒鬼,根本帮不了我们。"

身为公司高管的麦克埃文比其他人显得更为理智和务实,"你就直接告诉我们好了,塔格特。我们将要面对的是怎样的情况?"

"阎王"用手抚着胸膛,小心翼翼地站起身来。"你们绝不会想知道的。"他说。

这话令尼克无法承受。"我的上帝啊!"他痛苦地悲叹道。

哈基姆是一个瘦削的年轻人,长着一张阔嘴,戴着眼镜,其中一块镜片在他被俘获的过程中已经碎掉了。他用黑色的双眼若有所思地盯着娜奥米和她的学生们。

"女人和孩子们,"他以一种蕴含着极深的悲伤和遗憾的语调开口说道,"她们将会生不如死。"

"住口!"娜奥米朝他怒喝道。

她起身离开女学生们,来到分隔两间牢笼的栅栏跟前。

"外面那些人,他们在电视上看到了你。"她对"阎王"说,"他们说你具备特殊技能……"

正视她的目光令"阎王"备感痛苦。"你刚才说得对,"他对娜奥米说,"我帮不了你们。"

听了这话,尼克再次发出了极其沮丧的叹息。塔格特原本是为他们的人身安全负责的保镖,尼克一直将其视为拯救他们的最终且唯一的希望。

麦克埃文起身试图控制局面,就如同将一场脱轨的董事会议扳回正道一般。

"让我们这样想吧,"他平静地说,并用一根手指头指着塔格特,"如果他出现在了电视上,那我们肯定也上了电视。现在绑匪们很可能正在协商释放我们的条件。这不过就是一笔商业交易而已,而我们正是供人买卖的资源。他们会提出赎金的数目,对吧?那么我的公司会按照他们的要求支付赎金的。我们只需要等待这笔交易完成就行了。"

"那么谁会为她们付钱呢?"娜奥米问道,她伸手指向自己身后那群紧紧相依的女孩,她们看上去就像一窝被吓坏了的雏鸟。

"我的公司会为我们所有人付钱的。"麦克埃文安抚她。

"胡扯!""阎王"以低沉的声音说道,"她们只能靠自己,你是知道这一点的。"

娜奥米眯缝起了眼睛,声音也变得更加冰冷。"这是真的吗?"她因麦克埃文胆敢欺骗自己而深感震惊。

"不!这不是真的。"可是麦克埃文脸上的表情却透露出了他的言不由衷。他转过头去,不再看着女教师,而是怒瞪着塔格特。

"我真的需要你能更积极乐观一些,塔格特。"

"我已经没在为你工作了,麦克埃文先生。你的需要与我无关。"

娜奥米用两只手紧紧握住了铁栅栏。"我不会让我的姑娘们再遭遇别的不测的。"她信誓旦旦地说。她的声音低沉而稳定,她的目光一一掠过面前的每一个男人,最终落在"阎王"身上,"如果你们的内心深处还存有一点点人性的话,你们也会跟我一样的。"

"女士,""阎王"回应道,"人的内心如何,跟眼前的情况一点关系都没有。"

塔格特虽然不大情愿承认,但却不由得想道:这个女人实在比他所见过的大多数除了海豹突击队员之外的男人都更有勇气和胆量。他走到离她尽可能远的地方,靠着墙颓然坐下。他因自己在面对灾祸时就只有这么点能耐而深感沮丧。他的灵魂已经遭遇了极其严重的磨损。一旦灵魂丧失,人不过就只剩下了一副空空的皮囊。

第二十五章
尼日利亚

当负责执行任务的团队还在海豹突击队基地等待召集令的时候，已有先头部队飞往尼日利亚，为本次任务获取情报并安排后勤事宜。在指定的任务团队抵达之前，先头部队在位于尼日利亚几内亚湾沿岸的沼泽地带建立起了前哨作战基地和集结待命区。该基地包含一系列以木材和帆布为基材构建而成的建筑，建筑群隐匿在丛林深处的安全地点，四周用带刺铁丝网围了起来，并安排有全副武装的海军哨兵在其外围负责巡逻。一旦任务顺利完成，该基地会被迅速拆卸掉，此地将恢复原貌，不留一丝痕迹。

C-130运输机的飞行旅途结束之后，亚历克斯·考尔德一行又搭乘卡车连夜赶路三个小时，现在他感觉到时差反应渐渐袭来。当地的日头尚未完全升起，不过热浪已扑面而来，其热度堪比两只老鼠一同挤在一只羊毛袜里的感觉。考尔德准备前往一条用作洗手间的原始而狭长的战壕，那里唯一的遮挡物是几片拉伸开来的雨衣，连个能阻挡赤道烈日和秃鹫的顶棚都没有。就在这时，他发现两名形迹可疑的男子从丛林中钻了出来，正沿着基地外围的铁丝网闲逛漫步。他可没因这两人身上的非洲乡下人装束——颜色花哨的短袖套衫及带护符的帽子——便轻易地将其判定为无辜之人。当然，或许他们的确是外出探访新"邻居"的普通本地人。试想，一群外国人在夜深人静之际匆匆潜入他人生活的部落，由此引来当地人好奇的探访也实属正常。不过海军安全部门绝不会轻易冒险。海军陆战队员们获报后迅速擒获此二人，并将其押送回基地。他们将会被严密看守，直至此次任务顺利结束。

执行任务的团队将会在数小时之内就神不知鬼不觉地永远离开此地。这就是海豹六队的行事风格。

考尔德离开洗手间，折回了格拉夫斯队长身边，后者和一组情报人员在地面上建造了一个模拟目标——尼日利亚油轮"大马士革二号"的模型。由格拉夫斯的团队构成的D组和另一支名为E组的增援小组均伫立在油轮模型旁等候着。"鱼饵"朝延迟归回的考尔德翻了个白眼，考尔德则对他竖起中指以示回应——我这可是身不由己啊。

"大熊"开始和众人谈起了正经事，"各位听好了。"

在先前的飞行途中，两支小组已经获悉了详细的作战指示。接下来，他们将进行任务启动前的最后一次战略部署。

"大熊"将今晚目标人物的头部特写照片分发给大伙儿，照片上是一个戴着金丝框眼镜、颇有些学者派头的非洲人。来自两支团队的各个成员都分到了一张系在挂绳上的压膜照片，他们可以将照片挂在脖子上，以便在任务现场随时进行比对。

"今晚的高价值目标是依波·布哈里，"格拉夫斯开口宣告道，"他在过去的几个月间担任博科圣地组织和ISIS之间的通讯员。他知道'阎王'在哪儿……"

考尔德向来保持着怀疑论者的作风，他即刻纠正道："他只是'或许'知道而已。冯上尉是这么说的。"

"他确实知道。""大熊"有些恼怒地强调道，"咱们的ISR[①]飞机获知这里有一个常驻哨兵点……"

"大熊"所指的ISR是美国空军使用的"掠夺者"无人驾驶飞机，它肩负着情报、监视及侦察责任，亦被称为"空中间谍"。现今高科技在确定作战目标方面发挥着越来越重要的作用，亦可节省大量的人力与时间。

---

① 是英文Intelligence、Surveillance及Reconnaissance（情报、监视及侦察）的首字母缩写。

"大熊"说着便将一块石头放在了油轮模型的右舷处,用以标记哨兵点所在的位置。随后他抬手指向两个箱子,它们代表的是油轮所停靠的码头。

"巡逻队会不定期地出现在这里,"他继续说道,"所以我们不从这一侧船舷上船,而是从左舷船尾上去。我们将采用两组钩梯依次爬上船,然后占领甲板。"

说到这儿,他伸出一只手的食指指向考尔德,同时将拇指如同手枪的击锤一般竖立起来。他弹了一下舌头,再将竖起的拇指放下,"考尔德,你来当先锋。"

考尔德从容地走向"油轮"的尾部,接下来将由他继续进行部署。

"'鱼饵',你带领E组在船舷进行守望和掩护,同时负责船上的通讯,我领着D组从甲板来到这个区域。"

他边说边伸手指向油轮模型上相应的位置,"我们将敲开一些房门进行排查。希望我们要找的人就在船上。"

格拉夫斯朝"佛爷"点头示意,"至于爆破……"

奥尔蒂斯转而来到蔡斯身旁,后者将在"佛爷"退出之后接替他在团队中的职位。本次任务的爆破部分将由蔡斯负责,年轻人看起来非常自信,仿佛回到了他曾在位居常春藤盟校之列的哈佛大学担任助理教授时的日子。

"通过对同型船的研究,"蔡斯开口说道,"我们决定着重对付舱室门,并以标准的VBSS[①]模式展开行动。无论我们需要从哪里穿过去——任何一面墙或一扇门——我们都能穿过那里。"

格拉夫斯打断了他。"为什么发言的是新人?"他向"佛爷"发出质疑。

---

① VBSS 是一种战术模式,为 Visit,Board,Search,Seizure 的简称,即部队对其所在辖区港口对进出港口船只进行拦截搜查,用以查截走私军火船只、堵截恐怖分子潜入境内、夺取匿藏恐怖分子的船只。

"蔡斯是本次行动的爆破指挥。我负责协助他。"

"大熊"心头的怒火渐渐升腾,"他可以在以后的任务中学习如何担任指挥。这次还是由你上,'佛爷'。等我们抓获高价值目标并确保油轮安全之后,就开始执行搜查和扣押程序。记得带走现场所有能带走的物品,以获取情报。新人,这是你的任务。接下来,D组和E组在钩梯处集合,然后呼叫撤退用的直升机。"

"倘若一切都顺利,这就是我们的任务部署了。"考尔德插嘴道,"当然,按照我们以往的经验,一切都会顺利的。"

"鱼饵"和巴克利同时朝他翻了个白眼——你就是个喜欢说风凉话又自作聪明的家伙。格拉夫斯未对考尔德的话做出任何回应。

"第二撤退点是在码头上,"格拉夫斯说,"以防我们在进出油轮的过程中迷了路……"

他耸了耸肩。这样的事情是绝不可能发生的。

接下来主角又换成了考尔德,只见他将一块黑莓平板电脑举在腰侧,向众人展示一张覆盖了油轮甲板及各舱室的完整示意图。

"我们能通过这张示意图看到各个舱室的门牌号。"他解释道。

"医疗支持方面的情况如何?"格拉夫斯询问道。

巴克利接过话头,"快速反应小组离目标油轮有二十分钟的距离,希望我们当中没人中枪。万一谁不慎受了伤,可以用急救包里的物品快速处理一下,然后坚持住,等待救援。"

"大熊"的目光从他面前的海豹突击队员们身上一一掠过。众人都在默默地消化刚刚获悉的战略部署。与此同时,所有人都渐渐意识到,"阎王"的生死与他们今晚行动的成败息息相关,现场的气氛也随之变得凝重起来。

"现在他们已经知道了'阎王'的身份,""大熊"总结道,"我们无法确知他们会做出什么样的事情来。所以我们务必要赶在他们采取下一步行动之前救出'阎王'。"

说着他举起了布哈里的照片。

"这次任务的目标就是要找到他。我们迅速行动,快速撤离。只能成功,不许失败。明白了吗?"

队员们纷纷点头回应。"大熊"定睛注视着"佛爷",奥尔蒂斯再次点了点头,随即把脸转开以回避他的目光。奥尔蒂斯觉得,倘若自己这次任务完结后就选择离开的话,着实像叛徒的行径。

考尔德以他所特有的"淘气阿丹"式的风格来活跃现场的气氛。"好戏上演!"他精神饱满地喊道,仿佛即将开启在威基基海滩①的冲浪之旅一般。

---

① 威基基海滩(waikiki beach)位于夏威夷群岛中的欧胡岛上火奴鲁鲁市(又称为檀香山市),是世界上最著名的海滩。这里有细致洁白的沙滩、摇曳多姿的椰子树以及林立的高楼大厦,海面宁静开阔,是一家老小假日休闲的理想地点。

第二十六章

尼日利亚，拉各斯

在这样一个月黑风高的夜里，当一艘废弃的拖网渔船悄然驶过分隔拉各斯港和大西洋的嘴状沙洲时，不会引来任何人的注意。拉各斯的人口数量大约为两千万，是世界上人口最稠密的城市之一。从严格意义上讲，拉各斯并非一座单一的城市，而是由中心城区及多个卫星城镇聚集起来的巨型城市。它还是整个非洲大陆面积最大也最忙碌的港口城市之一，无论白天还是夜晚，一天当中的任何时候都有渔船进出港口。

港口十分脏乱。渔船朝码头驶去时，船首周围那片布满油污的海水中堆积着废弃的瓶子、玻璃纸包装袋、易拉罐、死鱼和其他各式杂物。码头边的海域中停靠着来自不同国家且类型、大小各异的油轮、货船、班轮、渔船及私人游艇。

以格拉夫斯为首的六名D组成员与E组成员一道蹲伏在渔船的栏杆旁，他们都身着黑色潜水服，头戴游泳兜帽，手持武器，做好了战斗准备。海豹突击队员们几乎与夜色融为了一体，很难觉察到他们的存在。

由于今晚只需游泳，无须潜水，所以他们并未携带氧气瓶，只带着各自的消音武器，连同满满的胆量。

格拉夫斯透过夜视镜一一打量着停靠在码头边的船只。目标油轮就停在情报人员所告知的位置，"大马士革二号"几个字赫然映入了他的眼帘。

"就是它了。"他说。

考尔德戴上自己的夜视镜进行辨认，最终也确定那艘船的确是目标油轮无误,"什么时候行动,队长?"

现在轮到格拉夫斯来发出决定性指示了,"我们去拿下它吧。"

拖网渔船朝着油轮所在的方向加大马力行驶,身后留下了一道清晰可见的水痕。渔船上的红绿两色航行灯被调至最暗的程度,以免暴露船上的乘客,同时也为了避免引起港口巡防队的注意。格拉夫斯以手势示意大伙儿立即行动,身着黑衣的海豹突击队员们纷纷翻过船舷上缘,攀着一道渔网悄然滑入水中。他们很快就融进了漆黑的海水,看起来如同漂浮在海面上的废弃杂物一般,丝毫不引人注意。十二名队员用脚下的蛙鞋划水,穿过油腻的海水游向"大马士革二号"。

身为先头兵的考尔德透过夜视镜对油轮的外观进行了一番仔细观察,随即游到了低矮的船尾附近。某个粗心大意的甲板水手将一根缆索留在了船舷边,这令考尔德攀上甲板变得更加容易。只见他手握直径约七厘米的缆索,扭摆着身子朝主甲板的栏杆爬去。到了船舷边,他先举着手枪,用目光对甲板进行了一番搜寻。他的夜视镜发出幽幽的绿光,使得他看起来像极了一头准备狩猎的野兽。

体内激增的肾上腺素令他的感官变得无比敏锐,整个人处于高度警觉的状态。他时常认为,自己唯独在类似与此的时刻才能感觉到浑身上下充满了生机与活力。"佛爷"常戏谑地称,考尔德的血液中蕴藏着一种犯罪分子所特有的冒险基因。不过,话说回来,这难道不是成为海豹突击队员的必要条件吗?

油轮的主甲板上空无一人,大多数船员要么在岸边纵酒狂饮,要么在下面的船舱里呼呼大睡。船头右舷处亮着一盏甲板灯,那就是常驻哨兵点所在的位置。两个柴油发动机和油轮的上部结构挡住了考尔德的视线,导致他无法看到码头上的情形。显而易见的是,油轮上的哨兵和机动巡逻人员都没料到会有人从海水中攀爬上来。此时他们很可能正在船上某个地方犯困打盹呢。

考尔德用一只手勉强抓住甲板上的栏杆,将几条绳梯挂在船舷边，任其向下展开，一直垂落至在下方静水中等待的队友们面前。他最后扫视了一下甲板，随即翻越栏杆滑落下来，动作敏捷得如同一只小猫。安全返回甲板之后，他迅速躲进了柴油发动机旁边的阴影当中，对其余队员们进行掩护。

海豹突击队员们动作灵巧地攀着绳梯上了甲板，全都聚集在考尔德选好的阴影区域当中。"鱼饵"从E组中派出几名队员前去破坏油轮上的通讯系统，并除掉哨兵。"大熊"与其余D组成员准备前往一个可通入油轮内部的舱口。根据情报部门提供的信息，他们要找的高价值目标就置身于离那个舱口不远的舱室之内。

待那舱口刚一出现在考尔德的视线当中，他便示意身后的队友们停下来稍作等候。确认前方并无危险之后，他才又领着众人继续前进。

"D组已经来到目标舱口。"格拉夫斯将嘴唇贴近他的耳机麦克风，压低声音与E组及任务控制中心联络，"三……二……一……进入！"

D组成员跟在先锋考尔德身后，各自紧握着手中的冲锋枪，随时准备好应付来自任何方向的威胁。体内激增的肾上腺素令每个人都保持高度戒备状态。他们穿着潜水靴，悄无声息地向前行进。油轮内部散发出柴油燃烧的臭味和阵阵汗酸味。头顶上的照明灯因电压的变化而不时闪烁着，同时发出断断续续的"嗡嗡"声。

一阵细微的说话声从两条通道的交叉口传了过来。考尔德低头查看了一下别在腰间的平板电脑，继而朝着光线暗淡的声音来源区域走去，其余队员紧随其后。众人配合得非常流畅，宛如一个在黑暗中灵巧前行的生物体。不一会儿，那说话声归于无有，四周别无动静。

转眼间，他们已经来到了门牌号为21A的舱室门口——冯上尉的情报人员声称那个高价值目标就藏身于此。按照任务计划，如果目标人物就在船上，队员们应立时将其抓获；若其不在，就等他回到船舱之后再采取行动。眼下最新的情报表明，目标人物仍然待在油轮上的某个地方。

微弱的灯光透过门边的缝隙漏了出来，队员们全都摆好阵势准备进入。考尔德猛地将未上锁的舱门推开，快步走了进去，随即站到一旁，为随后进入的队友们留出通道。众人鱼贯进入门内，分散站开，各自摆出了备战姿态。一名学者模样的小个子中年男子正坐在一张摆放着地图和饮料的办公桌后面，桌面上的台灯照亮了他那张极度震惊的脸，紧接着他不由自主地惊呼起来。他原本一定深信此地相当安全，从那扇没上锁的舱门便能看出这一点来。

然而令海豹突击队员们始料未及的是，四名身形魁梧、似是保镖模样的男子突然从毗连的舱室冲了过来。考尔德先前听到的说话声无疑就是他们彼此交谈的声音。不过，此番遇袭定然出乎他们的意料，只见四名男子并未随身携带武器，这时才开始伸手去取各自的枪支。

格拉夫斯、考尔德和巴克利几乎同时举起各自的MP-7冲锋枪并扣动了扳机，子弹"嗖嗖"地钻入敌人体内，这声响甚至大过被消音器削弱后的枪口爆炸声。四名彪形大汉纷纷倒在地板上，身体乱七八糟地交叠在一起，一时间血流如注。其中一人仍未断气，勉强还能活动。考尔德用枪瞄准其头部，扣动扳机，迅速结果了他的性命。在当前的形势下，昆斯伯里侯爵[①]的拳击规则可不太适用，倒是"阎王"塔格特说得好：让他们去死吧。

坐在办公桌后面的小个子男人见状立刻举起了双手，以示投降。他的肤色不同于大多数非洲人的深蓝黑色，而是略微有些偏灰。

"你杀死的这些人，他们都是有家室的。"他控诉道。

考尔德一把将他从椅子上拉了起来，迅速对其搜身，看他是否随身携带着武器。格拉夫斯将俘虏的脸与照片进行了一番比对。

[①] 美国人，拳击规则的制定者。现今拳击比赛都是按照他制定的规则进行的。

"就是他。"他确认道。

考尔德指着依波·布哈里放在办公桌上的杯子,"你没能喝完它真是太可惜了。这可是拉弗格啊,味道最好的苏格兰威士忌。我已经闻到它的香味了。"

"我也嗅到你身上的臭味了。"布哈里反唇相讥。

"真是好笑,"考尔德顾左右而言他,"就跟我们见过的你和一个犹太男人的不雅床照一样好笑。"

此言一出,布哈里顿时怒不可遏,"你这该死的异教徒。我真恨不得把你的脑髓挖出来⋯⋯"

"大熊"猛地将这名恐怖分子通讯员的头按在桌面上,随着桌子一震,杯里的苏格兰威士忌溢了一些出来。总是能在最不同寻常的时刻找到乐子的考尔德不禁笑出了声。

"我喜欢你那生动形象的比喻。"他喜笑颜开地说。

"佛爷"奥尔蒂斯和巴克利走到门外的过道里,对继续在舱室内搜集情报的考尔德、格拉夫斯及蔡斯予以掩护。三人匆匆将找到的地图、笔记本电脑、手机和各类文件装入一个手提袋里。布哈里的头继续贴在桌面上,丝毫不敢动弹,他的两只手也被"大熊"捆缚在了身后。这些美国人可真是野蛮残忍,若非如此,他们倒还真够格成为真主安拉的精兵呢。

"大熊"将"阎王"塔格特的覆膜照片举在布哈里面前。"这个人在哪儿?"他言辞凌厉地询问道。

布哈里把头转到一旁不予理睬。考尔德这边情报搜集工作已完成,"已经搞定了。我们离开这儿吧,'大熊'。"

"大熊"一把捏住布哈里的脖子,强迫他转过头来看看"阎王"的照片,"我再问你一次,他在哪儿?"

布哈里嘲讽道:"拜真主所赐,他已经长眠于地下了。"

格拉夫斯将一只拇指掐入这名通讯员的眼窝。后者从椅子上跪跌在地,因疼痛和震惊而号哭起来。

奥尔蒂斯和巴克利在门外分别把守着幽暗过道的两头。这时奥尔蒂斯回头迅速瞥了一眼布哈里的舱室门。他们怎么过了这么久还不出来？

当他把头转回来时，突然发现一名男子——从外形看显然是一名保镖——从过道尽头的盥洗室里走了出来。此人兀自轻笑着，一面迈着轻快的步子跳跃前行，一面挥舞手臂练习着影子拳。他的鼻尖下方和胡须上都沾着白色的粉末，这足以表明他为何有如此轻浮的举动。他看起来精神恍惚，似是不知身在何处。

当他意识到过道上还有不速之客存在时，惊得瞪大了眼睛，眼球像是要从眼眶里蹦出来了似的，吸毒后的陶醉感瞬间消失殆尽。他赶紧转过身，朝盥洗室那敞开的门扑了回去。只见"佛爷"手中的MP-7冲锋枪枪口闪烁，接连射出的两枚子弹都击在了那彪形大汉的躯干上，后者的身影随即消失在了盥洗室里。"佛爷"射出的第三枚子弹正好打在了盥洗室的门把手上，将其击得粉碎。

"佛爷"冲上前去准备彻底结束那名保镖的性命。令他始料未及的是，一枚破片手榴弹竟从盥洗室门口飞了出来，在过道上弹跳着朝他滚来，引信咝咝作响。看来那名受伤的保镖决意要施展报复。

"小心手榴弹！"奥尔蒂斯高喊着转身开溜。巴克利刚一钻进布哈里所在的船舱，手榴弹就被引爆了。伴随着震耳欲聋的爆炸声，"佛爷"奥尔蒂斯的身影消失在了浓烟和火光之中。

第二十七章
尼日利亚，拉各斯

蔡斯飞一般地冲进烟雾弥漫的过道，找到了正趴在地板上干呕并几近窒息的导师。他将自己的枪挂在肩上，屈身拖着奥尔蒂斯前往布哈里的舱室。手榴弹爆炸时散发出的刺鼻气味呛得他一阵猛咳，眼泪直流。随着过道里的烟雾渐渐消散了一些，蔡斯无比惊讶地发现奥尔蒂斯近乎安然无恙，唯独只扭伤了一侧膝盖而已。从现场的情形来看，"佛爷"在转身逃命的时候，大概被一个留在过道上的灭火器给绊了一下，随即不由自主地趴倒在地。手榴弹爆炸时产生的杀伤破片将他头顶上方的隔板炸得千疮百孔，而他幸运地躲过一劫。

奥尔蒂斯一时间精神有些恍惚，仿佛听到了来自盐湖城大礼拜堂的钟声。他在船舱地板上坐起身来，用力甩了甩头，想让自己清醒过来。他看起来就像从一场类似飞机坠毁事故的巨大灾难中幸存下来的人一样，作战服上布满了刮擦痕迹，而且全身上下都覆盖着黑灰，还有被炸碎的隔板材料。他试着动了动四肢，被扭伤的膝盖疼得他直咧嘴。不过除此之外，他身上的其余部位似乎都完好无损。恢复神志后的他因那个朝他扔出破片手榴弹的瘾君子而怒火中烧。倘若那人还活着，他真恨不得立刻出去亲手干掉他。

"我没事，我没事。"他安慰着蔡斯。后者正站在一旁关切地望着他。

本次行动之前，当考尔德宣告"好戏上演"的时候，可没想到这出戏第一次谢幕时的情形竟会是这样。他们已无须在暗中摸索潜行，幕布已经拉开，战斗即将打响。大家都各就各位，准备迎敌吧！

这艘油轮上似乎满载着博科圣地组织的成员。把守在舱室门边的格拉夫斯和考尔德透过过道上逐渐散去的烟雾，看到两名全副武装的士兵走到盥洗室门口，盯着里面的死者看了一会儿，随即便开始四处查看起来，试图弄明白究竟出了什么状况。格拉夫斯朝考尔德点了点头，两人举起装了消音器的武器，一齐开枪射杀敌人。再见，混蛋。愿即将与你们相会的七十二名处女都丑陋如疣猪。

一阵来自AK-47步枪的急促枪火声从较远处的通道交叉口传了过来，几发子弹击在了格拉夫斯脸旁约几英寸远的舱壁上，舱门表面也被击碎了几处，两名海豹突击队员赶紧退回到门内。

"考尔德，带我们离开这儿。"格拉夫斯喊道。

"噢，看来现在你倒是着急起来了。"

"大熊"的通讯耳机里传来了"鱼饵"卡恩的声音，"你们和敌人开战了吗？"

"大熊"根本就没工夫回复"鱼饵"，因为眼前有越来越多匆匆赶来的敌方士兵亟须对付。此时他不禁想起了乔治·阿姆斯特朗·卡斯特将军在蒙大拿州小巨角战役中所发表的评论："这么多该死的印第安人是从哪儿来的？"这艘油轮上竟然会有这么多博科圣地组织的成员，他们肯定是图谋着要去某个地方干一番大事。照此看来，美军情报部门一定漏掉了什么重要信息。

未经训练的游击队员、恐怖分子及其余类似人等在战斗中的表现实在毫无纪律可言。他们并未冒着暴露自己的风险冲向门边，而是选择躲在过道尽头的拐角处举枪一阵乱射，妄图能靠运气击中目标。

巴克利来到舱门边，与考尔德和格拉夫斯一起迎击敌人，蔡斯负责监视囚犯，奥尔蒂斯也渐渐恢复了精神和体力。海豹突击队员们射出的子弹击中了一支从过道拐角处探出头的AK步枪，其触发装置瞬间被击碎，卡在扳机护环上的一根手指也跟着断了下来。失掉一根手指的敌方射手痛得号哭不止。

"我们正和多名敌人交战。"格拉夫斯通过麦克风告知"鱼饵","现在正准备撤离。"

"我们这就前来支援。""鱼饵"回应道。很明显,E组成员已经顺利完成了破坏油轮的通讯系统及除掉哨兵的任务。

"不,不行。""大熊"回复道,"这儿有敌人在扔手榴弹,非常危险。我们这就上到甲板来与你们会合。"

趁着失掉手指的恐怖分子暂停开火的当儿,考尔德在四周搜寻,想要找到别的出口。不一会儿,他发现了另一扇能通往舱外的门,就位于先前那四名保镖借以进入而又顷刻毙命的那扇门对面。

考尔德高声喊道:"快跟我来!"

海豹突击队员们押着布哈里,跟在考尔德身后出了那扇门,进入一条更为狭窄的通道,"佛爷"也一瘸一拐地紧跟在队友们身后。这条通道上没有任何照明灯,一片漆黑,队员们仅能借助夜视镜来辨别方向。

他们来到了一段下行的梯道跟前。考尔德看了看墙上的一块牌匾,然后又低头在自己腰间的平板电脑上查看了一番,随即抬脚就沿着梯道往下走去。格拉夫斯有些犹豫地止步不前。

"要下去吗?我们不应该往下走啊。"

"我们得先下再上。"考尔德告知他。

"大熊"转头环顾四周,还想寻求别的可行路径。在他们身后,从布哈里的舱室所在方向传来了响亮的枪火声和嘶哑的吼叫声。那群混蛋肯定正躲在暗处朝他们射击。

考尔德片时也未耽延,很快走下了梯道。"大熊"跟着他下去,进入了油轮内部。其余队员也押着俘虏下去了。

梯道一直通入油轮的轮机舱。浑浊的空气中弥漫着柴油的气味,从舱底破损缝隙渗进来的海水变得腐浊发臭。交错密布的管道、暂停运作的庞大引擎以及如同迷宫般错综复杂的人行通道,全都被笼罩在夜视镜的绿色光芒之下,显得神秘而恐怖,不由得令人联想起了童话故事中有怪兽出没的魔幻之地。倘若这轮机舱里也隐匿着敌人，那可就真是防不胜防了。

考尔德又看了看墙上的另一块牌匾，然后继续往前走，一如既往的谨慎而又镇定。像他这样训练有素的战士，绝不可能被恐慌的情绪控制，以至乱了阵脚。

远近不一的叫喊声通过队员们身边的管道和排风系统传了过来，看来这一整艘油轮上的"乘客"都加入到了搜寻入侵者的行动当中。奥尔蒂斯落在队伍后面殿后，他尽可能让自己行走时跛得不那么厉害。一名海豹突击队员即使在执行任务时不幸负伤，也会在紧要关头继续恪守职责。

考尔德领着众人攀上另一段梯道，来到了油轮顶部一间凌乱不堪的舱室门口，这里显然是被用作了轮机员的宿舍。考尔德走进门内，四下查看了一番。舱室的一个角落里摆放着一张尚未整理的床铺，旁边的搁板上放着一双消防胶靴和一套消防员工作服。床边的舱壁上贴了一幅剪贴画，画中的女人弯着腰，赤裸的臀部一览无余。考尔德走过去拍了拍画上那女人的臀部，然后沿着一条落满灰尘的通道继续前行。"大熊"对着耳麦轻声说出他们目前所处的位置。

"我们位于布拉沃通道204室。"

可耳麦接收到的不过是一连串静电干扰声而已。于是他又试了一次，"E组成员收到请回话。"

这次耳机里传来了压根儿无法辨识的只言片语，然后很快又归于沉寂了。他们与E组的通讯已经中断，或许是因为他们周围那密实的钢质舱体阻隔了通讯信号，也可能是缘于别的什么不得而知的原因。

他们刚刚穿过的那条通道看起来不像是常有人通过的光景，通道的尽头是一道生锈的铁门，被牢牢地焊在了舱壁上。考尔德抬起手来，抹了抹门上一扇布满灰尘的小窗，透过夜视镜往外观察。门外是一间空旷的小船舱，侧面有一段向上延伸的阶梯。结合他从平板电脑上查到的信息来看，这段阶梯向上通往油轮的主甲板。

"很好，"他肯定地说，"我们从这扇门出去。"

他用力推拉了一下门，发现它纹丝不动。"爆破手上场。"他喊道。

"'佛爷'？"格拉夫斯低声询问着。

奥尔蒂斯拖着受伤的膝盖，步履蹒跚地走上前来，不料蔡斯却一个箭步跨到了他的面前。

"交给我吧，"蔡斯毛遂自荐，随即他又向大伙儿宣告，"让我来把门炸开。"

格拉夫斯和考尔德带着质疑的神色彼此对视了一下。新人蔡斯没有继续等待，而是动作麻利地将填充有C-4炸药的爆炸装置固定在了门上靠近锁的位置，就像奥尔蒂斯在战斗训练室里教导他做的那样。

"你要在这里用炸药？"考尔德有些怀疑地问。

奥尔蒂斯一把将蔡斯推到一旁，"让我来！"

他没时间跟一名哈佛毕业生解释，在这样一个密闭的空间里使用炸药将会产生怎样的爆炸力学效应。他试了试门把手，随即弯下腰来仔细检查门边各个焊接点的情况。

"得用切割器。"他对蔡斯说。

他取出一个名为"热能火炬"的便携式金属切割器，将其握在手中，并关掉夜视镜以保护双眼。他将切割器朝门把手伸过去，切割器的管筒"嘶嘶"地冒出明亮的蓝色火焰，绕着门把手画出了一个三角形轨迹。这时，他们刚才经过的梯道下方突然传来了一阵叫喊声。奥尔蒂斯迅速熄灭了切割器的火焰，通道里的气氛异常紧张。只要这扇门未被开启，队员们将别无其他逃生路径，只得与从梯道攻上来的敌人拼死一战。

巴克利缓缓走向梯道平台，注视着下方的漆黑。

"赶快啊。""大熊"压低声音催促奥尔蒂斯。

"佛爷"重新开启切割器，将自己的注意力集中到面前的门上。这扇门是他们唯一的逃生出路。蔡斯将一团急救绷带塞进了布哈里的嘴里，好让他不再发出声音。

时间就这么一分一秒地过去了。随着切割器的火焰在钢制门板上切得越来越深，现场的气氛也变得越来越紧张，令人几近窒息。

终于，奥尔蒂斯完成了切割工作，握住门把手用力一推，这玩意儿迅速落在了门外的钢制甲板上，竟发出了一声响亮的"哐当"声，这声音似乎能传遍整艘油轮。该死！

蔡斯赶忙用一根哈利根铁链抵住门边的缝隙，用力地撬门。"佛爷"也上前握住铁链的握把，助其一臂之力。这道焊接门被撬开了约莫三厘米的缝隙，两人继续用力，眉头紧锁。从梯道下方传来的声音已经越来越响了，眼下他们无异于是在与时间赛跑，而时间眼看就要大获全胜。

出人意料的是，门外的船舱里突然爆发出阵阵枪响，原来是某个混蛋躲在船舱里的一处隔栅背后盲目射击。几枚子弹打在那扇尚未完全打开的门背面，随即又反弹开来。片刻之后，巴克利朝着梯道下方的敌人开火。格拉夫斯的老爹过去常用"岩石与险境之间"这样一句俗语来形容一种进退两难的境地，目前格拉夫斯的团队所面临的正是这样的局面。

"公鹿"再次开枪扫射，梯道下方的敌人也毫不示弱地展开了反击。

奥尔蒂斯不由自主地发出了一声咒骂："该死的混蛋！"

格拉夫斯将布哈里推给蔡斯，"你来看住他。"

他和考尔德来到"公鹿"身旁，并肩压制来自梯道下方的火力。三人手中装了消音器的武器不住地发出类似于咳嗽声的低沉声响。

布哈里在被押送至此的路途中弄丢了他的金丝框眼镜。现在他的双眼肿胀不已，由于嘴里的塞口物，他唯一能发出的不过是饱含愤怒和恐惧的咕哝声而已。蔡斯推了俘虏一把，后者跪倒在地虚弱不堪。蔡斯折回门边，准备去协助奥尔蒂斯。

敌人被"公鹿"和他的援兵打得渐渐招架不住，便从梯道底部撤离，转而开始发出阵阵带有威慑及嘲弄意味的叫喊。他们的声音在这密闭的油轮内部空间激起了阵阵回响，听起来怪异而又恐怖。

目前团队唯一的出路是打开门冲出去，然后沿着门外的阶梯登上甲板。"有人能来帮帮忙吗？"奥尔蒂斯请求道。

"公鹿"继续把守着梯道，格拉夫斯和考尔德回到那扇卡住的门边，取代了蔡斯的位置，向"佛爷"施以援手。几名久经沙场的老队员竭尽全力将门缝撬得更大了。门外的枪声已不复存在，不知何时，那名原本躲在隔栅背后的射手决定暂时不去"天堂"会见属于他的七十二名处女，而是跑去别处参与更为紧迫的任务了。

巴克利面前的梯道下面不时传来一些零星的枪声，他都及时予以还击。"大熊"离开门边，大致察看了一下布哈里的状况。他希望此人还有足够的体力去应付来自美国国安局和中情局的"高级"审讯。

"你可别临阵脱逃啊，'大熊'，"考尔德半开玩笑地说，"加油干吧！"

"少废话，赶紧用力。"

蔡斯也加入到了他们的行列当中，四名身强力壮的队员最终撬开了这扇门。队员们汗如雨下，将他们的俘虏推在前面，鱼贯冲出了船舱，转而沿着通往主甲板的钢梯往上攀爬。蔡斯提着一个大行李袋，内中装着从布哈里的船舱搜出来的非法交易情报资料。考尔德陪着"佛爷"跟在众人后面。

"我们在左舷船尾通往甲板的梯子上了。"格拉夫斯对着耳麦呼叫，希望有人能听到。

"佛爷"拖着一条僵直的腿，费力地爬完了钢梯的最后几阶。格拉夫斯猛地打开了舱口盖，随即将布哈里推上了外面的甲板。

"我们已经来到主甲板了。""大熊"对着耳麦汇报道。

他们尚未完全脱离险情。在只能听见自己心跳声的寂静黑暗中，海豹突击队员们排成一列纵队，喘着粗气，朝着连接下方码头的舷梯悄然走去。刚刚那一小时惊心动魄的经历，耗尽了他们的精力，人人都疲惫不堪，但心里却丝毫也不敢松懈下来。

格拉夫斯的团队中没有任何人觉察到，油轮的上层建筑中已有一组敌方士兵摆好了阵势，准备对脱逃的海豹突击队员们发动突袭。可惜他们并未得逞。"鱼饵"与E组成员早已在码头上的一台起重机后面部署好了掩护力量。与此同时，他们还关闭了无线电通信设备的声音，以求更好地掩蔽自己，避免被敌人发现。

就在敌军射手即将开火前的千钧一发之际，"鱼饵"与他的同伴们一齐朝着埋伏起来的敌人开枪，伏击者们纷纷倒在密集的弹雨中，如同一株株被镰刀收割倒地的成熟麦穗一般。耀眼的枪火照亮了漆黑的夜晚，震天响的枪声打破了黑夜的寂静，奏起了可怕的死亡交响曲。

"大熊"的团队成员领着俘虏匆匆跑下舷梯，来到码头上与E组会合。格拉夫斯转身面向"大马士革二号"，扣动扳机，朝着油轮上残存的敌人扫射。空弹壳纷纷掉落在他身旁的地面上，枪火照亮了他的脸庞，同时也揭示出了他那隐藏在强悍外表之下的脆弱。今夜他的团队与死神擦肩而过，大伙儿都险些殒命。该死，此刻他的内心充满了挫败感。

夜晚渐渐归于寂静。"大熊"抬起头来仰望天空，清朗的夜幕中繁星闪烁，一轮明月正缓缓升起。片刻后，他听到不远处传来了一架直升飞机的轰鸣声，它正以极快的速度朝他们飞来。

第二十八章
尼日利亚，废弃的村庄

这座位于丛林深处的村庄显然已经荒废了相当长的一段时间，如今博科圣地组织将其占领，并把他们的人质挟持到此地关押起来。漆黑村庄的中央，一堆柴火正发出"噼噼啪啪"的爆裂声，这堆火所在的地方正是从前的村广场。火中有烟冒出，烟雾上腾，袅袅飘向布满星月的夜空，渐渐没了踪影。村子周围的丛林里传来了一声夜莺的啼鸣，随即另一只夜莺又从别处婉转鸣叫以示回应。

一群来自游击队的恐怖分子围聚在火堆旁边，要么吸食着自制卷烟，要么咀嚼着一种名为"恰特草"的新型毒品。他们下身穿着军装式样的迷彩长裤或卡其布短裤，脚上穿着靴子或是以牛皮或大象皮制作而成的凉鞋，上半身的着装风格更凸显多样化：狩猎衫、圆领汗衫或短款的宽松罩衫，不一而足。一些人的汗衫上赫然印着古巴革命领袖切·格瓦拉头戴贝雷帽的标志性肖像画。所有的游击队员都配备有武器，不过大多数人都将他们的步枪堆放在广场中央一棵孤零零的猴面包树下。

夜已经很深了。在用作牢房的小屋里，"阎王"塔格特蜷缩着身子躺在光秃秃的泥地上，努力想要睡着，好让自己被子弹击伤的身体得以尽快复原。可这不过是徒劳无功而已，他始终辗转难眠，双眼难以合上。他不由自主地聆听着从屋外传来的声音——低语声、武器或别的装备偶尔被撞击时发出的"咔嗒"声、笑声以及来来往往的脚步声——并试着判断这支武装力量的规模以及其成员分别在何处歇息或站岗放哨。

拥有橄榄球四分卫球员一般壮实的双肩，却如同《绿野仙踪》

里那头狮子一样怯懦胆小且好发牢骚的公关专员尼克已经睡着了。"阎王"受够了他的唠叨,曾用言语相威胁,命令他别再出声,于是他很快就安静地入睡了。在这间关押男性俘虏的牢笼里,特里·麦克埃文来到离尼克最远的一个角落坐了下来,他的非洲司机哈基姆也挪到了他的身旁。两人互相倚靠着,不一会儿便都睡着了,发出阵阵轻微的鼾声。

在相邻的另一侧牢笼里,娜奥米和她的五名女学生似乎也已经安歇下来了。

塔格特的心里想着"大熊"格拉夫斯、考尔德、"公鹿""佛爷"以及"鱼饵",想着他曾经率领过的那支团队。亲如弟兄的队友们绝不会撇下他们当中的任何一名成员于不顾的——可惜塔格特不再是他们的弟兄了。他甚至怀疑他们当中甚至根本就没有人知道他被挟持的消息。就算海豹六队已获悉此事,又有何等理由要投入资源去营救一名无甚丰功伟绩的前成员呢?

不一会儿,塔格特意识到自己并不是这间牢房里唯一醒着的人。他看到娜奥米正倚在小屋唯一的一扇窗户边,月光照亮了她那张忧郁的脸。塔格特并未听到她发出过任何动静,她一定是刻意轻手轻脚来到窗边的,为的是不吵醒沉睡的姑娘们。

"你在看什么?"他压低声音问。

"我在数卫兵的数量。"她也同样低声回应道。

"这儿有五名卫兵,""阎王"告诉她,"还有大约十五名射手。"

"看来你终于清醒过来了。"她留意到了这点。

"这里能醉人的也就只有月光而已了。"

娜奥米没去理睬他的评论。"我听到他们的谈话了,"她兀自说道,"他们很怕你。等他们的头儿来了,他会立刻杀了你的。"

"是吗?唔,世事难料,人生的确偶尔会有不顺遂的事情发生,没什么值得大惊小怪的。"

她快步挪动到塔格特身旁的钢筋栅栏边,朝着熟睡的姑娘们所在的方向点了点头。

"你知道落入博科圣地组织之手的女孩们通常会遭遇些什么吗?"她说,"她们会被当作奴隶卖给别人做妻子,接着会被那所谓的丈夫们强暴,在自己还是孩子的年纪便被迫成为生儿育女的母亲。"

难以抑制的悲伤令她的声音变得有些尖厉刺耳。

"而最糟糕的是,即便她们能重获自由,也会遭到自己家人的躲避和驱赶。她们将永远成为不能归家的流浪者。你能想象那是一种怎样的体验吗?"

"阎王"非常清楚地知道不能被家人接纳的感觉,"正如我刚才说的,世事难料,在强悍的命运面前,任何人都无能为力。"

说这话的时候,"阎王"动也没动一下,甚至没正眼看着她。她跪在栅栏另一侧,默默地咽下心中的骄傲。等她再度开口的时候,语气变得更为柔和。自打"阎王"在学校与她初见到现在,这还是她第一次在人前展露出自己内心的脆弱一面。

"求你了,先生。"她恳求道,"她们没有多少钱,可我勉强能凑出一些钱来。我们可以付钱给你。你是为钱工作的,不是吗?"

曾经有一段时间他并非为钱工作,那时他所做的一切都是为了上帝、为了国家、为了种种所谓的崇高目标。

其中一个女孩来到娜奥米身边,也随她跪在了钢筋栅栏旁。一束月光透过墙上的裂缝照在女孩的后脑,勾画出了一张小脸的轮廓。"阎王"认出这女孩正是被娜奥米唤作埃丝特的那一个。

"先生?"埃丝特眼里噙着泪水,惶惑不安地开口道,"你说的是真的,对吗?"

没错,是真的。任何人都无能为力。他把身子蜷缩得更紧了。他已经受够了。起初他得面对尼克的牢骚和呜咽,眼下又得对付一群哭哭啼啼的女孩和一个带领她们的坏脾气女人。

"波蒂娜——这是我妹妹的名字,"埃丝特继续往下说,努力不让自己哽咽,"波蒂娜不知道该怎么喂我的鸟儿。如果我不能回去,谁会帮我喂它呢?"

"阎王"有些忍无可忍起来。"是你让她这么做的吗?"他朝娜奥米控诉道。

埃丝特坚持说道:"喂鸟的种子放在我床下面的一个罐子里。你能替我告诉她吗?"

"我们当中会有人这么做的。"娜奥米温柔而坚定地承诺道,同时伸出双臂将女孩抱在自己怀里。"阎王"能觉出女老师正狠狠地瞪着自己。

"埃丝特。她的名字叫埃丝特。"娜奥米开口道,"她是一名基督徒。她们当中还有一些是穆斯林。可是上帝和真主都救不了她们……"

"阎王"尽量将她的声音阻隔在自己的头脑之外。

娜奥米重复着她的话语,以示强调,"上帝和真主都救不了她们——除非我们愿意付出努力。"

第二十九章
弗吉尼亚海滩

拂晓将至，从尼日利亚返回的C-130运输机在欧西安纳海军航空站着陆了。队员们拖着疲惫的身子，顾不上歇息，立即赶往海豹突击队基地参加任务报告会议。此次任务被认为是成功的，因为敌方通讯员依波·布哈里已被擒获，这个人知道——或者说应该知道"阎王"被关押在什么地方。来自中央情报局的特工们第一时间就赶往非洲，从格拉夫斯队长手中接管了俘虏，并将其遣送至某个尚未公开的地点进行审讯。"大熊"并不认可这样的操作方式，他认为应该将布哈里留给他的团队来处置。这样一来，他就能给那名通讯员施加更大的压力，从而让他更快地招供。

太阳刚跃出地平线，指挥官已经结束了会议。"大熊"、考尔德和一侧膝盖负伤的奥尔蒂斯一同来到海滨的湾流餐厅吃早餐。这几乎是他们约定俗成的惯例了，每次任务报告会议结束之后，他们都会来这儿聚餐。这次他们一如既往地选择了那张摆在宽大的窗户边，并且能够眺望海湾入口的桌子。对于这个位于弗吉尼亚市郊的海滨小镇来说，眼下正是旅游淡季。在这么早的清晨，只能看到寥寥几艘船在海中穿梭。

早些时候，三名队员已经在笼屋大厅的浴室里洗过澡，还换上了一身干净衣服，另一名把车停在海豹突击队基地的队员开车将他们送到了这家餐厅。"大熊"和"佛爷"穿着他们出席非正式场合时常穿的蓝色牛仔裤、圆领汗衫和胶底运动鞋，考尔德如往常一般穿上了非正统的奇装异服——荧光色的沙滩短裤和破洞长袖旧运动衫，头上绑了一条已褪色的红色头巾，脚上穿的自然还是那双勃肯拖鞋。"大熊"在自己的薄煎饼上涂抹了厚厚的一层黄油，还倒了些草莓糖浆在上面。考尔德喜欢就着枫糖浆和蓝莓酱吃煎饼，此外他还另点了煎蛋作为配菜。奥尔蒂斯选的是他最为钟爱的橘子果酱。

"大熊"和考尔德拾起一个在非洲时就已经展开的话题继续争论起来：究竟是否应该在将布哈里转交给中央情报局之前就先行对其进行审问？考尔德坚持认为这样做是违反规定的，他在这场争论中似乎正占着上风。

"那是我依据自己的判断做出的主观决定。""大熊"坚持道，他一面咀嚼食物，一面转头望向窗外的海湾。

"这个决定实在是糟透了。"考尔德反驳道，"风险与回报极其不成比例。"

"回报就是……那家伙本可能在油轮上就告诉我们'阎王'在哪儿。而现在，他却有更长的时间可以缄口不言。"

"或许是吧，但也可能不是。不过，做事情总有正确和错误的方法。"

"正确或者错误是由你来判定。现在你就在做这样的事情，对吗？"

"我只知道我不会做的是节外生枝，并把我们所有人都卷入一场本可避免的战斗。"

"你到底想不想救出'阎王'？"

考尔德不紧不慢地往薄煎饼上抹了更多的蓝莓酱。奥尔蒂斯默不作声，没有加入他们的讨论。

"好吧，"考尔德说，"这个问题你可以问我一次。但我现在想说的是——对了，'佛爷'，要是我说得太过头了，你记得提醒我一下——或许你太想救出'阎王'了。"

"大熊"瘦削的脸上渐渐显露出了怒容，"我曾让他做我女儿的教父。你还记得吗？当时你是在场的。"

他伸出一根手指僵直地指着奥尔蒂斯，"你也在场。"

奥尔蒂斯深吸了一口气,"'大熊'……"

"你最好给我知道这次营救就是出于私心。""大熊"打断了奥尔蒂斯,神色严厉地对考尔德说,"要多私心有多私心。"

说着他突然站起身来,从钱包里抽出几张钞票放在桌子上。

"像你这样对任何人都毫无感觉的心态一定很棒。"他对考尔德说。

格拉夫斯头也不回地走出了餐厅,而考尔德的目光正好落在了刚来到桌边的漂亮女侍者身上。"我现在就对某人有了感觉。"他说着便朝那正往他们的杯子里续满咖啡的侍者眨了眨眼。不出所料的是,她正好是一名金发美女。

又过了一会儿,考尔德终于留意到,奥尔蒂斯自始至终都没在他和"大熊"的争论中发表自己的观点。"你今天真的非常安静呀,'佛爷'。"他边说边朝漂亮的女侍者露出自己的招牌式笑容,"不过,换成我也会这样,如果我不得不回家去面对杰姬的话。这次的油轮行动就像砸皮纳塔[①]一样,真是'惊喜'连连。"

奥尔蒂斯神色严肃,似是若有所思,"此事对'大熊'来说具有非比寻常的意义,你知道的,对吗?是吧?"

"是的,我知道。可是他在行动中太急功近利了,以至于让我们失去主动权,陷入了凶多吉少的危险境地。我们不能再让类似的情况发生了。"

奥尔蒂斯承认道,"最好别再发生了。"

两人都起身准备离开,"亚历克斯,你要知道,在我家里,我才是头儿,明白吗?"

考尔德轻笑了一声,"你当然是了。"

[①] 一种纸糊的容器,其内装满玩具与糖果,于节庆或生日宴会上悬挂起来,让人用棍棒打击,打破时玩具与糖果会掉落下来。皮纳塔的造型多样化,最常见的是小驴子造型。

第三十章
弗吉尼亚海滩

湾流餐厅的金发女侍者开车载考尔德回家取到了他的紫红色野马汽车，尔后他又开着自己的车将里基·奥尔蒂斯送回了家。奥尔蒂斯住在离欧西安纳海军航空站正门不远的锡达克雷斯特社区，他的家是一栋外观朴素但却非常舒适的房子。"佛爷"下车后并未马上回家，而是站在原地目送考尔德驱车离开，直到他的野马汽车消失在了拐角处。其间，他一直思忖着考尔德和"大熊"之间的关系，这两人向来因个性迥异或对事情的看法不同而不时会发生一些冲突，可那往往都是无伤大雅的小打小闹而已。不过，自从他们在阿富汗执行任务回来后，一切就变得跟从前不再一样了，他们好像都跟对方较上了真。

"亲爱的，我回来了！"里基一面喊着，一面进到屋里，随手关上了身后的房门。

前一天在战斗中负伤，次日却又得努力融入到自己长期缺席的家庭生活当中去，里基所经历的正是不少特种部队战士们都普遍得面对的挑战。里基听到了空调运转的"嗡嗡"声，还有来自某个进行中的电子游戏所发出的种种音效。他跛着腿进到客厅，看到还未出发去学校的小里基正盘腿坐在父亲的电脑前玩着电子游戏。男孩目不转睛地盯着电脑屏幕，并未抬头看他一眼。

"你已经打过那一关了吗，就是有只怪兽……？"奥尔蒂斯想跟儿子交流一下游戏心得。

"是的。"孩子很快打断了他。

"很好。妈妈在家吗？"

"我想她出门去了。"男孩仍未抬头看他,"明天是我们学校的职业体验日。每个人的爸爸都会到场。"

这话听起来就像一场冰冷的控诉。这对孩子来说的确不公平,里基心里迅速涌起了一阵负疚感,不过鉴于以往他们也曾遇到过类似的情形,所以他很快恢复了镇定,"我们不能谈论我现在的工作,儿子。这你是知道的,对吧?或许明年我再参加?"

等他离开海豹突击队并开始为环球安保公司工作之后。

"好吧,当然可以。"小里基咕哝道,听语气他似乎并不相信这件事。他继续专注地玩着游戏。

在目前的情势下,一旦里基负伤的事被家人发现,他们定会一同劝说他立马离职。杰姬还会逼问他受伤的缘由,即便她知道这是他不能透露的信息,也一定不会善罢甘休的。

"你知道妈妈把止痛药放在哪儿的吗?"他尽量以轻描淡写的话风向儿子问道。

"大概在浴室吧。"

奥尔蒂斯叹了口气,离开玩得兴起的儿子,一瘸一拐地进到了通往浴室的走廊。这条走廊边的一面墙上挂满了一家人的照片。当他经过安娜贝尔的房间门口时,听到一些动静从关着的门里传了出来。他停下来听了听,然后试着转动门把手。门是锁上的。这可真是讽刺,他虽身为团队的爆破手,可在试图进入自己女儿房间时,竟然得先敲门征得女儿的同意才行?房间里顿时声息全无。

"别淘气了,小里基。"安娜贝尔在门内斥责道。

"我是你爸爸,安娜贝尔。快开门吧,宝贝儿。"

尽管隔着房门,他也能觉出她的恐慌情绪。"你待会儿再来敲门吧。"她说。

"我刚到家,想看看你。"

安娜贝尔把房门打开一道缝,探出头来。

"你还好吗?"里基不无怀疑地询问道。

"我在做家庭作业。我想说的是，我很好。"

奥尔蒂斯一把推开房门，看到安娜贝尔的男朋友正一脸心虚地坐在床沿。贾斯汀是个身材瘦削的男孩，顶着一头棕褐色的头发，脸上带着内疚而懊悔的神情。只见他站起身来，极不自在地动了动手指，算是跟奥尔蒂斯打了个招呼。

已经够了！这个家是有规矩的，虽然奥尔蒂斯并不常在家里执行家规，可这并不意味着它能被蓄意违犯。他上前抓起贾斯汀的一只耳朵，然后一路拽着他穿过走廊来到了家门口。颇感受辱的安娜贝尔一路小跑着跟在他们身后。客厅里的小里基依然忘我地沉浸在电子游戏里打着怪兽，似乎对家中突然出现的喧闹场景浑然不觉。

"我们什么也没干。"安娜贝尔抗议道。

"我想让你知道，奥尔蒂斯先生，我把你的女儿当做淑女一样尊重。"对一个正被人揪着耳朵押送的人来说，要保持风度实属不易。

"噢，看在上帝的分上！"奥尔蒂斯耐性全无地厉声喝道，"十年后再来吧，好吗？"

他将男孩推出了家门，然后当着他的面使劲关上了房门。

"我不敢相信你竟然真的那样做了。"安娜贝尔哭喊道。

"你妈妈在哪儿？"

"她去工作了，行了吧？"

她猛地转过身，沿着走廊奔向自己的房间，中途她转过头来愤愤地丢下了几句话，"上帝啊，我恨你。你毁掉了一切。"

她的房门"砰"的一声关上了。奥尔蒂斯独自站在走廊里。他的儿子正忙着玩电子游戏，他的女儿在自己房间里生闷气，他的妻子在外工作无法知晓这些。这栋房子突然显得冰冷而空荡。这里真的是他曾经拥有的那个温暖的家吗？

第三十一章

弗吉尼亚海滩

跟奥尔蒂斯以及其他团队成员们一样,"大熊"格拉夫斯也试着将自己从已经结束的战斗中抽离出来,重新回归到属于普通人的日常生活中去。可是他的心思意念却久久停留在那艘该死的油轮"大马士革二号"上,难以释怀。当他按照惯例在湾流餐厅与考尔德、奥尔蒂斯一起用餐之后,又返回了海豹突击队基地。这天上午,他以任务领导者的身份,与来自政府各相关部门——中央情报局、国家安全局及国防部——的代表们就此次任务的细节进行了详尽的沟通。

到了下午,他的工作终于告一段落,于是他驱车来到了莉娜任教的德雷克小学门口。他驶上了共乘车道,跟着拥堵的车流缓缓向前挪移。他的周围随处可见前来接孩子放学的母亲们,可他却对此视而不见,心思全集中在"佛爷"奥尔蒂斯和那枚在油轮过道里爆炸的手榴弹上,他为此感到极其痛苦。当手榴弹爆炸之初,他曾一度以为自己为了救出"阎王"塔格特,却令他的二把手"佛爷"搭上了性命。即便到了现在,在一切都已经结束之后,他仍然难以摆脱这种令人极度不安的想法。

他疲倦地俯下身子,将头靠在方向盘上。当他再度抬起头来的时候,一眼就看到了站在学校门口等候他的莉娜。她正和围在自己身旁的几名学生谈笑风生,暂时还未看到前来接她的丈夫。他突然觉得不想那么快就被莉娜发现自己的存在,他喜欢像现在这样悄悄地观察她。当她和一名男同事道别,并弯下腰来拥抱一名年约六岁的小女孩时,洋溢在她脸上的甜美微笑令他沉醉不已。

不一会儿，莉娜身边的孩子们纷纷离开。即使隔着这么远的距离，他也能清楚地看到莉娜带着笑意的脸上浮现出了一丝悲伤的神色。

他恍然觉得自己脸上恐怕也有着和她一式一样的感伤微笑吧。每次结束任务归来，他虽已远离战场的残忍厮杀，内心的恐惧紧张也烟消云散，可是只有在见到莉娜之后，他才感觉自己真的回到了当下的现实世界。他以自己的全副身、心、灵一齐爱慕着这个漂亮的女人，他对她的爱之深甚至已经超过了言语所能表达的限度。在他看来，她配得上比他好得多的男人，她也不应该遭遇发生在萨拉身上的那一切不幸。她每周都会驱车前往墓园，在他们的女儿墓前摆上一束鲜花，这实在令他心疼得无以复加。

附近一辆车发出的响亮喇叭声把他吓了一跳，仿佛再一次听到了那枚手榴弹爆炸的声音。他认识一名患有"创伤后应激障碍"的海豹突击队员。在伊拉克的一次作战任务当中，这名队员失去了他一半的队友。自那以后，他只要一听到任何突如其来的响亮声音，就会立即卧倒隐蔽起来，迅速重现自己在那次任务中的反应。这病症令他无法胜任本职工作，最终不得不提前退伍，为自己的海军生涯画上了句号。

喇叭声又响了，这次他听出这声音是排在他后面的那辆车发出来的。格拉夫斯将自己的皮卡驶入前方的一个空车位停了下来，他的两只手仍紧紧地握住方向盘，指关节已经有些发白。莉娜看到了他，朝他挥挥手之后便跑了过来。她打开副驾驶座的车门，迅速钻进车里坐了下来。

"任务进行得怎么样啊？"她以尽可能欢快的语气问道。

"很好。我们所有人都平安回来了。"

他总是用寥寥数语来描述他的每一次任务。莉娜倾过身去，动情地亲吻他，久久舍不得分开。他每次离家执行任务的时候，莉娜都会觉得他这一去也许就永远也不能回来了。当他每次回来的时候,莉娜又会有一种失而复得的欣喜感。当然,其他海豹突击队员的妻子们也有着与她类似的体验。

"你准备好了吗?"莉娜问他。

什么?难道他把什么应该要去做的事情忘记了吗?

他突然想起,她已经跟生育诊所预约好了今天要去看诊。他们昨晚通电话的时候,莉娜跟他说过这件事,而他也同意今天要陪她同去。

* * *

他们在候诊室里等待医生看诊,这里的几面墙上贴满了全家福,都是在这里接受诊疗后成功孕育孩子的家庭留下的。不知怎的,格拉夫斯为自己仓促同意陪同妻子前来就诊而感到有些后悔。候诊室里的一张桌子上堆放着诸如《父母世界》《新手父母》《育儿指南》之类的家庭杂志,还立着一个印有小手印及"父亲节快乐"字样的装饰盘。格拉夫斯看了看莉娜,他原本以为会从对方脸上看到因失去萨拉而忧伤的熟悉表情,可他却只看到了一张充满希望、满怀期待的脸。

当医生叫他们进去并报出诊疗价格之后,"大熊"被惊得差点儿休克过去。阿鲁西·班纳吉医生是一名接近六十岁的小个子男人,皮肤黝黑,大概来自印度或孟加拉国。其实,莉娜曾跟"大熊"提到过诊疗费的数目,只是他当时心思在别处,听完就忘到九霄云外去了。

"一万五千美元,""大熊"茫然地重复道。突然,他像是恍然醒悟过来一般,"一万五千美元!"

莉娜紧紧握住他的一只手,好让他平静下来。

"没错,这是第一次尝试的价格。"班纳吉医生以尽可能专业的语调为他们解释道,"如果你们对这个价格有疑虑的话,我们可以提供相当优惠的信贷服务。"

"不过那是体外受精的价格，"莉娜再次确认道，"而我们要从更简单的开始，对吗？"

"没错。通常我们会先建议备孕女性服用克罗米芬，看看它促进排卵的效果如何。"

"那么，这种治疗方式的价格是……"莉娜提示道。

"一点也不贵。大约五十美元。"

莉娜朝丈夫笑了笑。这个好多了吧？

与人探讨如此私密的话题，令"大熊"觉得极不自在。"呃，还有没有什么别的可供她尝试的方式？"他问道，同时感觉全身已经开始冒汗，"你知道的，就是在家里就能做到的？比方说，呃，更自然的方式？"

"唔，考虑到她的年龄以及既往病史，"医生开口道，"你妻子难以受孕其实并不意外。"然后他又对莉娜说："如果你愿意的话，莉娜，我想建议你做一下宫颈检查和一些血液检验。"

说到这儿，他停顿了一下，朝格拉夫斯点了点头，"至于你，先生，我们还需要获取一份精液样本。"

格拉夫斯不假思索地发出质疑，"为什么？"

"约瑟夫！"莉娜有些愠怒地喝止他。

"我们获取的信息越多就越好。"班纳吉医生解释道。

莉娜和医生的目光齐刷刷地朝他射来。"大熊"下意识地抬起一根手指拉了拉自己的衣领。他的衣领已经很松了，可他还是感觉有些透不过气来。

"现在就要吗？"他勉强从嘴里挤出了这几个字。

第三十二章
弗吉尼亚海滩

站在取样区门外的一名男护士递给"大熊"一个带盖子的小塑料杯,并抬手指了指他该去的那间取样室。"祝你过得愉快。""大熊"狠狠瞪了这放肆之徒一眼,眼里似要喷出火来,吓得对方不由得往后退了两步。"大熊"进到指定的取样室,锁上了房门。这个被漆成白色的房间里有一张沙发、一个洗手台和一个马桶。此外,还有一台连接着录像机的电视机,屏幕上正播放着一个身穿文胸的女人对一个坐在椅子上的男人展开诱惑的画面。电视机的音量已被调低至静音状态,遥控器上缠裹着一张牛皮纸,其上赫然印着:**请勿碰触**。

他虽感尴尬,却也只得接受现实——这间取样室之外的人都知道他在这里面做什么。他坐在沙发上,将身上的牛仔裤和内裤脱至脚踝处,然后开始尽职尽责地做起他该做的工作来。对于一名海豹突击队员来说,这实在是一件极其糟糕的事情。倘若此事在海豹突击队基地内部传开了的话,他的个人形象就彻底毁了。

经过一番努力尝试之后,他不得不暂时中断,因为这压根儿就不能奏效。他看了看电视机,心想自己或许还能在那段录像中找到更为刺激的部分。据说男人的大脑是与生殖器相连接的,两者互为影响。那么就考尔德的情况而言,则只存在后者影响前者的单向模式。

"大熊"环顾了一下四周,确定这里并没有人在监视自己。他将印有"请勿碰触"字样的牛皮纸从电视机遥控器上取了下来,然后按下了快进键。当他停止快进,再度按下播放键时,电视机突然发出了相当大的声音。

该死！

他赶紧伸手去调低音量，不想却在匆忙之中撞翻了录像机。它从支架落到地板上，发出了响亮的"咔嗒"声。情急之下，他将电视机的电源插头从墙上的插座中一把扯了出来。这该死的玩意儿终于没了"噪音"。

"你在里面还好吗？"锁着的门外传来了那名男护士的询问声。

格拉夫斯站起身来，来不及提起裤子，气喘吁吁地回应道："很好，我没事。"

他小心地将录像机放回原位，没再碰到任何别的东西。他在沙发上重重地坐下，如释重负地松了一口气。他看着自己映在电视机屏幕上的影子，觉得似乎连它都在嘲弄自己。

他得赶紧结束这场噩梦。往杯子里装满精液，然后逃离这里。他闭上眼睛，再度忙活起来。

可他的努力仍然未能奏效。他感到非常泄气，颓然躺在沙发靠背上。这时门外响起了一阵敲门声。

"我说了我没事。"他厉声回应道。

"是我。"莉娜的声音传了进来。

他赶紧穿上裤子，起身打开了门。莉娜把头探进门内，"你已经搞定了吗？"

"我……呃……"他一时有些语塞，"我想我们或许，唔，你知道吗，我想我们应该先回去，改天再过来。"

莉娜不经意间看到了那台电视机。"噢，天哪！"她一面惊喊，一面猜测着它的用途是什么。

"怎么了？"

"那是一台录像机吗？"

她快步朝录像机走去，格拉夫斯赶紧锁上门，并试图劝她离开，"别碰……"

已经太迟了。她看到了那条被拔掉的电视机电源线，俯身把插头重新插了回去。"大熊"以为会有很大的声音从里面冒出，可它却变回了静音模式。在电视机屏幕上，一个有着双D罩杯、全身赤裸的女人正跨坐在一名瘦削男子的身上。莉娜简直惊呆了。

"她可真是双峰傲人啊！我想知道的是，她的脊柱怎么支撑得了这么重的东西？还有，她这样怎么跑步呢？"

"我认为那不是最重要的事情。""大熊"面无表情地看着电视里的画面。

莉娜在沙发上坐了下来，目光紧紧盯着电视机。"上次我们一起看成人电影还是在念高中的时候了，"她轻笑道，"你还记得那次吗？"

格拉夫斯当然记得，"在我们去教堂的途中。"

她以充满爱慕的眼神望着他，"那时你可是声名狼藉啊，还被我父亲列在了他认为我需要防范的男孩名单之中。"

"那时我的人生的确有些失控。"他承认道。

"你身上的野性正好激发了我想要驯服你的欲望。"

她脸上洋溢着满满的笑意。虽然处在眼前的拘束境况之下，"大熊"仍能感觉到两人之间的往日情怀又回来了。他认为莉娜也有一样的感觉。

莉娜的脸上依然挂着令他无法抗拒的笑容，她伸出手去，把他拖到自己坐着的沙发前站定。他低下头，自然地凝视着她的脸庞，先前的尴尬已烟消云散。

"噢，我的'大熊'。"她柔声唤道。她为他解开牛仔裤，任其垂落在地，然后又脱下他的内裤，伸手为他忙活起来。

"莉娜……"

"怎么了？"

她的努力奏效了。两人的目光有些尴尬地碰触在一起，不过他们很快又同时爆发出一阵大笑。

"你想让我停下来吗?"她戏谑道。

"别。"

她又继续忙活了好一会儿,直到她将空闲的那只手举了起来。

"快把杯子递给我。"她说。

第三十三章
弗吉尼亚海滩

亚历克斯·考尔德在执行任务前最喜欢采取的减压方式是在床上流汗——而且是和另一个人一起。同样的，他在任务完成后最喜欢用来缓解压力的方式也是同另一个人一起在床上流汗。他还没来得及给凯莉——他在安娜贝尔·奥尔蒂斯的成人礼派对勾搭上的金发辣妹——打电话，就已经找到了另一名金发美女做替补，而这名替补此刻正在他的二手弹簧床垫上与他打得火热。床垫在他们身下嘎吱作响，与之相呼应的还有从屋外传来的海浪拍打沙滩的声音，以及床上的金发美女所发出的忘情呻吟。如果说考尔德的生命中真有什么令他感到骄傲的事情，那就是他在床上绝不会令女人失望。

在海水即将退潮之时，两人一齐抵达浪峰，随即双双赤身露体地瘫软在床，任由汗湿的床单缠裹在腿上。

"噢，天哪……刚刚究竟发生了什么？"来自湾流餐厅的金发女侍者柔声低语道。

考尔德故作认真状，有板有眼地说："在短短的一瞬间，两个物体彼此融为一体。就像是揭开宇宙的一角，一探内中奥秘。"

女侍者被逗得咯咯直笑，"别毁了这美好的一刻，亲爱的。"

床边有一个倒置的水果箱，被用作了床头柜。她伸手在那上面摸索着，很快找到了自己的手表。她看了看时间，不由得发出一声惊喊，赶紧跳下床，抓起自己的工作服开始往身上穿。

"我还是能到你们餐馆吃薄煎饼的，对吧？"考尔德戏谑道，脸上带着他那"淘气阿丹"式的招牌表情。

"亲爱的，你还可以随时来点我们菜单上没有的菜。"

说完这话，她匆匆走出了门。她的休息时间已经结束了，现在是时候回去继续工作了。

考尔德一丝不挂地起了床，从容地为自己倒上了一大杯苏格兰威士忌，拿着一本赫尔曼·黑塞的著作《悉达多》回到床上。这本书他已经读过两遍了，现在准备再读一次。随着阅读次数的增加，他对悉达多的事迹也有了越来越深刻的认识。这名古印度贵族青年放弃了所有的世俗财产，来到尼泊尔的卡皮尔瓦斯图平原，以苦行僧的身份开始修行，为求寻得精神上的启迪。考尔德认为，他自己兴许也会在将来的某一天做出同样的事情来。

他读到了悉达多即将与佛陀乔达摩展开对话的段落，这时他合上了书页，兀自微笑着，内心罕有地充满了完美的平静。他心情愉悦地从床上下来，穿上一件围裙，开始为自己准备一顿美餐——法式焗酿龙虾配糙米饭、自制面包和一杯佳酿葡萄酒。享受美食，这也是他在任务结束后常用的减压方式之一。

他将烹饪好的食物和美酒放在一个托盘上，像高档餐馆的服务生一样以五指指尖和掌根托住托盘，将其举至胸前，保持平衡，朝屋子的前廊走去。

先生，请慢慢享用您的美餐。

对他而言，除了床笫之欢，生活中再没有什么比在能嗅着海水的咸味、听着海鸟的婉转啼鸣、看着夕阳渐渐沉入海平面的屋外享用美食还更美妙的事情了。他用空着的那只手打开房门，眼前的情景令他惊愕万分地张大了嘴。

"嗨，亚历克斯。"

是德尔玛！他还不知道女儿竟然知道自己的住处。这次她涂着绿色的唇膏，依旧穿了一身哥特式黑衣。背着双肩包的她从考尔德身旁经过，兀自走进了小屋。他转过身来看着她，又是惊讶又是困惑，一时竟不知道该说些什么好。他穿在身上的围裙勉强能遮住前侧的身体，可他的后背和臀部却全然暴露在了咸涩的空气中，也暴露在了海鸟们面前。

第三十四章
弗吉尼亚海滩

"你是怎么知道我住在这儿的?"

"有法庭记录,亚历克斯。这些信息是公开的。"

考尔德看着自己的女儿,内心的不适感越来越强烈。德尔玛盘着腿坐在他的床中央,狼吞虎咽地享用着他原本为自己准备的美食。他已经穿上了一条膝盖有破洞、被洗得有些褪色的牛仔裤,上身穿着印有"感恩而死"字样的汗衫。他赤脚站着,感觉地板上的沙子有些扎脚。

眼下的情形真是尴尬,实在是太尴尬了。哪怕某个和他滚过床单的金发美女试图留在这小屋里同他一起过夜,他也会觉得如同罹患幽闭恐惧症一般难受,更别提现在和他同处一室的是一个打扮怪异、涂着绿色唇膏的少女。他的小屋里仿佛正在上演一出《赛勒姆》般的魔幻故事剧,他觉得家中似是被一群女巫入侵,而她们当中的每一个都声称自己是他的女儿。

"这是外卖吗?"德尔玛问他,"味道不错。"

"是我亲手做的。"

他看到了她脸上极不信任的表情——不会吧?他转头看了看窗外,白色海浪上方冉冉升起了一轮明月。他问她:"你妈妈在哪儿?"

"我他妈的怎么知道。你自己打电话问她呀。"

他本想指责她讲话的方式,不过想想还是算了。关于她该如何长大、如何穿衣打扮、如何讲话这类事情,都不在他的责任范围之内。他拨通了前妻的电话号码,可电话却被直接转入了埃丽卡的语音信箱。

"你可以打给布拉德。"德尔玛建议道。

考尔德面露怪相,他才不想跟那个与埃丽卡同居的傻瓜扯上任何关联呢。当然,自打他曾扬言要狠狠教训布拉德之后,后者也不想跟他有任何瓜葛。

"布拉德说你是一个战犯。"德尔玛主动透露道。她似乎能从如此这般的传话过程中得到一丝扭曲的快乐。

"什么?"

她快速耸了耸一侧肩膀,"他常用那个以'N'打头的词语[①]来谈及你。"

"可他明明知道我是白人啊。"

"我说的是'纳粹分子'[②]。他说你干着杀害妇孺一类的残忍勾当。"

考尔德怒瞪了她一眼。他已经厌倦了这样的谈话,"你认为我是那样的人吗?"

"不,"德尔玛再次满不在乎地抖了抖肩,"我压根儿就没想过跟你有关的任何事情。"

这一定是谎言。一派胡言!

"你知道这样并不好吧,德尔玛,事先也没打个招呼就突然出现,打扰了我……"

"打扰你什么了?"她作势环顾了一下狭小而破旧的卧室,一盏安在天花板上的灯泡正发出昏暗的光。她丝毫也不掩饰脸上流露出的轻蔑与不屑。

"……我原本的计划,"他反击道,"还有我全部的生活。"

她继续往下说:"我只是需要一个地方住上几天,可以吗?"

"不,不可以。这里的有些东西……"比方说,金发美女们?

[①] 在通常情况下,以"N"打头的词语是指白人用来贬低黑人的词"Nigger",意即"黑鬼"。

[②] 英文为"Nazi",也是一个以"N"打头的词语。

德尔玛把餐盘推到一边,开始在自己的背包里翻找起来。

"别把行李取出来。"

她从包里取出一支电子烟,吸了一口,随即以安抚的语气对父亲说:"别担心,亚历克斯,这不过是电子烟而已。"

管她是不是自己的女儿,考尔德已经受够了。"说出来你可能不信,"他有些气恼地说,"不过这房子里的一切……"

"应该是棚屋里的一切。"她纠正道。

"随你怎么说都行。在这里占有一席之地的每一样东西你都别碰,它们都各有用途。"

除了你之外。不过他并没有把这句话真的说出口来。他一把抓起自己的外套和车钥匙,匆匆往门口走去。

"你要去哪儿?"她有些焦虑地问道。

他没有理睬她,径直走出家门,然后将门"砰"地关上了。在漆黑的夜里,他坐在自己那辆没有顶篷的野马汽车里,看向大海,浪花裹挟着银色的月光不断涌向岸边。刚刚发生的算是什么事儿啊?

他发动了野马汽车的引擎,驱车离开了。

第三十五章

弗吉尼亚海滩

比起考尔德久未露面的女儿突然找上门来，里基·奥尔蒂斯结束任务回来后第一天的日子略微要好过一些。安娜贝尔和小里基连告别的话也懒得同他说上一句，各自出门上学去了，留下"佛爷"独自一人待在屋子里。听女儿说他妻子去工作了，他琢磨着这究竟是怎么回事。他原本还以为只要自己同意从海军退伍并接受环球安保公司的职位，他的妻子就不会外出工作了。

到了下午，他感觉有些饿了，便去到厨房，想看看能否找到一些头天的残羹剩菜来对付饥饿的肚子。"哈伯德大妈"的碗柜①里似乎没什么现成可吃的食物，除非他打算亲自下厨烹饪。他勉强找到了一袋草莓馅饼，从冰箱冷藏室里取出了一罐啤酒，还从冷冻室里找出了一袋冷冻豌豆，准备顺带为自己受伤的膝盖做一做冰敷。

他在厨房餐桌旁颓然坐下，看着桌上的草莓馅饼和啤酒，心有不甘地想着，难道这就是自己在外打拼返家后应得的待遇吗？尽管膝盖上敷着冰冻豌豆，可他还是感觉到了阵阵抽痛。

当杰姬回到家时，他喝剩的啤酒已经在常温下放得有些温热了，袋子里的草莓馅饼只被他咬了几口。杰姬走进厨房才看到他，不由得吃了一惊，此时的他已经俯身趴在餐桌上，头枕着双臂睡着了。

"里基！你回来啦！"

---

① 源自儿歌《哈伯德大妈》。歌词大意如下：哈伯德大妈走到碗柜旁，去拿骨头给她可怜的狗；但是当她到那儿时，碗柜里什么都没有，可怜的狗什么也没吃到。

他从睡梦中惊醒过来,抬头看着她,"看来这个家里只有你发现我曾离开过。"

他的语气听起来有些受伤和不悦。

"噢,我的国王。"她以西班牙语回应着,随即伸出双臂环抱着丈夫,弯下腰来热切地吻着他的双唇,直到她的视线落在了桌上的啤酒罐和吃了几口的草莓馅饼上。

"我的国王,我本该为你做一顿丰盛饭菜的。"

她起身打开冰箱门,从里面取出一箱鸡蛋、几根火腿和一包墨西哥玉米粉圆饼。奥尔蒂斯留意到她穿了一套墨绿色的长裤西装配白衬衫,还穿着高跟鞋。她的深色长发披散在肩上,顺滑而有光泽。她看起来非常漂亮。

"你们的任务怎么样啊?"她试着以此打开话匣子。

不过他显然不愿就这个话题多谈什么,只是三言两语应付了过去,"我们找到了目标人物,接下来就等着看他会说些什么了。"

她点燃煤气灶,从炉灶下方的抽屉里取出一个长柄平底煎锅,放在炉火上。咖啡机里还盛有当天早上现煮的咖啡,她按下开关开始对其加热。

"那个新人表现得怎么样呢?"她继续找话题同他聊天,"他叫什么名字?"

"蔡斯。他上手很快。"

"能有你带他,可真是他的幸运。我们应该找个时间请他来家里吃顿饭,就像当年'阎王'对你那样。"

待她安静下来之后,里基才终于有机会问她为什么穿得这么正式,"你刚才上哪儿去了?"

她显得有些犹豫,与他对视片刻之后,她又重新回到炉灶前忙活起来,"我上班去了,里基。"

"你找了一份临时工作?"他试探着问道,"是暂时顶替谁吗?"

她又在炉灶前忙了一阵子,才重新走过来面对着他,"亲爱的,听我说。你还记得安娜贝尔出生前我曾工作过的那家医药公司吗？他们有一个销售方面的职位空缺……如果我在晚上和周末去那儿做兼职的话，或许就够了。"

这话听起来像是在控诉她的丈夫没能挣到足够多的钱来照顾家人的需要。她把他说成什么样的人了？

"晚上和周末？"他喃喃地重复道，"可是……孩子们怎么办？他们需要你的照顾。"

其实他还想说，他也需要并希望她能留在家里。这时，放学归来的小里基飞奔进厨房，从食品柜里取出了一块巧克力曲奇饼干。他无意中听到了父母的最后几句交谈内容。

"我已经十一岁了，老爸。"他一面嚼着饼干，一面开口说道，"我可以自己照顾自己。"

"再说了，"杰姬继续着先前与丈夫的谈话，"如果我们需要有人帮忙照顾孩子，我可以去问问我母亲能不能来。"

里基面露苦相，"你母亲？来这里？你不如先杀了我吧。亲爱的，上次谈的那个在环球安保公司的工作……一旦我们救回'阎王'，我就会去上班的。一切问题都会迎刃而解的。"

"里基，你简直像是活在梦里一样。"杰姬语带责备地说，"我们现在就得支付安娜贝尔的学费定金了。如果我们想让她上那所舞蹈学校，就必须这么做。"

说完这话，她又回到了炉灶旁边。里基并不愿意就此罢休。

"你知道当你不在家的时候女儿做了什么吗？"他的语气中颇有些谴责的意味，措辞也显得煞有介事，"她和一个男孩单独待在自己的房间里，还锁着门。"

"我们可以稍后再说这件事情吗？"她有些气急败坏地说。她一把抢下小里基手中的曲奇饼干，对他说："把这个给我，快去刷牙。"

"不行！"奥尔蒂斯激动地说，"我们真的应该好好谈谈……"

他本想站起来说话，可受伤的膝盖一受力便感到一阵突如其来的剧痛，令他不得不重新坐回椅子上。眼前这一幕令杰姬的态度瞬间发生了变化，从一名好斗的西班牙妻子摇身变作了体贴的护理者，迅速来到他身旁。

"怎么了，亲爱的？你的膝盖受伤了吗？让我看看。"

她小心翼翼地将里基的裤管卷到膝盖上方。小里基也在她身后弯下腰，目光掠过她的肩膀投射过来。

"哇哦！"当男孩看到父亲那红肿不已的膝盖时，不由得发出了一声惊喊。

"它还能弯曲吗？"杰姬关切地问。

"不太行。"

"而且它很烫。"她伸手摸了摸。

他无奈地笑了笑，用手指着那袋刚从他的膝头掉落在地的豌豆，"冰冻豌豆已经解冻了。"

杰姬直起身子，一脸担忧。她高喊道："安娜贝尔！"

安娜贝尔仍在生父亲的气，她从学校回来后就径直钻进自己房间，一直没有出来过。此时只听得她应道："什么事？"

"赶快去拿车钥匙，我们得送你爸爸去医院。"

安娜贝尔迅速来到厨房。她低头看了看父亲膝上的伤势，却不愿与他对视。

"发生什么事了？"她问道，语气柔和了许多。

"没事，"奥尔蒂斯说，"我没事。杰姬，你反应过度了……"

"我能开车吗？"安娜贝尔急切地说。

"让我来开车。"杰姬答道。她不顾里基的反抗，硬把他从椅子上拉了起来，转而对他们的儿子说："小里基，你得留在家里。"

"不行，我也要跟你们一块儿去。"

送里基去医院一下子成了全家的头等大事，家里的每个人都参与到其中。杰姬和孩子们一面苦口婆心地竭力劝说，一面又推又拽地护送着竭力抗拒的病人朝家门口走去。

"你们听我说……"奥尔蒂斯抗议道。

"我们去沙丘路那家医院……"杰姬做出了决定。

里基站在门厅,再也不愿继续往前走了,"等等!快停下!别这么着急!你们听我说,明天我自己去家附近的基础医疗诊所就行,我需要的不过是注射一针可的松而已。而现在,我们能不能先坐下来,好好地享受一下全家人团聚的时光,好吗?"

安娜贝尔和小里基停下来等待母亲的反应,只见她立场坚定地说:"里基!赶快上车吧。"

"你就乖乖就范吧!"小里基一面喊着,一面朝门外的车道跑去。杰姬和安娜贝尔紧随其后,连头也没回一下。

奥尔蒂斯觉得自己仿佛一头站在谷仓大门中央、行动迟缓的骡子,傻气到了极点。头儿?只有在杰姬允许的时候,他才能成为这个家的头儿。她可真像我们三个人的母亲啊!他不得不屈服就范,一瘸一拐地跟在家人身后出了门。

第三十六章
迪拜

埃米尔哈基姆·穆塔基曾告知迈克尔·纳斯瑞尚需等候一段时日,待下一阶段的任务完成之后,他就可以着手对付那名美军海豹突击队员,从而为他遇害的兄弟报仇雪恨了。

对于像迈克尔·纳斯瑞这样内心充满仇恨的人来说,激进的伊斯兰主义往往被其用作向这个世界倾倒怒气的工具。伊斯兰恐怖主义最需要的并非能人智士,而是愿意施行杀戮和毁灭,且不惜为真主安拉献出生命的人。针对真主的战士,《古兰经》上明确列出了一系列指示。

对我来说,杀害不信者不过是无关紧要的小事一桩……

与挡在安拉道路上的人打仗,杀死那些不相信安拉的人……

我会把恐惧印刻在不信教者的心中,故你们当斩不信教者的头颅、断他们的指头……

我已经战胜了恐惧……

倘若一名战士因着侍奉真主而献出了生命,难道真主不会允诺他将来能去天堂吗?

纳斯瑞、阿克马尔·巴拉耶夫以及五名年轻的男女招募者分别置身于几间毗连的酒店套间里,他们满怀期待而又紧张万分地等待着下一阶段任务的开始。整个套房里非常安静,唯一能听到的只是墙上时钟发出的清脆"嘀嗒"声。人们偶尔彼此低声交谈几句,所有人都不再敲击键盘,几名技术人员在其套间里不安地来回踱步。

两名年轻女子手握着手,并肩坐在一张床上。巴拉耶夫和另一名年龄稍大一点的招募者——年约三十岁的阿拉伯人——站在酒店套房的一扇窗户旁边,注视着一栋坐落于海滨区的未来派宏伟建筑——卓美亚古堡酒店。眼下那里正在举办迪拜国际电影节。成千上万的电影迷、演员、导演、制片人、编剧及业界专家正齐聚一堂,为世界范围内的优秀影片颁奖。

在这群等待的人当中,似乎只有迈克尔的心思不在迪拜国际电影节上。而且,他的注意力也没被那怀旧风格的电子游戏和游戏中手握大斧的卡通人物所吸引。在墙上的大屏幕里,他所控制的游戏人物正处于静止不动的状态。他甚至连看也没看一眼房间角落里的那台电视——那里正在播放电影节的实况画面,只见一名阿拉伯主持人精神饱满地念着台词:去年,迪拜国际电影节被列入了《康德纳斯旅行者》杂志所评选的年度前十五名电影节名单……

很快地,用不了多久,那名主持人将会永远地安静下来。

迈克尔的全部注意力都集中于他面前的笔记本电脑,屏幕上正在播放一条已下载的新闻快报。画面中的男子脸部瘦削,穿着美国海军制服,胸前挂着好些配有绶带的奖章。用英文讲述的画外音内容如下:经确认,理查德·塔格特的身份为美国特种作战部队海豹六队的前成员,曾因表现突出而被授勋表彰。塔格特于去年退伍,此前曾参与过不下十五次战斗。据说当他与一大群人在尼日利亚南部被挟持时,正干着雇佣兵的工作。迄今尚无任何个人或组织声称对那次袭击事件负责,不过据来自政府方面的消息推测,此事或与博科圣地组织有关。目前塔格特先生生死未卜,下落不明……

迈克尔按下暂停键,将录像调至开头处重新播放。他坐在酒店套间的床上,身旁放着一个已打包好的行李包。他就这样一遍接一遍地反复播放着这段新闻快报,任由心头的怒火随之越燃越旺。

原本站在套间另一头的窗边眺望远处的叙利亚人巴拉耶夫转过头来,朝迈克尔扬起了一侧眉毛,似是在表达询问的意味。迈克尔看了看手表,朝对方点了点头。他将面前的笔记本电脑调至一个本地新闻频道,然后用自己的手机拨通了一个电话。

"所有人都各就各位了吗?"他问道。听到对方的回答后,他满意地点了点头,"那就开干吧。"

片刻之后,正在举办迪拜电影节的摩天酒店突然发生了大爆炸。坐在相邻套间床上的两名年轻女子不由得尖叫起来,位于窗边的电脑技术人员和招募者们也倒吸了一口气。那爆炸声听起来颇像一声炸雷,不过比雷声响亮得多,其威力似乎足以将整座城市的玻璃窗都撼动或震碎。电视实况转播画面中的阿拉伯主持人惊恐地尖叫起来,随即电视机屏幕变成了一片空白。紧接着,电视台立即将画面切换回了新闻编辑室。迈克尔用遥控器关掉了电视机的音量,然后用手机开始拨号。

"电影节已被毁掉了。"他汇报道。

迈克尔的耳机里传来了埃米尔哈基姆·穆塔基的声音,"这是一堂阻止西方文化垃圾荼毒我们的直观教学课。真主至大!"

"真主至大!"迈克尔颇为敬虔地重复道。

他的笔记本电脑上开着一个视窗。从中可以看到,迪拜电影节的官方推特上正疯狂涌现出各种与本次袭击有关的留言。迈克尔合上电脑,一脸平静地站起身来。

"我这就去找那名前海豹突击队员。"他对着耳机的话筒说道。

"少安毋躁,"穆塔基回应道,他的声音听起来好像有些失去耐心,"他会让你在执行主要任务时分心。"

"此事关乎博科圣地组织。他们会选个合适的时机将此人五花大绑并进行折磨。带着对您的尊重,请恕我直言:他对我们的事业至关重要。"

"不求回报的尊重才是真的尊重。"

迈克尔看了一眼已塞得满满当当的行李包。

"你两天后来卡塔尔见我。"穆塔基发号施令,随即便挂断了电话。

迈克尔面无表情地取下耳机,将笔记本电脑夹在一只胳膊下面，随即用另一只手提起了行李包。直到这时，他才转过脸去看了看窗户外面。一缕浓浓的黑烟正从海滨区升腾而上。

第三十七章

弗吉尼亚海滩上的海豹突击队基地

"佛爷"奥尔蒂斯驱车驶过丹奈克附属中心，将车停在了海豹六队总部门前，沐浴在傍晚的阳光之下。在他从自家的厢式旅行车上下来之前，先理了理身上穿着的宽松长裤，以确保他在医院急诊室戴上的膝盖护具能被完全遮蔽起来。

他走进总部，经过一间间笼屋所在的开放式大厅，朝团队休息室走去。途中他竭力控制着自己的走路姿势，让腿显得没那么跛。在休息室里，整支突击中队的成员们齐聚一堂。罗伯特·蔡斯的首次实战任务已告结束，他们将在这里接收其成为海豹六队的正式成员。除蔡斯之外的海豹突击队员们身着便服或体能训练服，熟络而随意地彼此招呼着，插科打诨，谈笑风生。当蔡斯看到奥尔蒂斯走进来的时候，脸上顿时绽放出了灿烂无比的笑容。他头上顶着一个与他的肤色形成鲜明对照的白色狼头状帽子，显得非常滑稽。

大伙儿都很享受眼下的欢愉时光，他们纷纷上前拍拍蔡斯的背，畅饮着啤酒，彼此毫无顾忌地开着玩笑……休息室里的每个人都是那么地轻松自在。身高一米八八、身板瘦而结实的格拉夫斯难得流露出了自己放松的一面，他举起马克杯，为团队中的新人祝酒。

"……那么，"他朗声说道，"别再犹豫，无须怀疑……"

这时"大熊"才留意到奥尔蒂斯走了进来。于是他话锋一转，针对"佛爷"尚未决断的退伍事宜，若有所指地说出了结束语，"别忘了什么才是最重要的。"

奥尔蒂斯深吸了一口气。去你的，"大熊"。拥有妻子、孩子和带有双车车库的郊区小房子……这才是个像样的家。家才是最重要的。

"大熊"举起一块白色中队的臂章,其上绣着该中队的吉祥物——一头白狼。他郑重其事地将这块臂章颁给了蔡斯。

"现在这里就是你的家了。"他说,同时朝奥尔蒂斯投去了意味深长的一瞥。

该死,"大熊"。别再揪着我不放了。

海豹突击队员们兴致高昂地说着笑着,其间不时返回吧台,往喝空的杯子里重新注满酒。奥尔蒂斯来到了背靠着吧台的考尔德身边,后者的景况看起来实在是糟透了,满脸胡子拉碴,严重缺乏睡眠。自打他们从非洲回来之后,他每晚都得枕着自己的牛仔裤和汗衫入睡,缺觉实在再自然不过了。在奥尔蒂斯过来之前,考尔德似乎已经喝了不少酒了。他向后仰躺在吧台台面上,将手伸到墙边,从"阎王"的杯子旁取下了"佛爷"的马克杯。

"把这个杯子倒满酒。"他对着吧台后面那个被迫在今晚担任酒保职责的海豹突击队员发号施令。"来吧,"他将装满酒的杯子递给"佛爷","让我们向你的接任者罗伯特·'穷鬼'·蔡斯致敬吧。"

两人一同举起手中的杯子,动作夸张地朝蔡斯致意,其余的大多数队员们也纷纷效仿他们的举动。如今蔡斯已经有了他的正式绰号——"穷鬼"。

"时光之轮不停转动,"考尔德故作深沉地说道,"只看后浪推前浪,当悟新人换旧人。小蛇自吞其尾,俄狄浦斯弑父……"

"佛爷"打断了他,"我已经懂你的意思了。别再说了,好吗?"

在那块装饰着降落伞伞衣的天花板下方,巴克利将一个高达三十厘米、盛满啤酒的细颈玻璃酒瓶递给了格拉夫斯,迎接新人的仪式即将正式开始。白色的啤酒泡沫从酒瓶边缘溢出,滴落在地板上。"大熊"手握酒瓶,将其猛地递到蔡斯面前,蔡斯吓得后退了几步。

"我向来不会喝酒的,队长。"

"胡说！"巴克利故作声势地大吼了一声，激起了众人的哄堂大笑和嘘声。一名禁酒的海豹突击队员？世上压根儿就没有这种生物。

"你可以把这想象成你人生中的第一次领圣餐仪式。"考尔德建议道。与此同时，一大群队员将蔡斯团团围住，笑闹着鼓励他喝下这一大瓶酒。

迫于众人的压力，新人决意豁出去了。只见他把酒瓶边沿凑到嘴边，闭上眼睛，大口大口地喝了起来。大量的啤酒从他嘴边溢出，滴流在他身上穿着的有领尖扣的常春藤盟校衬衫前襟。众人在他身旁欢呼激励，直到他喝完了整整一大瓶啤酒。纵然完成了任务，可他脸上却带着惊恐未定的神情，唯恐他们还会怂恿他再来一瓶。他大声打了一个嗝，竭力稳住自己的身体，丝毫没有摇晃或如孬种般趴下。其余各人轮流前来拍拍他的背，好似他刚完成了一项重大任务一般。这就是这支中队所特有的欢迎新人的方式，热情而狂野。

奥尔蒂斯走到蔡斯面前，俯下身子，将嘴凑到他的继任者耳边，善意地提醒道："如果你下次再试图在某艘钢船里炸出一个洞来，我就会亲手把你的臂章没收了。"

蔡斯低下头来。没错，在船上时他的确判断失误了。这样的事情绝不会再次出现。

"他还没完呢。"格拉夫斯队长宣告道，同时举起双手来引起大伙儿的注意。

紧接着，他大张旗鼓地从吧台后面取出了一个真人大小的充气人偶。这是一个赤身裸体的男性人偶，以往曾在跟今天类似的场合经历过数次"劫难"，却没有漏气，这可实属不易。

"放过我吧，伙计们。"蔡斯请求道，他觉得尴尬极了，脸颊发烫，脸上的肤色似乎又变深了一些。当他从哈佛大学毕业并应募入伍海军海豹突击队时，可没人告诉他日后将会面临这样的情景。

"这个……"格拉夫斯郑重其事地宣布，"是你发誓要保护的弟兄们的一个象征。那么,你要用你的生命来守护它。"

他一把将充气人偶塞进蔡斯怀里,可新人却被吓得连连后退。

"嘿,'穷鬼'……"巴克利大喊道,"'穷鬼',如果它需要充气的话,你知道应该从那里吹进去,对吧?"

"你可以向他示范一下啊,'公鹿',"考尔德说,"你是最后一个用过它的人。而这个……"

"至于这个……"他继续说道,"正是你用来保护我们大家的武器。记得随时为它涂好油,做好准备。"

说话间,他郑重其事地用手中的物品分别敲了敲蔡斯的双肩,示意他跪下来接受此物。

"你得时刻把它带在身边。"格拉夫斯指示道。

蔡斯看起来颇为窘迫,"你是说真的?"

"当然了,就是真的。"巴克利确认道,不久前他也刚经历了类似一幕。

蔡斯对此有些将信将疑,不过他倒是真的为自己被正式接纳为团队的一员而深感高兴。他站起身来,身旁簇拥着他的弟兄们。此时的他看起来比先前更加滑稽了:白色狼头状帽子依然戴在头上,一只手臂下面夹着一个下流的充气人偶。

仪式这才结束了。格拉夫斯朝着自己团队的新成员伸出一只手,"别做软蛋。"

"我决不会成为那样的人,队长。"

考尔德笑着伸出双臂去拥抱蔡斯,"欢迎你来到白色中队,孩子。别害怕按照自己的原则去生活。"

为什么你永远也不知道下一秒会从考尔德的嘴里冒出什么样的话来?

白色中队的成员们热情地包围着蔡斯——从现在开始他的绰号是"穷鬼"——你一言我一语地表达着欢迎之词。"佛爷"奥尔蒂斯离开众人站在一边,有些伤感地默默品尝着啤酒。考尔德来到吧台，在"大熊"格拉夫斯身旁坐了下来。

"我们不久前也像'穷鬼'一样，"他回忆道，"还是彻头彻尾的新人。"

"大熊"点了点头，若有所思地说："没错，是'阎王'把我们带进来的。"

"你还记得他说过的话吗，'大熊'？"

"我知道你肯定不记得了，那时你一直在滔滔不绝地讲着话呢。"

"我当然记得。你刚刚不是又说了一遍吗？而且跟他说的一字不差。包括他曾说的'别做软蛋'。"他朝着正看向自己的格拉夫斯咯咯地笑起来，"嘿，别用这么惊讶的表情看着我。他说过的话我都记得。该死，他可真像个海盗，'大熊'。我希望自己也能成为像他那样的人。"

这已经是考尔德所能表达的最接近于接纳塔格特过犯的一种方式了。

"别说得他好像死了一样，考尔德。"

考尔德对此不置可否。他想起了自己还是个新兵蛋子时的情形，那时正是"阎王"……此时他实在不愿再去回忆当时的情形，于是转过头去看着蔡斯。

"现在这孩子看待我们的方式就像我们当年看待'阎王'一样。"他评论道，"你能相信吗？"

"大熊"并未急着回答，好让考尔德有充分的时间来消化他的怀旧之情。最后，"大熊"开口道："我们能把这个道理想明白，倒也是好事一桩。"

两名海豹突击队员转头看向对方，不约而同地笑了起来。笑的感觉真好，能为身边的一切都赋予美丽的色彩。

笑声止息之后，他们的目光越过休息室，渐渐飘向远方，仿佛又看到了往昔那个由塔格特带领的完整的团队。

第三十八章
尼日利亚，废弃的村庄

非洲的太阳冉冉升起，阳光照射着丛林中那座被博科圣地组织用来关押人质的废弃村庄。人质们将在这里等候，或者，就女性人质而言，等待着被卖掉或嫁人。"阎王"塔格特感觉自己受伤的肋骨和胸口不像之前那样疼了。他睁开眼睛，看见麦克埃文、尼克和哈基姆仍蜷缩着身子，在牢笼的泥地上熟睡。娜奥米站在另一侧牢笼的窗边凝视着外面，一缕金色的阳光倾泻在她苗条的身体上，也照亮了她的脸，令她看起来宛如挂在教堂墙壁上的圣母玛利亚画像。在此之前，塔格特还从未留意到这个女人竟如此富有魅力。自从被挟持后，他们一直受到粗暴又残忍的对待。难能可贵的是，她在饱经患难后竟然还能保持着那份由内而外散发出来的美。塔格特一面这么想着，一面如着魔似的注视着这名女子。她给人一种内心平静安稳的感觉。

她的神色中还带有一丝悲伤，还流露出渴望抑或是悔恨的情绪，不过她的脸上全然看不到那种吞噬了公关专员尼克，并足以摧毁其灵魂的恐惧。她似乎感觉到了塔格特投在自己身上的目光，便转过头来与他对视了片刻，随即又将目光转向了她身边那群身着格子短裙和白衬衫——现在已经不再是白色了——还在睡梦中的女学生。

突然，这间用作牢房的小屋外面传来了一阵骚动和混乱。一个声音高喊道："所有人都出来！"

屋门应声而开。这群野蛮杀手的领袖，肩宽体阔、四肢修长、人称阿比德的壮汉——风风火火地冲了进来。他手中挥舞着一把薄刃弯刀，举手投足间流露出十足的蛮横气息，看起来这家伙无时无刻不在因这个世界而怀怨不消。

三名卫兵紧随其后冲了进来，脸上挂着与他们的领袖一式一样的野蛮且恼怒的神情。塔格特认出其中一名手握十字弓的卫兵正是大个子"魔鬼"奎恩亚姆，另一人是形似重量级拳手舒格·雷·罗宾逊的大块头凯多。第三名卫兵是个瘦小的少年，他的身体很明显缺少食物的滋养，而心灵更是严重缺乏文明的浇灌。三名卫兵都穿着迷彩服，头戴阔边丛林帽。在阿比德的示意下，三人上前用力摇醒了麦克埃文、尼克和哈基姆，粗暴地将俘虏推出屋门，将他们交到屋外那群同样残忍的同伴手里。

"出去！出去！所有人都出去！"

"你们这是要干什么？"娜奥米问道。她挺身而出，挡在了那群惊恐万分、正互相抱在一起撕心裂肺地哭号着的女学生面前。

"你们要带我们上哪儿去？"她又以豪萨语追问了一句。

卫兵们没有理睬她，只是带着满脸粗俗猥亵的笑意，伸手逮住小女孩们，妄图将她们拽出门去。娜奥米费力地将所有的女学生都聚拢在一起，让自己能更好地保护她们当中的每一个。出了屋门，伴随着博科圣地组织士兵们的讥笑和嘲弄，一切都发展得迅猛而不受控制。娜奥米发觉自己被人猛推了一把，一下子跌倒在村广场地面上的人堆里，压在了女学生们的胳膊和腿上。一群粗野的士兵一面色眯眯地盯着她们，一面朝她们靠近，吓坏了的女学生们纷纷簇拥在老师周围，瞪大了惊恐的眼睛，脸上挂着泪水。

在用作牢房的小屋里，塔格特全然不顾卫兵们发出的命人起身并出去的指令，依然一动不动地躺在泥地上。去他妈的！他甚至拒绝承认这群王八蛋的存在，因为他认为他们压根儿就不配得到哪怕一丁点儿的尊重。他们可能会杀了他——可是那又怎样呢？人终有一死，塔格特并不打算以跪着乞求活命的姿态死去。他们兴许会让他躺着、站着或趴着死去，但绝不可能让他跪着死去。他绝不向人摇尾乞怜。总而言之，他已为死做好了准备。

一双沾满泥泞，类似于庄稼汉所穿的那种结实笨重的鞋子赫然踩在了他的面前。

"站起来！"阿比德发号施令。

"阎王"拒绝服从他的命令。

奎恩亚姆和凯多像两只野狗一样朝他扑来，对他又打又踢，嘴里大声谩骂着，然后握着他的两只脚把他拖出门外，再将他扔进了阿比德的那群士兵当中，如同将一块生肉投向关在笼中的饥饿狼群。

他真是受够了。这群混蛋可以杀了他，但不能以这种方式。他奋力推开离自己最近的一名士兵，站起身来，摆出了欲与敌人决一死战的架势。可他还来不及出手，就被一根从背后迅速伸来的棍子击中了头部。他顿时瘫倒在地，士兵们中间爆发出了一阵欢呼声。

"不！别这样！"这听起来似乎是娜奥米的声音。

石油公司总裁特里·麦克埃文面无表情地观看着塔格特的遭遇。他似乎是在一夜之间就从中年跳到了老年。这群恐怖分子将俘虏们围在中间载歌载舞，在他们面前耀武扬威地挥舞刀子和枪管，还因彼此所讲的粗俗笑话而大笑不止。面对这一切，麦克埃文始终保持着沉默和适度的忧伤悔恨的姿态。他琢磨着，此时最好采取不抵抗策略，也许这才是拯救自己和其他人的唯一办法。

哈基姆坐在地上，将低垂的头埋进自己的双臂当中，以此来逃避眼前的一切。尼克早已心如死灰，他像婴儿一样将自己缩成一团，抑制不住地痛哭流涕。他脑子里想的全是那名出生于英国的ISIS恐怖分子，也就是被媒体称为"圣战者约翰"的那一个。此人频频出现于电视和社交媒体所播放的人质斩首视频中。在视频里他总是身穿黑袍，全身上下除眼睛和鼻梁之外的部位全都被遮盖着，并且用带英伦口音的英语谴责并威胁西方国家，宣扬来自ISIS的信息。尼克确信自己也将遭遇跟死于"圣战者约翰"之手的人质同样的命运。

阿比德站在处于半昏迷状态的塔格特身边，朝众人举起了两只手,他手下的乌合之众瞬间就安静下来了。阿比德朝"阎王"俯下身去,后者透过蒙眬的视线,借着不大清醒的意识,依稀辨认出了面前这张长着冷酷双眼且带有硬朗线条的脸。它正是阿比德的脸。

"你是海豹突击队员?"他用带有浓重口音的英语问道。

"阎王"颇为费力地发出了声音,"我不是。"

倘若他的真实身份暴露在了这群野蛮人面前,娜奥米、女学生们和其他俘虏都会被置于非常危险的境地。

这时麦克埃文忍不住发声,试着同对方进行谈判,"先生?拜托了,先生……无论你们想要什么……"

"阎王"听见一记响亮的掌掴打断了他的话,形似拳手的大块头凯多打了这名年长的白人一耳光。凯多本还打算狠狠地揍他一顿的,但阿比德举起了一只手——等等!他示意凯多将麦克埃文带到自己面前来。

"或许我应该同你谈谈,"阿比德以一种听起来颇有些通情达理的语调说,"你叫特里·麦克埃文?"

这群恐怖分子显然对俘虏对象的身份了如指掌。这次人质挟持事件并非偶然,分明就是精心策划的结果。塔格特意识到,阿比德现在要做的,不过是在他的随从面前演一场好戏来供他们消遣娱乐罢了。与在摄像机镜头前对人质斩首相比,这是一种更为原始的展示力量和权威的方式。

麦克埃文以为自己看到了一个机会。"唔,是的,我是。"他继续往下说,"这么说你们已经跟辛科石油公司的人谈过了?他们会付钱给你们的。他们是这么说的吗?无论你们要什么,他们都会给的。他们会这么做的……"

因为极度激动和紧张,他的声音变得有些微弱,"但是……但是我们不是动物。你们不能把我们像这样关起来。我们很饿,而且……"

阿比德的嘴角浮现出了一丝邪恶的笑意。他伸出一根大拇指来指向凯多,"让他看看。"

麦克埃文看起来一脸困惑,"看什么?"

"你的一双手。"

"为什么?"

"我想让他通过你的双手看看你工作是多么的努力。"

"阎王"的意识渐渐恢复了。他看到阿比德不动声色地将弯刀从腰间拔了出来,这名恐怖分子脸上的冷峻笑容也没能逃过他的眼睛。"阎王"知道,阿比德要做的不过是为了展示自己的权势罢了。

"别听他的,特里。"塔格特警告道。

阿比德狠狠地瞪了"阎王"一眼。"快给凯多看看你的手。"他对麦克埃文说。

带着困惑和不情愿,麦克埃文勉强将两只手伸到凯多面前,掌心朝下。凯多伸出双手握住了它们。石油公司总裁柔软白皙的手与非洲人布满疤痕和老茧的手形成了极其鲜明的对比。

"你想要左手还是右手?"凯多以当地语言向阿比德询问道。

阿比德转过头去朝麦克埃文微笑着。他的笑容看起来亲切而令人安心,"他说你的手很柔软,像婴儿的手。"

"阎王"发现情况不妙。"不……"他挣扎着站了起来,两名卫兵赶紧将他拉住。

在炫目的阳光下,阿比德手中的弯刀猛地往下一挥,从腕关节砍断了麦克埃文的右手。断掉的手掌带着大量的血雾落在了地上的尘土当中,神经组织仍在进行着垂死挣扎,使得它如同受伤的小鸟一样抽搐不已。周围那群博科圣地组织的成员因此情此景而兴奋不已,他们当中爆发出了带有赞许意味的喧闹,而女学生们发出了一阵惊恐万状的尖叫。

麦克埃文的手腕断面血流如注。他双膝跪倒在地,双眼带着恐惧而又难以置信的神情,直直注视着自己血淋淋的腕部。待他逐渐清楚地意识到刚刚发生了什么之后,脸上瞬间失去了血色。

阿比德不动声色地转头看向"阎王","现在你来告诉我你是做什么的?"

他朝"阎王"身边的卫兵点了点头。他们松手放开这个神情坚毅的美国人,然后退到了一旁。塔格特昔日身为海豹突击队员时所具备的生存本能瞬间被激活了,他快步跑到麦克埃文身边跪下,一把抽出了自己的腰带,将它紧紧地缠绕在石油大亨的手臂上略高于切断面的位置。可是,他还来不及完成最终的打结,就被冲过来的卫兵们擒住并拖走了。

"得把它绑紧才行!"他朝娜奥米喊道。

"我才是该发号施令的人!"阿比德咆哮道,挥出一记重拳,正好击在了"阎王"的心口。"阎王"被击倒在地,大口大口地喘着粗气。

娜奥米勇敢无畏地冲到麦克埃文身边,继续为他进行急救处理。她的手指抖得厉害,以至于她连抓稳那条凑合的止血带都很困难,更不用说用它来绑紧伤者的手臂了。

"慢才能稳,稳就是快。"塔格特跪在地上,双手双膝着地,以沙哑的嗓音说出了这样一句话,随即爆发出一阵上气不接下气的猛咳。

娜奥米条件反射般地点了点头,迫使自己的手部动作慢下来,并让它们更好地服从大脑的指挥。看到自己的老板陷入困境,尼克总算找回了一些骨气。他一面可怜兮兮地抽泣着,一面从自己的衬衫上扯下一块布料,协助娜奥米为特里的残肢进行包扎。

阿比德抬起脚,对准塔格特的额头猛踢下去。后者的眉心顿时皮开肉绽,身子往后一仰,重重地躺倒在地。阿比德分开两腿站在塔格特的身体上方,挥舞着手中的弯刀。

"你是海豹突击队员。是特种部队的人。"

"阎王"抬手护着头,有些喘不过气来。他感觉头脑一阵眩晕,意识也开始迷糊起来,"他需要抗生素、干净的敷料……"

阿比德将一只沾满泥泞、结实笨重的鞋子用力地踩在塔格特胸口，塔格特的肋骨随即发出近似于枯树枝被折断时的"啪"的一声响。一阵剧烈的疼痛感从他的胸口往全身扩散，再度令他窒息。他痛苦地蜷缩在地，紧紧抱住自己，试着吸入更多的空气，好让自己活得更长久一些，长到足以杀死眼前这个邪恶的野蛮人……

阿比德的走狗们纷纷聚拢过来，发出响亮的粗声大笑。他们宛如一群被猎物的血腥味吸引而来的野狗，在猎物断气前便迫不及待地想要开始享用一顿饕餮大餐。

"海豹突击队员！"阿比德重复道。

借着被鲜血糊住的眼睛，"阎王"依稀瞧见了娜奥米的女学生们一张张痛苦的脸，"女孩们需要……女孩们需要……"

说话间，他的下巴又中了狠狠的一踢，其力度几乎将他的头从肩膀上折断。他的耳朵里有一种空洞感，现实世界似乎渐渐从意识中褪去。

"……她们需要衣服……"

阿比德跪在地上，将脸凑到"阎王"跟前，"海豹突击队员！"

"阎王"咳出了一大口鲜血，"……女孩们……热的食物……"

"海豹突击队员！"

去他妈的！塔格特费力地让自己的双眼重新聚上焦。他的眼神中充满了仇恨和愤怒。就算是死，他也想以曾经拥有的海豹突击队员的身份去死。现在承不承认又有什么区别呢？阿比德已经知道他的身份了。阿比德想要的不是一个回答，而是想借此对他进行拷打。

"是的！"他突然以蔑视的口吻说道，"是的！我他妈的就是海豹突击队的。你这混账东西！"

他将一大口带血的唾沫吐在了阿比德脸上，随即朝这名恐怖分子露出了轻蔑的笑容。

出人意料的是，阿比德竟任由塔格特的唾沫顺着自己的脸颊一直流到下巴，同时他也朝塔格特展露出了笑容。这个笑容缓缓地牵动了他的下半张脸,不过看起来却毫无幽默感,而且充满了邪恶的意味。不久,他重新站立起来。

"那些女孩,她们会得到她们所需的一切,"他承诺道,"我的手下会给她们安排的。"

眼前的情景令他感到非常享受。他将视线转向正在麦克埃文身边忙活着的娜奥米身上,而当他发现"阎王"的目光也随之落在那名女教师身上时,脸上那施虐成性的笑容变得更深了一层。

"至于她……"他语带嘲讽地说,"她是供我一个人独享的。"

塔格特已经没多少力气了,不过他努力聚集起仅存的一点体力,伸出手去试图掐住阿比德的脖子。这个王八蛋敢动她一根毫毛!阿比德对此早有防备,他笑了笑,举起手中的弯刀,将刀柄狠狠地敲向"阎王"的前额。

"阎王"眼前金光一闪,随即昏死过去。

第三十九章
尼日利亚，废弃的村庄

在拉各斯东南边这座废弃已久的村庄里，不期而至的雨水将空气洗得干净而清爽。中午之前雨已经停了，阳光照在村庄里一座座小屋的锡顶上，反射出刺眼的光。这场雨没下多久，就冲洗掉了不久前发生在这里的一切丑陋之事，整个世界似乎又重新恢复了生机。周围的丛林散发出清新的气味，鸟儿们的叫声婉转悠扬。

一阵疯狂的哭声从村庄边缘毗邻丛林的一座草房子里传了出来。"不……不！求你了……"

一朵乌云飘过来遮住了太阳，天色略微暗淡下来，似是上帝抬手遮住了他的脸，并转过身去不愿再看到人类的罪恶行径。

在传出女人哀哭声的小屋外面，两名年轻的博科圣地组织士兵倚墙而站，他们将各自的步枪挂在肩上，一面抽烟，一面聆听着从屋里传来的女人被强暴的呼号。他俩负责在这里站岗，先前他们躲在小屋外面的挑檐下避开阵雨，现在移步到了能沐浴着阳光的墙边。其中一人是瘦削的少年，最多不超过十六岁。年龄稍长的那一个满脸带笑，正以粗鲁的词汇向同伴描绘着屋内发生的事情，可是名叫菲利克斯的年轻守卫却一言不发地将脸转到一边，似乎不愿再继续听下去了。

屋内继续传出凄惨的哭喊声，"噢，上帝啊！请别这样……不！"

这可怕而又痛苦的声音传到了不远处的树林边缘，最终穿透了笼罩在"阎王"塔格特意识之上的那层浓重迷雾。自打他被阿比德的手下俘获之后，便屡遭毒打，过度的苦痛折磨令他失去了往昔的神采，整个人变得呆滞而麻木。他的双眼肿胀得很厉害，以至于他只能透过上下眼睑间的微小缝隙依稀瞥见周围的景象。他坐在一棵树下,两只手被绳子捆缚在了身后的树干上。

他头脑中的意识慢慢恢复过来。当他开始清晰地回想起自己昏迷前所遭遇的虐待时,突然意识到从那所小屋里传出的正是娜奥米痛苦万分的哀求声。他甚至怀疑,阿比德之所以把他捆绑在此,就是为了让他能够听到娜奥米受苦的声音,看到她遭到强暴的小屋,借此来加添他的痛苦。

他试着动了动双手,想看看能不能将它们从绳索中挣脱出来。在一番徒劳的费力挣扎之后,他不得不放弃了这个念头。他低垂着头,将下巴抵在胸口,试图将娜奥米的哭喊声屏蔽在双耳之外。

在村广场另一侧的牢房里,年仅十二岁的小埃丝特因自己心爱老师的遭遇而备受煎熬。她站在一扇玻璃布满裂纹、装有铁条的窗户边,绝望而无助地望向老师惨遭蹂躏的方向。在她身后,与她一同被挟持的四名女学生在墙角挤作一团,每个人都竭力将身子缩到最小,似乎指望像这样就能不被人看见了。她们正在经历的,是那些不幸落入博科圣地组织之手的妇女和女孩们都经历过的地狱般的噩梦。

尼克坐在用来关押男性俘虏的牢笼里,它与囚禁女孩们的牢笼之间隔着一道钢筋栅栏。尼克因娜奥米的不幸遭遇而痛苦难当,竟当众抽泣起来。他用两只手捂住自己的耳朵,可这压根儿就没什么用。

哈基姆则因娜奥米的哭号而有些反感——或许他认为一个女子在遭遇类似事情时应该选择服从真主的意志,而非过度反抗。

特里·麦克埃文无暇顾及他人,他自身的痛苦已经够他受的了。他独自坐在牢笼的一个角落里,用尚存的那只手紧紧握着已被砍断手腕的手臂。塔格特的腰带依然还缠在他的手臂上,起着止血带的作用。先前娜奥米和尼克用衣服布料将手腕断面给包扎了起来,被血水浸透的布料眼下已变得又干又硬。麦克埃文一动不动地坐着,呆呆地凝视着前方，随时可能会因失血过多而休克。

被绑在树干上的塔格特听到了汽车引擎隆隆作响的声音。他抬起头来，看到一辆驾驶室被漆成橄榄绿色的老旧平板卡车驶入了村庄，随即在牢房门前的广场上停了下来。在此之前，已经有一辆法国制造的柴油皮卡车开来这儿停了下来。当时从皮卡车上走下两个人，他们用手动抽油泵从藏匿在一间小屋里的大油罐抽出柴油，再将柴油灌入皮卡车后厢里几个脏兮兮的油桶里。"阎王"下意识地将眼前所见的情景全都记在脑海里，以供将来参考之用。

当阿比德走出小屋来迎接刚刚抵达的平板卡车时，娜奥米的哭喊声止息了。他来到塔格特的视线所能及之处，故意以夸张的动作扣上了身上穿的迷彩裤。他看上去得意而满足。塔格特怒瞪了他一眼，心里想着：总有一天，我会找到合适的机会干掉这个施虐成性的王八蛋。凯多和奎恩亚姆匆匆赶来，将领袖的弯刀递还给他。

"去成为一个真正的男人吧，菲利克斯。现在她归你了。"阿比德用当地语言对菲利克斯说。瘦骨嶙峋的少年卫兵握着步枪的肩带，迅速站成了立正的姿势。

菲利克斯看上去有些害羞，而且害怕，他摇了摇头。菲利克斯的同伴——那名稍年长的卫兵意识到自己的机会来了，便急切地冲进了小屋里。这一次，里面传来的仅仅是有气无力的哭泣声。

奎恩亚姆手握十字弓，和凯多一道跟在阿比德身后，朝那辆停在牢房门前的平板卡车走去。他们与卡车上的三个人进行了一番交谈，示意对方在屋外候着。接着，阿比德带着他的两名得力干将冲进牢房，径直来到关押埃丝特及其同伴的牢笼跟前。原本抱成一团的女孩们一看到他们，都一跃起身，惊恐万状地跑向离他们尽可能远的地方。阿比德用售卖牲畜的农夫挑选山羊的眼光对她们进行了一番察看，兀自点了点头，然后伸手指了指其中两名女孩。

"带她走，还有她。"他做出决定。

她们将在这笔人口买卖中换来可观的收益。

凯多、奎恩亚姆和随后进来的第三名卫兵解开缠在钢筋门上的铁丝，气势汹汹地冲入牢笼，准备捉住那两名被选中的女孩。第一个女孩有着深黑肤色，年纪大约十一岁。另一个女孩的肤色略浅，年龄大一岁左右。两名女孩们尖叫着奋力挣扎，可是于事无补。卫兵们抓住她们的头发和手臂，拖着她们来到了门外的平板卡车旁，将她们推上卡车后厢。一名从卡车上下来的男人甩动皮鞭打在她们身上，催促她们往里走。吓坏了的女孩们发出歇斯底里的叫喊。手握皮鞭的男人抬手用力掌掴她们，好让其安静下来。

"够了！"阿比德朝他咆哮道，"如果她们被打得太狠，就卖不了处女的价格了。"

心神俱焚的小埃丝特站在牢笼窗边向外呼喊着她的朋友们，"凯米！爱比克！"

一名卫兵朝她扔来一个锡罐。她后退了几步，心神不宁地转了几个圈，随即抬起右臂，颓丧地敲打着钢筋栏杆。片刻之后，她一言不发地回到窗边向外张望。她瘦小的身子因激荡在心间的强烈情感而瑟瑟发抖，她的手臂也在流血。窗外，那辆平板卡车载着两名痛哭流涕的女孩扬尘而去。

* * *

阿比德的一天尚未结束，身为重要人物的军事领袖总是肩负着无穷无尽的职责。他已经处置了性情刚烈的女教师，已经将两名年幼的女性俘虏送往了市场，眼下他将注意力转回到被俘的海豹突击队员身上。他昂首阔步地踱到丛林边缘，在捆绑塔格特的那棵树跟前站定。凯多和奎恩亚姆如同两只忠实的獒犬一般紧随其后，随时准备不顾一切地执行头儿的所有命令。

"阎王"低垂着头。他亲眼目睹了娜奥米的女学生被当作性奴押走的场景，此时他胸中充满了难以言说的愤怒和仇恨。阿比德将手中弯刀的刀尖抵住他的下巴，迫使其抬起头来。

"跟我走，海豹突击队员。"

凯多割断了将"阎王"捆缚在树干上的绳索，另外两名卫兵协助着他将"阎王"押回村庄，在一座小屋的外墙跟前停了下来。奎恩亚姆一面印有绿色文字的黑色战旗挂在了那面墙上。"阎王"的两只手依然被捆在身后，这时有人从背后狠狠地推了他一把，让他跪倒在地，正好是墙上旗帜的旁边。阿比德用一块黑色头巾遮住了自己的下半边脸，他来到"阎王"身边，举起手中的弯刀，摆出了一个凶狠的姿势。

凯多扮演摄影师的角色。他用自己的手机对准了面前迥然相异的两个人——杀手和俘虏——紧接着开始录像。阿比德用英文发表了他的声明，与以往来自穆斯林世界的各式声明大同小异，几乎令人耳熟能详。

"看吧，美国人。你们的战士已经奄奄一息。他们信仰的神不过是假神而已。我们将殊死奋战，直至《古兰经》一统世界。你们将会见识到我们的力量。你们将会感受到来自我们刀刃的威力。"

阿比德将"阎王"的头猛地往后一拉，好让这个美国人的脸能完整地出现在画面中。"阎王"感觉到阿比德手中弯刀的利刃割破了自己颈部的皮肤，且有血水往下滴流，不过他仍振作起精神，丝毫未动声色。

"如果我们在一周内收不到一千万美元的赎金，"阿比德对着摄像头威胁道，"我们就将他斩首。"

凯多终止了录像。阿比德和两名卫兵朝"阎王"猛推了一把，他面朝下一头栽倒在了泥地上。

"你会为我们带来购买一千支枪的经费，"阿比德俯身在塔格特耳边说道，"而我们将用那些枪干掉一万个异教徒。"

第四十章

尼日利亚，废弃的村庄

丧失自由、绝望无助并且痛苦至极的"阎王"塔格特已经关闭了自己的意识之门。在阿比德及其手下将他推倒在地之后，他就这么一动不动地在泥地上趴着，他的意识渐渐从眼前的现实世界褪去，不过潜意识却开始活跃起来，令他眼前浮现出了来自往昔的一幕场景。这并非出于他能自觉的大脑活动，因为鉴于他目前的身心状况，他没有能力进行这样的选择。他就这么倒在肮脏的泥地上，任由潜意识在回忆中驰骋。

他看到了位于欧西安纳海军航空站的海豹突击队基地训练泳池，那时的他比现在年轻得多。他穿着蛙鞋，身上的短袖潜水服胸前印着"教练"字样。他与另外两名教练在奥林匹克标准尺寸的游泳池中间踩水而行，正对四名在水下游泳的海豹六队实习生进行督导。四名实习生穿着棕褐色游泳短裤，上身赤膊，正在接受一项针对耐力限度的测试。其中两名实习生分别是约瑟夫·格拉夫斯——那时他还未获得"大熊"的绰号——与看上去相当年轻的亚历克斯·考尔德，两人正在努力争取成为塔格特麾下的"铁血团队"成员。

"阎王"拉下自己的潜水面罩，借助呼吸管呼吸水面上的空气，同时与在水下屏息潜泳的实习生们保持着一致的潜泳速度。他们一齐朝着泳池的另一头游去。被誉为"冲浪达人"的考尔德在水中的泳姿显得比其他实习生更为优美流畅，整个人也非常放松。格拉夫斯则一如既往地主要依靠勇气和纯粹的决心来完成这项测试。

考尔德率先伸手触摸到泳池壁的感应装置，随即钻出了水面。他刚一冒出头来，就长长地呼出了一口气。

格拉夫斯有些憋不住气，腿脚的动作略显慌乱，不过这个人的特点是绝不会轻易放弃。他继续努力朝着泳池壁游去，就在他的手触到终点感应装置的那一刹那，他整个人一下子瘫倒在水里，嘴巴微张，一大串气泡从中冒了出来，他的眼珠向上翻起了白眼。塔格特迅速下潜，托着格拉夫斯游向水面。另一名教练协助塔格特将格拉夫斯拖到了泳池边缘。

"紧急情况！紧急情况！"塔格特高呼道。

其他等候进入泳池的受训者们听到塔格特发出的警报之后，纷纷将脸转向别处——倘若他们不能上前提供帮助，那么就不该失礼地盯着另一名遇到麻烦的受训者。尽管考尔德此时已精疲力竭，而且因血液中含氧量极低而周身不适，但他还是手足并用地爬到了格拉夫斯身旁，后者已经失去了知觉。

"阎王"伸手摸了摸格拉夫斯的脉搏，感觉非常微弱。他赶紧开始为溺水者实施心肺复苏。他一手握拳，以指关节敲打格拉夫斯的胸骨，促使其心脏复跳，紧接着开始以30∶2的比例为他进行持续的胸外心脏按压和人工呼吸。

起初格拉夫斯毫无反应，<u>丝毫没有变化</u>……一切都徒劳无功。迄今为止，身为队长的"阎王"还从未失去过手下的任何一名队员。突然，格拉夫斯爆发出一阵剧烈的咳嗽，终于迎来了一个可喜的变化。他一面开始磨牙，一面苏醒了过来。就这样，他经历了一场每个海豹突击队员都无法避免的死亡与重生仪式。考尔德仍在大口地喘着粗气，看到同伴安全后，他翻身仰躺在地上，举起双拳挥向空中，庆祝此番胜利。

"太好了，塔格特教官！为取得成功而付出代价是值得的。"

"阎王"瞪了他一眼，"成不成功没么重要，菜鸟。这是为了测试你们的耐力限度，并让你们体会如何凭意志驾驭体能。"

格拉夫斯侧过身，张开嘴吐出了一些池水。

* * *

塔格特感觉自己被人猛地拉了起来,这才一下子回到了由博科圣地组织在非洲所创建的如粪土般的丑陋现实之中。他的双手被捆缚在身后,凯多和奎恩亚姆一人握着他的一只手肘,拽着他穿过村广场。沿途他不断遭到一些博科圣地组织成员的嘲弄和奚落。这些恐怖分子中的大多数人都会咀嚼恰特草,这种植物令他们头脑过度兴奋,且有致幻作用,也让他们变得更加危险——因为他们会在精神恍惚的状态下认为真主安拉正对其单独发号施令,要求他们去杀人!杀人!杀人!并以此为乐。

当塔格特再次看到从皮卡车上下来的两个人往油桶里灌入柴油的情景时,突然联想起他在来这村庄的路上似是曾看到过一座炼油厂。他又想起,非洲的石油企业有时的确会为雇员们建造供其居住的村落。当减产或停产的时候,又会将那些村子弃而不用。

阿比德的两名走狗将"阎王"带回了牢房。麦克埃文仍精神萎靡地坐在牢笼一角,茫然地看着外面,尼克和哈基姆正各自想着心事,似乎压根儿就没意识到"阎王"又被送回来了。埃丝特和她的另外两名同伴以惊恐的目光看着凯多和奎恩亚姆将高个儿美国人捆绑在了牢笼中一根新设的桩子上。

"特里需要一位医生。"待两名卫兵离开之后,公关专员尼克开口说道。

"嘘,别出声。"塔格特竖起耳朵,聆听着外面那辆柴油皮卡车引擎发动的声音。

"那不过是辆卡车而已。"尼克有些不屑一顾。

"安静!"

卡车引擎的轰鸣声渐渐变得微弱,他微微侧过头,在心里暗自辨认着卡车离开村庄后的行驶方向。它朝西边驶去了,拉各斯就在那个方向,那儿也是位于埃多村附近娜奥米任教的学校所在的方向。

"那是一辆装着油桶的卡车,村子里还有一个大油罐。"当卡车的声音渐渐消失之后,塔格特解释道,"也就意味着这附近有炼油厂。那里会有安保人员,也有通讯工具。"

这时特里·麦克埃文暂时恢复了清醒的意识,他开始悲叹道:"我就要死在这里了。"

"你不会就这么死了的,知道吗?""阎王"安慰他,"将注意力集中在你的呼吸上,特里。专注于你的呼吸。"

存有虚假的希望总比没有希望强。塔格特的双膝有些支撑不住,整个人从被捆缚的桩子向下滑落,直至膝盖触地。在凯多和奎恩亚姆将他带回这里之前,也就是当他处于半昏迷状态下并在浩瀚的回忆之海中神游时,他的意识捕捉到了一件值得在此时细细琢磨的往事。这是为了测试你们的耐力限度,并让你们体会如何凭意志驾驭体能。

第四十一章
弗吉尼亚海滩

截至目前,"大熊"格拉夫斯的团队尚未得知任何来自"大马士革二号"上那名通讯员的反馈信息。看来格拉夫斯的猜测是对的,布哈里果然在进入正式审讯系统之后,决意对自己所掌握的情报守口如瓶。最终,这名圣战分子将在古巴关塔那摩湾拘留营度过余生。这显然无法改变一个既定事实:海豹突击队里没有人知道"阎王"塔格特究竟遭遇了些什么,甚至连他是死是活都不知道。"铁血团队"的每一名成员都焦虑不安地等待着新消息。随着时间一天天过去,那块压在他们心头的无形石块也变得越来越沉重了。

"佛爷"奥尔蒂斯利用这段可自由支配的时间来努力养伤,膝盖恢复得很快。今天他穿着自己的特色慢跑服——牛仔短裤和一件已被汗水浸湿的短袖汗衫,当然还戴着膝盖护具——完成了一段慢跑练习,之后他慢慢减缓速度,直至拖着脚步往前走。奥尔蒂斯已经望见了位于锡达克雷斯特社区的家,它就在这个街区的尽头。他的手机短信提示音突然响了起来,在他查看手机屏幕之前,就已凭借这独有的提示音知道刚刚收到的短信内容定然是:999999!

他脑子里闪过的第一个念头便是:一定跟"阎王"有关。这意味着希望!他努力让自己的步子迈得更大,加速朝自家的房子走去。没想到,他在家门口遇见了正准备外出的杰姬,她正朝着停在他那辆破旧福特富绅汽车前面的厢式旅行车走去。当他留意到杰姬穿着职业套装,而且提着公文包时,不由得叹了一口气。

"你这是要上哪儿去?"他问她,其实他心里已经知道答案了。

杰姬停下步伐,"上班。我今天有个会议,我记得我已经告诉过你了。"

他抬起手来擦了擦额上的汗水,与杰姬并排走着。"现在他们召我回基地去。"他告诉妻子。

说着他低头看了一眼手表。时间已经很紧迫了。

"我会在九点钟到家,"她回答道,"冰箱里有现成的猪肉和米饭。"

奥尔蒂斯重复道:"杰姬!我已经收到了速回基地的召集令。"

"你刚刚已经说过了啊。"

看来这场谈话进展得不大顺利。她打开厢式旅行车的门,而他一把抓住车门,用身子挡在她面前,不让她进到车里。她走到一旁,等着他让开。这时小里基来到屋侧的空地上,将一个棒球扔向空中,再试着伸出手去接住它。小里基看到了僵持着的父母,便悄悄躲到了他们视线之外的一棵桑树背后。

"也许我得在九点之前乘飞机离开。"里基准备与妻子说理。

"那么你最好尽快落实这件事,然后再想办法解决别的后续问题。"当这个女人已经打定主意要做一件事的时候,她是绝对不会让步的。

"那孩子们怎么办?"他问道。

"我们急需用钱,里基。"

"安娜贝尔在哪儿?"

先前当他动身去跑步的时候,曾看到安娜贝尔和她的一个女性朋友一起离开了家门。他朝女儿挥手告别,可她却故意忽略了他,没有做出任何回应。

"我发短信问过她,可她没有回复。"杰姬说。

"杰姬!"看在上帝的分上,他一直试着同她讲道理,而不是冲她发脾气,"我快要错过最后一次任务了。这次如果我再迟到,他们就会把我逐出这支中队。"

她依然不依不饶地坚持自己的立场,"这样一来,你就可以顺理成章地退伍了。"

"没错,可我不希望以那样的方式退伍。如果我要离开,就要带着荣耀离开。"

"你用了'如果'这个词。这么说,你退伍这件事现在又变得没那么确定了?"

这可不是一个丈夫与他妻子之间,或是一个男人与他家人之间所应有的交流方式。眼下他俩都摆好了破釜沉舟的阵势,同时暗自揣摩着对方的决心究竟有多大。

"你得留在家里,杰姬。"

他看出她浑身一震,眼眶里盈满了失望的泪水。她突然转过身,朝自家房子走去,她的高跟鞋踩在门前小径上,发出了愤怒的"咔嗒"声。他跟在她身后,伸出双臂抱住了她。

"亲爱的……宝贝儿……"

她猛地挣脱了他的怀抱,整个人看起来就像一颗随时都会爆炸的定时炸弹。"你今天别跟我来这一套,奥尔蒂斯。"她咬牙切齿地说出了这一番话。

"杰姬,对不起……"

"你答应过我的,"她转过身来瞪着他,眼睛里似是要冒出火来,"里基,你答应过我的!"

他的视线越过妻子的一侧肩膀,落在了正躲在桑树背后偷看的小里基身上。杰姬也随着他的视线转过头去。跟那棵树相比,小里基显得那么弱小,而且看起来很是害怕。奥尔蒂斯朝儿子伸出一只手去。小男孩一下子转过身,如箭一般地窜进后院,消失在了他的视线之外。

"噢,该死!……小里基?"

一阵可怕的沉默笼罩在丈夫和妻子、父亲和子女们之间日渐扩大的隔阂之上。这时,他的手机短信提示音又响了起来。

"你走吧。"杰姬有些恼怒地说,看得出她内心有些东西正在坍塌,"你就快走吧,好吗?"

他试图与妻子吻别。可她却冷冷地把脸转开,拒绝同他接吻。

她就这么僵直地站着,不愿看他一眼。他只得就此作罢,一路小跑着进到屋里去换衣服和取车钥匙。

杰姬转身匆匆跑进后院,心神俱焚地呼唤着他们的儿子,"小里基!小里基?"

第四十二章

弗吉尼亚海滩上的海豹突击队基地

阿特金斯指挥官麾下的"白色中队"成员们从海豹六队总部周围各个地方——包括战斗训练室、机场、射击场、训练泳池、海滩和船坞等等——纷纷赶往作战简报室。看来眼下是有大事发生了。

"今天开会是为了什么事?""鱼饵"卡恩问道,他一边说一边加入到了巴克利和蔡斯的行列当中。他们脑子里冒出来的第一个念头是此事一定跟"阎王"有关,可他们都拒绝往下细想,生怕再次遭受失望的打击。

三人都穿着迷彩服,手里拿着头盔。这天早上,他们一直在战斗训练室里进行清除室内障碍的演习。

"连中央情报局的人都来了,""公鹿"朝着停车场内两辆政府公务车点了点头,"不管是什么事,肯定都不是好事。"

说着说着他突然停下脚步,转身朝蔡斯露出了微笑。"装备检查!"他喊道。

蔡斯不由得翻了个白眼——现在吗?尽管如此,他仍然老老实实地取出了他们在迎新仪式上委派给他照看的充气人偶,并让"公鹿"看到了已被放掉气的头。

"你给他起名字了吗,'穷鬼'?""公鹿"指着那人偶的头问道。

"巴克利,"蔡斯面无表情地回答道,"我叫他巴克利。"

"公鹿"佯作不满地皱了皱眉,随即却忍不住大笑了起来。

"'穷鬼'?""鱼饵"慢吞吞地念出了蔡斯的绰号,"这就是你能想出的最好的绰号了吗,'公鹿'?'穷鬼'?"

"这名字总好过'鱼饵'吧。"蔡斯说。

他们齐声大笑起来，感觉彼此相处得自在而舒服，而这些善意的玩笑也让他们内心畅快。

"他们以为我是爱斯基摩人。""鱼饵"解释道。

若不是他身材高大，还长着大鼻子和长脑袋，他那黝黑的皮肤和下巴上的黑色胡须确实很容易让人误将他当作爱斯基摩人。

"你是从阿拉斯加来的吗？"当三人走进拥挤的作战简报室时，蔡斯忍不住说出了自己的猜测。

"不是的，"卡恩答道，"我是阿富汗人。"

说话间，他们来到"大熊"、考尔德和奥尔蒂斯预先为他们占好的座位上坐下，大伙儿以戏谑的方式互相打着招呼。不一会儿，卡蜜尔·冯上尉、一名来自中央情报局的官员和"白色中队"指挥官阿特金斯大步流星地走了进来。整间作战简报室一下子就安静下来了，只有"大熊"罔顾规定，起身问了一个在所有人心里都挥之不去的问题。

"有'阎王'的消息吗？"

"先坐下吧，"阿特金斯指挥官说，"我们先说迪拜的事。"

他走到一旁站定。会议由美亚混血儿情报官员卡蜜尔·冯负责主持。冯上尉按了一下遥控器，墙上的高清电视屏幕上出现了一间奢华酒店遭遇爆炸后的照片，场面惨烈无比，整栋摩天大楼被炸得只剩下一堆冒着烟的废墟。紧接着，屏幕上又显示出一张镜头拉近后拍摄的照片，是一面独特的黑底绿字圣战旗帜，正飘扬在爆炸废墟之上。这面旗与前些日子留在美国驻坦桑尼亚大使馆爆炸现场的旗帜一模一样。

冯上尉开口描述道："这是迪拜国际电影节的举办场地。眼下已统计的死亡人数为210人。旗帜的设计似乎来源于倭玛亚王朝[①]。现场的所有迹象表明，本次袭击是制造了坦桑尼亚大使馆爆炸案的新生圣战组织所为。两次袭击所使用的炸弹种类完全一致，作案手法

[①] 是阿拉伯伊斯兰帝国的第一个世袭制王朝。

也一样。我们还得知,在爆炸案发生后,有六个人乘坐一艘敞篷游艇前往卡拉奇而去,不过目前我们还未找到这六人的作案证据。"

"阎王怎么样了?"到了随后安排的问答环节,格拉夫斯有些按捺不住地再次问道。

"我们从油轮上带回来的通讯员有透露什么吗?"奥尔蒂斯补充道。

据"铁血团队"的成员们所知,中央情报局的特工们仍在对布哈里进行秘密审讯,同时等待着来自华盛顿方面的政治处置方案。"大熊"对此所持有的解决方案一直都没有变——对这个王八蛋施以残忍的水刑。

"我们正努力从他嘴里打探消息。"冯上尉回答道,"根据目前所掌握的信号情报和电子情报,我们认为博科圣地组织已将人质挟持至这一片地区……"

大屏幕上显示出了一份尼日利亚东南部的详细地图。冯上尉用手中的指示棒在拉各斯以东的一片区域外围画了一个圈。"大熊"同他的队友们心照不宣地相互点了点头。当他们对"大马士革二号"发动突袭并捉拿布哈里的时候,完全没有料到"阎王"竟然被挟持到了离他们这么近的地方。

"这片地区有一些小型炼油厂,"冯上尉继续往下说,"同时也是博科圣地组织新的活动区域。目前我们的C4ISR系统[1]已对此地实施二十四小时不间断的全面覆盖。"

"播放录像吧。"阿特金斯指挥官提议道。

墙上的高清电视开始播放录像,"阎王"和一名肩宽体阔的非洲人同时出现在了画面当中。这名非洲人穿着一件宽松的黑色束腰外衣,一块黑色的头巾蒙住了他的头和下半边脸。他们身后是一座看

---

[1] C4代表指挥、控制、通讯、计算机,四个词的英文开头字母均为C,所以称C4。I代表情报;S代表电子监视;R代表侦察。C4ISR是军事术语,意为自动化指挥系统。

起来已经废弃的棚屋,屋外的墙上挂着一面圣战旗帜,与留在迪拜酒店及美国驻坦桑尼亚大使馆爆炸案现场的旗帜似乎是一样的。画面上的非洲人转过头来面对着镜头,然后将"阎王"的头猛地往后一拉,好让他的脸能完整地显露在镜头拍摄范围之内。塔格特看起来糟透了,像是遭受了极大的苦难。他满脸胡子拉碴,双眼肿胀,脸上有多处割伤和瘀青,伤口已经开始出现感染症状。格拉夫斯和他的团队成员们无助地盯着大屏幕,胸中的怒火渐渐升腾而起。

画面中的非洲人取出一把长刀,将刀刃慢慢划过前海豹突击队员赤裸的颈项,在后者的皮肤上拖出了一条细细的血线。

"你们将会见识到我们的力量。"被头巾蒙着头和半边脸的圣战分子用带有口音的英语宣告道,"你们将会感受到来自我们刀刃的威力……"

整间作战简报室里弥漫着极其紧张的气氛。格拉夫斯神情严峻,面色苍白。他实在不愿去看那样的画面,可他却无法把脸转离大屏幕。他屏住呼吸,以为接下来会看到"阎王"的头从肩上被砍下的画面。

蒙面男子停顿了片刻,好让自己说的话产生更大的效应,随后他用刀子抵住"阎王"的颈部。"如果我们在一周内收不到一千万美元的赎金,"他对着镜头发出了警告,"我们就将他斩首。"

一周!格拉夫斯顿时站起身来,"我们得找到那里并赶过去,长官!"

考尔德拉着"大熊"重新坐下。阿特金斯指挥官点了点头,表示他对麾下"白色中队"成员们的心情感同身受。在持续进行的反恐战争中,任何一名海豹突击队员都有可能遭遇与"阎王"相类似的危机。

"约瑟夫,别太着急。"指挥官开口说道,"我们已经动用了可获得的全部情报资源。此次行动我们得一击成功,所以我们已经安排技术和情报人员为我们制订详尽的目标计划。"

只有一周的时间！若从那段录像拍摄并发布的时间开始算起，到现在恐怕已经只剩下不到一周的时间了。此刻，"阎王"塔格特正以饱经创伤的痛苦神情，从大屏幕上注视着聚集在作战简报室的众多海豹突击队弟兄们。而他们也在紧张的沉默中注视着他。

第四十三章
尼日利亚，废弃的村庄

在丛林里，在那座被博科圣地组织占领的村庄，随着黄昏而来的，似乎是一场更大的暴雨即将到来的征兆。乌云低低地压在牢房上方，远处的雷声依稀可辨。在牢房里面，石油公司总裁已经一动不动地坐了好几个小时，他的脸上带着哀伤而又绝望的神情，始终目不转睛地盯着已失掉右手的手腕。"阎王"觉得麦克埃文或许已经放弃了求生的希望。

钢筋栅栏的另一侧是关押女俘虏的牢笼，小埃丝特一脸忧愁地注视着窗外，等待着娜奥米老师再度被送回这儿。她的两名同学在离门最远的角落里抱作一团，时而睁开惊恐的眼睛哭泣，时而闭上眼睛试图让自己睡着。尽管她们的年纪还那么小，却已经清楚知道，等待着她们的命运绝不会比另外两名已被卖做奴隶的同伴更好。

"阎王"塔格特的脑子依然转个不停。有一阵他认为自己彻底被击败了，可过后他又认为事实并非如此。他可以像尼克那样躺倒在地，选择彻底放弃。或者，他也可以选择抗争到底。这是为了测试你的耐力限度，并让你们体会如何凭意志驾驭体能。娜奥米、埃丝特，其余的小女孩们，甚至包括麦克埃文、尼克和哈基姆，这些人除了他之外别无依靠的对象。在其他人不能或不会采取任何行动的情形下，他得像个名副其实的海豹突击队员一样，时刻保持洞察力和行动力。

他被捆缚在一根桩子上，而且面临着即将被斩首的风险，但他就这样继续思考着。他观察着周围的环境，试着从中搜集有用的情报，而这正是制订未来计划的第一个步骤。他身后就是分隔两间牢笼的钢筋栅栏,他转头看了看离自己最近的两根相邻栅栏条之间的缝隙,又看了看埃丝特已注视了许久的窗户,最后看了看小屋的后门,以及门上那扇被木板封起来了的窗户。

埃丝特一次又一次地走到窗边去寻找老师的踪影。有一次她在牢笼的地面上捡到了一截粉笔,于是迫不及待地用它在墙上画起画来,以此来缓解自己的焦虑。

"你在画什么?""阎王"问她。

"我的鸟。"

"我想请你为我画些东西……"

埃丝特还来不及回答,凯多和另外一名卫兵打开了小屋的前门,将娜奥米带了进来。她顶着一头乱发,身上依然穿着和学生们一样的白衬衫配格子短裙,可是她的制服已被撕得破烂不堪,而且布满了污渍。她原本长了一张棕褐色的鹅蛋脸,其上还有一双热情而迷人的漂亮黑眼睛,可眼下她的脸却肿胀不已,有好几处瘀青,同时还挂着泪痕。

"阎王"眯缝起眼睛,看着卫兵们将年轻的女教师扔进了牢笼,再重新锁上了门。她步履蹒跚地走了几步,便跌倒在了硬邦邦的泥土地面上。她手脚并用地爬到最远端的墙角处坐下,将双腿蜷缩至胸前,双手抱膝,一言不发地盯着地面。

凯多将一张红色的布头巾扔给了她,"把你的头蒙起来,婊子。"

卫兵们刚一离开小屋,埃丝特就悄然来到娜奥米身边,伸出细长的手臂抱住老师,试图安慰她。起初娜奥米拒绝对学生的拥抱做出任何回应,小女孩便将她抱得更紧了些。最终,娜奥米伸出一只手来握住埃丝特的手臂,将她拉得离自己更近一些,然后紧靠在小女孩的肩头,身子剧烈抖动起来,同时还爆发出一阵痛彻心扉的悲啼。

"阎王"注视着她们。这对师生紧紧相拥的一幕,勾出了他心中本已褪色的回忆,令他想起了自己在得克萨斯州西部那片贫瘠农场的成长经历,也搅动了他那尘封已久的关于家庭和母亲的情愫。泪水渐渐迷蒙了他的眼睛。从小到大,他还从未经历过如此这般的情感冲击。这时娜奥米抬起了头,他赶紧把自己的脸转到一边,以免被她看到自己的感伤。

第四十四章
弗吉尼亚海滩上的海豹突击队基地

再过一周,也许还不到一周,"阎王"的头就会被那个王八蛋砍下来。目前情势下,作为他曾经的队友,唯一能做的也就只有等待技术和情报人员充分施展其才能,别无他法。

"大熊"格拉夫斯独自一人待在室外射击场,神情严肃而冷酷。他像进攻中的公牛一样压低了头,眯缝起眼睛,一只手指握住H&K MP7冲锋枪的扳机,瞄准一个人形靶的十环中心进行射击,一连串空弹壳落在了他身后的地面上。

他取出空弹仓,换上一个新的,然后对准人形靶的头部开始一阵猛射。在他的脑海里,人形靶的脸已经发生了变化,变成了录像中用刀子抵着"阎王"颈部的那名恐怖分子蒙着黑布的脸,一个声音在说:"如果我们在一周内收不到一千万美元的赎金……"

他把H&K MP7冲锋枪背在肩上,掏出腰间的小手枪,对准人形靶再度开枪连续射击,直到用光了所有的子弹,而那个人形靶也被彻底击成了碎片。

当手枪射出最后一发子弹后,滑套锁在开启状态下被锁定,"大熊"喘了一口气,缓缓转头看了看四周。若是有人看到了他刚才的举动,定会以为他已经疯了。其实,他之所以会这样,是因为他觉得自己欠"阎王"太多了。若不是因为塔格特教练,他或许已在训练泳池中溺亡。若不是因为塔格特教练,他很可能永远也不会成为今天的"大熊"。也许他会成为一名海军军士,此时要么身在波斯湾的某艘驱逐舰上,要么随着某艘布雷舰前往韩国执行任务,却不可能成为海豹六队的一分子。

"铁血团队"的其余成员们也有着类似的感受,他们当中的每一个人都觉得自己亏欠了塔格特一些什么。就连新兵蛋子"穷鬼"蔡斯也受到了他们的情绪感染,从而特别想为团队的前队长做点什么。

* * *

亚历克斯·考尔德也拥有一些与塔格特有关的深刻回忆。早在多年前,格拉夫斯就时常羡慕考尔德那不拘俗套、无忧无虑的生活方式,以及他的身体在水下活动时所表现出的灵巧与敏捷。在格拉夫斯看来,考尔德就像是一只海豹,一只真正意义上的海豹。那一天,年轻版的他们——格拉夫斯、考尔德和塔格特教练——再度来到了训练泳池。里基·奥尔蒂斯也坐在池边,一面观察他们,一面等着轮到自己受训。

"接下来的项目是交换装备。"塔格特解释道,"在潜水面罩被遮蔽住的情形下,你们俩将共用一个气源,并按照精准的步骤来交换潜水装备。明白了吗?"

"明白了,塔格特教练。"

考尔德系好了潜水氧气瓶的系带,格拉夫斯也做好了屏住呼吸的准备,随即两人一齐潜入泳池深处。在配重带的作用下,他们潜到了距水面三米深的池底,双膝跪下。他们戴着完全被遮蔽住的面罩,眼前一片漆黑,什么都看不到,就这样开始了让唯一的氧气瓶在两人之间交换的过程。塔格特教练背着他自己的氧气瓶,在他俩近旁踩着水进行观察,同时也肩负着确保两人安全的责任。

格拉夫斯听见正前方传来了气泡冒出的声音,考尔德已经打开了氧气瓶的阀门开关,训练就此开始。格拉夫斯感觉到了扑面而来的水压,有一种幽闭恐怖的感觉,不过他努力地克服掉了这种不适症状。

按照精准的步骤——教练曾如是强调。

考尔德从水中伸过一只手来,触到了格拉夫斯的一只手。考尔德取下自己的呼吸调节器咬嘴，在与格拉夫斯保持身体接触的情况下，将其交到了后者手中。格拉夫斯吸完氧气后，又将咬嘴递还给考尔德。

首先，取下你们的配重带……

他俩各自用右手取下了自己的配重带，然后将它们夹在了膝窝处，同时继续交替着使用同一个咬嘴来进行呼吸。

然后，考尔德将依次解开腰间和胸部的系带，再取下背上的氧气瓶，把它放在两人之间，并将呼吸调节器靠近格拉夫斯……

在解开腰间和胸部的系带之后，考尔德将连着系带的氧气瓶举过头顶，再把它放在了两人之间的泳池底部。塔格特绕着两人缓缓游动，密切监督着整个训练过程。

接下来，由格拉夫斯背起氧气瓶，并在此过程中继续与考尔德分享气源……

格拉夫斯伸手摸到了氧气瓶的顶部，可是感觉不大对劲，原来是考尔德忘了转动氧气瓶，所以呼吸调节器的控制附件仍朝向他自己那一侧。

如果你将氧气瓶放错了方向，就会面临与同伴失去身体接触的风险……

格拉夫斯意识到考尔德放错了氧气瓶的方向，便设法转动氧气瓶，同时用咬嘴进行呼吸换气。然而，由于氧气瓶重量不轻，格拉夫斯在转动它的过程中动作太大，以至于使得原本夹在膝窝处的配重带向下滑过脚踝，继而脱离了他的身体。格拉夫斯立即开始上浮，自那之后，情况变得越来越糟。

为了让自己继续停留在池底，格拉夫斯费力地扑打着双臂，与考尔德失去了身体接触。此时考尔德仍在池底憋着气，眼看快要撑不住了。格拉夫斯在水里转动着，挣扎着，试图在没有配重带的情况下继续保持在原来的位置。

如果你们失去了身体接触，你的同伴也许会丧命……

两人都变得越来越绝望。塔格特在一个固定的位置踩着水，观看着泳池底部上演的这一连串错误情节。两个什么也看不见的人在水中狂乱地扑打着手臂，试图找到对方，却意识不到其实两人不过只隔了十来厘米的距离。看到这一幕，塔格特不禁摇了摇头，同时又觉得有几分滑稽。

如果你憋不住气了，就把你的手臂向上伸直，并向我们发出需要上浮的信号。你在上浮的过程中慢慢呼气……

考尔德快要承受不住了，感到自己的肺迫切地需要氧气，于是他在池底站了起来，将手臂向上举起，右手大拇指朝上。塔格特带着考尔德朝水面游去，一路上后者慢慢地呼出废气，紧张情绪渐渐舒展。考尔德刚一来到水面，立即一把扯下面罩，大口大口地吸起气来。格拉夫斯也在他身旁钻出了水面。

考尔德不由得发作起来，"天哪，格拉夫斯！你是不是把谁给忘了？"

"是你与我失去了身体接触。"格拉夫斯反驳道。

"胡扯！是因为你一慌就乱了阵脚。"

"是你把氧气瓶放错了方向。"

"好了，好了，"塔格特从中进行干涉，"你们俩都闭嘴。你们得设法解决眼前的问题。专注于此时此刻，方能赶走心里的恐惧感。"

考尔德还没准备好就这样算了。他瞪视着格拉夫斯，"没错。我不该去想象你那肿胀的尸体漂浮在某个河口，肝脏被成群的鱼儿吞吃，可怜的莉娜正为你哀哭……"

"你为这个哀哭吧，自以为是的家伙。"奥尔蒂斯在池边说道，还将自己的配重带扔向考尔德。

突如其来的重量压得考尔德沉到了水面以下。他很快又挣扎着钻了出来，格拉夫斯朝他咧嘴一笑。

塔格特摇了摇头，因眼前的嬉闹感到有些气恼。"你怎么样？还能继续训练吗？"他问格拉夫斯。

"我目前还能轻松应对,塔格特教练。"格拉夫斯语气坚定地回答道。

"这人可真像一头熊。"考尔德承认道,"谁也阻止不了一头熊。"

"行了,继续训练。"塔格特命令道。在两人即将重新戴上面罩之前,他一把抓住了考尔德的一只手臂,"考尔德,如果你敢再说出刚才那样的话,让队友心生疑虑,我就把你踢出这个训练项目。"

考尔德点了点头,表情变得严肃起来,心思完全转回到了眼前的训练上。

这一回两人交换装备的过程进行得相当顺利。两人配合得极有默契,将氧气瓶和呼吸调节器来来回回地传递交换着,始终保持着身体接触,一次也未失联。这才像真正的队友嘛。塔格特在两人近旁的水中观察着,带着赞许点了点头。

第四十五章

尼日利亚，废弃的村庄

"阎王"塔格特初步判断，这座村庄或许被博科圣地组织用作他们在这一片地区的燃油分配点，或许甚至是其恐怖活动的一个枢纽。昨夜又下了一些阵雨，不过现在热辣辣的太阳又出来了，吸走了雨水带来的潮气。黎明刚过，"阎王"就听到了又一辆卡车隆隆作响着驶入村庄的声音，还听出它在那座放置着大油罐的小屋跟前停放了好一阵子，或许长达一个小时吧。他琢磨着这辆卡车来这儿的目的，它要么是为了从大油罐里抽出油来装入其所装载的油桶，再把它们运往别处，要么是为了送油来注入大油罐。他还得想办法查明：这附近是否有一座炼油厂。如果有的话，它是否能为他们躲避阿比德及其走狗提供庇护。尽管希望很渺茫，但总比放弃所有的希望要好。

娜奥米依旧沉默地坐在地上，埃丝特站在老师身边，虚弱地望向那扇装了铁条的窗户外面。自从凯多将饱受折磨、以至于几乎丧失知觉的女教师带回牢笼之后，小埃丝特就始终寸步不离地陪着她。娜奥米处于自我封闭的状态，两只手抱着膝盖，把脸埋在双臂之间的腿上。

"埃丝特？"塔格特低声喊道，"到我这儿来，埃丝特。"

守在小屋前后门外的卫兵们都在悠闲地聊着天。屋内，麦克埃文看起来已处于半死不活的状态，他任由那只包扎着破布的残肢垂放在身边的泥地上。尼克依然萎靡不振，他已经做好了对命运逆来顺受的准备。瘦削的哈基姆转过头来，透过一副有着厚厚镜片的眼镜看着塔格特。其中一块镜片已破碎，上面布满了蜘蛛网状的裂纹。

由于塔格特仍然被绑缚在身后的桩子上，所以没法挪动到埃丝特近旁去把自己的需要告诉她。他也不能喊得太大声，以免被门外的卫兵听见。

"埃丝特？"他又唤了一声，音量比第一次略高一些。

这一回埃丝特听见了。她转过头来，用一双忧伤的棕色眼睛望向他。她的两名同学正坐在她对面的墙边，彼此紧紧拥抱着。她俩也被惊动了，一齐转头看看塔格特，又看看埃丝特。

"埃丝特，当他们带你们去上厕所的时候，是把你们带到哪儿去的？"塔格特以沙哑的嗓音低声问道。

屋外卫兵们的交谈仍在继续。埃丝特转头看向窗边的娜奥米，后者继续保持着同样的姿势，而且似乎把自己封闭得更严实了。片刻之后，埃丝特把头转了回来，朝塔格特走近了几步。

她低声答道："是在地下的一个洞里。那里很脏。"

"你在那里能看到我们来时的那条路吗？"

埃丝特摇了摇头。

"我想让你再去一次。""阎王"说。

小女孩不大明白他的用意，"可我现在还不想上厕所。"

尼克从远处的墙边匆匆走了过来。"别打扰这小姑娘了。"他有些气恼地说。

塔格特没有理睬他，只是换了一种方式与小女孩谈话："埃丝特，你想回家吗？确保你的……呃……它是一只鸟，对吧？你想回去喂你的鸟吗？"

她点点头。哈基姆似乎有些察觉，开始对他们的谈话表现出了兴趣。

"你的鸟叫什么名字来着？""阎王"问。

"萨玛。在豪萨语里是'天空'的意思。"

"唔，萨玛。它是什么颜色的？"

"灰色。萨玛是一只灰色的鹦鹉。"

"听我说,埃丝特。如果你愿意帮助我的话,我向你保证,你一定能再次见到萨玛的。好吗?"

听了这话,小女孩不由得又转头看了看娜奥米,可她的老师依然低着头沉默不语,既未表示鼓励,也没提出反对。埃丝特踌躇了片刻,朝分隔两个牢笼的钢筋栅栏走得更近了些,来到捆绑"阎王"的木桩后面。当"阎王"再度开口的时候,把自己的声音压得更低了。

"你先提出要上厕所的要求,"他指示道,"然后在途中看看远处哪里有火光,或是黑烟,把它们的位置记下来,回来告诉我。好吗?"

小埃丝特不知道自己该怎么做,于是朝娜奥米投去了带有询问意味的一瞥,"老师?"

娜奥米已经听到了他们之间的全部对话。她抬起头来,这才第一次留意到埃丝特的一只手臂上沾了一块血迹,那是昨天她被一名守卫扔来的锡罐割伤的。

"你的手臂怎么了,埃丝特?"她惊喊道,"快过来让我看看。"

小女孩在"阎王"和娜奥米之间踌躇了一会儿,但没过多久她便做出了决定,径直回到了老师身边。娜奥米从格子短裙的一个兜里掏出了一块红色头巾,那是凯多带她回牢笼时扔给她的。她始终打心底里抗拒用它来蒙住自己的头,这时她从头巾上撕下一块布条,为埃丝特受伤的胳膊进行包扎。

"娜奥米?"塔格特有些尴尬地开口说道,"无论你遭遇了什么,呃……"他不知道该怎么继续往下说,好不容易才再度开了口,"听我说,没有人会因此而轻视你的。"

"我不需要你的怜悯。"她没好气地应道。"阎王"在校舍里初识的那名刚烈女子似乎又回来了。

哈基姆用手撑地,挪动着屁股来到了分隔栅栏边,然后握着栏杆，以极端厌恶的神情盯着娜奥米看。

"她永远都结不了婚了，"他嘲弄道，"没有男人愿意碰她的。她行事为人不端庄，他们之所以玷污她，是因为……"

"因为我是一个女人。"娜奥米抢白道，又从红头巾上撕下了另一块布条。"还有，"她怒瞪着那个非洲人，继续往下说，"我不会为任何人或神遮住自己的脸……"

哈基姆还击道："你不应该教授来自西方的文化糟粕……"

在此之前，塔格特并不知道麦克埃文的司机究竟是基督徒还是穆斯林。这似乎无关紧要。

"闭嘴！"在哈基姆准备继续攻击娜奥米那些不符合穆斯林体统的行为时，塔格特将他喝止住了。

"阎王"将注意力转回到娜奥米身上。"一旦我搞清楚这附近是否有炼油厂，以及它所在的位置，"他解释道，"我就会在夜里溜出去。我会在他们发现我逃走之前就赶回来，解救你们所有人。"

昔日的公关专员尼克也在仔细聆听塔格特说话。"你完全是在胡扯，"他怒气冲冲地说，"一旦出去，你就不会再回来了，你会把我们丢在这里烂掉的。"

"那你带上女孩们跟你一起出去吧。"娜奥米恳求道。

"这样不行。她们会拖慢我的速度。"

她有些怀疑地盯着他，不确定自己该不该信任他。

塔格特的计划还来不及往下进行，哈基姆却从中瞥见了牺牲其余同伙以保全自己性命的机会。他突然站起身来，快速跑到门边，疯了似的猛敲着门。

"嘿！先生！嘿！"他对着门外的卫兵大叫起来。

被绳索捆缚着的塔格特用力地挣扎起来。"你究竟要干吗？"他问道。

哈基姆丝毫没有理睬他，只顾着继续敲门，他的眼镜在鼻梁上歪斜着，眼中重新燃起了一丝狂乱的希望之光。门开了，只见阿比德双手叉腰站在门口，左右两侧各有一名武装卫兵。

塔格特眯缝起眼睛，盯着阿比德。他就是这群以殴打、折磨、虐待、杀害和强奸俘虏著称的野蛮人的首领，"阎王"从未像现在这样怀有如此强烈的想要杀人的冲动，他真恨不得立刻亲手干掉阿比德，哪怕牺牲自己的性命作为代价也在所不惜。

"那个士兵正在计划越狱逃跑。求你了！真主至大。我是穆斯林，请放我出去。"哈基姆只用了一口气，就用当地语言说完了所有的话。

"你这个蠢货！"塔格特朝哈基姆喊道。

阿比德转头看向塔格特，他的脸上浮现出一丝阴冷的笑意。

"海豹突击队员想去找人帮忙了？是吧？"他用英语说道。

说完这话，阿比德轻蔑地抓住哈基姆如秃鹰脖子一般细的颈部，将其推向随行其后的两名卫兵。他转头冷笑着看了塔格特一眼，随即走出牢房并锁上了身后的门。他用当地语言讲话的声音很快传进屋内："你从前侍奉异教徒，现在该轮到你侍奉安拉了。"

"他在说什么？""阎王"问娜奥米。

娜奥米顾不上回答，她如同张开翅膀保护雏鸡的母鸡，将女学生们都聚拢在自己身边。她回头看了看那扇门，然后对女孩们说了一句什么，紧接着只见她们全都抬起手来捂住了耳朵。这下子塔格特终于意识到接下来会发生什么了。显而易见，阿比德看不起胆小的告密者，无论种族和信仰如何，都一视同仁。

从屋外广场传来的一声枪响宣告哈基姆已被枪决。伴随着枪声所激起的回响，一群受到惊吓的野生珍珠鸡在丛林中发出了一阵骚动，"咯咯"地乱叫不止。牢笼中的小女孩们齐声惊喊，娜奥米将她们更紧地搂在自己怀里。

阿比德那张带着蔑视和嘲弄眼神的脸再度出现，这一次是在窗边。他将手中步枪的枪管透过窗外铁条之间的缝隙伸了进来，戳破了原本就已布满裂纹的窗玻璃，枪口正好指着塔格特的头。前海豹突击队员毫不退缩地与这名博科圣地组织的地方领袖四目相对，他可不愿以卑躬屈节、摇尾乞怜的姿态死去。

没想到阿比德的眼底竟流露出了一丝恐惧，他迅速将视线转离海豹突击队员，缓缓地将枪管放低，直至枪口转而对准了娜奥米低垂的头。在这个过程中，他的手微微有些抖动。

第四十六章

尼日利亚，废弃的村庄

事实表明，阿比德用枪口指着娜奥米不过是一次虚张声势的威胁吓唬罢了。他很快就从窗边走开了，塔格特舒了一口气，原本紧绷的身子也放松下来。塔格特将身体的重心转移到了被捆缚在桩子上的双手附近，以此来缓解双腿的压力。他继续保持着警觉，留心地聆听和观察，不愿放过任何一个可以利用的机会。

小埃丝特不顾娜奥米的反对，同意去做"阎王"交代给自己的事情。她真是个颇具勇气的孩子。埃丝特提出想上厕所的要求之后，凯多把她带了出去。过了好一阵子，她还没被送回来，塔格特和娜奥米都紧张得浑身直冒冷汗。当凯多颇显不耐地领着她出去时，小女孩曾向"阎王"投来了匆匆的一瞥。她的眼里没有一丝惧意，只有坚定的决心。或许她满脑子只想着做好"阎王"让她做的事情，然后就能回家去给自己的鸟儿喂食了。

眼看埃丝特在该回来的时候却迟迟未归，"阎王"不由得改变了自己的想法。或许他对她要求得太多了。娜奥米以咄咄逼人的眼神瞪了他一眼。她和"阎王"一样，也留意到凯多带走埃丝特时曾色眯眯地盯着女孩看。倘若这个混蛋对小女孩动手动脚……被捆绑得无法动弹的"阎王"又该怎么办好呢？

屋外突然传来了一声枪响，应该是步枪发出的声音，娜奥米被惊得从地上一跃而起。她跑到装有铁条的窗户边，向外张望着。他们上一次在这座村庄里听到枪响，是阿比德枪决哈基姆的时候。不过，按理说这群暴徒不会愿意为杀害一个小女孩而浪费子弹，更何况她对他们来说还有交易价值。可是，谁又能真的知道这群视人命为粪土的野蛮人究竟会做出什么样的事情来呢？在恰特草的刺激作用下，同时又受到扭曲的信仰的驱使，他们曾杀害自己的家人，也曾派遣四岁的孩童穿着自杀式背心去炸死异教徒。

他们可能不会杀死埃丝特——目前还不会——可是他们也许会对她做出别的可憎之事。塔格特和娜奥米虽急得如同热锅上的蚂蚁，却什么也做不了，只能默默地等待着，并在心底里祈求埃丝特能尽快完成任务平安回来。

外面响起了更多的枪声。站在窗边的娜奥米每听到一声枪响，面部肌肉就会抽搐一下，可她搜寻埃丝特的目光却一直不曾动摇。根据枪响的次数及间隔时间，"阎王"很快便推断出这是有人在进行射击练习。

在丛林的边缘，在一处这座牢房里的俘虏们视线所不能及的地方，阿比德正在教导瘦削的年轻卫兵菲利克斯如何使用AK-47步枪。在伊朗、叙利亚、也门及其他一些国家，男孩们往往从九岁起便开始加入ISIS组织或其他恐怖组织，掀开血雨腥风的战斗生涯。菲利克斯在这方面显然起步较晚，目前他还未成为博科圣地组织中成熟而完备的一员。毕竟，他当时拒绝参与到轮奸娜奥米的行列中。不过只要再多给他几个月时间的磨炼，他很快就会变得跟其他人一样卑劣而残忍。

娜奥米依然站在窗边张望，她原本紧绷的双肩突然放松下来，同时还长长地吁出一口气。随即屋门开了，凯多将埃丝特推了进来，再次将她锁入了牢笼。他不怀好意地斜睨了娜奥米一眼，后者神情轻蔑地颤抖了一下，转而看向了埃丝特。小女孩径直奔入老师的怀抱。她的任务虽然已经完成，却仍然感到阵阵后怕。

麦克埃文和尼克依然深深沉浸在自己的痛苦当中，对周遭发生的一切都不闻不问。哈基姆已经被杀死了，他们当中谁会是下一个送命的呢？

待凯多离开之后，埃丝特一面环顾四周，一面心不在焉地摩挲着娜奥米为自己包扎在右臂上的那块红色布条。娜奥米试图用肢体语言阻止埃丝特继续参与海豹突击队员的计划,因为这实在是太危险了。可是这小女孩却勇敢地走到分隔两个牢笼的钢筋栅栏边,透过栅栏的缝隙看着"阎王"。

"我看到黑烟了。"她低声说道。

"在哪儿?"

她伸手指了一个方向。

"阎王"朝她笑了笑,"干得好,埃丝特。快给我的手松绑。"

埃丝特有些犹豫。她紧张不安地看了看屋门,又看了看老师。娜奥米摇着头:别听他的。可萨玛怎么办呢?一想到这个,埃丝特立即从栅栏的缝隙里伸过手来,摸到了捆缚在白人男子手上的绳索,并试图解开打在上面的死结。"阎王"的眼睛看向了娜奥米。

"我需要你的帮助,娜奥米。"他说,"我需要你和那名卫兵眼神对视,并让他觉得你喜欢他。"

"不……"单单是听到这句话,就足以令娜奥米的胃部开始如排山倒海般翻滚起来。

"听我说,娜奥米。你得为女孩们着想。"

她如摇动拨浪鼓一般摇着头,整张脸都因眼前这名陌生男子让她去做的可憎之事而扭曲着。

"娜奥米!埃丝特有可能就是下一个。相信我。"

她跑过去抱住埃丝特,将女孩拖离栅栏边,任由"阎王"的手依然被捆缚在桩子上。

"我为什么要相信你?"她粗声粗气地说,"你不过就是个雇佣兵。"

第四十七章

阿富汗

"信任"是一个团队能顺利运作的关键因素。"阎王"塔格特队长的团队不仅仅在"白色中队"的排名中位居首位,同时还当之无愧地被誉为整个海豹六队的最佳团队。塔格特要求他的队员们在训练中表现优秀,还要求他们在实际执行任务时也要有专业而卓越的表现。他是个坚强而又进取心十足的人,同样的,他期望他的队员们都能仿效他,以他为榜样。正是凭着这样一股进取心,他的团队才能在无数次艰苦卓绝的任务中取胜,并拯救了众多无辜的生命。

格拉夫斯、考尔德和奥尔蒂斯一起完成了海豹六队的训练,随后便跟随塔格特来到阿富汗,接受他们的第一次实战任务。他们的任务是将一名活跃于兴都库什山脉的高价值目标俘获或杀死。有时候,尽管有着极其周密的计划和部署,情势也会急转直下。眼下塔格特的团队发现他们的行动正陷入了"墨菲定律"所描述的那种情形:如果事情有变坏的可能,不管这种可能性有多小,它总会发生。

他们的任务正按照作战指示往前推进。塔格特领着三名刚转正不久的前学员,连同另外两名临时分派过来的队员汤米·汉兹和"疯狗"沿着巴基斯坦边境,渐渐深入到了崎岖的山区地带。这天夜里,他们沿着羊肠小道来到了一座隐藏于绿色山谷边缘的简陋小村庄里。根据预先获悉的情报,他们果然在村庄里的指定地点找到了目标人物。此人展开了顽抗,最后他本人和两名保镖在村子边上一座颇具当地建筑特色的平顶泥砖屋的墙角被海豹突击队员们击毙。

这时"墨菲定律"开始发挥作用。他们获悉的情报并未提及有一支塔利班武装分子已越过巴基斯坦边境潜入了这片地区,目前正好在这座村庄里过夜。更甚的是，这群塔利班分子当中还有一些人就睡在被击毙的目标人物隔壁的屋子里。一场意料之外的战斗就这样打响了。

敌人的机枪对准海豹突击队员所在的小屋外墙扫射，他们被困在了屋里。眼前一片漆黑，如同置身于午夜墓园中的内部一样，不见一丝亮光。敌人的子弹击碎了屋子外墙上的粗砂石和灰泥，弄得扬尘漫天，空气浑浊极了。塔格特队长趴在屋内的地面上，没带夜视镜的他什么也看不见。他只能对着无线电通信设备的麦克风高声喊话，好让自己的音量压过他的队员们与塔利班武装分子之间断续往来的枪火声。

"毒蛇三号，我是D组。我们在12号屋与敌人交战。一号撤退点附近有大量敌军。还有，你们是否知道二号撤退点的情况？完毕。"

他的耳机里迅速传来了一个女声，"D组，我是毒蛇三号。你的信息已收到。我们目前正在监视你们所发现的敌军。眼下你们前往第二撤退点是明智的做法。魔鬼一号已前往那里进行支援。"

是时候撤离这间小屋了。塔格特高喊奥尔蒂斯，"'佛爷'！"

奥尔蒂斯趴在屋内的混凝土地面上，蜿蜒爬向后门，其间他穿过了三具尸体以及分散在几扇窗边与敌人对战的队友们。从窗外飞入的子弹在屋内的泥墙上击出了无数凹坑，还在奥尔蒂斯上方的那扇门上打出了不少孔洞。

塔格特仍在用无线电通信设备通话，"收到，毒蛇三号。我们这就前往第二撤退点。"

后门是用链条锁上的。先前他们袭击高价值目标时是从前门和一扇侧门兵分两路进来的。奥尔蒂斯从腰间掏出一把小巧的断线钳，一把就夹断了锁住门的铁链。

"门开了！"他喊道。

塔格特中断了与支援小组的联络，率领他的队员们沿着地面爬向奥尔蒂斯所在的位置。"我们会平安离开的，"他安慰他们，"相信我。"

这是塔格特常挂在嘴边的一句话——相信我。考尔德用不着夜视镜也能看到挂在队长脸上的大大笑容。

塔格特在后门边匆忙地为队员们部署任务,"考尔德,你当先头兵带我们出去。格拉夫斯保持在我的正后方。奥尔蒂斯,你负责殿后。我们走吧。"

塔利班分子的子弹大多来自屋子前方,这些哈吉还来不及组织一场包围进攻。正如"毒蛇三号"所告知的情况,眼下这座小屋的后面是安全的。奥尔蒂斯猛地打开屋子后门,考尔德冲向左边,塔格特冲向右边,两人分别负责掩护队伍的左右翼。塔格特拍了拍考尔德的肩膀,伸手指向前方一片沿着斜坡向下延伸数百米之远的果树林。在这片成排种植的树林后面,是一大片空旷之地。到目前为止,他们还未遇到任何来自正前方的敌军火力。

队员们将培训中所习得的技能应用在实战中,彼此配合着进入果树林,如同进行一场精心编排过的芭蕾舞表演。他们沿着果树林中的一条过道向前小跑,如同影子一般轻盈。与此同时,每个人都弓着身子,缩着背,使自己的头顶始终低于矮壮的果树树枝。考尔德在队伍前面带路,他借着夜视镜选好了一条路。塔格特迅速跟上,继续掩护着队伍的右翼,格拉夫斯位于队长左侧。汤米·汉兹、"疯狗"及"鱼饵"小跑着跟在他们后面。奥尔蒂斯在队伍最末端负责殿后。他们将步枪握在手里,瞄准镜发出了肉眼不可见的红外线光束,在林中来回扫射着。

这时,一阵叫喊声从他们身后那座刚撤离的小屋里传了出来,看来袭击者们已经发现"猎物"溜走了。由于屋后的果树林是唯一可能的脱逃途径,一群塔利班士兵迅速冲入林中,对海豹突击队员们展开了追赶。来自AK-47步枪瞄准镜的绿色光束在海豹突击队员们的头顶上方快速移动着,同时还能听到一阵仿佛由愤怒的萤火虫群所发出的响亮"嗡嗡"声。紧接着,枪声震天,一株株果树纷纷中弹。当一颗子弹"嗖"地从考尔德头顶一掠而过时,他下意识地后退了几步,紧张得屏住了呼吸。塔格特继续在林中小跑着,他的步伐是如此轻松随意,仿佛周日的清早在公园中晨跑一般。

在队伍前方领着众人撤退的考尔德发现林中出现了一些动静。他借着夜视镜看到了一个快速移动的影子,于是略微转过身子,对准那人影迅速开了两枪。在眼下的作战环境中,除了身旁的队友之外别无友军。被击中的目标发出一声痛苦而又惊讶的凄厉喊叫,随即倒在了地上。

考尔德不由得停下脚步,看了看躺在草地上那具一动不动的尸体。这可是他杀掉的第一个人。他在心里感慨这一切发生得如此之快,而杀死一个人竟又是如此地轻而易举。这时塔格特从背后推了推他,提醒他继续行动。

海豹突击队员们继续在漆黑的树林中有序地撤离,他们只得凭借夜视镜方能看清脚下的路。没过多久,他们穿出果树林,进入了一片长满草的空地。突然,一个瘦瘦小小的人影从考尔德右边的一棵树上跳下,继而沿着空地疾跑起来。体内大量肾上腺素瞬间涌起,再加上先前杀人经历的激励,考尔德下意识地用瞄准镜的红外线光束瞄准了面前的小孩。塔格特赶紧抬起手来,将他的枪管往下一按。

"不行!"

考尔德顿时感到肚腹发软,他这才意识到自己竟然差点儿就杀死了一个手无寸铁的小孩,后者浑身上下仅穿了一条哈吉农民们常穿的那种棉质长衬裤。考尔德花了好几分钟的时间才让自己的呼吸和心跳重新恢复正常。接下来,队员们穿过这片长满了草的空地,进入一片树木参差不齐的丛林,再各自分散到安全之地隐蔽起来。暂时没有危险,身为队长的"阎王"再度与支援小组取得联络。一切都进展得非常迅速——而且到目前为止都挺顺利的。

"毒蛇三号,"塔格特对着无线电通信设备的麦克风喊道,"D组已顺利抵达第二撤退点。现在为你标记我们所在的位置。暂停通话。"

在他的指示下，团队成员们纷纷打开各自的红外频闪灯，将所在位置标记出来。他们发出的红外信号只能借助夜视设备才能看得见。塔格特听到天空中传来一架直升机渐渐靠近的声音。敌军射手也在渐渐逼近，他们从村庄里一拥而出，紧跟在海豹突击队员们身后穿过果树林。塔格特为他们准备了一些小小的惊喜。

"请求火力支援，"塔格特继续对着麦克风喊话，"敌军在我方北面一百五十米处，已用红外激光标记出来。通话完毕。"

他示意奥尔蒂斯发出指引信号。"佛爷"用手中武器的激光瞄准镜对准他们刚刚撤离的村庄，并围着它缓缓地绕了一个圈，好让空中支援小组能清楚地看到目标所在的位置。在距离地面数千英尺的空中，一架无人驾驶的"掠夺者"侦察机记录下了目标位置，并将此信息发送给了一架黑鹰武装直升机上的机组成员。

片刻之后，一阵如同世界末日临到般惊心动魄的"隆隆"巨响迅猛袭来，携带着二十毫米急射小机枪的黑鹰直升机飞至村庄上方，以每分钟五千发的速度向下发射子弹，地面惨遭重创，扬起了滚滚尘土，期间还夹杂着阵阵凄厉的尖叫声。塔格特心满意足地将他的夜视镜掀至头盔之上，放眼望向远处在月光下若隐若现的山峦。随即他朝考尔德和格拉夫斯露出了笑容。爽啊！没想到战争的场面也可以如此壮观和美妙。

"难道你们不喜欢这场景吗？"他开口说道。就在这时，头顶上一架直升机螺旋桨旋转所产生的气流自上而下地吹向他们，示意他们是时候离开此地了。

* * *

一次成功的任务意味着参与其中的每一名射手都能平安地回来。塔格特的团队乘坐黑鹰运兵船来到海军陆战队的一处前沿作战据点,尔后便下了船。自他们在撤退点被直升机接走之后,在整个返程途中的大多数时候,每个人都保持着沉默。这是一种正常的行动后反应。当他们置身于任务之中时,除了主动采取行动以及对敌方行动即时做出反馈之外,压根就没有时间顾及其他。待任务结束后,各人都会自然而然地就本次行动展开思索。

在全部团队成员共用的军用大帐篷里面,一盏蓄电池灯照亮了内中的行军床和睡袋。当塔格特走到帐篷门口的时候,停下脚步,抬头望了望夜空。随即他用力地张开十指,低头看着它们。他的两只手非常稳定,丝毫没有抖动的迹象。片刻后,他又将双手握起来,用尽全身的力气握紧了拳头,以至于指甲都戳进了掌心的肉里。他得让自己有所感觉,哪怕是疼痛也好。

他的双手开始颤抖起来。或许这便能证明自己仍是个有血、有肉、有知觉的活人。

考尔德在自己的行军床上重重地躺了下来,抬头凝望着帐篷顶端那盏闪烁着的照明灯。此时他的头脑仍处于极度兴奋的状态,嘴里快速地嚼动着一块口香糖。他将一条腿搭在床沿,用穿着靴子的脚神经质地敲打着地面。

塔格特走到考尔德身边,低头看着他。"你的第一次感觉怎么样啊?"塔格特问道,他指的是考尔德在果树林里第一次开枪杀人的事情。

考尔德佯作漠然状,酷似"淘气阿丹"的神情中仿佛又增添了一丝属于弗洛伊德的严肃。"真是不可思议,"他思索片刻之后答道,"棒极了。我想说的是……就圣经旧约的意义而言,这种感觉实在是太棒了。"

"没错。我们违反了十诫,但却能够免受责罚。"

格拉夫斯在他自己的床上听到了他俩的对话。"那是因为上帝是站在我们这一边的。"他坚定地说。

"阿门,兄弟。"奥尔蒂斯赞同道。

"一开始就像打电子游戏一样,"塔格特若有所思地说,"比如《使命的召唤》那一类的。当你意识到那些哈吉在朝你射击时,你开枪也会变得更加理所当然。"

说到这儿,他转头望向被掀开的帐篷门帘之外的夜色。

"最难的部分在于,"他仿佛自言自语般地说道,"学会该在何时不开枪,就像我们遇到那个手无寸铁的小孩时的情况一样。此外,你还得当心那些不能——或不愿——分辨何时该开枪、何时不该开枪的家伙。"

考尔德还不能完全明白这番话的含义。他在这场游戏中还是个新手。不过他相信,自己终有一天会明白这些道理的。

第四十八章

弗吉尼亚海滩上的海豹突击队基地

在团队休息室,"公鹿"巴克利坐在位于吧台一端的高脚凳上。他的两只手肘支撑在吧台上,目不转睛地盯着放在自己面前的iPad屏幕。他看起来有些萎靡不振,身上已没了《迈阿密风云》里那个时髦卧底警探的影子,倒更像是在某条后街小巷刚刚遭受了歹徒突袭的可怜之人。"鱼饵"卡恩站在吧台外面,朝着一面墙上的软木板投掷飞镖,贴在那块软木板上的正是一张奥萨马·本·拉登的照片。每次他一命中目标,便会举起双拳挥向空中,嘴里高喊一声海军新兵训练营专属的欢呼口号"呼——哇!"另有一些来自"白色中队"的队员们分别围坐在好几张桌子跟前,要么玩赌注很小的扑克,要么打电子游戏,或是一面谈天说地闲聊,一面嬉笑打闹。

当"穷鬼"罗伯特·蔡斯将一箱啤酒夹在一只胳膊下面走进来时,"鱼饵"将飞镖握在手里,盯着蔡斯多看了两眼。只见这名新人径直穿过休息室,把箱子放在了离巴克利很近的吧台台面上。

"嘿,啤酒大师,""鱼饵"语带挑衅地说,"我还以为你不喝酒呢。"

"都是你们这些蛙人带坏了我。队长说啤酒可以开怀畅饮。"

"鱼饵"向空中举起两只手掌,"感谢真主。"

一盏安装在一个真人大小女性裸体瓷像双腿中间的电灯已经被点亮了,这时蔡斯又按下一个开关,吧台后面的墙上顿时亮起了一盏狼头状的灯。"鱼饵"盯着墙上那幅奥萨马·本·拉登的照片,抬起手来,对准位于奥萨马额头的靶心掷出了最后一镖,随后来到吧台边与蔡斯会合。"穷鬼"看了"鱼饵"一眼,随即从啤酒箱里取了一瓶酒出来。他打开瓶盖，往两个玻璃杯里分别注满酒，将其中一杯递给"鱼饵"。两人端起各自的酒杯，相互碰了碰杯。

"少量饮酒有益健康，愿我们更骄傲，更勇敢！"蔡斯说出了祝酒词。他像在迎新仪式上那样，以豪放的姿态将杯中的酒一饮而尽。他转头看向巴克利，"你要来一杯吗，'公鹿'。"

"不用了。"

"公鹿"连头也没抬一下，反而朝吧台外侧转了转身子，以避开狼头灯的光芒。"鱼饵"喝完一杯酒后放下酒杯，继续去朝奥萨马·本·拉登扔飞镖了。蔡斯来到"公鹿"身旁的凳子上坐下，目光越过后者的肩膀，落在了他正全神贯注盯着的屏幕上。

"公鹿"面前的iPad屏幕上播放着一段画质不大清晰的视频。画面中是一间空无一人的卧室，没过多久，一名穿着红色比基尼内裤，上身却赤裸着的浅黑肤色年轻女子走进了卧室。蔡斯不由得笑出声来。

"你还是回你自己的笼屋去自慰吧，老兄……"

新人本想继续就"公鹿"观看的影片发表更多的俏皮言论，却突然发现画面中那名女子竟然是他认识的人，便突然住口了。那不正是塔米吗？巴克利的妻子！

视频中的塔米穿过卧室朝床边走去。无论相貌还是身材，她都秀色可餐。蔡斯目不转睛地盯着屏幕上的塔米，只见她从床头柜里选了一副红色的文胸来搭配已穿在身上的红色内裤，并以颇具诱惑力的姿态将丰腴的胸部塞进了文胸的罩杯里。

她心满意足地站在一面落地镜前自我欣赏起来。她踮起两只脚尖，缓缓地转了个圈，透过镜子从不同角度打量着自己的样子，唇边渐渐浮现出一丝略显顽皮的笑意。接下来，她将红色的口红涂抹在嘴唇上，并对着镜子里的自己微微笑了笑。看上去，她似乎完全不知道自己的一举一动都被拍摄了下来。

"我觉得洋娃娃可能出轨了。""公鹿"开口说道，声音低沉得蔡斯几乎没听清。"我希望她没有。"他又补充了一句。

"你是说你的妻子吗？你不是在开玩笑吧？"

"公鹿"关掉屏幕，带着深深的忧伤叹了一口气，试着让自己不再去想这件事了，"至少我以后可以拍到一些热辣作品了。"

"你在监视你的妻子，'公鹿'？你有想过接受婚姻治疗吗？"

巴克利嘟哝了一句什么，抬起两只手掌疲惫地揉搓着自己的脸，似乎想将刚才那段视频从自己头脑中彻底抹去。他显然不想继续深入地探讨这个话题了。为了掩饰眼前的尴尬局面，蔡斯略微转动视线，定睛注视着吧台后侧那面墙上挂着的一个相框。相框里装着一张被放大了的照片，那是一张"阎王"塔格特、"大熊"格拉夫斯和亚历克斯·考尔德三人在更年轻时期的合照。他们站在沙滩上，穿戴着潜水装备，臂挽着臂，像顽皮的高中生一样同时对着摄像头扮鬼脸。

"从前的塔格特队长究竟遇到什么事情了？"蔡斯问道。

"公鹿"也拒绝谈论这个话题，"这属于超出我权限范围的信息，伙计。"

第四十九章

尼日利亚，废弃的村庄

牢房的屋门内侧钉着一颗钉子，一盏煤油灯就挂在那儿，给这个漆黑的空间带来了些许光亮。屋内的两间牢笼内都寂静无声，死神仿佛就隐匿在某个角落里静静等候着。麦克埃文正因内心的苦痛、绝望和未经治疗的断腕之伤而渐渐走向死亡，尼克已经接连好几个小时没有出声了，甚至连动也很少动。女学生们如同受到惊吓的小狗崽一般挤作一团熟睡着。娜奥米躺在脏兮兮的泥地上，睁着双眼，默默地注视着被捆缚在桩子上的塔格特。凯多端着一个碗走进了小屋，碗里盛着的东西像是糊状的蔬菜，其上还缠裹着已经凝固的油脂。娜奥米看到了这个野蛮人，丝毫未加理睬。

"你来喂海豹突击队员吃饭，"他用当地语言朝娜奥米吼道，"我不是告诉过你要把头蒙起来吗？信基督的婊子。"

"那么女孩们吃什么？"娜奥米毫不示弱地问道。

"她们连十美元也值不了。"

凯多将手中的碗伸进栅栏条之间的缝隙，弯下腰，将其放在了娜奥米所在牢笼的泥地上。当他起身的时候，朝塔格特投去了恶狠狠的一瞥，拳手舒格·雷·罗宾逊的脸上从未有过这样的神情，即便是在他与乔治·福尔曼或穆罕默德·阿里对决的时候也未有过。

"吃饭了，海豹突击队员。"他指着地上的碗发号施令，随即锁好门离开了。

牢房里重新恢复了寂静。博科圣地组织的恐怖分子在村广场升起了一堆篝火，火光透过装了铁条的窗户照进了牢房，那群野蛮人的交谈声和笑声也传了进来。屋外的火光和屋内煤油灯的光芒为娜娜奥米那张原本就带着愁容的脸更增添了一丝悲伤的意味。她侧躺在牢笼的泥地上，目不转睛地盯着塔格特。她并未按照凯多的命令起身去给塔格特喂食。很显然，她不愿和这人产生任何关联。在埃丝特差点儿因着为他做事而遭遇危险之后，他在娜奥米心目中便成了一个不值得信任的对象。

"阎王"朝着地上那碗饭所在的方向歪了歪头。"你留着它吧，"他提议道，"给女孩们吃。"

此举令娜奥米的黑眼睛里流露出了一丝困惑的神情。他看起来跟这牢房中的另外两名外国人——麦克埃文先生和尼克——不大一样，他似乎愿意为了她和她的女学生们而牺牲自己的益处。当娜奥米在学校初识此人时，他嘴里散发着难闻的酒精气味，双眼也因宿醉而发红，以至于在娜奥米心目中留下了极其糟糕的第一印象。不过事实证明，他是个比娜奥米所想的更为复杂的男人。

沉默继续笼罩在两人之间。"阎王"被接连捆缚了好几个小时——他已经丧失了时间概念——而麦克埃文和尼克早已不再理睬他了。他感到前所未有的孤独，也特别渴望能跟另一个定然不会想要杀害他的人类建立某种联系。

"跟我聊聊你的家人吧。"他终于开口请求道，总算打破了令人不适的沉默。在此之前，这沉默如同一道招人嫌恶的墙，顽固地阻挡在两人之间。

他原本以为她压根儿就不会理睬他，没想到她竟做出了回应。她的声音听起来略显迟疑，同时似乎也流露出了一些近乎感激的意味——承受这被囚之苦的境地，尚能在那些被吓坏了的学生之外找到一个能够与她彼此交流的人，这也不失为一个能借以暂时摆脱眼前苦况的机会。

"我母亲也是一名老师，"她说话的时候并没有看着他，像是正一心沉浸于往昔的美好时光当中，"她在拉各斯的一家公立中学教书。我父亲在外交部工作。他们把我送去伦敦念书，也希望我学成之后能留在那儿。可我却想回来帮助家乡的人民。"

说完这短短的几句话之后,她垂下头,陷入了一阵极为痛苦的沉默。当她再度开口说话时,声音竟低得令塔格特几乎无法听清,"他们会说我给家族带来了耻辱。这些女孩们也会面临同样的处境。"

她的语气中饱含着屈辱和内疚,这使得塔格特对她产生了保护欲望,他恨不得把她拥入怀中,安慰她受伤的心,"你是被博科圣地组织的人侮辱的,娜奥米。这不是你的错。"

由于他被捆缚着,无法动弹,所以只能带给她言语上的劝慰。娜奥米绝望地摇了摇头。就算她能在这场灾难中捡回一条性命,她的人生也已经被毁掉了,她的学生们也会落得和她同样的下场。

"我父亲会说我本该嫁做人妇,被男人疼爱与呵护。我说的这些你是不会明白的。"

对于西方人而言,伊斯兰教——哪怕是其中不那么激进的支派——的确令他们感到颇为费解。娜奥米放弃家族信仰而改信基督这件事,在诸多方面给她的人生带来了难处,尤其是在她的亲属们仍都坚定持守原本信仰的情况下更是如此。在中东和非洲的许多地区,倘若一名女子因被人强奸而令家族蒙羞,那么她的家人对其进行"荣誉谋杀"也被认为是可行的。这些地方的穆斯林女子若非有男性亲属陪同,是不能独自上街的,而且她们还被剥夺了驾驶汽车和在学校念书的资格。除此之外,其中一些女孩在比娜奥米的学生们还更年幼的时候,就如同牲畜一般被人带到人口市场进行贩卖。

"你说得对,"塔格特承认道,"我的确不明白。而且我永远都不会明白。"

她发现眼前这个男人实在令人捉摸不透。

"你叫什么名字?"她问道。

"理查德·塔格特,绰号'阎王'。"

"你结婚了吗,理查德·塔格特,你有孩子吗?"

他犹豫了片刻,开口应道:"我结过婚,又离婚了。"

"为什么离婚了?"

他的神情渐渐变得严肃起来,这一次轮到他把自己封闭起来了。

第五十章

战争与家庭

奥萨马·本·拉登及其基地组织对纽约双子塔发动恐怖袭击之后，乔治·沃克·布什总统随即宣布发动反恐战争。从2001年9月11日开始，包括海豹突击队、"绿色贝雷帽"陆军特种部队和游骑兵部队在内的美军特种部队被多次遣往阿富汗、伊拉克、叙利亚、也门、利比亚、非洲及其余遥远荒蛮之地，去执行一次又一次的反恐任务。军队状态不断恶化，而失控的政治正确性则令战争的进行变得益发艰难，塔格特、"大熊"格拉夫斯和其他海豹六队的成员们时常为此心生抱怨。由于担心对整个穆斯林群体造成冒犯，特种部队的成员们在与敌人对抗时不得直呼其名。他们逮到敌人便可将其杀死，却不得公开称其为激进的伊斯兰教徒。到目前为止，美国政府已经花费了六千万美金来研究ISIS、基地组织、博科圣地组织及其他众多分支组织想要的究竟是什么。

塔格特对政府的行为颇有微词，倘若政府想知道恐怖分子想要的是什么，直接询问海豹突击队就可以知道答案，也不至于为此花费六千万美金了。政府还可以采访一下世界各地曾遭遇恐怖爆炸事件、绑架、暗杀、袭击的受害者们，他们会给出一个简单的答案：恐怖分子想要的是将这个地球上的异己分子全部杀掉，或者全部拉拢成跟他们一伙儿的。

明或暗的反恐战争多年来一直持续进行着，海豹六队成员们的个人生活也不可避免地因此而受到了诸多影响。婚姻破裂、家庭被毁的事例实在多不胜数。"阎王"塔格特一直都在努力，力求别让自己因婚姻失败而怪罪前妻格洛丽亚。他心里清楚地知道，自己所选择的海军生涯的确会给家庭生活带来极大的冲击，也会将自己的家人置于难以应付的试炼当中。海豹突击队员的妻子们不时会一起聊聊与她们的丈夫有关的话题：他们总是没完没了地外出执行任务。每逢这样的时候，她们绝不可能知道丈夫们身在何处，在做些什么，也不知道他们何时回来，甚至能不能再回来。身为海豹突击队员的妻子，她们都在不同程度上受到精神疾病症的困扰。

塔格特和格洛丽亚总是聚少离多，漫长的分离之后迎来短暂的相聚，而家庭生活还来不及重新步入正轨，他下次离家的时刻又降临了。回首往昔——如今他已很少再这样做了，他不得不承认自己的婚姻生活实在如同坐过山车一般起伏动荡。

起初有一段时期，这样的婚姻模式为他们的生活增添了不少狂野的激情和甜蜜的乐趣。每当他执行任务归来，两人仿佛重新坠入了蜜月的旋涡，不可自拔。那时"铁血团队"的队员们都还年轻，塔格特也一样。每次任务结束之后，他所乘坐的飞机在欧西安纳海军航空站刚一落地，格洛丽亚便等不及要跟他腻在一块儿了。她是个颇有魅力的浅黑肤色女人，身材苗条健美，从她那双清澈的灰色眼睛中射出的目光总能穿透他的灵魂。塔格特的队友们时常拿他俩如胶似漆的恩爱来打趣他。

同现在一样，当塔格特的团队成员们从荒蛮之地回归文明世界时，总会齐齐聚在湾流餐厅为自己减减压。那时的格洛丽亚总会开着家中那辆福特旧皮卡车来接他，"阎王"也总是迫不及待地跑出餐厅去拥抱她。接下来，他们通常会将车驶到一处僻静的海滩，再在皮卡车的后座翻云覆雨。格洛丽亚迫切地渴望借着性爱来填补情感的空洞，并拉近两颗心之间的距离。

塔格特的生活在两种截然不同的世界里交替进行着，他也刻意地将这两者严格区分开来，绝不混淆。他向来不敢在格洛丽亚面前谈论与战斗生涯有关的任何话题，有一次当他试着这样做的时候，却发现格洛丽亚看他的目光竟如同看着一只头上长了双角的怪物一般。

有一次他去阿富汗执行任务，曾在坎大哈郊区一个村子里的多户型住宅建筑群中击毙了一名圣战分子。他戴着头盔，全副武装，将一颗5.56口径的子弹射进了那家伙的头部，从而令其再也无法用安置爆炸装置的手段来杀害美国人了。

那不是他第一次杀人，不过应该是他第一次杀了人而内心却丝毫未受触动，只有一种空荡荡的感觉。圣战分子的半边脑袋开了花，掉落在自家的地板上。塔格特还记得，那人相当年轻，脸上的黑色胡须才刚刚显露头角。他死的时候双眼张得很大，从头上流出的血水注满了他的眼眶，然后又继续往下滴流。塔格特看着他，心里既没有同情，也不觉得悲伤；既没有恨，也没有遗憾。只是……心里空空如也。

他曾试着跟格洛丽亚谈及这件事，可一看到她看自己的眼神，他便觉得没法再继续往下说了。自那之后，他再没同她谈起过任何类似的话题。

于是乎，他和格洛丽亚在海滩的幽会渐渐变成了与维持灵魂亲密无关的纯肉体行为，这似乎也成了他借以宣泄体内在最近一次任务中所积存的残余暴力因子的途径。

两人的关系开始渐渐恶化。

又一次在阿富汗执行任务，他用手中的M4卡宾枪对准一名塔利班分子连开三枪，对方中弹后重重地栽倒在地。"阎王"和亚历克斯·考尔德一同来到倒下的敌人身旁。伤者仍在做着垂死的挣扎，喉咙里隐隐发出气过水声。"阎王"举起枪来，又朝那塔利班分子开了一枪，紧接着又补了一枪、两枪……从对方体内涌出的鲜血和凝血喷得他和考尔德满脸都是。他接连扣动扳机，一直等到那人完全不再动弹、也不再发出任何声音了才作罢。

考尔德长久地注视着"阎王"，一句话也没说，不过眼里却满是担忧，甚至还带着一丝恐惧。"阎王"的一张脸仿佛已幻化成了一副布满血污、全然不带一丝人类情感的凶恶面具。他抬头看了考尔德一眼，随即再次低头看着已气绝身亡的塔利班分子，又补上了一枪。

那次任务结束归来，团队成员们齐聚湾流餐厅。酒足饭饱之后，众人纷纷告别离开。待"大熊"格拉夫斯和莉娜驾车驶离餐厅停车场之后，唯独剩下了等待格洛丽亚的塔格特。当格洛丽亚终于匆匆赶来的时候，她内心似乎正因着什么事而备受烦扰，而且出奇地沉默。塔格特所不知道的是，他在情绪方面所遭遇的问题，其实已如同传染病一般对格洛丽亚的灵魂造成了同样重大的影响。

出于惯例，抑或是出于一种责任感，她仍然将车驶到了他们以往曾无数次享受鱼水之欢的僻静海滩。一轮红日从大西洋上方冉冉升起，将海滩染成了金色，汹涌的海浪在阳光下发出耀眼的光芒。这对夫妻坐在车内各自的座位上看着窗外，没有任何对话。当塔格特靠过来试图同她亲热时，她摇了摇头，阴沉着脸，透过汽车挡风玻璃看向大海。

在令人难堪的沉默中，"阎王"掏出随身携带的酒瓶，将瓶口凑到嘴边喝了一大口，然后头也不转地将酒瓶递给了她。她默默地接过酒瓶，也喝了一口。就这样，两人默不作声地传递着酒瓶，谁都没有看对方一眼，瓶中的酒很快就喝完了。

那段时期正是美军在阿富汗采取"持久自由行动"[①]的初期，海豹突击队按照一定的规律定期出入阿富汗。塔格特在灵魂方面所遭遇的疾患似乎有日趋严重的趋势，甚至由内向外蔓延，改变了他整个人的外在面貌。格洛丽亚并不是唯一一个目睹其改变的人。

有一天，"铁血团队"在喀布尔附近执行任务，六名疑似基地组织成员在一间没开灯的黑屋子里被击毙在地。最后一名毙命的女子是突然从楼上一个房间冲出来的，结果被塔格特和格拉夫斯同时开

---

① "持久自由行动"是"9·11"事件之后，美国及其联军对基地组织和对它进行庇护的阿富汗塔利班政权所采取的军事行动。当年美国国防部长声称："持久自由"这个代号预示着美国这次军事行动"将不会速战速决，而要花费数年的时间"。

枪击中。

之后，塔格特一动不动地站在一旁，等着"鱼饵"为现场拍摄照片，以供搜集情报之需。最后一个被击毙的女子身着一件黑色阿拉伯长袍，除了她的双手、双脚和一张脸之外，全身的其余各处全都被遮得严严实实。队员们留意到，在她所穿的长袍下面，赫然可见一块隆起物，他们认为这很可能是一件自杀式炸弹背心。她从房间里冲出来的目的是为了在入侵的美国人面前引爆这件背心吗？

"大熊"格拉夫斯蹲下来，小心翼翼地用他的战斗匕首割开那名女子的长袍，没想到映入眼帘的却是一块样貌难看的脊柱支撑具，而非他们先前所以为的炸弹背心。看来这名中年妇女患有脊柱方面的疾病。"大熊"一直蹲在地上默默注视着那具血淋淋的尸体，直到"阎王"握着他的手臂将他拉走。

一周后在湾流餐厅，从战场归来的丈夫们纷纷被各自的妻子接走，唯独剩下塔格特独自站在餐厅门口苦等。餐厅老板在店外摆放了一些木桌木凳，为的是满足一些顾客想在露天用餐或想要坐着静静观看海潮涨落的需要。"阎王"塔格特走到餐厅外面的一张桌子旁边弯腰坐下，用手肘撑着桌面，脸埋进自己的一双手里。在漫长的等待中，他几乎没怎么动，只是偶尔会抬起头来，寻找格洛丽亚是否在停车场现身。

最后"阎王"给"佛爷"打了电话，请后者开车回到餐厅，再送他回家。

又过了几天，"阎王"走出指挥中心里的笼屋，在开放式大厅找到一张桌子，将自己的武器和装备全都摆在桌面上进行彻底的检查和清洁。刚冲完凉的"大熊"格拉夫斯从淋浴间走了出来，腰间围着一条浴巾。

"嘿！"他一边同"阎王"打招呼，一边朝自己的笼屋走去。

"大熊。""阎王"回应道。

上次的团队任务结束之后，格拉夫斯常常陷入独自冥想当中，话也少了许多。他往前迈了几步，随后停了下来，转身走回到"阎王"所在的桌边。

"你有什么事吗？""阎王"问他。

两人彼此对视了一阵，"大熊"终于还是开口说道："在上次的行动中……那个女人……"

"她怎么了？"

"她穿的并不是自杀式炸弹背心。"

"阎王"再度开口时，嗓音听起来略微显得有些尖厉，"我们事先怎么可能知道这个？是她自己朝我们冲过来的。"

他继续干着手中的活儿。接下来他的声音变得越来越低沉和冷酷。他看起来更像是在对着自己的武器和装备说话，而不是在和队友交谈。或许他是在同自己的灵魂中染上疾患的那部分说话。

"在那些人眼中，"他说，"我们就像是长着四只眼睛和骨骼外露的外星人。换做是你，你绝不会像她那样冲向突然入侵的外星人，对吗？听我说，有朝一日你也会对你自己的团队负责。一定要确保带着你的队员们平安回来，这才是最重要的。"

说完他起身离开桌子，朝自己的笼屋走去。他在笼屋门边停下脚步，回过头来看了看格拉夫斯，后者仍站在原地未动。

"大熊？大熊，你只能……你得把这件事埋藏在心里，把它深深地埋藏起来。"

第五十一章
尼日利亚，废弃的村庄

临近深夜时分，整座村庄非常安静，仅能听到哨兵们低声交谈的声音以及从树林中传出的啁啾鸟鸣。被捆缚在桩子上的塔格特无法入睡，他前倾着身子，绷紧了身后手腕上的绳索。虽然他已觉出眼下并无逃脱的机会，可他的头脑仍保持着清醒和警觉的状态。他心中始终怀具着模糊的希望，他隐隐相信娜奥米定会配合他的计划，要么会亲自为他解开捆绑，要么会允许埃丝特这么做。不过眼下他并未看出娜奥米有丝毫改变主意的迹象。尽管她和众俘虏们唯有仰赖他方有可能得救，可她还是不相信他逃脱之后会信守承诺回来拯救其余的人。

塔格特听见麦克埃文在睡梦中发出断断续续的呻吟。倘若再不得到有效的救治，那么他无疑活不过这几日了。他手臂上端临近手腕断面的部分已经肿胀得不成样子，几乎比原来粗大了两倍，肤色也发生了改变，看起来非常怪异。他将这只断臂靠在自己胸前，用另一只手捂着腕端的肿胀处，仿佛搂着一个婴儿。他就这样时而昏睡，时而清醒，苟延残喘地活着。

牢房的前门背后始终挂着一盏煤油灯，为的是方便卫兵定期进来查看俘虏们的情况。借着那盏煤油灯的微光，"阎王"细细打量着麦克埃文和尼克。饱受伤痛折磨的麦克埃文已无余力来协助"阎王"开展他的逃跑计划了，至于尼克，"阎王"曾多次试着游说他到自己身边来详谈，可这名昔日的公关专员却始终拒绝听从。比起"阎王"所能提供的希望渺茫的逃脱机会，他宁愿选择老老实实地等着有人为自己支付赎金，然后再光明正大地离开。"阎王"认为尼克是一个十足的傻瓜和懦夫。

"阎王"转而看向娜奥米。女教师已经睡着了，不时动一动嘴唇，看上去正在做梦。"阎王"希望她做的是个美梦。在经历了这么多噩梦般的遭遇之后，若能做上一个美梦，倒也不失为一种安慰。

牢房的后门外面是一排废弃的山羊围栏。这时小屋的后门突然开了，凯多如同存心作恶的窃贼一般溜了进来，站在门边。他的一双眼睛被煤油灯的火光映得通红，赤裸着上身，下身也只穿了一条脏兮兮的卡其布短裤，一条宽腰带上固定着一个左轮手枪的皮套。他眯缝着眼睛，全身黝黑的皮肤上挂满了亮晶晶的汗珠。他伸出红舌，如同蜥蜴般的舔了舔自己的厚嘴唇。从他的外表来看，他要么刚咀嚼过恰特草，要么刚饮用了芒果酒，整个人显然正处于神魂颠倒的兴奋状态。

他用一双漆黑的眼睛扫视着牢笼中的女性俘虏们，她们如同感觉到捕食者靠近的温驯动物，从睡梦中猛然惊醒过来。女孩们发出惊恐万状的呜咽声，纷纷朝着远离卫兵凯多的方向跑去，直至无路可逃，最终她们挤在远处的墙边将身子缩成一团，背部死死抵着墙。当凯多打开牢门并走进牢笼的时候，甚至连娜奥米也开始有些胆寒，下意识地将身子缩了起来。

凯多的目光落在了埃丝特身上，眼下他想要的不是娜奥米，而是这个身心稚嫩的小女孩。他略微低下头，脸上挂着淫荡油滑、似笑非笑的神情，径直朝埃丝特走去。面对渐渐逼近的侵犯者，小女孩背贴着墙蹲在地上，如同受到惊吓的螃蟹一般，仓皇地朝侧面挪动着步子。可是在这狭小又密闭的空间里，再怎么逃也是徒然的。他抓住埃丝特的一只手臂，将她拉得站了起来。他色眯眯的眼神斜睨着埃丝特，在欲望的驱使下，他的嘴里含糊不清地嘟哝着什么。他将一只大手放在埃丝特的短裙上，手掌缓缓朝她的身体上方移动。埃丝特奋力挣脱了他，步履踉跄地来到了分隔两间牢笼的钢筋栅栏旁边。

这种情况下,"阎王"除了任由自己被胸中的怒气吞噬,别的什么事也做不了。娜奥米不顾一切地在牢笼里搜寻着任何能派上用场的武器,可最终一无所获。于是她走过去站在凯多和钢筋栅栏之间,对着那野蛮人摆出一副看似勇敢的面孔。紧接着,她迅速瞥了"阎王"一眼,并以极不易被察觉的方式朝他微微点了点头,好让他知道,她已经准备好要配合他的计划来引开卫兵了。

"凯多?"她低声说道,嗓音沙哑却充满妩媚。紧接着,她伸出两只手,用颇具挑逗的姿势从胸部开始向下抚摸自己的身体。当她的手滑到格子短裙处时,便按下裙摆,令其紧贴于身,充分展现出短裙下方那双匀称双腿的轮廓。她还装作若无其事地翘起臀部,并以发颤的声音开口说话:"别碰女孩们。我们到外面去。"

凯多面露迟疑之色,在竭力反抗的小女孩和主动展开撩拨的女教师之间举棋不定。他用不大清醒的头脑对眼前的情形进行了一番琢磨。对他而言,小女孩肯定更容易被制服,这样他就能在不惊动阿比德的情况下顺利完事——可女教师却是主动投怀送抱而来的!

他一把将埃丝特推到一旁,任其跌倒在地,全部注意力都转向娜奥米,如同正值发情期的野兽一般渐渐朝她逼近。"阎王"只得默默地看着眼前这出戏,任由体内的怒气不断地冲撞着五脏六腑,并在心底深处渴盼着自己的计划能顺利进行。

凯多推着娜奥米走出牢笼,将她推向小屋后门外的山羊围栏。娜奥米抓住机会转头盯着"阎王"的眼睛凝视了一会儿,确保他已接收到了她想要传递的信息。先前被吓得半死的埃丝特也渐渐振作了起来。

凯多被体内的淫欲所控制,满脑子只想着占有女教师,竟忘了在出去的时候锁上小屋后门,任由屋门开着一条缝隙。"阎王"设法引起了埃丝特的注意,并对她急切地低语道:"埃丝特!快帮我松绑。赶紧了!"

小女孩毫不迟疑地站起身来,快步走到两个牢笼之间的分隔栅栏边。她将两只手伸进栅栏条之间的缝隙，开始解开捆缚"阎王"的绳索。

"快一点，埃丝特！""阎王"催促道。

她把头伸过来，用一口锋利的小牙齿疯狂地撕咬着绳子。

在小屋外面，凯多领着娜奥米穿过黑漆漆的山羊围栏，再将她面朝下推倒在被遮雨布覆盖起来的稻草堆上。在体内原始欲望的驱使下，凯多匆匆解开身上的短裤，任其坠向脚踝。随即他粗暴地将娜奥米的裙子和内裤拉了下来。他用一双大手按在她的臀部，压在她背上，一面咕哝，一面喘气，开始狂暴地蹂躏她。

娜奥米紧咬牙关，默默忍受着这番野蛮的折磨，却丝毫没有抵抗。她得为"阎王"争取足够多的时间。与此同时，她留意到远处的地平线上有一些炼油厂火炬正向漆黑的夜空冒出一团团火光。

一心忙着发泄欲火的凯多完全没有留意到，一个装着复仇灵魂的黑影正从他身后缓缓走来。一双强壮有力的手臂绕住了他的脖子，猛地将他从女教师身上拉了起来。紧接着，塔格特以同样的动作将凯多的头扭向旁侧，又迅速将其用力扳向相反的方向。伴随着清晰、清脆、痛快的响声，凯多的脖子被折断了。他软绵绵地倒向地面，气息全无。"阎王"动作麻利地从凯多的卡其布短裤腰带上取下了手枪及皮套。

"你快回到里面去，"他吩咐娜奥米，"我会尽快回来的。"

"你能把我们也带上吗？"她恳求道。

"不行。我得尽快离开这儿去寻求帮助。你快进去吧。"

"阎王"在多年战斗生涯中所历练出的生存本能正在他心里发出声声呐喊：事不宜迟，赶紧离开这里！只有自己先顺利脱逃并带着援兵回来，才能让其他人有机会逃离此地。今晚的任务对速度和隐秘性有着极高的要求。他得独自行动才行，万万不可带上一个因被截断手腕而半死不活的男人、一个胆小鬼、几个小女孩以及一个女人与自己同行，他们只会成为坏事的累赘。这就是他眼下所持有的观点。

埃丝特突然出现在了"阎王"身旁。她沐浴在柔和的月光之下，正低头打量着凯多的尸体。看来凯多不仅忘了锁上小屋的门，甚至连牢笼的门也忘了锁上。"阎王"叹了口气，目光在娜奥米和勇敢的小女孩之间来回移动着。他突然想到，倘若阿比德在他带着援兵赶回来之前，发现价值一千万美元赎金的人质没了踪影，谁也不知道将会有怎样的事情发生。阿比德极有可能会处决麦克埃文和尼克，而娜奥米与女孩们也会被置于同样危险的境地。

在任何情况下都应以任务为重，绝无例外可言。这句格言向来被深深铭刻于每一位特种作战部队战士的头脑里和心版上。"阎王"在自己的职业生涯中始终都将其视为一条不可违反的诫命。

他看着小女孩埃丝特的眼睛，她的眼神似乎在恳求他不要将她留下来，从而任由那些奴役、贩卖、奸淫、杀害孩子的坏人摆布。他看向娜奥米，后者平静而不带一丝感情色彩地回望着他。不过他看得出来，隐藏在娜奥米那副冷峻外表之下的，依然是一颗不信任他的心。

他不由得推翻了自己原本所持有的观点。这次行动必须得有所例外。他不能将其余的俘虏留在这里。他得带着所有人赌上一把，要么全部逃脱，要么全不逃脱。

几分钟后，午夜时分的牢房里已空无一人。塔格特、娜奥米、三名小女孩、公关专员尼克和负伤的辛科石油公司总裁一齐溜出了小屋的后门，沿着漆黑的森林，朝着远处地平线上方炼油厂火炬所在的方向逃去。"阎王"配合着众人当中速度最慢的麦克埃文的步伐，迈着尽可能快的步子在前头领路。或早或晚，总会有人发现凯多被扭断脖子，发现俘虏们全都不见踪影，在那之后一场捕猎者与猎物之间的追逐较量即将展开。

尼克跟在"阎王"身后，协助麦克埃文前行。小女孩们迈着轻盈的步子，默默地紧随其后。娜奥米走在队伍的最后面，以确保无人掉队。

"你真是疯了!"尼克朝"阎王"低吼道,"他们会杀了我们的。"

"要杀也是杀你,""阎王"纠正道,丝毫不掩饰自己对此人的蔑视,"对他们而言,我的命值一千万美金。至于女孩们和娜奥米,她们都比你值更多钱。你可以选择留下来,不过你留下来也是死路一条。"

第五十二章
弗吉尼亚海滩

技术和情报人员仍未能从通讯员依波·布哈里口中获取任何有价值的信息，看来那次在"大马士革二号"油轮上发动的突袭也许就是一场毫无意义的冒险。"大熊"格拉夫斯和他的团队成员们此时唯一能做的只是等待，并在心里默默祈祷他们能在一切还来得及的时候得知塔格特的下落。

亚历克斯·考尔德在自己的笼屋里休息，他坐在一把安乐椅上，将一双穿着拖鞋的脚搁在椅子扶手上。这椅子已经很旧了，好几处皮面破裂，露出了内中的填料，不过看上去倒是跟他那海滨小屋的装饰风格颇为协调。他的面前摆着一份《弗吉尼亚向导报》，当前版面的最上方印着一行大字标题：**美国海豹突击队战争英雄塔格特仍被囚禁。**

考尔德不得不承认，自己是真的打心底里想念这条硬汉。"阎王"有时候的确有些顽固，不易相处，但无可否认的是，他始终知道自己该做什么，并且在执行任务时具备超强的行动力，同时还把麾下的队员们都照顾得很好。

回顾往昔，考尔德认为"阎王"的人生是从整个团队在码头开派对的那晚开始崩溃的。那一次"阎王"的团队未能顺利完成捉拿或杀掉哈塔姆·穆塔基的任务，回来后他们在"阎王"的妻子格洛丽亚所经营的流浪者烧烤酒吧后侧的码头上聚会。当时，巴克利还是刚加入团队不久的新兵蛋子，肩负着照顾充气人偶的职责。

塔格特与格拉夫斯、考尔德、奥尔蒂斯、"鱼饵"、巴克利一同坐在水泥码头上。"阎王"头顶上方的栏杆上摆放着长长一排空的啤酒瓶。他大口喝干了手中瓶子里的啤酒，继而将它也摆在了栏杆上的其余空瓶旁边，考尔德从冰桶里又取出一瓶酒递给塔格特。考尔德刚才一直泡在海里，湿漉漉的头发仍在滴水。

码头栏杆上的两排灯泡照亮了码头，也照亮了不断涌向海岸的碎浪。一个备用冰桶放在码头远端，桶里插着几根钓鱼竿。垂落在海里的鱼线时而被水中的鱼儿拉直，时而又被松开，但始终没有人前去关注是否有鱼儿上钩。毕竟这场派对的主题是饮酒作乐，而非钓鱼。

"这么说，""阎王"拉长调子同格拉夫斯说着话，体内酒精的作用令他有些吐词不清，"莉娜在家一直对着马桶呕吐？"

巴克利的脸上流露出关切的神情，"她病了吗，大熊？"

塔格特摇了摇头。"长得好看的人脑子都不怎么好使吗？"他因巴克利的反应而大感惊异，"大熊就要当爹了，笨蛋。"

巴克利的确感觉自己有些愚笨。他本该记得的——他们所有人应该都还记得，就在他们准备接受对付穆塔基的作战指示之前，"大熊"在用作团队室的帐篷里跟莉娜进行Skype视频通话，那时她还向大熊展示了腹中女儿萨拉的超声波扫描图。

眼下团队里的其他人是否还记得"大熊"即将拥有一个女儿这件事，已经不再重要了。他们一面喝着酒，一面在"大熊"身边围成一个圈，以各种近乎粗鲁的方式对他表示祝贺，比如重重地拍击他的背部，如同施行洗礼般地将瓶子里的啤酒浇在他的头顶上，等等。队友们借着酒劲所表现出的热情而夸张的行为令"大熊"感到有点招架不住了。不过他仍对此持接纳态度，毕竟在阿富汗的时候大伙儿并没有机会来庆贺这个喜讯，而且他们的团队聚会向来都以庆祝和逗趣为主要内容。

考尔德的脸上带着"淘气阿丹"式的招牌表情，"我曾经还试着劝他别要孩子呢。"

"不如向你的性生活告别吧。"巴克利笑着说。

众人的目光齐刷刷地集中在他身上。

"公鹿"佯作无辜状,"怎么了?我说什么了?"

"装备检查!"考尔德喊道。

"公鹿"翻了个白眼,不过仍然顺服地从近旁的啤酒箱子里取出了由他负责保管的充气人偶。

"你为他起名字了吗?""阎王"问道。

"我们叫他'好好先生'。"

"你还是当心点比较好。""阎王"警告道,说话间他以略显奇怪的眼神看了看他妻子开在海滩上的酒吧。酒吧外面的停车场里几乎停满了各式车辆。"女人们都喜欢不回嘴的男人。"

在流浪者烧烤酒吧里面,格洛丽亚正忙着照顾她的顾客们,其中的大多数人都是单身的海军战士,此外还有一小群女人。"佛爷"的妻子杰姬和"公鹿"的妻子塔米坐在靠窗的一个小隔间里,透过身旁的大窗户俯瞰着聚集在码头上的"铁血团队"。

格洛丽亚穿了一条紧身牛仔裤、一双红色的帆布胶底运动鞋和一件无袖套头衬衫,正忙着将酒瓶和杯子从一张刚刚腾空的桌子上收走。在她弯腰忙活的时候,邻近隔间里一名肥胖的中年男顾客朝她投来了色眯眯的一瞥。从他的外表来看,他很可能是一名码头工人,家中应该还有妻子和一群孩子。

"嘿,宝贝儿,"他说,"能给我一些配啤酒的坚果吗?"

格洛丽亚从手里的托盘上取了一碗花生米递给他,后者伸出一只手来握住了她的手。格洛丽亚将手拔出来,伸出食指开玩笑似的戳了戳对方的鼻头,"只许看,不能摸,大男孩。"

酒保蒙特已在吧台为她备好了另一个托盘,上面放着几个烈酒杯和一些柠檬片,还有一瓶豪帅快活特醇银标龙舌兰酒。格洛丽亚挥手示意凯莉·安妮前来打扫她脚边的地面,她自己到吧台去端上托盘,脚步轻盈地走进了杰姬·奥尔蒂斯和塔米·巴克利所在的隔间。当她为两人倒酒时,她们正彼此交谈着。

"莉娜怀孕了，这可真是个天大的好消息！"塔米说。

窗户上的"百威啤酒"霓虹灯时明时暗地闪烁着。格洛丽亚将目光投向了窗外的码头。"没错，正好赶在了他们外出执行下一次任务之前。"她评论道。

塔米从自己的小酒杯里喝了一口酒，然后拿起一片柠檬吮吸了几下。"'公鹿'还不想要孩子。"她说。

"里基一直都想要更多的孩子。"杰姬开口道，"他自己就有五个姐妹。我想我实在算不上是一个好的天主教徒。我虽然很爱我的孩子，但我也很想念以往外出工作的日子。"

"相信我，"格洛丽亚说，"在这个时代，工作的意义其实被人高估了。"

三位海豹突击队员的妻子一同举起自己的酒杯。

"敬莉娜。"格洛丽亚说出了祝酒词。

"还有约瑟夫。"杰姬补充道。

"敬莉娜和约瑟夫。"三人齐声说道，随即都喝干了杯中的酒，然后各自伸手去取柠檬片。

"我一直很好奇，格洛丽亚，"塔米若有所思地说，"你和'阎王'为什么没有孩子呢？"

"你在开玩笑吧？"她挥手扫过这酒吧里一派繁忙的景象，"经营这酒吧就像养育三胞胎一样辛苦哩。再说……"

她朝窗外码头上正在进行着的饮酒派对点了点头。

"'阎王'周围已经有一帮大男孩了。他总喜欢和他们待在一块泡泡酒吧、聊聊天。当然，我指的是他们没有外出执行任务的时候……"

她的声音越来越弱，语气中似乎流露出些许遗憾，最后她完全沉默了下来。待她检查并确定凯莉·安妮已经将地面打扫干净之后，又为自己倒上了一杯龙舌兰酒。杰姬不无关切地看着她，觉出这位朋友好像有些不大对劲。

"你还好吗?"杰姬问道,"我想说的是,你和'阎王'之间还好吗?"

格洛丽亚耸了耸肩。她并不是一个情感特别丰富的人,此时正试着整理自己的感受,"当他在我身边的时候,我们其实还好。当然,我指的是他实实在在与我同在,而不是将灵魂留在千里之外的状态。可每次当他的灵魂开始安定下来的时候,下一次外勤任务又来了。"

杰姬和塔米都非常了解她的感受。在她们与特种兵的婚姻生活中,最难应付的部分就是夫妻俩被迫得时常面对分离。

格洛丽亚深深叹了一口气,"在过去的五年里,我和他真正在一起的时间总共只有……大概十五个月吧。"

"没错,"塔米感同身受地说,"他们总是说走就走。"

格洛丽亚眯缝着眼睛望向窗外的码头。当她再度开口的时候,语气中比先前多了一丝怨气。"可这一切有什么意义呢?"她脱口而出,似是打算将郁结于心的苦痛彻底抒发出来,"他们的付出并没有带来任何改变。从现在开始,这场该死的战争还得再打上十年。那么,我们还得忍受多少个不眠之夜?我们曾有多少次担心自己的男人已经……"

她没法说出后面那几个字。她低垂着头,沉默半晌之后才再次开口:"这样的日子何时才是个头啊?"杰姬和塔米彼此对视了一眼。杰姬·奥尔蒂斯首先振作起来,将手中的酒杯举至窗边。"敬我们的男人们,"她说,"愿他们出入平安。"

码头上,"阎王"正在讲述一个定会令他妻子深恶痛绝的笑话。他已经讲到了结尾部分,"……于是骆驼对大象说:'嘿,你笑什么笑!你就是个生殖器长在脸上的家伙。'"

在众人的笑声中,"阎王"把手伸向冰桶,那里还有大量等待着的冰啤酒。他原本打算从中取来一瓶,却不慎将其碰倒在地,于是它沿着码头地面"骨碌碌"地滚走了,仿佛想要从他身边逃开似的。此情此景在他身上触发了一系列的后续反应。只见他匆匆站起身来，追上那个滚走的酒瓶，然后对准它狠狠地踢了一脚。酒瓶滚下码头，落入了波涛汹涌的海浪中。他呆呆地伫立在原地，闷闷不乐地望向漆黑的大海，一边喘着粗气，一边用力地咬着牙，似乎情绪就要失控了。他的队友们顿时安静了，彼此面面相觑，一时间不知道该如何是好。"佛爷"奥尔蒂斯缓缓地站了起来，朝他们的队长走去。

"你还好吗，'阎王'。"

塔格特快速眨了眨眼，转过头来看向"佛爷"时，他一脸茫然，那神情仿佛是晚上回家打开灯却发现家中空无一人。紧接着，他又使劲眨了眨眼。

"我还想再来一瓶啤酒。"他说。

说完他转过身，朝着位于码头另一端、内中插着钓鱼竿的备用冰桶走去。他在冰桶前站定，长久地凝视着远方的海面。

"伙计们……他看起来正处于崩溃的边缘。"考尔德说出了自己的担忧。

"大熊"格拉夫斯立即为塔格特辩护："你在说些什么啊？"

"他的情绪极不稳定。"

"管好你自己吧，考尔德。"

"我只是想说……"

奥尔蒂斯打断了考尔德，"他会没事的。"可是，在他们经历了库纳尔省的事情之后，他仍能对自己所说的话确信不疑吗？

派对结束了，团队成员们纷纷散去，"阎王"仍独自站立在码头上。他举起一瓶啤酒，一饮而尽，然后用两只略微发颤的手握紧空酒瓶，费力地将其在栏杆上放稳，令它成了原本那排空酒瓶的"排头兵"。他侧着头仔细打量着面前的空酒瓶。在他看来，它们就像是排好阵列的战士。

他缓缓抬起一根手指，轻轻地将排在最末尾的空酒瓶向前推离了栏杆。酒瓶落在码头下方的水泥地上,瞬间摔成了碎块,玻璃碴四下飞溅。

紧接着他又将原本排在倒数第二的酒瓶推下了码头栏杆。这时格洛丽亚沿着码头朝他走来,"阎王,酒吧已经打烊了。"

他将第三个酒瓶推了下去。

"'阎王'?"

"阎王"的声音听起来沉闷而又饱受困扰,"按照规定,喝酒是不允许的……"

格洛丽亚看起来一头雾水。她看着他继续将另一个酒瓶也推离了栏杆。一块块躺在水泥地上的琥珀色玻璃碎块被码头上的灯光照得闪闪发亮。

"可我却让我的部下在那边喝了酒。"他带着忧郁的神色继续往下说,"我想……我想的是这又有什么关系呢?待人宽容如待己。这就是我的观点。"

心里的痛苦几乎令他无法自持,他近乎哽咽地再度开口道:"待人宽容如待己……"

他又打碎了一个瓶子。这实在是一件很容易办到的事情,只需伸出手指轻轻碰触,就能让酒瓶坠下栏杆,摔得粉身碎骨。格洛丽亚默默地看着他,思绪渐渐飘向了不可知的黑暗。"阎王"望向远方漆黑的海面,也望进了自己灵魂深处的幽暗光景。他们都知道,这段婚姻已经走到了尽头。

第五十三章
弗吉尼亚海滩上的海豹突击队基地

功夫不负有心人，策略与技巧并重的技术和情报人员经过长时间锲而不舍的努力，在拉各斯港被俘获的通讯员依波·布哈里最终还是招了。通讯员透露了他所知道的关于"阎王"塔格特和其余被绑架人质的全部情况，"白色中队"指挥官阿特金斯和冯上尉即刻将海豹突击队员们召集到作战简报室，以传达最新情报。格拉夫斯、奥尔蒂斯、考尔德、巴克利、卡恩和蔡斯坐在简报室最前排，他们并不认为从布哈里嘴里挖出的信息是绝对可靠的，起码现在还不这么认为。

简报室最前方的电视屏幕上逐一播放着被俘人质的照片。理查德·塔格特的照片正是近来频繁出现在各大媒体新闻报道中的那张海军证件照，其后显示的是十来名十三岁左右的非洲女孩以及一位深棕肤色漂亮女教师的生活照，她们脸上都挂着灿烂的笑容。接下来出现在屏幕上的是辛科石油公司总裁特里·麦克埃文及公关专员尼克·罗杰斯并肩站在一台石油井架前拍摄的照片，最后一张是非洲人哈基姆的头部特写，他是一名司机。阿特金斯指挥官在播放照片之前做了一个声明，他说军方目前尚不知道是否所有的人质都被囚禁在一处，也不知道他们是否都还活着。不过，塔格特应该还活着，因为博科圣地组织已向美国政府索取高额赎金来交换他的平安回归。

"被俘通讯员已经交代了阎王和其他人质所在的方位。"冯上尉宣告道。

"这个信息有多可靠？"考尔德问道，一如既往地缺乏耐心。

"看在上帝的分上，你先让她做完简报吧。"格拉夫斯一脸严肃地说。

"我想说的是,倘若圣诞老人被拷问得足够久,他也会承认自己是基地组织的成员。"

事实上,对于从恐怖分子那里得来的信息,若要验证其准确性,着实是一项极大的挑战。

"我们是否掌握了其他可视资料?"队长格拉夫斯向冯上尉发问。

"没有。另外,考尔德,对俘房进行严刑逼供是违反《日内瓦公约》的。目前我们只知道人质们已被带到了拉各斯以东大约120公里处,就在奥科穆国家公园北面。"

这时大屏幕上显示出了一幅地图,那是一片面积广阔而又杳无人迹的森林区域。冯上尉用手中的指示棒指着地图上的一个点,"中央情报局已经在这里——也就是奥科罗——建立了一座安全屋。我们已派出'掠夺者'无人侦察机从空中对目标区域进行了检查,问题在于那里的丛林过于繁茂。"

电视机屏幕上转而开始播放无人机从高空拍摄的实时热图像。在绵延数英里的丛林区域中,随处都能看到短短的泥土路。

"我们还通过空中平台窃听到了一些诸如'人质''海豹突击队''塔格特'之类的词汇,"她继续往下说,"这就足以彰显他们的意图所在了。"

"搜索区域的面积有多大?"格拉夫斯问道。

"二千多平方公里,全都被茂密的丛林覆盖着。"

巴克利有些泄气地嘟囔道:"这跟在大海里捞针没什么两样。"

在广阔的目标区域中,"掠夺者"无人侦察机的摄像头捕捉到了团团火光,它们已被认定为是从一家炼油厂的火炬中排放出的气体燃烧所致。冯上尉将炼油厂所在之处圈了出来,而它也是整片区域中唯一一个独特的地标。

第五十四章

尼日利亚

茂密丛林的下方是混沌无际的漆黑空间,"阎王"塔格特将凯多的手枪握在手里,领着一支成员状况参差不齐的逃亡队伍,跌跌绊绊地朝着炼油厂所在的方向艰难行进。众人的视线不时会被从头上垂下的繁茂枝叶遮挡住,炼油厂的火光也时隐时现。对于队伍中的小女孩们来说,这实在是一趟痛苦的旅程。"阎王"留意到埃丝特经常协助娜奥米为其余女孩们打气加油,好让她们能振奋起精神来继续赶路。埃丝特的言行令他打心底深处对这孩子的尊重又增加了不少。

他时刻保持警惕,留意身后是否有追兵。他知道,阿比德早晚都会带着人来追赶他们的。麦克埃文日渐恶化的病情拖慢了整支队伍的逃亡速度,不过如果一切都进展顺利的话,他们应该还是能赶在破晓前抵达炼油厂。

离开村庄两小时之后,他们在林中发现了一个连接在地面石油管道上的压力控制阀门组。这可真是个振奋人心的发现,因为这意味着此地附近肯定有一条通往炼油厂的路,以满足厂里负责定期检修阀门组的工人们通勤之需。

"阎王"率领的队伍又赶了一小会儿路,树林渐渐变得稀疏起来,他们也第一次清楚看到,不断冒向夜空的火光和黑烟原来是来自一根高达十五米的巨大火炬。据"阎王"估计,火炬大概就在离他们不到八百米远的地方。夜空中熊熊火焰的光芒透过稀薄的枝叶照向地面,令一条往炼油厂方向延伸的天然土路在众人眼前清晰可见。倘若他们选择这条捷径,就可以比预计时间更早抵达目的地。

"阎王"告诉大家,"这条路应该是安全的。"

连麦克埃文也因此变得更为振作,可惜他的高昂情绪并未持续多久。就在这则好消息才刚刚传遍队伍之际,"阎王"便将一只手高高举过头顶。这个带有警示意味的动作表明他觉出附近有一些异常动静。

"怎么了?"尼克询问道。

"安静,""阎王"低喊,"所有人都蹲下!"

队伍中的男人们都单膝跪在地上,娜奥米俯身将向她寻求保护的女孩们聚拢到自己的怀抱之中。埃丝特双膝跪在塔格特身旁,伸出一只手来紧紧握着他的手臂,以此来获得慰藉。塔格特将自己的大手覆盖在她手上,朝她微微笑了笑。

从附近那条土路上传来了窸窸窣窣的声响。"阎王"很快看到小路上出现了两名武装分子的身影,他们正朝着被博科圣地组织占据的村庄行进。根据这两人的行头及出现于此的时间来判断,他们无疑是博科圣地组织派出的巡逻侦察兵。

两人在路中间停下脚步,朝着逃亡队伍藏匿的方向不断张望。或许是"阎王"的队伍先前发出的轻微动静声引起了两人的注意,也可能是被惊动的鸟儿所发出的鸣叫让他们感到紧张,要不就是成员们彼此交头接耳的低语声被他们听见了。此时气氛极度紧张,其中一名侦察兵伸出手来指了指丛林,另一人以非常警惕的姿势在原地半蹲着。"阎王"默默等候着,全身的神经都绷得紧紧的,他相信自己的队伍中应该不会有人蠢到在这种时候选择逃跑。

两名侦察兵仿佛嗅到了某种线索,两人齐齐取下挂在肩上的步枪,将其握在手里,径直朝着逃亡队伍藏身的灌木丛移动。考虑到阿比德的手下对暴力行径的嗜好,"阎王"意识到此时只有唯一一个方法兴许能拯救娜奥米和女孩们——她们的安危是眼下他最关心的事情。他迅速拿定了主意,决意将两名侦察兵引到手枪的有效射程之内。

"埃丝特！你和我一起站起来。快点！"

闻听此语，埃丝特和她的老师娜奥米同时面露震惊之色，不过出于对身边这名白人男子的信任，埃丝特仍迅速起身站了起来。"阎王"伸出一只手臂搂着女孩，令其紧靠在自己身体旁侧，以减少她成为敌人射击目标的潜在可能性。与此同时，他将从凯多那儿搜来的手枪藏在埃丝特背后。来自丛林中的动静很快就引来了两名恐怖分子的注意。

"举起手来！快把手举起来！"侦察兵们一面叫嚣，一面举着枪并肩走来。"阎王"和埃丝特保持着一动不动的站立姿势，来自他俩的任何一个突如其来的动作都会招来一连串致命的步枪子弹。

"举起手来！举起手来！"

"阎王"缓缓举起了没握枪的那只手。对于徘徊在夜间丛林中的男子和小孩二人组，侦察兵们或许不会太将其放在眼里，并且会以为他们不过是一对父女——身为樵夫的父亲正搂着受到惊吓的女儿，他们此前正在丛林中寻找家中丢失的山羊。

"阎王"稳稳地站着，同时将埃丝特搂得更紧了些，好减轻她内心的恐慌和担忧。

来吧，混蛋，再走近几步就好了。

手握步枪的侦察兵们似乎比先前更放宽了心，朝着丛林走来的步伐也显得更轻松了些。来自他们身后夜空的火光将其轮廓照得无比清晰，两人正朝着"阎王"和埃丝特渐渐逼近。

只要再走近几步就好了。

待两名枪手来到离自己只有不到十米远的地方时，"阎王"突然将握着手枪的右手从埃丝特背后拉了出来。他以迅雷不及掩耳之势冲到小女孩面前摆好战斗姿势，然后抬起左手扶稳枪，右手迅速扣动扳机。接连两声枪响之后，一名看起来像是长官的侦察兵颓然倒在了地上。他的同伴在慌乱中漫无目的地放了一枪，之后被"阎王"直直击中了心脏。埃丝特吓得尖叫着扑进娜奥米怀中。

一切如电光石火般转瞬就结束了，唯独在空气中留下了一串枪声的回音和刺鼻的火药气味。

在博科圣地组织驻扎的村庄里，恐怖分子首领阿比德被远处传来的枪声惊醒了。他抓起一把步枪，起身冲出了自己歇息的小屋。

"凯多！"他高声喊道。

凯多本应在牢房的后门边站岗，可他却未对阿比德的呼唤做出任何回应。

"凯多！"

阿比德迈着大步穿过村广场，一把推开了牢房的门。他发现牢房里空空如也，俘虏们全都不见了人影。于是他转身跑回广场，朝着夜空放了几枪，以唤醒他的所有部下。

阿比德在村庄里对空射击的枪声令尼克和女孩们感到无比恐慌。在此之前，他们已经因目睹"阎王"击杀博科圣地组织侦察兵的场面而饱受折磨，远处突然传来的枪声更将其推向了崩溃的边缘。"阎王"从两名被击毙的恐怖分子身上迅速搜出了他们的武器，他把其中一把步枪留给自己，另一把塞向尼克。尼克仿佛见到了毒蛇一般，跳着后退了几步。

"拿着！""阎王"厉声喝道，"我们走。赶紧到那条路上去。"

眼下时间紧迫，他们得赶快行动才是。

"万一那里有更多他们的人呢？"尼克抗拒道。

"我们现在只有去那里碰碰运气了。赶紧了！"

尼克死死拽着"阎王"的胳膊，巨大的恐惧感已令他变得有些歇斯底里，"我们不可能逃得掉。我们必须得投降。只有这样他们才有可能不朝我们开枪。"

"阎王"一脸憎恶地甩开了懦夫的手。"赶紧到那条路上去。"他继续发号施令。

在明亮的星光下，"阎王"和娜奥米将吓得瑟瑟发抖的女孩们聚在一起，领着她们走出丛林，来到了通往炼油厂的土路。从火炬中冒出的火光为众人心中加添了些许新的力量。这支逃亡队伍就这样一齐奔向那存有最后一丝希望的目标。

村庄里，阿比德将他的手下全都聚集起来进行紧急部署。不一会儿，大约十来名枪手爬上了一辆平板卡车的后厢。奎恩亚姆坐进了卡车的驾驶室，将他的十字弓放在身边，阿比德坐上了奎恩亚姆身旁的座位。这辆卡车轰鸣着驶出了漆黑的村庄，沿着通往炼油厂的道路飞驰而去。阿比德咬牙切齿，誓要拦下那群逃亡之徒。

第五十五章

卡塔尔

迪拜电影节爆炸案已经过去两天了,在卡塔尔多哈国际机场,迈克尔·纳斯瑞和阿克马尔·巴拉耶夫从一辆路虎揽胜大型越野车的后座走了下来。两人刚刚结束了一段疲惫的旅程,从迪拜一路坐车经沙特阿拉伯来到此地,为的是与埃米尔哈基姆·穆塔基会面。两人穿过豪华的飞机库,走向穆塔基的私人喷气式飞机。这架飞机是昨天晚上抵达这里的。早些时候,在美国大使馆爆炸案发生之后,他们正是乘坐这架"莱格赛"650飞机从坦桑尼亚飞往迪拜的。

两名身着卡其布制服、具备中东人相貌特征的保镖守在飞机的钢制舷梯底部,二人手里各握着一支装在枪套里的"格洛克"半自动手枪。埃米尔穆塔基是ISIS分支组织"倭马亚哈里发王朝"的运营负责人,他正从舷梯上走下来,赴这场事先安排好的约。穆塔基年约四十中旬,是一个长相略显奇怪的阿拉伯人,整个人瘦骨嶙峋,面庞惨白,留着大胡子,顶着一头灰白的乱发。他身着传统阿拉伯服装,包括一件面料轻薄的白色长袍和一条黑白格子相间的头巾。基于两方面的原因,他在伊斯兰圣战中脱颖而出。其一,他为人极其冷酷,并且绝对效忠于真主安拉;其二,他在奥萨马·本·拉登死后迅速成为西方国家极欲寻索的高价值目标。

迈克尔和阿克马尔走上前去拥抱埃米尔并亲吻对方的双颊,以示敬意。

"其实你本可通过电子游戏跟我沟通的。"迈克尔提醒道。他指的是那款具有社交媒体功能的游戏,"这样就能节省一些航空燃料了。"

穆塔基以粗哑而不带任何感情色彩的嗓音回应道："有时能与自己的部下见见面，对于建立信任和尊重也是相当重要的。"

"当然，埃米尔。如真主所愿。"

埃米尔丝毫没有浪费任何时间，迅速提出了本次会面的意图，"迈克尔，我们都曾在这场战争中被美国人夺走了所爱的人，而我们心中都燃烧着神圣的复仇之火。可是我不希望你因为这个海豹突击队员而分心，以至于远离我们的目标。"

迈克尔回想起了那天晚上他的兄弟在库纳尔省被一名美军海豹突击队员——他现在知道此人名叫塔格特——杀害时的情形，脸色渐渐变得严肃而凝重。塔格特蓄意残忍地开枪，子弹击中了德温的额头中央，令其瞬间毙命。在迈克尔看来，对于德温之死，埃米尔心中的复仇欲望应该同他一样强烈才对。毕竟那天晚上塔格特一伙人要找的人正是他本人——埃米尔。要是他们找到了他，那么被那名异教徒击中头颅的就不会是德温，而是埃米尔自己了。

"我们可以利用这名海豹突击队员来达成我们的目标。"迈克尔说。

"这样做风险太大了。"

穆塔基长久地注视着面前的年轻人。接下来，他有些不情愿地点了点头表示应允，"不过，迈克尔，你要记住先知穆罕默德说过的话：'人生不过是短暂的一瞬，要让它成为顺服的时刻。'"

"明白。我亏欠你太多了。"

穆塔基朝着自己的私人飞机歪了歪头，"上飞机吧。我还得在这儿会见一些沙特阿拉伯人。"

"谢谢你。我会很小心的。"

"我知道。"

语毕他抬起手来，朝一名正在不远处徘徊的保镖勾了勾食指，后者迅速跑上前来，将一个通常用作毒品检测的尿液样品杯递给了迈克尔。

"我已经戒毒了,"迈克尔抗议道,"我告诉过你,我戒毒已经有半年了。"

"王子坚持要查。"

迈克尔只好屈服。他沉着脸接过杯子,转身小跑着爬上喷气式飞机的舷梯,进到里面的卫生间去完成这项必需的任务。穆塔基转而用阿拉伯语对阿克马尔说:"把他盯紧点儿。毕竟他是个美国人。"

迈克尔回来后将装满尿液样本的杯子交给了穆塔基的保镖,后者接过杯子便转身离开,朝着停在飞机库里的一辆SUV走去。迈克尔和阿克马尔分别与穆塔基拥抱告别。

"愿真主保佑你。"

"也愿真主保佑你。"

穆塔基在另一名保镖的陪护下,大步流星地朝那辆SUV走去。迈克尔看着阿克马尔,朝对方比了个手势,示意他可以登机了。阿克马尔跟在迈克尔身后上了飞机,机舱里只有他们这两名乘客。迈克尔选了一个座位坐下,转头看向窗外。没过多久,飞机的涡轮机开始旋转。

"希望我们别太沉迷于这奢华的排场了,阿克马尔。"他说这话时看也没看一眼坐在自己身后的同伴。

飞机库的大门已经打开。伴随着巨大的引擎轰鸣声,喷气式飞机缓缓驶出门外。迈克尔从上衣口袋里掏出一张已经泛黄的照片,照片中的男子穿着湖人队T恤,脸上挂着灿烂的笑容。此人正是他的兄弟德温,在阿富汗惨死于塔格特之手。

第五十六章
阿富汗贾拉拉巴德

在"铁血团队"为搜寻哈基姆·穆塔基而对库纳尔的村庄发动突袭的那晚,一名队员也为迈克尔·纳斯瑞的兄弟拍下了一张照片。照片上的死者满脸鲜血,额头正中的弹孔赫然可见。

塔格特的团队结束任务,回到贾拉拉巴德军用机场之后,所有人都显得出奇的安静,而且心神不宁。这种怪异的气氛不像是仅因任务后的压力所致,也不能归因于穆塔基逃脱而导致任务失败。他们的队长似是正在经受着某种精神上的折磨,这或许是因为他和队员们一同目睹了被穆塔基及其同伙杀死在床上的一家大小。除此之外,还有一名圣战分子在他们的眼皮子底下以割喉的方式杀害了年轻的母亲。

或许塔格特队长经历了太多战争,执行了太多任务,他的灵魂已不堪重负。

团队成员们绝不会忘记那晚塔格特用刀子将一名哈吉的头皮剥离下来的野蛮场景。在他们透过夜视镜所看到的幽幽绿光之下,塔格特站在他们面前,一只手握着刀子,另一只手里提着死者血淋淋的头皮。但最令队员们骇然的,是当时塔格特脸上的表情——其中混杂着原始的野性,以及……一种无法言说的欢欣。

还有比这更糟的——在考尔德看来尤其如此,那就是塔格特竟然杀死了那名声称自己是美国人的哈吉。看在上帝的分上,那人当时已经投降,并且一直在求饶。

在一道艾斯科防爆墙后方,塔格特和他的队员们都聚集在用作团队室的帐篷内。整支团队的情形跟他们出发去执行任务之前的光景简直大相径庭。出发前所有人都显得情绪高涨,"大熊"格拉夫斯刚得知自己即将身为人父的喜讯,"佛爷"奥尔蒂斯和亚历克斯·考尔德因前者的玛黛茶和后者的破旧躺椅而彼此嘲弄着对方……然而此时此刻的他们,就如同刚潜入某位农夫的鸡舍去大开杀戒且饱餐一顿之后又溜回洞穴的野兽。

军用大帐篷里面,有人开启了一盏用电池供电的照明灯,突如其来的光明照亮了一张张严肃而充满倦意的脸庞。大伙儿还没来得及脱下穿戴在身上的防弹衣和作战装备。他们分散开来站立着,同时竭力回避着彼此的目光。

参与本次任务的后备支援人员也纷纷进入了帐篷。在塔格特率领队员们展开突袭的时候,他们一直奉命驻守在外围区域待命,所以并不清楚突袭现场的具体情况。此刻弥漫在帐篷里的气氛令他们感到颇不自在,却又不知何故,只好面面相觑。

为了缓解周围的气氛所带来的不适感,"鱼饵"取出数码相机,翻看当中那些即将提供给情报部门用于行动后小结报告的照片。一张布满血污的脸赫然出现在相机显示屏上,那名自称来自美国的圣战分子双目圆睁,却已然不能看见。

"把那破玩意儿删了。"塔格特下令道。

"鱼饵"表示抗议,"可它在行动后小结报告中应该能用得上。"

"我说了,把它删掉。"

"阎王"伸手去抓相机,不想却被考尔德抢先了一步,后者迅速伸出手去,一把将相机从"鱼饵"手中夺走了。

"嘿,伙计!""鱼饵"相当不情愿。

塔格特略微低下头,眯缝着两只眼睛,"把相机给我,考尔德。"

考尔德回瞪着队长,并没有要服从的意思。

"考尔德,我说把那该死的相机给我。"

双方就这么僵持着,现场的紧张气氛愈演愈烈,渐渐达到顶点。对考尔德而言,违抗眼前这个向来在自己心目中有着父亲般形象的人物绝非易事。塔格特曾训练他成为团队一员，也曾帮助他成为真正意义上的海豹突击队员，此时他感受到了情感上的强烈冲突。但无可否认的是，塔格特今晚的所作所为的确犯了实质性的错误。考尔德的目光没有丝毫动摇，坚定地与塔格特对视着。看来他已经打定主意不在这件事情上让步了。

"巴克利！'鱼饵'！你们所有人都出去！"考尔德厉声说道。

"鱼饵"踟蹰了片刻，随即同巴克利一道，跟在后备支援人员身后走出了帐篷。格拉夫斯与奥尔蒂斯选择了留下来，与对峙中的塔格特和考尔德待在一块儿。他们四人正好构成了整支团队的基础。

考尔德的声音里充满了谴责和受伤的意味，"你从前给我们的那些教导，都是屁话吗，'阎王'？所有的那一切？你背叛了我们所有人。"

格拉夫斯试图对两人进行调解，以平息眼前这剑拔弩张的情势，"见鬼，考尔德。我爷爷也曾经在硫磺岛剥过日本人的头皮。"

"这事儿跟剥头皮无关。"考尔德反驳道。

"那你是为了哪般？因为他杀了一名哈吉？那么你又曾开枪干掉过多少哈吉呢，考尔德？二十个？还是三十个？"

"可那人是手无寸铁的美国人！"考尔德胸中的愤怒、憎恶和绝望一股脑儿地喷涌而出，"而且他已经投降了！"

"他是一名叛徒！""阎王"怒气冲冲地回应道。

格拉夫斯仍然努力保持着理性的态度，"如果放了那个混蛋，他只会杀掉我们更多的人。"

考尔德回嘴道："这么说，'有效'比'正确'更重要，是这样吗？"

"大熊"压低了声音，"这是战争啊，考尔德。"

考尔德对此并不买账，"可我们是战士，不是野蛮人。我们是有规矩可循的。如果没有的话，我们也不比那些裹着头巾的家伙强多少。"

奥尔蒂斯插话了,"冷静点,亚历克斯。"

塔格特转身准备离开,"我们没必要继续谈下去了。"

考尔德不依不饶地叫住了他,"等等,你不能就这样一走了之,'阎王'。"

"阎王"停下脚步,背对着众人,他那瘦削的身体因心中难以抑制的怒火而变得有些僵直。

"你还记得你对我说过的那些话吗?"考尔德继续说道,"关于杀人的?你说过,最难的功课在于学会该在何时不开枪。你还说:'得当心那些不能分辨何时该开枪、何时不该开枪的家伙……'"

说话间他举起"鱼饵"的相机推向"阎王",强调自己的血腥控诉,"阎王,如果你无法控制自己的情绪,那你就不能领导我们。"

"是我做的决定,""阎王"反驳道,他依然背对着考尔德,"如果再让我重新做一次决定,结果还是一样的。"

"你越界了,队长。"

"阎王"沉默着,唯一能听到的只是他的呼吸声。良久之后,他转过身来面对着众人。"'大熊'?"他询问道。

"我没有意见。"

"里基?"

奥尔蒂斯显得有些烦乱不安。他在自己所爱的两个弟兄之间左右为难,目光在帐篷里徘徊着,最后从帐篷入口的门帘转回到自己脚下的靴子,"或许你是不该开枪打死那个孩子。"

表明了自己的立场之后,里基转头看向考尔德,提高音量说:"但是没人该发牢骚。明白吗?我们是一个团队。哥们儿。"

考尔德仍然坚持自己的立场,"这是你我共事的最后一个任务,阎王。咱们就此缘尽。"

"'阎王'"先是对考尔德怒目而视,随即在众人的注视之下,"阎王"像是泄气了一般,脱口说了一句:"妈的。"

他别无他言,沉默着脱掉自己的战斗装备。他把脱下来的每一样东西都扔在地上——防弹衣，手枪，织带……似乎是当着他的兄弟、家人们的面儿，在仪式上脱去自己作为一名海豹突击队员的身份。最后，他以一种带有探寻意味的目光对考尔德进行了一番长久的注视，然后一言不发地走出了帐篷。

队长刚一离开，"大熊"就猛烈地爆发了，"考尔德，你混蛋！你到底有什么毛病？他可是'阎王'啊！"

考尔德的神情突然变得有些左右为难，随即他求助似的转向奥尔蒂斯，"你知道我是对的，'佛爷'。"

奥尔蒂斯疲惫地在自己的行军床上躺下，用双手抱着头。"都怪这场该死的战争。"他喃喃地说，仿佛是在自言自语一般。

帐篷外抬头即是遥远的星空，还可以隐约望见兴都库什山脉的影子。塔格特漫无目的地绕过作战室的帐篷，看到不远处停放着一辆载重两吨半的卡车，于是他走到卡车的驾驶室旁，停下了脚步。他一动不动地站立着，不时望一望他们刚刚离开的群山。他没听到格拉夫斯正渐渐朝自己走来。

"'阎王'……？"

塔格特离开身边的卡车，他的身影渐渐消失在了夜色中。

第五十七章
尼日利亚

炼油厂的火炬喷出滚滚火焰，与破晓时分的第一束阳光争相闪耀着，"阎王"塔格特正领着他的逃亡队伍不顾一切地奔上最后的逃生冲刺。他们已经很近了，离那个很可能成为避难所的目标不过只剩下几百米而已。路面上杂七杂八地堆了些来自炼油厂的废物——诸如管道碎块和破损的石油桶等等，不时还有一些水坑、溢出的油污以及泥状的黏稠污秽物。炼油厂附近，道路两旁的树木都是光秃秃的，而且枝干上还沾满了凝固的油脂。

"再快点！""阎王"敦促众人。

他听到一辆卡车正快速靠近他们，引擎发出了充满掠夺性的轰鸣声。

"赶紧行动起来！"他喊道。

娜奥米的女学生们已经被囚禁了好些天，加上长期忍饥挨饿，她们早已虚弱不堪，不得不使出全身仅存的一点点力气往前赶路。娜奥米伸出双臂，将落在队伍后面、年纪最小的九岁女孩一把拉到自己身边，用一只手臂搂着女孩的肩，两人一块儿往前跑。女教师还发狂似的快速挥动着另一只手臂，催促别的孩子们再加把劲儿。

一辆平板卡车满载着意气风发的步枪手，沿着这条逃亡之路转了个弯，一时间尘土飞扬，为这全新一天的明亮天空笼罩上了一层阴霾。平板卡车的车头灯如同怪物的眼睛一般闪烁发光。麦克埃文气喘吁吁地跑在娜奥米身后，他的残肢伤口仍有新鲜的血液不断渗出。总裁惊恐万状地回头看了看后方，却一不留神被地上的什么东西绊了一下，猛地摔倒在地。

"阎王"伸手扶起了几近累死的可怜老人，拍了拍他的背以示鼓励。麦克埃文喘着粗气，竭力稳住自己不要再次摔倒，他的精神已处于崩溃的边缘。在众人前方，尼克减缓了速度，最后竟在路中央止步不前了。

"快跑啊！""阎王"朝他喊道。

麦克埃文再次摔倒在地。"阎王"转身准备回去帮他，可他心里渐渐意识到，这位石油公司总裁恐怕算是完蛋了。麦克埃文已经没有足够的力气支撑自己再走得更远，而且他太重，"阎王"没法扛着他赶路。麦克埃文的逃命之路，此时已经走到了尽头。

"先救女孩们，"麦克埃文勇敢地敦促着"阎王"，"快走！"

事实证明，这位老人比尼克和哈基姆两个加起来还更有气节。"阎王"背着步枪，紧跟在娜奥米身后继续往前跑去。

塔格特从尼克身旁跑过，后者已经放弃了逃亡，将手中那把从被击毙的恐怖分子身上搜来的AK-47步枪扔进了路旁的矮树丛中。尼克转过身，朝着那辆载有博科圣地组织射手的平板卡车跑去。他将双臂高举过头，以示投降，同时他还急切地挥动着手臂，试图截停卡车。车上的武装暴徒们爆发出一阵嘲弄的笑声，他们似乎是在催促卡车司机将前方的异教徒撞倒。

不过，司机踩下刹车，让平板卡车停住了，扬起了一大团尘土，紧接着手握步枪的阿比德从漫天飞扬的尘土中走了出来。"阎王"听到一声枪响，赶紧回头一望，正巧看到尼克的脑袋被子弹打爆，溅起了一团粉色血雾。车上一大群恐怖分子发出了令人毛骨悚然的欢呼声。

娜奥米和姑娘们拐过一个急弯，眼前赫然出现一道三米高的铁丝网安全围栏，围栏另一侧是炼油厂的金属建筑和一些堆叠物。一座座火炬顶端冒出红色和黄色的火焰，将黎明的天空照得透亮。炼油厂大门紧锁，门边的保卫室看上去似乎废弃已久，厂区内的其余部分好像也已经荒废了，见不着一个工人或安保人员。这可实在令人有些费解，这家炼油厂到底经历了什么？

尽管如此，它还是为逃亡者们提供了唯一的脱逃机会。如果"阎王"要用夺来的AK-47步枪进行一场至少以一敌十的抵抗，他最好得设法让自己隐蔽在炼油厂的围栏后面去，这样方能勉强提高胜算。

阿比德一枪毙了尼克，回到车上，平板卡车继续沿着路疾驰而来，从车上发出的枪响不绝于耳。卡车渐渐逼近这支逃亡队伍，女孩们阵阵惊恐万状的尖叫声撕裂了清晨的宁静。

"快跑！""阎王"朝着女孩们和娜奥米大喊，"到大门边去。赶紧了。快去大门那里！"

他在心里默默念叨着，"太多了……实在太多了……"

海豹突击队员在与敌方对峙的时候，常常率先挑战敌人。可是在眼前的情势下，如果"阎王"尚有选择的余地，他绝不愿成为主动发起挑战的一方。

他跑到大门边，匆匆爬上了铁丝网的顶端，然后停下来准备接应即将赶来的娜奥米和孩子们。大门内的院子里没有任何迹象表明他们有望得到帮助。他俯身朝孩子们伸出手去，敦促她们能跑得再快一些。那辆平板卡车来到麦克埃文倒下的地方时刹车停住了，塔格特以为总裁也会挨枪子，可出乎意料的是恐怖分子们竟然将麦克埃文拖向卡车，最后将其举起来放在了卡车的平板上。这很可能意味着阿比德仍然认为辛科石油公司会为麦克埃文支付赎金。换句话说，在他们看来，尼克的生命就没有这样的价值。

博科圣地组织的野蛮人如同一群野狗，喊叫吆喝着冲向炼油厂，还举起枪来对着空中开火。震耳欲聋的枪声，与卡车引擎的咆哮声夹杂在一起，令现场的三名女学生有些不胜负荷。就在她们跑到离炼油厂大门以及"阎王"伸来的援助之手只剩下几米远的时候，她们恐慌得难以自持，竟朝着不同的方向分散逃开了，刹那间，场面如同床下的积尘四散扬起。在她们眼里，树丛似乎是比炼油厂的院子更安全的避难所。娜奥米追在孩子们身后,声嘶力竭地呵斥她们赶紧回到自己身边来。

"阎王"选择暂且不朝敌人开火。娜奥米和学生们被阿比德手下的恐怖分子追赶,她们正四散奔逃,躲入丛林。若"阎王"在这样的时候与敌人开战,无异于将她们置于被屠杀的险境之中。比起娜奥米和女孩们,阿比德更想要的是"阎王",毕竟后者的性命价值一千万美金。"阎王"不难看出,倘若自己放弃娜奥米和孩子们,阿比德定会毫不怜惜地折磨并处死她们。

置身于大门顶部的有利位置,"阎王"的目光再次在门内的院子里搜寻起来,试图找到能对他们有利的蛛丝马迹。可惜除了从一座座高耸的火炬中喷出的火焰,他没能发现任何动静。看来他们这群俘虏最后的得救机会,即将在转眼间变成海市蜃楼。

博科圣地组织的卫兵们将四散逃开的女孩们聚拢在一块儿,就好像她们是一群待宰的羔羊。以十字弓为武器的大个子"魔鬼"奎恩亚姆一把抓住埃丝特的一只手臂,将她拖回到路中央,阿比德已经逮住了娜奥米。没有人靠近"阎王",也没有人朝他开枪。显然,敌军已获令不得杀他。

阿比德用力推了娜奥米一把,令她双膝跪倒在地,随即用手中步枪的枪管抵在她脑后。阿比德抬头看向"阎王",清楚无误地传达出了威胁之意。要么海豹突击队员投降,要么娜奥米成为下一个被爆头的尸体。

娜奥米的神情中混杂着恐惧和蔑视,也带有一丝希望"阎王"能保住他自身性命的恳求意味。因为倘若"阎王"决定营救她们,那他只有死路一条,而最后她和女孩们也会以某种方式丧失性命。

"阎王"是一个善于权衡的人,正是这种特质令他成为了一名成功的海豹突击队领袖。当下的形势将两种选择摆在他面前。其一简单明了,他可以立马从围栏顶端跳入炼油厂的院子里,然后以门边的保卫室为掩护迅速逃离。这样一来,他兴许能摆脱追兵,成功逃生。就算是阿比德,恐怕也不敢贸然入侵炼油厂这样的政府"摇钱树"——无论它是否仍在正常运作,以至于公开挑战政府。至少他现在还不敢这样做。

不过这个选择会立即将娜奥米置于死地。

尽管即将离世并进入上帝所赐的"永恒生命",娜奥米的目光仍然没有离开理查德。尽管与她隔着那么远的距离,他也能感受到娜奥米的目光所传达的含义。快逃,理查德!逃啊!保住你自己!

除此之外,他只剩下另一个选择,放弃这次可能成功逃生的机会。接下来,他们不会马上杀了他,对他们而言他的性命太值钱了。更重要的是,他们也不会杀掉娜奥米。如果他为了救她而投降,那么她的价值就会在阿比德那扭曲的头脑中得到证实,后者自会对此加以充分利用。

"阎王"向来都没将自己视为具有自我牺牲精神的人。正如乔治·巴顿将军所言:"战争的目的不是要你为国牺牲,而是要让该死的敌人为他的国家牺牲。"任务总是应该被摆在第一位。

他没法让自己的视线离开跪在路中间的娜奥米,阿比德的步枪依旧抵着她的头。只要他还活着,娜奥米和小埃丝特就还有得救的机会。一名海豹突击队员只要还有一息尚存,就绝不会言败认输。

他扔下手中的武器,缓缓地从围栏顶端滑向地面,随即举起双手,义无反顾地朝阿比德和娜奥米所在的方向走去。

第五十八章

尼日利亚，废弃的村庄

塔格特一行是从午夜时分开始逃亡的，这次行动最终以失败告终。天亮了，平板卡车"隆隆"地驶进村子，将车上的乘客送回了他们几小时前企图逃离的地方。对于阿比德及其手下的卫兵而言，刚刚结束的这场追逐似乎可被看作一项颇能激发身体活力的高强度运动。他们个个精神抖擞，彼此笑闹着，在平板卡车的边缘围成一圈，得意洋洋地欣赏着被聚拢在平板中央的塔格特、麦克埃文、娜奥米和几名女学生。

至于阿比德，他那双无情的眼睛和冷酷的面部线条始终流露出一种对这整个世界的恨意。虽然他很可能不会杀死俘虏，至少不会立马这么做，但"阎王"怀疑他恐怕会因凯多和两名侦察兵的遇害而对他们施以严厉的报复。尼克已被他爆头，尸体被草草地扔在卡车平板的后部，但这似乎并不令他感到满意。

卡车在这个看似平静的废弃村庄里停下，引擎也随即熄掉了。一头黑白相间的山羊正好从这里经过，它颈上挂着叮当作响的铃铛，奶头有些肿胀。山羊在这附近驻足停留了许久，好奇地观察着发生在眼前的情景。不过，当阿比德手下的恐怖分子以或推或抛或捅的方式将车上的俘虏弄下平板卡车，并紧随其后鱼贯下车时，这头山羊似乎是受到了极大的惊吓，快速跑开了。在它逃往村庄另一头的过程中，颈上的铃铛狂乱地响着，更为此情此景增添了一些疯狂的意味。

塔格特和其余俘虏被推搡着朝牢房走去。他回过头，正好与阿比德怒视他的目光相撞。几个男人将尼克的尸体从卡车上扔下来，尸体落在地上,发出一声闷响,扬起了一团尘土。埃丝特因眼前的可怕场景而吓得尖叫起来,她与同学们一起围在女老师的腿边寻求慰藉。

阿比德用步枪指向地上那个死去的美国人。"我跟你们说过逃跑的下场。"他以低沉的声音说道,"下次再发生这样的事,你们所有人都得死。"

男女俘虏如同往常一样被分别关入两个分隔的牢笼。"阎王"来到麦克埃文的身旁跪下,为他检查残肢的伤势。石油公司总裁已经奄奄一息,仅能勉强睁开发沉的眼皮,看着塔格特为自己取下脏兮兮的绷带,再用牢笼中装在一个瓦罐里的水清洗被感染的残肢。最后,塔格特用清洗后的绷带重新包扎伤口,这已是他眼下能为麦克埃文所做的最好的事情了。

"之前我误解了你。"麦克埃文在痛苦中承认道。他用尚且完好的那只手握住"阎王"的前臂,"至少你试过了,阎王。你试过了,为我们所有人。"

娜奥米隔着牢笼中间的分隔栅栏看向他们,心灵饱受创伤的女学生们都聚集在她的脚边。"阎王"似乎觉出她正看着自己,便抬头看向她。两人的目光相遇了,他又迅速将视线转开。多年前他就开始刻意训练,让自己的心变得更为刚硬,以避免各种情感卷入其中,也杜绝了它们可能带来的伤痛。随着时间的流逝,他的灵魂和心灵变得越来越刚硬且难以捉摸,生活的种种艰辛更是强化了他的这一人生态度。尽管如此,他还是无法否认,在他自己和这名非洲女教师之间,似乎正在渐渐形成某种纽带。

麦克埃文合上眼开始打盹,随即又猛然惊醒过来。"我今天本该给我孙子打电话的,"他像是想起了什么,吐词有些含混不清,"今天是他的生日,他十四岁了。你有孩子吗?"

"阎王"看向埃丝特。这个小女孩身上的某种特质,或许是她的勇气吧,竟令他那坚如顽石的心受到了一丝触动。"这我还没想过。"他回答道。

麦克埃文面如死灰,脸上还不住地淌着冷汗。他的嘴里吐出一连串语无伦次的话来,似乎他正渐渐失去意识,"还不算太晚……时间过得太快了……不过才眨眼间的功夫……"

他垂下头,下巴靠在胸前。他好像是在尽力使自己保持清醒,眼皮快速地颤动着。"阎王"轻轻摇了摇他,好让他别失去意识,并试着鼓励他继续开口讲话,"他叫什么名字,特里?你的孙子叫什么名字?"

麦克埃文再度清醒过来,"他叫杰克。他正处于从男孩向男人过渡的阶段,那是一个彷徨的年龄。他对海豹突击队特别感兴趣。他读遍了市面上所有关于海豹突击队的书籍,还在进行体能训练,甚至跟我说他想参加那个什么……基本水中爆破训练,你们是这么说的吗?"

"阎王"点了点头。"或许哪天我能跟他见上一面,"说完他又补充道,"好说服他放弃这样的想法。"

"你在开玩笑吧?"麦克埃文深吸了一口气,"他和他的朋友们都认为你们是超级英雄。"

栅栏另一边的娜奥米继续目不转睛地盯着"阎王",从她那双深褐色的眼睛里流露出来的神情,已经与他俩在校舍初次相见时大不相同了。

第五十九章

弗吉尼亚海滩上的海豹突击队基地

亚历克斯·考尔德在"大熊"格拉夫斯的笼屋外面停下脚步,看着躺在一张行军床上熟睡的"大熊",他的任务装备就摆在小床四周。"大熊"看上去脸色极差,眼睛周围有很深的黑眼圈,脸上胡子拉碴。他身上的牛仔裤和T恤也都皱皱巴巴的,上面还布满了污渍。近来格拉夫斯大部分时间都待在海豹突击队基地,为的是及时获知关于塔格特的消息。考尔德知道,"大熊"因自己不能赶紧前去营救老朋友而备感羞辱和愤怒。毫无疑问,塔格特也会对"大熊"或他们团队中的任何一个人表现出同样的情谊。

"大熊"似乎正在做梦,他的眼睑快速震颤着,身子紧绷,右手的食指来回屈伸,仿佛正在睡梦中扣动一支枪的扳机。考尔德走进笼屋,伸出一只手去碰了碰他的肩膀,"'大熊'?嘿,'大熊'!"

格拉夫斯被吓了一跳,猛然惊醒过来,只见他迅速起身,一下子将两条腿垂放在床边。当他认出考尔德时,方才放松了下来,"你有什么事吗?"

考尔德咧嘴笑了笑,将一个油腻腻的纸袋子递了过来,"甜甜圈。这可是我从五个警察手里抢来的。"

这时"佛爷"奥尔蒂斯也走了进来,他若有所思地看着"大熊","不会吧,别告诉我你昨晚就睡在这儿的。"

"他当然是睡在这儿的,"考尔德代格拉夫斯回答道,"莉娜整晚都在打我的电话。"

奥尔蒂斯叹了口气,随即点点头,"她也打给我了。"为了证实自己所言不虚,他还掏出手机,把上面的通话记录展示给他们看。

格拉夫斯穿上一双旧运动鞋,从小床上站起身来,"我要上楼去问问有没有什么新的情报。"

"我已经去过了。"考尔德应道。

"大熊"不愿就这么善罢甘休,"他们或许漏掉一些什么了。"

"'大熊',你们今天跟医生有预约,"考尔德提醒他,"你得赶紧洗把脸,然后去接莉娜。"

"这里的事情就放心交给我们吧。"奥尔蒂斯保证道。

蔡斯、巴克利和"鱼饵"一齐走了过来。他们彼此说笑着,好像正在拿新来的黑人小伙"穷鬼"蔡斯开玩笑。

"有没有'阎王'的新消息?"巴克利第一句话就直奔主题。

"没有。"奥尔蒂斯应道。

巴克利仔细打量着格拉夫斯,"天哪,你看起来就像在鳄鱼窝里睡了一觉。"

"或许没消息就是好消息吧。""穷鬼"以试探性的口吻想缓和气氛。随后,当他看到一束束齐刷刷射向自己的锐利目光,再结合"大熊"此时的精神状态,他方才意识到这并不是最恰当的评论。于是他清了清嗓子,不安地摆弄起自己插在衣兜里的双手。

格拉夫斯没心情同他们闲聊。他匆匆离开自己的笼屋,朝着通往停车场的大厅后门走去。"如果有任何消息,你们记得第一时间给我打电话。"他告知大家。

说完他停下脚步,伸出一只拇指指向蔡斯,"好好训练他。"

巴克利展露出与《迈阿密风云》里的时髦警探一式一样的迷人笑容,转而看着身旁的队友,"准备好了,小子。我们这就开干了。"

* * *

如果连海豹突击队特有的那种被称为"狂猛集训"的训练方式也不能提高某个受训者的肌肉力量和迅速反应能力,那么这就足以表明此人已经没什么潜力可挖了,也就意味着他应该回归普通海军队伍，并在那儿担任文书军士或人事文员等职务。考尔德和"鱼饵"以裁判员的身份在海边的超越障碍训练场站定，准备观看巴克利和蔡斯的比赛。巴克利比蔡斯更为精瘦且灵活，不过蔡斯的肌肉却更加发达。

随着考尔德一声令下——"跑！"——两名穿着深蓝色短裤和潜水靴的年轻海豹突击队员齐齐冲出起跑线，沿着海滩边缘全速冲刺，他们的肩上各扛了一个重量接近九十千克的训练假人。他们得将假人带到前方一百米开外的沙滩，那里已经摆放好了两个大卡车轮胎。他们会在那儿放下假人，按规定的次数用手臂翻动大轮胎，紧接着还得沿着海滩跑向一个射击场，那里的两张野战桌上各摆放着一堆从M4卡宾枪上拆卸下来的部件。待他们跑到桌边，就得迅速装配好各自的卡宾枪，再分别瞄准三百米开外的两个人形靶各开枪射击一次。

赛程过半，两名海豹突击队员将手臂和腿部的力量都发挥到了极限，迅速奔向待组装的武器，蔡斯略微领先巴克利几步。他们凭着自己从过去无数次训练中习得的经验，熟练地组装着各自的步枪。一阵短暂的噼啪声过后，两人的步枪都顺利装配完毕。蔡斯塞入弹匣，拉动套筒让子弹上膛，随即率先对准人形靶开了一枪。巴克利虽比他慢了半拍，也动作麻利地开枪射击。两人这才放松下来，大口吸入海风，脸上也绽放出了笑容。

"鱼饵"举起手中的望远镜，观察着两人的靶子。巴克利的子弹击中了钢制人形靶的头部正中，蔡斯击中了人形靶头部略微偏左的位置。

"这次蔡斯速度略快得一分，""鱼饵"宣告道，"但是'公鹿'，你击中了死亡中心，蔡斯打中了一颗眼球。你们的比分是四比四，打平了。"

"好吧，"巴克利带着笑容慢吞吞地说，"'穷鬼'，再来一次。"

"我们还要再来一次吗？"

"噢，不好意思。你有别的安排吗？那你呢，'鱼饵'？你有其他事情要做吗?"

"鱼饵"摇了摇头,"没有。"

"为什么?"巴克利语带狡黠地问道。

"因为我对团队全心投入。"

蔡斯的目光在两人之间来回移动着,"你俩这是在表演对口相声吗?"

"鱼饵"笑了,"根本没必要。"

"'鱼饵'这个人啊,"巴克利戏谑道,"他每天都要祈祷五遍,口中说着'真主至大'一类的话语。但我们不在乎这个……"

"这还有待商榷。"考尔德善意地嘲弄道。

"因为'鱼饵'是为了正义而战。唯一比穆斯林更坏的……"他故意停顿了一下,好让自己接下来说的话更富有戏剧化效果,"……也许就是从哈佛大学毕业的家伙了吧。考尔德,你知道关于'穷鬼'的事情吗?"

"他肯定来头不小。"考尔德配合他,一起继续拿蔡斯开着玩笑。

"公鹿"故作一本正经状,"哈佛大学毕业生,海豹突击队员,有色人种——集三重优势于一身。花几年时间在这儿打卡,然后退出,转而去混国会。蔡斯,这就是你的计划,对吧?"

"如果是的话,你会为我投票吗,'公鹿'?"

"我会,"考尔德在一旁帮腔,"如果政治还有意义的话。"

"我才不会投票给你呢,""公鹿"果断回应,"不然我在南部的老祖父恐怕会从他的坟墓里爬出来的。'穷鬼',我想问的是,你究竟是不是与我们站在同一阵线上并全心投入?"

蔡斯与考尔德对视了一下,随即朝起跑线走去,打算用实际行动来结束这场胡扯。只见他露出灿烂的笑容,斩钉截铁地说:"当然是的。"

巴克利也笑了,朝海滩上的假人和轮胎挥了挥手。"我们走着瞧。"他说。

第六十章
弗吉尼亚海滩

里基·奥尔蒂斯已经同妻子达成了协议："一旦我们救回阎王……"，他就会离开海豹突击队，并接受环球安保公司的安全管理职位。这样一来，他能挣得足够多的薪水来照顾全家人的需要，杰姬也不必再去她曾供职过的医药公司上班了。在杰姬看来，干一份正常的工作意味着里基能像其他正常丈夫一样在傍晚收工回家，趁着妻子为全家人准备晚饭的空当读读当天的晚报，还能陪伴孩子去参加学校组织的活动，每晚与妻子同枕共眠，同时也能恢复他作为一家之主而应有的地位——鉴于他总是满世界追着坏蛋跑，目前"家主"这个地位看起来早就瓦解了。

期待中的变化迟迟不来，杰姬开始渐渐失去了耐性。倘若里基不能回归家庭并按照她的期望来做全家人的头儿，那么她就得挺身而出来安排各项家庭事务，她要回到职场去做全职工作，用自己的薪水归还抵押贷款，并支付安娜贝尔就读的舞蹈学校学费，还得担当起一家之主的责任，直到他去了环球安保公司为止。只有那样，全家人才有希望开启更好的新生活。这个女人一旦下定决心要做一件事，就会坚持到底，绝不轻易改变。如今她已不再称里基为"我的国王"了。

就在考尔德和"鱼饵"在海滩上监督巴克利与蔡斯进行"狂猛集训"的时候，奥尔蒂斯拖着沉重的脚步慢慢地走回家中。他认为此时家里肯定一个人影儿也见不着，安娜贝尔大概还在上舞蹈课，小里基应该在少年棒球联赛中打二垒。至于杰姬，她可能正在参加某个销售会议吧，近来她离家工作的时间似乎比里基还长。

他打开房子前门，听到餐厅那里传出了一些声音，不由得有些吃惊。他走进屋内，通过走廊朝餐厅望去，看见杰姬和一名相貌英俊的年轻男子对坐在餐桌两侧。那名男子身着深色西装，脖子上系了一条中规中矩的红色领带。杰姬穿着职业套装，颈上绕着一条时髦的蓝色丝巾，深色的头发梳得非常顺滑，整个人看上去漂亮而又干练。他俩都俯身看着摊开摆在桌子中间的一个厚活页夹，两人的头几乎快要碰到一块儿去了。

一时间，奥尔蒂斯竟有些不大明白眼前这场景究竟是怎么回事。他犹豫着要不要打断他们，最后决定先观察一下。

"这和你做推销员的时候并不一样，杰姬，"陌生男子说道，"现在你做的是'KAM'……"

"这指的是……"

"'KAM'就是重要客户管理。一个处方集比几十名医生单独开具的处方单加起来还更值钱。"

"那我可能得花些时间才能慢慢上手了。"

奥尔蒂斯不喜欢那名男子朝杰姬微笑的样子。他看起来好像醉翁之意不在酒。

"听我说，"这个滑头再度开口道，"有时候还是个人魅力最重要。好比上周，我在一个处方集项目的利益相关者群体面前讲了一个笑话……"

"真的吗？说来听听！"杰姬的语气听起来略微有些热情过头了。

"好的，我这就说，"红领带男子说道，"你知道该把一张百元大钞藏在哪里，才不会被外科医生发现吗？"他刻意停顿了片刻，好让接下来的妙语显得更有分量，"把它夹在病人的病历表里——因为他们从不查看病历表。"

男子因自己的笑话而开怀大笑起来，里基觉得他的笑声显得过于响亮了些。杰姬也附和着笑了起来。里基实在是看不下去了，他沿着走廊大摇大摆地走向餐厅，假装让自己的出场显得漫不经心，就像一个正常的丈夫从一个正常的工作岗位下班回到家中的样子。

"嘿,亲爱的。"

杰姬在向丈夫介绍那位爱开玩笑的先生之前,就赶紧站起身来吻了吻他。看到他回家,杰姬似乎真的很开心。

"里基,这位是帕特里克。他正在帮我补上我落下的那场销售会议上的重点信息。你知道的,那天我没去成——我好像是生病了?"

里基读懂了她的暗示。她并没有生病,只是那天恰逢他从尼日利亚完成任务回来,膝盖又受了伤,于是全家人都坚持要送他去急诊室。

里基有些敷衍地问候道:"很高兴认识你。"

"我也很高兴认识你,先生。"

奥尔蒂斯不由得皱了皱眉头。先生?这个称呼让他觉得像自己的爷爷一样老。"叫我里基就好了。"

帕特里克起身同他握手。他的手很柔软,握手的力度也很轻,"没问题,里基。"

奥尔蒂斯朝厨房走去,"我要拿点喝的。你想喝点什么吗,帕特里克?"

"不用了,先生。不用了。"

奥尔蒂斯有些不悦。又来了——先生?这个帕特里克,似乎和他并没有太大的年龄差距。在里基看来,这个小帕特里克似乎想用这个称呼来拍他的马屁,试图取悦他。他从橱柜里取出一粒止痛药,随即又打开冰箱,取出一盒果汁——这是冰箱里唯一能喝的东西。他的膝盖又开始疼了,确切地说,是他的膝盖还在疼,压根儿就没好过。

在餐厅里,杰姬和帕特里克又将注意力转回到了桌上的销售活页夹上。

"那么……"帕特里克开口道,"我们假设你是我的重要客户管理团队中的一员。我来考你一连串实时市场数据……"

这家伙的声音里带有一种恼人的鼻音。奥尔蒂斯将一只肩膀靠在厨房的门把手上,大口喝着手里的果汁。他努力让自己表现得不像一个吃醋的丈夫,可惜挂在他脸上的不悦之色暴露了他内心的真实想法。杰姬显然留意到了这一点,于是赶紧站起身来。

"帕特里克,请稍等一下。"

她快步从里基身旁经过,走进厨房,暗示他也能跟着她进来。他果真跟着进到了厨房。

"你没事吧?"她压低声音问道。

"你怎么化这么浓的妆?"他问道,尽力让自己的语气显得漫不经心。

"里基,我需要让自己看起来更职业一些。"

"为了他吗?"

"这是工作,"她解释道,语气中流露出她就要失去耐心了,"这是一个全新的世界。我得迎头赶上。"

帕特里克坐在椅子上,略显不安地挪动着身体。他能透过敞开的厨房门观察到里基夫妇之间的交流,而他试图表现得丝毫不感兴趣。尽管他听不见这对夫妻在说些什么,可是弥漫在两人之间的紧张气氛却是如此明显,甚至连他们的邻居也一定能感知得到吧。

杰姬背对着餐桌,对丈夫怒目而视,"里基,表现得正常点,好吗?"

她回到餐桌旁,脸上挂着勉强挤出来的笑容。帕特里克站起身来,神情紧张地看了看杰姬,又看了看里基,目光最后回到杰姬脸上。

"我得走了。"他期期艾艾地说。

"别,别走啊,留下来吧。是吧,里基?"

"是啊,留下来吃午饭吧。"里基的话语中隐藏着讽刺,"我去烤一些丁骨牛排。你想吃什么呢?"

杰姬用一种带有责备意味的眼神瞪了他一眼。

"呃,"帕特里克一时间竟有些结巴起来,"我……我还得做一些会计方面的研究。"

他收起了桌上的活页夹。"那么,杰姬,我们明天见吧。"考虑到里基的立场,他又迅速补上了一句,"在办公室见。好吗?"

"我会尽早到的。"

待帕特里克走出前门并顺手把门关上之后,杰姬立马转过头来瞪视着里基。"我要拿你怎么办好呢,里基?"她恼怒地喊道,快要哭出来了。

第六十一章
弗吉尼亚海滩

"大熊"格拉夫斯和莉娜如约见到了阿鲁西·班纳吉医生，此番他们将从医生那里获知针对自身潜在生育问题进行诊断的结果，而这正是他们没法再次孕育孩子的原因所在。

"你说我得了什么？"他几近咆哮地问道。

班纳吉医生是一名来自印度或孟加拉国的小个子男人，有着棕色肤色，待人温和有礼。他耐心地解释道："精索静脉曲张也就是阴囊静脉肿胀。其结果会导致睾丸温度升高。"

格拉夫斯向与自己并排坐在医生办公室的莉娜投去了无助的一瞥，"你是说我的'蛋'温度太高了？是这个意思吧？"

上次他被要求往塑料杯中装入精液以供诊断，就已经够令人尴尬了。可这次呢？倘若这个消息被他的队友们知道了，他还怎么抬得起头来做人啊？尤其是考尔德，绝不会让他好过的。此刻他仿佛已经听到了众人的声音：这么说，你的"蛋"太烫了，是吧？

莉娜强忍着笑意，伸出一只手轻轻拍了拍"大熊"的膝盖，好让他平静下来。"医生，你能解释一下这会带来什么问题吗？"她询问道。

班纳吉医生拿起一支铅笔，用带有橡皮擦的那一头轻轻敲击着自己的牙齿。他一面打量着格拉夫斯，一面思索着该用怎样的方式来为眼前的病人进行有效的解释。像格拉夫斯这样的大男人，无论是不是海豹突击队员，恐怕都很难心平气和地接受这样的事实，因为他会认为这对自己的男子汉气概构成了沉重的打击或残酷的蔑视。

"当然。"医生说道，"你知道的，约瑟夫，精子是相当敏感的。

热度会导致精子的活性降低。用不那么专业的外行话来说，你的精子很弱。"

格拉夫斯一言不发地望着眼前的小个子医生。天哪，考尔德会对此发表怎样的看法啊！又弱又敏感的精子？

"它们没法有力地游动，或者根本没法游动，"医生继续往下说，"它们在与卵子相遇之前就死掉了。"

这可不大顺利。

"能否请你解释一下，"莉娜插话道，"我们之前又是怎么怀上孩子的呢？"

"不能完全排除个别精子能与卵子相遇的情况，只是其概率远低于正常水平。你也许还能再度怀孕，只是机会相当渺茫。"

"那么我们还能做些什么呢？除了采用试管授精之外？"

班纳吉医生直接对"大熊"说："唔，约瑟夫，你可以采取一些措施来降低睾丸的温度——比方说，避免穿着紧身内裤，不做剧烈运动，避开极端高温的环境。"

莉娜和格拉夫斯彼此心照不宣地对视了一眼。"好的，我明白了。"他以自嘲的语气回应道。

当然，医生并不清楚格拉夫斯的工作内容——从飞机上跳下，在海里潜水，在沙漠、热带森林和高海拔地区执行任务。正因为如此，他的精子才会变得无力甚至无法履行其职责。

"还有一种手术方案……"班纳吉医生提议道。

"不行。""大熊"断然拒绝。人得为自己设立必要的界限。不过，为了照顾莉娜的情绪，他又补充道："费用太昂贵了。"

"我相信这应该在你的保险涵盖范围之内，"医生说，"这不过是个小手术，属于门诊手术的范畴。我能为你推荐一名专攻此类问题的泌尿科医生。"

格拉夫斯仍然对此持深不以为然的态度。在一阵令人紧张的沉默气氛中，他和莉娜一起朝他们停在停车场的皮卡车走去。一路上莉娜在心里反复斟酌着自己接下来该说些什么。来到车子旁边，他伸手为莉娜打开了副驾驶座的车门。

"其实这也不一定是坏消息。"她终于下定决心开口道。

"他们想给我的'蛋'动刀子啊！"他有些愤怒地喊道，"这怎么会是好消息呢？"

"起码现在我们已经知道问题出在哪儿了，接下来我们就能有的放矢地去解决它了。"她说得合情合理。

"哼！"他扑哧一笑，"我的精子太弱了？它们在抵达目的地之前就死掉了？我是一名海豹突击队员，而我的精子却没法游泳。这实在是一个笑话。"

他举起双手，双目朝天，假意做出祈祷的姿势，"上帝，你现在一定在天上发笑吧？"

"约瑟夫，现在不是该关注你的自尊心的时候。这与你和上帝都没有关系，不过就是一个简单的医疗问题而已。"

她个头很高，轻而易举就登上了通用牌皮卡车并坐了下来，格拉夫斯一直为她拉着车门。现在轮到格拉夫斯来思量自己该说些什么了。他关上车门，不紧不慢地绕过车尾，一路上一直在思索着。他坐上车子的驾驶座，两手握紧方向盘，凝视着前方的挡风玻璃。他们一直想再要一个孩子，甚至是在……在……萨拉诞生之前他们就计划过将来要为她添一个弟弟或妹妹。在经历了这一切之后，他几乎没法令自己去想起或说出她的名字。

他叹了口气，"莉娜，或许这是命中注定的。"

一头金发的莉娜突然朝他转过头去。她心里的惊讶转瞬就被愤怒取而代之，这猛烈的愤怒在她心底因萨拉之死而留下的伤痕里面沸腾不已。她的目光盯着他，似是要穿透他。

"半途而废，"她语气坚定地说，每个字都带着她的决心，"是绝对不可能的。"

第六十二章

弗吉尼亚海滩上的海豹突击队基地

后勤支援人员带着用于"狂猛集训"的装备离开了海滩。在这一天的大部分时间里,巴克利和蔡斯都扛着假人奔来跑去,在沙滩上翻滚着卡车轮胎,还练习射击钢制人形靶。一团团乌云低低地飘浮在大西洋上方的天空中,预示着一场阵雨即将来临。海边的微风温柔地吹拂着两名参与集训的海豹突击队员,带走了他们身上的汗水,令他们倍感凉爽。考尔德和"鱼饵"在一旁优哉游哉地为他们的比赛统计得分。

巴克利和"鱼饵"一起带头离开海滩,考尔德紧随其后,走在他身后的是蔡斯。"穷鬼"在本质上是个相当内向、不愿轻易向人吐露心思的人,举止也很文静,时常还会陷入近似抑郁的沉思之中。他略微加快脚步,和考尔德肩并肩地走在海滨的沙丘上,显得比平日里更加安静,这就意味着他的内心正被某个念头所折磨。可是身旁的考尔德对新人不闻不问,要么压根儿就没留意到他正被某种负面情绪所控制,要么故意选择不去在意。

"看到'公鹿'脸上的表情没?"考尔德语带戏谑地说。浮现在他脑海中的画面,是在刚才最后那场比赛中,蔡斯后来居上,最终胜过了"公鹿"。"他根本没料到自己竟然会输。他那表情真是难得一见。你打得不错,'穷鬼'。"

"谢了。"

一只寄居蟹在他们脚下向后疾行。

"亚历克斯?"

考尔德停下脚步,转过头来看着蔡斯。他留意到这孩子的语气有些严肃。

"亚历克斯，我想告诉你一件事。之前在那艘油轮上，也就是大马士革……在类似那样的情况下，我通常不会建议使用炸药爆破的，不过当时我们已经抓获了目标人物，而且双方已经开火……"

对一扇位于油轮甲板下方的钢制门进行爆破，很可能会摧毁整支团队。"大熊"和奥尔蒂斯已经针对这个差点儿酿成的大错，同蔡斯进行过详细的讨论。他们很满意蔡斯已经从中学到了宝贵的教训，而他们也无需再就该事件与他进行进一步的探讨了。考尔德并不想重温这件事，不过他的反应令"穷鬼"有些措手不及。

"你冲浪吗？"

什么？难道这家伙永远都只能活得像20世纪60年代的嬉皮士吗？他的脑子里装的全都是些谬论吗？

"我会用滑水板[1]冲浪。"蔡斯一脸困惑地答道。

"别这样说，"考尔德责备他，"永远别用这种说法。我是说真的。"

"唔，我明白了。"

可他真的明白了吗？尽管身为一名哈佛大学的毕业生，可在与考尔德相处的一半时间里，他都搞不懂后者究竟来自哪颗行星。

"好吧……反正是一样的概念。那么，你看到我在哪儿了吗？"考尔德问道。他将两只手平举过头，以此来模拟冲浪板。

"在哪儿？"蔡斯一脸迷糊，一时间有些摸不着头脑。

"我在海浪之上，伙计。我正乘着海浪漂浮起来了，而你现在在哪儿呢？"他将一只手放到矮处，另一只继续保留在原来的高处。他摆动了一下位置更低的那只手，"这就是在困境中挣扎的你，仍不时被岩石所刮擦。如果你总是对过去的事情难以释怀，无论是上次的油轮任务、你家里的事情或是'公鹿'的鬼扯，它们很快就会将你

---

[1] 在英文原文中，蔡斯采用的是滑水板的俚语"boogie board"，而其正式用语应该是"skateboard"，故此考尔德对其进行纠正。

压垮的,伙计。其实你很有进取心。那么,你大可以接受这些问题,不被它们所困扰,然后乘风破浪冲到这上面来。"

他用原本放在低处的手模拟了一个冲浪的动作,随即将其陡然升到了一个新的高度。

"我明白了。"蔡斯说,不过表情仍然有些困惑。

按照这个家伙的说法——他就应该随波逐流,忘掉一切?可这样做显然有违蔡斯的本性。他总是喜欢分析各种事物,仔细探究,寻找事物的逻辑和意义。他认为这可能同自己曾在哈佛大学接受高等教育的背景有关。

考尔德拍了拍蔡斯的背,脸上流露出"淘气阿丹"式的招牌表情,蔡斯有些茫然地摇了摇头。他们越过一座座沙丘,来到了海滩的停车区。格拉夫斯和他的通用牌皮卡车已经候在那儿了,准备将用于"狂猛集训"的装备拖回笼屋大厅去。"鱼饵""公鹿"和后勤支援人员们正忙着将训练假人、人形枪靶、野战桌、大锤、轮胎、武器和其他装备搬上"大熊"的皮卡车。

"他干得怎么样?""大熊"向考尔德询问蔡斯的情况。

"他训练得很投入,效果不错。那么,'大熊',你这是要做爸爸了吗?"

格拉夫斯瞪了他一眼,"上帝啊,这儿还能不能有点隐私啊?"

考尔德咧嘴笑了笑。就在"大熊"坐进皮卡车驾驶座时,考尔德的手机响了起来。他看了看屏幕,眉头一皱,随即接听了来电,"喂?"

他默默地聆听了一会儿,脸上掠过极为震惊的表情,"什么?我马上就到。"

第六十三章

尼日利亚，拉各斯

在迈克尔·纳斯瑞看来，成为引领国际圣战运动的高层人士的最大好处，或许是能享受随之而来的特别待遇。只要他能持续为他的上级们制造诸如迪拜电影节爆炸案及美国驻坦桑尼亚大使馆爆炸案之类的"豪华巨片"，他就能以有气派、高规格的方式四处游历，并且在所到之处过着奢华的生活。这场国际圣战运动可不缺资金，大量现金涌入了圣战分子们的金库，它们分别来自ISIS在伊拉克所占领的油田，以及世界各地的富有信徒——值得一提的是这场运动的范围仍在持续扩大。沙特阿拉伯富有的王子们，已识别出命运之风正吹向何方的欧洲富豪们，在美国人数迅速增长的穆斯林，皈依伊斯兰教的信徒及其支持者们，他们一起筹集了数十亿美元的资金，并通过穆斯林圣战的地下渠道将分散在各地的资金全部汇集起来。

穆斯林圣战最危险的敌人是美利坚合众国，可是随着民众失去了继续战斗的决心，连被称为"大撒旦"的美国也逐年变得越来越缺乏战斗力。不久之后，随着越来越多像纳斯瑞一样心怀不满的美国人看清了通往天堂的正确方向，战争之火便会烧遍美国大地。赞颂归于真主，马赫迪[①]很快就会回来摧毁异教徒，并迎接安拉坐上王座。能成为为伟大救世主之回归铺平道路的一分子，迈克尔为此倍感荣幸。

皈依真主并不意味着人们必须放弃特权和奢侈的生活，也不意

[①] 意为"蒙受真主引导的人"或"被真主引上正道的人"。伊斯兰教经典之一《圣训》曾预言：马赫迪是世界末日来临前一个有宗教领袖性质的人物，是穆斯林的领导者。

味着一味地追求殉难。迈克尔与他的同谋阿克马尔·巴拉耶夫一道乘坐埃米尔穆塔基的私人飞机离开了卡塔尔,随后抵达尼日利亚的拉各斯。他们在位于拉各斯环礁湖湖滨的四星级拉各斯国际酒店入住。迈克尔现在已经查到,美国海豹突击队员就是在离这里不远的港口绑架了ISIS/博科圣地组织的通讯员依波·布哈里,他们显然认为这名通讯员应该知道理查德·塔格特被拘禁在何处。可是圣战战士们从来不会出卖同伴,所以那个秘密依然被保守得很好。

埃米尔本来并不情愿让迈克尔和阿克马尔从他们手头的任务中暂时抽离出来,不过迈克尔说服他相信,那个名叫塔格特的海豹突击队员也许能在恐怖分子头目们正在筹划的行动中发挥相当重要的作用。如今,迈克尔和那名杀害了自己兄弟的卑鄙美国佬再次置身于同一块大陆上。事实上,他们正位于同一个国家境内。将他们阻隔开来的,不过是绵延数公里的森林和博科圣地组织的一帮野蛮人。鉴于迈克尔渴望为亲复仇的愿望,以及穆塔基即将针对全世界异教徒采取的重大行动,塔格特应该会在很短的时间里就被处决掉。

迈克尔今天上午抵达了拉各斯,他将酒店的电视机调至美国卫星频道,观看一场有活塞队参与的篮球赛,同时等待着接收更进一步的行动指示。阿克马尔从相邻的套间里静悄悄地走了出来,一边用手揉着惺忪的睡眼,一边寻找咖啡。

"第一节。两分领先。"迈克尔自言自语。他正站立在电视机前,全神贯注地观看着比赛。

阿克马尔未做回应。他不能理解,美国人为何对这种只能旁观的比赛关注到了近乎痴迷的程度。

"做下午祷告的时间快到了,"阿克马尔提醒他,"待会儿你要加入我们吗?"

"我一会儿就来。"

电视里开始插播一条商业广告———与勃起功能障碍有关,美国人似乎也相当关注这个问题。在迈克尔的操作下,电视机屏幕转而开始播放DVR数字硬盘录像机上的内容。与此同时,迈克尔起身来到阿克马尔身旁。他突然想起了长久以来一直令他疑惑不解的一件事,正好跟阿克马尔有关,当下似乎是向后者询问此事的最佳时机。

"阿克马尔,"他问道,"是什么令你决定离开那帮俄罗斯人的?改变立场了吗?"一听这话,阿克马尔宽阔的脸庞上顿时笼罩了一层裹挟着过往不愉快回忆的愁云。他沉默了好一阵,迈克尔以为他不打算回答自己的问题了。只见他目光游离,似是正在观看脑海里播放的一幕幕不堪回首的往事。深吸了一口气之后,阿克马尔有些犹豫不决地开口了:"我们对阿尔哈尤特发动了突袭。"

事情已经过去很久了,那还是车臣于1999年12月对俄罗斯发起反抗的期间,位于车臣首府格罗兹尼附近的阿尔哈尤特遭到俄罗斯军队袭击,住在那里的平民惨遭抢劫、焚烧、奸淫和屠杀。这一残忍的暴行持续了两个多星期。当时俄罗斯军队中有一些士兵其实是从前的车臣人,年仅十来岁的阿克马尔·巴拉耶夫就是其中之一。

"阿尔哈尤特是我的家乡,"阿克马尔一面啃啮着内心的痛苦,一面继续开口说道,"只是因为遭遇了来自其中一两个人的抵抗,他们便屠杀了那里的所有人。我的指挥官射杀了一名十二岁的小女孩。她躺在地上血流如注,虽奄奄一息但没有死去。他命令我去结束那女孩的性命。我认识她,也认识她的家人。于是我在心里和真主安拉做了一个交易。如果我结束了那女孩的痛苦,我将会永远侍奉他。"

阿克马尔准备开始讲述他最终如何成为了一名车臣圣战战士,迈克尔的好奇心也即将得到满足。可就在这时,并排摆放在吧台上的几部预付话费手机中,其中一部突然铃声大作,将阿克马尔从原本要经历的更深一层内心苦痛中释放了出来。迈克尔拿起了正在响铃的手机。

"喂?"

他静静地听着,脸上的神情越来越兴奋。他听到了自己一直期待的消息。他挂断电话,转向阿克马尔。"一切都准备就绪,"他说,"会议已经安排好了。"

阿克马尔木然地点了点头,他的思绪仍和过往的回忆纠缠不清。迈克尔拍了拍阿克马尔的肩膀,好让他转过身去,"走吧,兄弟,我们去祷告。"

第六十四章

尼日利亚，废弃的村庄

奎恩亚姆总是手持十字弓，再加上一副野蛮粗鲁的面容，令他看起来像极了中世纪的雇佣兵。他冲进牢房，把塔格特、娜奥米和女学生赶了出去，唯独留下麦克埃文。他将塔格特等人带到了村庄边缘，阿比德和他手下的一群士兵已经候在那儿了，他们正聚集在尼克·罗杰斯的尸体旁。这个可怜的尼克在逃往炼油厂的途中，被阿比德一枪打死。暴徒们站在逆风处，和尸体保持着一定的距离，以避开尸体散发出的阵阵恶臭。成群的绿头苍蝇聚集在尸体上嗡嗡作响，它们停留在尼克呆滞无神的双眼上、额头上血液已凝固的子弹入口以及头盖骨上锯齿状的子弹出口，贪婪地吮吸个没完。

女孩们被眼前的场景吓坏了，纷纷躲在娜奥米身旁，死死地闭上双眼，或许心里在默默地企盼：当自己再次睁开眼睛时，会发现大家已经平安地回到了家里。

阿比德带着病态的幽默，将一把铲子扔在"阎王"脚边，然后指了指尸体，"海豹突击队员，是你害死了这个男人，现在你来把他埋葬了。"

倘若换作是其他任何时候，他要么会将尸体丢弃在原地不管，要么会将其扔进丛林喂养野生动物。显而易见，阿比德是个病态的混蛋，他打算利用这具尸体来羞辱、惩罚和控制眼前这名海豹突击队员。

"阎王"拾起地上的铲子，用两只手握住它，掂量着它作为武器的价值。阿比德有所觉察地眯缝起了眼睛，继而用步枪指向娜奥米。

"或许你还可以把她也一起给埋葬了。"他威胁道。

"阎王"的双眼直盯着敌人首领。"这不关她的事!"他抗议道。

娜奥米不愿让"阎王"为这次的逃跑未遂事件承担全部责任。她鼓起勇气,用力地摇了摇头,"理查德,你不能……"

"别说了!""阎王"厉声喝道。阿比德对他俩之间逐渐滋生的情愫知道得越少,她和姑娘们就越安全。

两人间的这一次简短交流,连同先前发生的一切以及隐藏其间的含义,都没能逃过阿比德的眼睛。他的脸上浮现出了一丝残忍的笑意。他一把抓起娜奥米,将她推倒在"阎王"脚边。她挣扎着坐起来,以饱含着恨意的目光瞪向博科圣地组织的这名首领。

"让你的婊子和你一起挖吧。"阿比德命令道。

说完这话,他转过身扬长而去,留下年轻的卫兵菲利克斯来监督这项令人不快的任务。其余几名卫兵在附近的树荫下闲荡,在必要时他们可以对菲利克斯进行支援。菲利克斯岔开双腿站立着,摆出了与首领兼偶像一式一样的强硬架势,甚至连阿比德的声音也一并模仿了去。

"快挖!"他狠狠地说。

第六十五章
弗吉尼亚海滩

自打亚历克斯·考尔德那十五岁的女儿德尔玛上次来到他的海滨小屋，并夺走了他的法式焗酿龙虾大餐之后，他就再也没有见过这个叛逆的女儿。那天之后，德尔玛在考尔德的住处待了好几个晚上，破坏了他与凯莉以及湾流餐厅女侍者共度良宵的机会，尔后她就神秘地消失得无影无踪，就像她先前突然出现时一样毫无征兆。考尔德在用于进行"狂猛集训"的海滩上接到了警方来电，令他相当惊讶的是，为何德尔玛会让警察联系他，而不是她母亲。

弗吉尼亚海滩警察局的一名接待警员将考尔德带到了青少年犯罪司的一间会见室，之后就转身离开了。这个房间里有一张光秃秃的灰色金属桌和三把体育场常用的看台椅。墙上还挂了一幅海报，上面画的是三只坐在砖墙上的泰迪熊。几分钟后，一名身着蓝色制服、长相清秀且仪容整洁的警官将德尔玛带入了会见室，警官的胸牌上写着斯佩尔克警长。一如既往，德尔玛仍是一身哥特式风格的装扮——她穿着黑色宽松连衣裙和黑色凉鞋，染黑的头发中有一缕被染成了白色，嘴唇也被涂成了黑色，而不是父女俩上次见面时他所见到的绿色。

"你怎么过了这么久才来？"她有些暴躁地发问。

"现在该你来告诉我你为什么会在这儿。"考尔德以同样的语气回应道。

她轻轻地甩了甩头，"我不过是行使了宪法第一修正案所赋予我的权利而已。你知道的，就是你正在捍卫的那个。"

斯佩尔克警长解释道："她用手铐把自己铐在了学校的前门，然后又袭击了为她解开手铐的警官。"

"这是什么抗议吗?"考尔德问女儿。

"这是行为艺术,亚历克斯。"

斯佩尔克警长继续叙述:"她的一个朋友用他的手机记录下了这整个事件。"

考尔德有些震惊,他不知所措地看着德尔玛。他们三人就这么站在这个狭小而空荡荡的房间里,面面相觑。"你是故意想被拘捕吗?"

德尔玛耸了耸肩,"我们已经是这个系统里两点一线的囚犯,就像迷宫里的老鼠。学校并不比监狱好到哪里去。你选择面对校长还是警察?两者又有什么区别呢?"

警官已经受够了这女孩无礼的言行,"真搞不懂她怎么会说出这样的话来。"

考尔德在心里暗自发笑。这令他想起了自己在她这个年龄时的光景,真是虎父无犬女啊。常言道:"苹果落地,离树不远。"他猜想"大熊"格拉夫斯可能会认为用"坚果"来代替这句俗语中的"苹果"会更为恰当吧。

考尔德认为自己差不多已经了解了事情的全貌,"好了,警长。这里还有什么手续吗?我待在她身边履行监护职责的时候不多,因为我经常需要外出执行任务。"

"你在海豹突击队服役?"

是德尔玛告诉他的吗?只见警长迅速将双腿挺直,两脚跟靠拢并齐,"向海豹突击队致敬!"

"嗯,唔,"考尔德对此不为所动,"那么我们如何做才能让我带她离开这儿,同时也让这茬事儿不被录入她的档案?"

斯佩尔克警长陷入了沉思。德尔玛走到一把椅子跟前,背对着他俩,一屁股坐了下来。

"或许她能为她的所作所为道个歉就行。"警长说出了他的决定。

德尔玛赞同道："这是个好主意。那么,我道歉。"

她的轻率态度令警长极为不悦,转过头来瞪视着她。"小姐,"他以极为严厉的口吻责备道,"你得学会尊重权威。"

考尔德的性情本就放荡不羁,他被警长讲话的方式所触怒。德尔玛觉出事情的发展节奏对自己有利,便趁势将两只手高高举过头顶,露出了被擦破皮的手腕。

"你知道吗,"考尔德对警长说,"这次我倒是站在她这边的。她的两只手腕都被擦伤了。你们对她动过粗吗?"

考尔德的这番话令警长有些猝不及防,后者也因此被迫进入防御状态。大多数到这儿来保释子女的父母们,尤其是那些言谈举止跟眼前这个女孩一样惹人厌的孩子的父母,都不会对警察发动言语攻击。

"不是的……呃……"警长竟有些结巴,不过他努力让自己恢复常态,"……她手腕上的擦伤……是在她抗拒我们为她解铐的过程中造成的。"

考尔德身上"淘气阿丹"式的叛逆性情开始发挥作用,他开始得理不饶人。"或者,"他提议道,"她的公民权利也许受到了侵犯。我要把军法署署长请来,看看那些执法的警员们有什么话要说。"

他停顿了一下,好让警长进行重新考虑。警长有些不安地转动着眼睛,似乎在考虑要不要去搬些救兵过来。

"那么你想好要怎么做了吗?"考尔德尖刻地发问。

其实他不过是在虚张声势而已,但是却奏效了。德尔玛似乎也为老爸能站在她这边而开心不已。几分钟后,考尔德领着一身哥特风装扮、背着小背包的青春期女儿走出了警察局。

"你为什么把我的号码给他们?"他问女儿。她正跟在他身后,朝那辆被锯掉车顶的紫红色野马汽车走去。

"埃丽卡还没回到镇上。她参加瑜伽静修去了。"

尽管德尔玛是在较为放任的环境下被抚养长大的,可听到她以直呼其名的方式谈及父母时，考尔德仍然觉得有些恼火。倘若他足够诚实，他就不得不承认他和他前妻都不甚擅长为人父母之道。自从他们离婚之后，他对德尔玛的成长几乎毫无贡献。或许，他和埃丽卡也只配得上被他们的女儿直呼其名吧。

"那么，现在你要我送你去哪儿？"他问她。

她扬起一道画得浓黑的眉毛，看了看他，又看向他的野马汽车。

"不行！"考尔德想都没想，就条件反射般地拒绝，"你不可以去我那儿。"

"是你带我出来的，亚历克斯。你是该对我负责任的家长。"她觉得将"负责任"和"家长"两个词用在一起来形容亚历克斯实在有些不合宜，竟忍不住笑出声来。

"什么事这么好笑？"

她耸了耸一侧肩膀。"没什么。我想我会去和布拉德一起住。"她略微停顿了一下，随即一脸天真地问道，"你知道哪家医院能提供强奸取证套件吗？"

"德尔玛！不要拿这个开玩笑。"

"不然还能怎么样？你会把他赶走吗？"

考尔德有些不安地盯着她。仅仅是想到德尔玛要和埃丽卡那长着细颈项的同居对象单独待在一块儿，就令他感到恼怒。这个无可救药的女儿似乎总是有办法惹恼他。

"天哪，亚历克斯，我不过是逗你玩而已。"她说着不禁哑然失笑，"别突然摆出一副好爸爸的样子来。"

可是她的笑声中却听不出任何幽默的意味，反而含有一种更严肃更沉重的情愫。她止住了笑。他俩就这么面对面地在停车场中央站了好一会儿，然后她试探性地指了指那辆野马汽车。他一言不发地走过去，为她打开了车门。

"这玩意儿连安全带都没有吗？"她的嗓音非常粗哑。

第六十六章
尼日利亚，废弃的村庄

非洲的炽热阳光灼烧着这个被博科圣地组织占领的偏僻村庄，"阎王"塔格特和娜奥米已经为尼克挖出了一个齐腰深的墓穴，但他们仍在烈日下继续挖掘。两人汗涔涔的皮肤上都沾满了红色的泥土，在这炎热天气下的辛苦劳作已令他们筋疲力尽。娜奥米的长发被汗水浸湿，黏在她的脖子上。在她与塔格特等人刚刚经历的那场以失败告终的森林大逃亡中，她的制服已经变成了比先前更脏的灰棕色，也破烂得更厉害了。

"阎王"身上的卡其布长裤同样布满了污渍且破烂不堪。多日未刮的胡子遮住了他脸上的一些棱角，也令他眼中的冷酷神情显得更为突出，本就薄薄的嘴唇愈发显得更薄了。

年轻卫兵菲利克斯将一张大手帕绑在脸上，遮住了鼻子和嘴巴，目的是滤除尼克的腐烂尸体所散发出的恶臭。他用一只手洋洋自得地挥舞着一把步枪，用另一只手在空中猛烈地拍打着被尼克的尸体引来的苍蝇群。他起身慢慢地挨近尚未完工的墓穴。塔格特没有理睬他。

"喂，海豹突击队员，你杀过多少人？"年轻卫兵突然开口问道。

"阎王"故意往菲利克斯的一只脚上甩了一铲土，后者赶紧往后跳了回去。年轻卫兵很快又无所畏惧地再次挨近墓穴，迫切地想在这名海豹突击队员面前证明自己的勇气，因为这个身份似乎颇受人尊重，以至于他的国家可能会支付一千万美金来赎回他的性命。菲利克斯将两只狭窄的肩膀向后展开，然后模仿阿比德的动作，"啪"的一声拍了拍手中AK-47步枪的枪托。

"我杀过七个。"他自吹自擂地说。

"阎王"直起身来,以一种毫不掩饰的轻蔑神情看向他,"为什么?"

菲利克斯没想到竟然有人会问这样的问题,而且对方还是一名美国的海豹突击队员——阿比德说这个人曾杀死了真主安拉的许多战士,这让菲利克斯尤其感到惊讶。

"因为他们是我的敌人,"菲利克斯有些勉强地解释道,"而且在你杀死一个人的时候,你也夺走了他的灵魂,并以一个秘密的名字将其占有。你杀的人越多,你就会变得越强大。"

"阎王"识破了他的谎言,"你从来没杀过人,是吧?"

"我杀过七个人。"菲利克斯倔强地坚持着,同时握紧武器摆出一副英勇的姿态。

娜奥米悲伤地摇了摇头,塔格特也在摇头,不过是厌恶地摇头。杀戮是伊斯兰激进主义的全部内容,比菲利克斯还年幼得多的孩子们已经开始接受关于死亡崇拜的教导。"阎王"曾见过一些年仅五岁的小男孩,甚至是小女孩,穿上自杀式炸弹背心,以牺牲自己的方式去炸死妇女们及别的孩子们。来自ISIS及其他激进组织的孩子们不被允许拥有真正意义上的童年。他们一出生就被视为"真主的战士",尔后在接下来的成长过程中逐渐习惯于接受以真主的名义杀人和死亡。如果说这就是伊斯兰教的意义,那它可真是一个糟糕的宗教。

"阎王"继续挖着土,娜奥米伸出手来碰了碰他的手,"阎王"从她眼里看到了她为自己的祖国及国内的孩子们所感到的悲伤。就在她和她的学生们在学校被绑架的前一周,一群十来岁的恐怖分子对位于尼日尔边界附近加什加尔村里的另一所学校发动了袭击。那群男孩杀害了学校里的老师,并带走了比他们更年幼的男女学生们。那些可怜的女学生将被卖作性奴,男生们会如同菲利克斯一样被培养成狂热的圣战分子。

这个世界似乎正变得越来越疯狂。娜奥米所在学校的纳姆比神父曾说这个世界正处于《圣经·启示录》中所预言的最后的日子。当耶稣再来的时候，一定不会喜欢这个世界现在的这般光景。

阿比德和奎恩亚姆走上前来检查墓穴的挖掘进度。一见到他俩，菲利克斯和近旁树荫下的士兵们赶紧换成了立正姿势。阿比德满意地点了点头，抬起一只手指着躺在一米之外、爬满了苍蝇的尸体。

"把它丢进去，"他吩咐塔格特和娜奥米，"你们两个一起来。"

这墓穴大约只有一米五深，可阿比德显然已经没耐心再继续等下去了。"阎王"用手支撑着墓穴的边缘，从里面爬了上来，然后帮助娜奥米也跟着上来了。高温和疲惫令她一时有些站立不稳，下意识地抓紧了塔格特，好让自己能支撑得住。阿比德示意他们到尸体那边去。随着两人渐渐靠近那团由嗡嗡作响的苍蝇形成的绿云，娜奥米忍不住快要呕吐了。

"把脸转过去吧，娜奥米。""阎王"鼓励她。

"阎王"挥手将苍蝇驱散，只身抓住尼克的头和肩膀，将尸体拖向墓穴边，从而让娜奥米不必参与其中。然而阿比德对此并不接受，他用步枪指向女教师，示意她也得前去帮忙。她想要抬起尼克的双腿，却抑制不住地剧烈干呕起来。

"阎王"和女教师以半抬半拖的方式将尸体带到了敞开的墓穴边，准备带着敬意让其轻轻地入土。可是尸体却从他们手中滑脱，重重地坠进了墓穴底部，扬起一团红色尘土。这实在是一场被演绎得极为怪异的葬礼。

娜奥米跪倒在地，感到一阵剧烈的恶心。"阎王"单膝跪在她身旁，在她干呕的时候扶着她。阿比德伫立在离两人不远的地方，脸上挂着凶恶残忍的笑意。

"阎王"已经受够了。他从地上抓起一把铲子，愤怒若狂地站起身来，他的脑子里只有一个念头——赶在士兵们杀死自己之前先把阿比德干掉。但是他还来不及行动，娜奥米在怒气的支配下，冒着丧失性命的风险，径直朝阿比德冲去。看到女教师将自己置身于险境之中，"阎王"赶紧扔下手中的铲子，伸出手一把拉住了她。

"你无法压制我们！"娜奥米在"阎王"的怀里挣扎着，喊叫着，"你永远也无法压制我们！

阿比德似乎被眼前这幕戏剧化的场景给逗乐了，一个冷冷的微笑从他那阴暗而又邪恶的内心深处逃逸了出来。他显然已经计划好了更多的戏剧性事件。他将两根手指凑到嘴边，吹出一声尖厉响亮的口哨。几名待命的士兵立即领会了他的意思，将特里·麦克埃文从牢房拖了过来，然后将他粗鲁地扔在尼克的墓穴旁。可怜的老人颓然坐在泥土中，因高烧和饥饿有些神志不清，嘴里含糊地念叨着一些毫无条理的只言片语。

"不！"娜奥米喊道，"特里！"

这位石油公司总裁以目前的状态，已经无法理解或回应任何人所说的话，可是阿比德仍对他咆哮着说："你的政府拒绝付钱。他们有钱用来买石油，却没钱用在你身上。"

"阎王"突然想到：既然美国政府拒绝为麦克埃文缴纳赎金，那么依据与巴巴里海盗争战时期所制定的"无赎金、无进贡"政策，他也没有任何理由认为自己获赎的可能性能比总裁大多少……眼下他没时间对此进行更深层次的思考了。

"阎王"试着同阿比德讲道理，"他已经失去得够多了。放了他吧。你不需要他，也不需要他们当中的任何一个人。你只需要我。"

阿比德点点头，仿佛正在琢磨"阎王"所说的话，"没错，他失去得够多了。所以现在他已经一文不值了。"

他的目光转向菲利克斯，年轻人正以持枪立正的姿势站在近旁，不过略微有些心不在焉。

"菲利克斯！"

年轻卫兵如同经过训练的狗一般，立即打起精神，一路小跑着来到首领身边。阿比德指了指麦克埃文，"干掉他。"

菲利克斯有些犹豫，瞪大了双眼。

"立刻干掉他！"

菲利克斯舔了舔嘴唇。无论他如何吹嘘，却无法掩盖自己并不是一名熟练杀手的事实。这时他的目光与"阎王"的视线正好相撞。

"别杀他，菲利克斯。""阎王"以近乎乞求的语气对他说话，试着让这名年轻卫兵接受自己的建议，"你看看他的脸。你余生的每一天都会想起这张脸，我向你保证。这与你的想象并不一样。"

菲利克斯脸颊上的肌肉略微松弛了些，紧接着开始轻微地抽动。他的内心似乎正在经历一场争战，对峙双方是圣战运动的阴暗面和人类与生俱来的同情心。阿比德默不作声地观察着这名年轻卫兵。菲利克斯握着枪向前走了几步，低头看着地上那个头发灰白、漫无目的地扭动着身子的老人。他举起手中的步枪，瞄准了目标。

麦克埃文最终还是恢复了一些意识。他坐直身子，保持住身体的平衡。"今天是我孙子的生日，"他说着竟放声大哭起来，"他今天十四岁了……"

一声枪响在森林里回荡，这声音还飘到了村中。麦克埃文一头栽入墓穴，压在了他从前的公关专员身上。娜奥米把脸埋进掌心，小声啜泣着。透过牢房的窗户看到这可怕一幕的女学生们被吓得尖叫不已，她们的声音传遍了这座被博科圣地组织所占领的村庄的每一个角落。阿比德朝塔格特露出了一个邪恶的笑容，因自己又为真主安拉培养了一名年轻战士而沾沾自喜。

菲利克斯朝塔格特投去了挑衅的一瞥，却没有得到来自后者的任何回应。

第六十七章
弗吉尼亚海滩

莉娜·格拉夫斯一直都想再要一个孩子，以此来填补自己心中因痛失萨拉而产生的巨大空虚感。虽然格拉夫斯渴望让她重新快乐起来，可在他得知自己竟患有某种有损男子气概的病症之后，却又感到矛盾和不知所措。除了家庭内忧，他还因"阎王"塔格特在非洲遭遇绑架一事挂虑操心。他认为自己和队友们承担着营救"阎王"的道德责任——无论他们需为此付出何种代价，无论他们得做些什么，无论他们要去往何处，他们都得救出"阎王"。恐怕没有哪个女人能够理解他的这种责任感所为何来，站在他的立场，若不是因为发生在阿富汗库纳尔省的意外事件，塔格特现在一定还留在团队中，也不会遭遇绑架。

星期天早上，约瑟夫和莉娜·格拉夫斯开车去教堂，一路上他俩一直尴尬地沉默着。到了教堂，他们走到自己通常坐的长凳边，落座之后，两人依然没有任何语言或身体方面的互动。身着祭服的亚当斯牧师握着他的圣经走上了布道坛，牧师是一名敬虔的小个子男人，年届五十，略微有些秃顶。之前，也正是他主持了萨拉的追思礼拜。

格拉夫斯起初并未全神贯注地聆听布道的内容，因为他仍在挂虑自己遇到的诸多难题，直到亚当斯牧师的一番话引起了他的注意："所以上帝说：'我要将所造的人和走兽，并昆虫，以及空中的飞鸟，都从地上除灭，因为我造他们后悔了……'"

格拉夫斯不由得僵住了，心跳加快，内心也备受搅扰，他觉得这番话像是冲着他本人而来的。

"但是让我们想一想，最终谁幸免于难了呢？"亚当斯牧师继续往下说，"是挪亚。他是一个正直的人，在他所处的那个世代，他是个无可挑剔的人。上帝将容许他的血脉延续下去……"

格拉夫斯没法向任何人解释，在这次的布道中，究竟哪部分内容如此深刻地触动了他。他甚至没法向自己解释清楚。他唯一知道的是，亚当斯牧师的布道内容如同引发了一场雪崩，令原本堆积在他灵魂深处的一系列问题如排山倒海之势一一袭上心头。莉娜好像也感知到了他内心的变化，此时她正以不安而好奇的眼神打量着他。

礼拜仪式结束之后，便是会众的茶点时间。大家都来到沐浴在阳光下的草坪，享用着曲奇饼和咖啡。趁着莉娜与一些教友们聊天的当儿，暂且落单的格拉夫斯得以有机会前去与牧师进行一番交流。莉娜用眼角的余光观察着他，心中疑惑不已。

"你的布道相当有力量，牧师。"格拉夫斯打开了话题。

"很高兴你这么认为，约瑟夫。"

牧师没有说话，打量着格拉夫斯。他今天看上去似乎有些困惑。教堂里的人几乎都知道约瑟夫·格拉夫斯是一名海豹突击队员，也知道他的工作是对公众保密的。近几日来，理查德·塔格特遭遇绑架的消息已经通过报纸的头版头条以及晚间新闻节目传遍了这整个海军社区，也成为了人们在街头巷尾热议的话题。欧西安纳海军航空站也比往日更加繁忙了，甚至连国防部长也特意飞过来向基地的指挥官们部署作战指示。

亚当斯牧师留意到约瑟夫·格拉夫斯的举动异于往常，便思索着该如何引导他将正搅扰着内心的想法说出来。最终牧师采取的方法是提出一个所有军人或多或少会感兴趣的话题。

"我们一直在为那名海豹突击队员和可怜的姑娘们祷告，"他温和而又谨慎地开口道，"只有上帝知道他们正经历着怎样的苦难。你认识他吗？"

"我听说过他，"出于安全考虑，格拉夫斯避免了正面回答这个问题,"我们都听说过他。而且我们也在为女孩们祷告。那么……"

"大熊"努力地在脑海中搜寻着,试图找到合适的语句来表达那些长久以来蛰伏在自己灵魂深处、刚刚被牧师的布道所唤醒的感情和思想,"那么……上帝因为某些人的所作所为……而惩罚了所有的人吗?"

"是的。这是非常重要的启示。罪恶会带来一系列后果,有时候其严重程度甚至远远超出了我们的想象。"

亚当斯牧师用亲切和蔼的眼神注视着眼前这个大块头海豹突击队员,并对他怀着怜悯与理解的心肠。对于像格拉夫斯这样的勇士般的男人来说,向自己表达内心的情感尚且不易,更不用说向他人袒露心扉了。格拉夫斯试着用概括性的语句来解释正困扰着自己的难题。

"这么说,上帝有可能……"他迟疑了片刻,又继续开口道,"……上帝有可能惩罚一个孩子……就因为她的父亲……"

"因为她的父亲?"牧师重复道,鼓励格拉夫斯继续往下说。

格拉夫斯抬起头来望着明媚的天空,犹如正与上帝对视,"如果她的父亲……犯下了弥天大罪……"

他的思路被突然走上前来的莉娜打断了,她正以脸上的笑意来掩饰内心的担忧,"你的布道精彩极了,牧师。一如既往的好!"

"谢谢你。约瑟夫和我也正在讨论跟这个有关的问题。"

格拉夫斯的脸上重新展露出笑意。他渴望表达内心情感的时刻已经过去了,"唔,我们得走了,牧师。谢谢你。"

亚当斯牧师回应道:"下周日见。"

或许他们可以换个时间再好好聊聊。毫无疑问,约瑟夫弟兄的内心正饱受折磨。

约瑟夫和莉娜从牧师身边走开了,他的手机突然响起提示音,打破了横亘在两人之间的尴尬。手机屏幕上清晰无误地显示着一排数字:999999。

"是指挥部发来的,"格拉夫斯说,"也许有'阎王'的消息了。"

她默不作声地点了点头。他的手机似乎总是会在他们最不该被打扰的时候响起。格拉夫斯有些不安地挪动着脚步,把脸转到一边,开口唤她:"莉娜……"

他突然伸出双臂,紧紧地拥抱着她,"我爱你。"

"我也爱你。"

可是她的声音听起来非常遥远,像是一种条件反射般的回应。她的眼睛紧紧地闭着,一种混杂着愤怒、爱与伤害的复杂情感在她胸膛里涌动着。

"约瑟夫,我们得好好谈谈。"

"好的,"他承认道,"我知道。"

莉娜等着他继续说下去,但他的灵魂已经就此撤退到了另一个她无法企及的星球上去了。过了一会儿,她带着深深的悲伤叹了口气。现在还不是时候。

"你快去吧,约瑟夫。"

他对她点了点头,随即转身飞快地离开了。

* * *

格拉夫斯穿着去教堂做礼拜的装束赶到了作战简报室,阿特金斯指挥官和冯上尉已经准备好向海豹六队的队员们传达作战指示了。格拉夫斯走到考尔德、奥尔蒂斯、蔡斯、巴克利和"鱼饵"所在的前排,找了个空位坐了下来。"铁血团队"的成员们脸上都写满了期待,他们认为一定发掘到了关于"阎王"的新消息,冯上尉很快就证实了这一点。

"我们的搜索范围内有一家炼油厂,相关员工证实了炼油厂附近有博科圣地组织活动的猜测。"她边说边用手中的指示棒轻敲着脚下的靴子,阿特金斯指挥官一直站在她身旁,"根据中央情报局的线人所提供的情报,我们认为人质很可能被关押在一座废弃的村庄里。"

她打开遥控器，由ISR飞机拍摄的图像显现在了大屏幕上，这次仍是浓密的森林。她将图片慢慢放大，最后定格在丛林中一个像是某种建筑的物体上，画面非常模糊。"这是C4ISR系统的实时监控图片。"她说。

"线人能准确识别吗？""佛爷"奥尔蒂斯若有所思地问道。

"不能。如果他靠得太近，很可能会被博科圣地组织的成员发现，从而打草惊蛇。不过他观察到其中一片建筑区域内有持续的活动迹象——全天候都有哨兵值守在其边界，不时还能见到运送食物和物资的车辆出入其中。"

阿特金斯指挥官上前一步，"指挥部同意对该区域执行进一步的部署行动。"他宣布道，"我们已经在距离目标十公里的地方设立了一座安全屋。当地政府将安排地面运输帮我们的人抵达目标地点。那里树木繁茂，很难进行垂直降落。而且如果他们看到或听到你们靠近，就有可能危及人质。"

指挥官坚定而严峻的目光——掠过坐在前排的格拉夫斯和其他团队成员。"做好准备，一小时后出发。"他说。

第六十八章

尼日利亚，废弃的村庄

阿比德一度傻到以为美国政府会支付一千万美元的赎金来换取一名人质。自19世纪初托马斯·杰斐逊与巴巴里海盗为争夺美国海员开战以来，美国从未有过用赎金换取人质的官方记录。为人质支付赎金的后果不堪设想，无疑会导致更多的人质挟持事件。当阿比德接受了这一基本事实之后，便迅速处决了特里·麦克埃文。塔格特不禁琢磨着，他们为什么让我活了下来？难道与这名野蛮人领袖的个人恩怨有关？

塔格特赤着脚，浑身上下只穿了一条卡其布长裤。他正跪在靠近牢房的村广场上，用一把铁铲将另一颗粗铁钉敲入一座木头十字架的横木中。这座十英尺高的十字架是阿比德要求他建造的，他手中的铲子正是他先前用来将尼克和麦克埃文埋葬在坟墓中的那一把。包括菲利克斯在内的几名武装卫兵，正躲在附近几座小屋旁的阴凉处监视着他做工。

铁与铁不断撞击的声音响彻了这座废弃的村庄。阿比德拥有一种无比邪恶的幽默感和讽刺感。他要求手下们把两块木材搬运到村广场，然后以枪口相威胁，将塔格特从牢房带到了这儿，并告诉后者他想要成就怎样的事情。这实在是太恰当了，他在心里讥笑道，既然基督曾为这世上的罪而在十字架上遭受痛苦，那么塔格特也应该遭受同样的痛苦——而且他那背叛了真主安拉、改信基督教的非洲婊子和那群小雏妓理当亲眼看到他受苦的样子。

阿比德手握一把宽刃大刀，大摇大摆地从被他用作总部的建筑里走出来，前去视察"阎王"的工作进展。他将另一颗钉子扔进了地上的尘土里,然后用刀尖把钉子推到阎王面前。

"还需要一颗钉子,海豹突击队员。你一整夜都得被挂在上面。"

"阎王"细细打量着那颗钉子。它的长度几乎与普通刀具的刀刃相当。阿比德用手中的大刀敲了敲地面,似是在说,我的刀比你的更长。

"阎王"把新的钉子钉入了十字架。先想办法活下来,再等待合适的机会。娜奥米和姑娘们透过牢房的狭小窗户看着他,"阎王"听到了埃丝特痛彻心扉的啜泣声。

"强大的美国海豹突击队员,看看你现在的模样吧。"阿比德奚落道。

首领转而面对着牢房,看见了窗边的一张张脸。"现在你们知道是谁掌握着大权了。"他以嘲弄的语气喊道,"异教徒保护不了你们。美国保护不了你们。还有……"他将刀尖指向正跪在地上建造十字架的"阎王","这位'上帝'也保护不了你们。"

他昂首阔步地来到了牢房跟前,脸上仍挂着邪恶的笑意。一名卫兵为他打开了门锁,他一把推开门,带着大刀走了进去。娜奥米赶紧从窗边退了回来,学生们全都涌向她的身旁,她们所有人都用无比惊恐的眼神注视着阿比德。阿比德将手中的大刀伸进牢笼的栅栏,用刀尖指向埃丝特。

"告诉我,"他问道,"谁能保护你们?"

埃丝特蹲在娜奥米脚边瑟瑟发抖。"你放过她!"娜奥米怒喝道。

阿比德脸上依旧带着笑意,他的刀刃在栅栏上一划而过,发出一串刺耳的"咣当"声。"快说出来!"他执意要让这个小姑娘回答他的问题,"谁能保护你们?"

埃丝特的心几乎被恐惧感吞噬,一句话也说不出来。

"是谁?"阿比德发出了雷霆般的咆哮。

"你。"埃丝特委曲求全地低声回应道。

阿比德大笑几声,迈着大步离开了小屋。来到外面后,他又发号施令："把他挂上十字架。"

几名士兵上前制服了"阎王"，并把他拉到了地上的十字架旁。他们用几段粗麻绳将他赤裸的手腕和脚踝分别捆绑在了十字架上，当绳结被拉紧时，麻绳上的毛刺扎进了他的皮肤里。

"住手！"娜奥米在牢房的窗边大喊了一声。

阿比德没有理睬她。"当心点。他很值钱的。"他用当地语言对士兵们发出指示。

阿比德的士兵们将捆绑着"阎王"的十字架竖立起来，他的双臂分别被捆在横木的两端，两只手腕和脚踝支撑着他全身的重量。绳子深深地勒进了他的肉里，剧烈的疼痛感折磨着他，令他感觉自己的四肢似乎正被人从身体上切割下来。不过，他仍然不愿让阿比德因看到自己饱受痛苦而心满意足。他始终怒视着阿比德的双眼，竭力控制着脸上的表情，好让它看起来不是在传递痛苦，而是流露出他对这名恐怖分子领袖的极端蔑视。

士兵们将十字架的底座插入一个事先已预备好的地洞，接着将其立得笔直，再固定好。"阎王"伸开的双臂和肩膀所承受的身体重量几乎令它们从关节窝里脱臼。他的呼吸声听起来就像铁匠的风箱在运转，殷红的鲜血从他的手腕流出，飞溅到地上的尘土里。就这样，塔格特半裸着身子被挂在十字架上，承受着巨大的痛苦，与两千年前耶稣所遭受的何其相似。这正是阿比德借以嘲弄异教徒及其可怜的神祇所惯用的方式。

娜奥米发现自己无法将视线转离这可怕的景象，她甚至觉得看着他受苦似乎也是在某种程度上分担他的苦楚。她将小女孩们紧紧地搂在自己身旁，眼里盈满了泪水。

阿比德在广场对面盯着窗边的娜奥米,"你现在还喜欢你的弥赛亚①吗?"

---

① "弥赛亚"是个圣经词语,与希腊语词"基督"是一个意思,在希伯来语中最初的意思是受膏者,指的是上帝所选中的人,具有特殊的权力,受膏者是"被委任担当特别职务的人"的意思,是一个头衔或者称号,并不是名字。新约圣经主张出生于伯利恒的拿撒勒人耶稣就是弥赛亚,因为耶稣的出现,应验了旧约圣经中的许多预言。但是犹太教信徒则予以否认,并仍然期待他们心中的弥赛亚来临。

第六十九章

尼日利亚

迈克尔·纳斯瑞的同伴，车臣人阿克马尔·巴拉耶夫已安排好与四名车臣伊斯兰武装分子在拉各斯郊外森林里的一条私人飞机跑道上碰头。当太阳从丛林的树冠上探出头来的时候，迈克尔和阿克马尔开着一辆租来的蓝色SUV如约前来。这块土地的所有者是一名骨瘦如柴的尼日利亚人，他的脸上带有天花疤痕，还在一场反对阿尔及利亚异教徒的行动中弄瘸了一条腿。各个伊斯兰组织都付钱给他，以求存留和保护这座机场，将其作为向尼日利亚运送战斗机和武器的通道。

等候飞机的空闲时段，迈克尔读着手中的《华盛顿时报》，这份报纸是他离开卡塔尔之前从一家报摊上买到的。对他而言，美国尽管是他的故土，却是一个正在走下坡路的傻帽国家——它对恐怖行动宣战，却在战争中节节败退。当他读到报纸上一段引用自美国国家反恐中心主任的讲话时，心中顿时洋溢起病态的喜悦之情，甚至不禁笑出声来。这位主任在国会面前证实，这世上的恐怖活动"比'9·11'事件以来的任何时候都更广泛，影响力也更大、更深刻。我们的判断是，他们在国外和在世界各地（包括美国）发动袭击的能力，迄今为止并没有明显地减弱"。

这倒是符合事实。

飞机准时着陆，下来了四个迈克尔所见过的最为强悍的家伙。他们看起来可不是好惹的，虽然身材并非最强壮的那一型，但他们皮肤上的疤痕和钢铁般的眼神无一不证明他们都是经历过大场面的"老鸟"。他们的五官看起来像欧亚人，身着似是制服的数字化迷彩服，头戴阔边丛林帽。更好的是，他们都带来了各自的武器——装在皮套里的手枪、AK–47步枪甚至手榴弹。毕竟，在这样的机场是不会遇到海关人员找茬的。

阿克马尔还在车臣的时候，就已经知道这几个人，当然也在他们以往的战斗生涯中见识过各人的本事。他向迈克尔保证，他们都是值得信赖的可靠之人，并且有能力处理好迈克尔脑子里也许正在酝酿着的与博科圣地组织的任何交易。即使是在伊斯兰社会，也很少有人信任来自博科圣地组织的野蛮人。他们冲动易怒，如今遍布从尼日利亚到索马里和肯尼亚的整个北非地区，以专门从事绑架和勒索而著称。

迈克尔、阿克马尔和四名车臣武装分子挤在租来的SUV里，由阿克马尔驱车一路向着东南方向行进。车子最终驶入一个沿街售卖水果蔬菜的原始市场，并在一家既贩卖果蔬，又凑合着兼做咖啡馆生意的商店跟前停了下来，这里是他们与博科圣地组织约定好的谈话地点。迈克尔和阿克马尔走进店内的咖啡馆，两名车臣人在商店外面的自由市场四处走动和巡查，另外两人站在SUV旁边观察着四周的情形。商店里有一名手握砍刀的尼日利亚人用好奇的眼光打量着这些外国人，他手起刀落，将一个椰子的末端砍了下来。

咖啡馆的地板上光秃秃的，没铺任何地毯，屋里摆放着几把没有椅垫的自制椅子和几张未铺桌布的粗制桌子。透过一扇布满蝇粪的玻璃窗，便能看到外面那条未经铺砌的土路。一名店员正在沏茶，他赤裸的胸膛上系着一条脏兮兮的围裙。迈克尔有些反感地看了看他，随后点了几杯茶水。下单后，迈克尔找了一把面向门的木头椅子坐了下来，往后靠在椅背上，内心充斥着兴奋又紧张的情绪。他的一条腿不自觉地微微抖动着。

阿克马尔在他对面坐了下来。不知何故，或许是那几名车臣人的到来激发了迈克尔的灵感，他突然对阿克马尔说："我一直在想着你村里的那个女孩。她叫什么名字？"

阿克马尔的神情突然变得严肃起来。那已经是许多年前的事情了，可他永远都不可能忘记那个躺在地上流血的女孩，以及当他前去结束那女孩的痛苦时对真主的承诺。

"蕾拉。"他回答道，声音轻得近乎耳语。

"蕾拉。你替她报仇了吗？"

阿克马尔把脸转向一边，面部表情变得有些僵硬，"我阉割了我的指挥官，还割断了他的喉咙。我把他的尸体留在了深山里。"

迈克尔点头表示赞许。店员将几杯热气腾腾的茶水端来放在他们的桌子上，又在自己的围裙上擦了擦手。迈克尔挥手示意他离开。

一辆装载着博科圣地组织武装分子的军用悍马车在商店外面停了下来，一时间尘土飞扬。他们刚好准时，分秒不差，这令人不由得怀疑车里的人恐怕早就潜伏在路边，甚至已经对会面地点的情形密切监视了好一阵子。博科圣地组织的人从来都不相信任何人，无论对方是不是伊斯兰教徒，态度都是一样的。

一名腰间配枪、手握十字弓的大个子男人大摇大摆地迈进了咖啡馆，他停下脚步，机警地向四处查看了一番。奎恩亚姆身着卡其裤，他的脸和鼻子都是又长又宽，头发剪得很短，几乎贴近头皮。他朝迈克尔和阿克马尔走来，用充满猜疑的目光打量着他俩。

迈克尔将桌上的一杯茶推到这名非洲人面前，邀请他坐下来，"我点了茶。"

奎恩亚姆依然面无表情地站立着。"价格是一千万美元。"他说。

第七十章
尼日利亚

中央情报局的工作人员和情报人员,连同一支海豹突击队支援及技术先行小组,齐心协力地将隐匿在拉各斯郊外的一座废弃仓库打造成了一个临时的集结待命区。在夜幕的掩饰下,格拉夫斯队长率领的团队及"白色中队"的另一支队伍被空运到了尼日利亚军用机场,继而借由包括垃圾车在内的多种不起眼的民用运输工具被快速送到了这座仓库。"阎王"塔格特及其他人质的生命安危与此次任务的保密程度密切相关。

脚步声和交谈声在这座如洞穴般空旷的仓库里回荡,仓库内杂乱地堆放着一些板条箱、纸箱和生锈的农用设备,照亮整个空间的是分散安装在仓库中好几处地方的裸露电灯泡。这里弥漫着阵阵霉味和陈腐的酸味,因为长久以来这里都无人使用,反倒成了老鼠的天下。

执行任务的团队刚一抵达仓库,便赶紧开始执行任务前的一系列固定程序:开箱取出设备,保养武器,研究地图,搜集最新情报……"大熊"格拉夫斯将一份地图摊开摆放在一张头顶有灯泡的野战桌上,就任务规划的要点对他的团队成员们进行任务开始前的最后一次概述。他们六人都穿着适宜丛林作战的迷彩服、靴子和宽边帽。他们的背包、武器、防弹衣、夜视设备和无线电通信设备都已准备就绪,随时可以出动。

"一辆破旧的车会带我们去目标转移地。"格拉夫斯解释道,同时用食指敲了敲地图上的一个网格坐标,它就在此次任务的目标位置附近。他们的目标位置是一座被博科圣地组织占领的废弃村庄,中央情报局的线人认为人质很可能就被关押在那里。

考尔德发出一声悲哀的呻吟,"请告诉我那不是垃圾车。"

"是货车,"格拉夫斯打消了考尔德的顾虑,"我们待在后面的货厢里。开车的是一名当地司机,负责与他联络的特工坐在副驾驶座。"

这名兼做中央情报局线人的当地司机正躺在众人近旁硬邦邦的水泥地面上打盹儿,身上裹了一条旧毯子。他是一名身材矮小的尼日利亚人,年约五十岁。负责与该线人联络的中央情报局特工坐在一把金属椅子上,正在读一本平装书。他是来自芝加哥的高个子非洲裔美国人,时不时会将目光从自己正读着的书页抽离出来,对整间仓库进行一番扫视。格拉夫斯认为应该不会有什么事能逃出此人敏锐的眼睛。

"当地司机,是吧?""鱼饵"扑哧一笑,转头看向蔡斯,脸上带着狡黠的神情,"为什么不直接让蔡斯当我们的司机呢?他的肤色刚好可以蒙混过关。"

巴克利笑了,"你在开玩笑吧?他是我认识的黑人中最不黑的一个了。"

"真有你的。"蔡斯摇了摇头。他们始终不愿放弃打趣这名毕业于哈佛大学的新兵蛋子,哪怕是在这样的非常时刻。

玩笑仍在继续,其实这也是队员们用来缓解紧张气氛、拉近友谊和提升团队凝聚力的一种方式。

"其实佛爷嘛……""公鹿"继续说道,又拿奥尔蒂斯的黝黑肤色开起了玩笑。

"不是的,"奥尔蒂斯顺水推舟,"我只有在洗澡的时候才会被人误认为是黑人。"

考尔德拍了拍奥尔蒂斯的背,"原来你也跟我一样?"

"到此为止,别再说了。""大熊"一脸正色地打断了他们,"好了,我们会从目标转移地前往其他路段进行巡逻,离目标位置三公里左右。"

格拉夫斯又拿出一张目标村庄的示意图,将其平铺在先前的地形图上。奥尔蒂斯揉了揉受伤的膝盖,有些担心它能不能撑过这次的强行军。

"这个,"格拉夫斯解释道,"是村庄被废弃前的样子,当时住在这儿的是炼油厂的工人。假设这里没有太大的变化,那么,这栋建筑——这里——就是我们的主要目标。F组将负责对付那里的敌人并搜寻人质。D组负责拿下这个建筑,并按顺时针方向对各栋建筑一一进行搜查,直到最终确保整个村子都安全了为止……"

对于任何一次任务来说,最困难的部分就是等待。待格拉夫斯对作战指示进行简短复述之后,奥尔蒂斯悄然离开人群,来到一堆旧板条箱后面蹲了下来。他挽起迷彩裤的裤腿,往受过伤的那一侧膝盖注射了一针"可的松"。完事之后,他背着帆布背包从躲藏处走了出来,随即又停下来伸了伸腿,试试效果如何,没想到却被考尔德看到了。

"膝盖怎么样了啊?"考尔德问他。

奥尔蒂斯故作轻松地耸了耸肩,"没事。"

说完他蹲下来,从自己的帆布背包里取出一袋巴拉圭茶包,准备泡上一杯。考尔德将雨衣内里层铺在地上,摊开四肢平躺在上面。他用了约莫一分钟的时间看着奥尔蒂斯摆弄茶包,随即想到"大熊"对于解救"阎王"这件事似乎有些过于心切了。

"对于大熊来说,这实在是一件糟心事。"他评论道。

"对我们所有人来说都是如此。那毕竟是'阎王'啊。"

"这就是我想说的。你认为'大熊'现在当真头脑清醒吗?"

奥尔蒂斯点燃一个HEET牌气罐,把一个盛好水的水壶放到火上加热,然后转头看着考尔德。"如果你认为'大熊'会做出错误的判断,"他说,"你就不该来这儿。"

"嘿,'佛爷',"考尔德抗议道,"'阎王'曾经也是我的队长。

我和你们一样想把他救回来。"

"那我们就一起去救他吧。"

在仓库的另一头，格拉夫斯队长看起来有些心烦意乱，他避开其余的海豹突击队员，来到一个安静的角落，悄悄掏出了自己的手机。他在手机屏幕上点击了几下，点开了一张他和莉娜以及他们的小女儿萨拉的合影——照片上的三个人都笑得很灿烂，可他已经许久不曾像这样发自内心地笑过了。

他触碰了一下屏幕，开始输入莉娜的号码，尽管他并不确定此地是否处于手机信号覆盖范围，自然也不知道电话能否拨通。但他输入头几个数字之后，却停了下来，木然地盯着手机屏幕，就这么长久地坐着。突然，他猛地合上了手机盖，迅速将其塞回到上衣口袋里。

第七十一章
尼日利亚,废弃的村庄

已经过去多长时间了?几个小时?还是几天?"阎王"塔格特已经完全失去了时间感。他就这么近乎赤裸地被挂在十字架上,热带的炙热阳光照射在他身上,他的皮肤几乎已被烤焦,残存的一点点水分还在不断地被带走。他低垂着头,闭着眼,似乎每进行一次短促的呼吸,他的求生意愿也随之慢慢流失掉了一些。他的思绪游离,徘徊在眼前的世界和另一个时空之间。

他听到了歌声,于是动了动眼睑,随即睁开了眼睛。他不相信有天使的存在。他把头慢慢转向那甜美歌声传来的方向,透过模糊的半意识,他看到娜奥米那可爱的棕色面孔出现在了牢房窗户的栅栏后面。她正高声唱着一首古老的基督教赞美诗《你真伟大》,为的是鼓舞他不要放弃。

"主啊,我神,我每逢举目观看

你手所造奇妙大功,

看见星宿,又听见隆隆雷声。

你的大能遍满了宇宙中……"

菲利克斯跑到牢房的窗边,朝娜奥米挥舞着步枪,大声喊道:"闭嘴,你这个愚蠢的婊子!别再唱了!"

他说话的方式越来越像阿比德了。

娜奥米安静了下来,但她仍然待在"阎王"能看到她的窗口,用充满悲伤、迷蒙着泪水的眼睛望着他。她的那段短暂的歌声令"阎王"略微振作了一些,他微微动着嘴唇,咕哝着哼唱起了那首赞美诗,这也许是他最后的反抗行为。

"看见星宿,又听见隆隆雷声。
你的大能遍满了宇宙中……"

第七十二章
仓库集结待命区

在这座被指定为集结待命区的偏僻仓库里,海豹突击队员们连同支援人员对武器、装备和计划进行了任务开启前的最后调整。倘若那座村庄果真是被博科圣地组织占领了的话,每个人都知道一场枪战是绝不可能避免的。"公鹿"巴克利已经是第二次或第三次对他的MK48 7.62重机枪进行清洁和上油了。随后,他又一一走到每个队友跟前,对他们提出一模一样的要求。

"伙计们,让我看看你们为我带的备用弹药。"

无论是用于进攻还是防守,机枪都是战斗中重要的关键武器。它消耗弹药的速度快得惊人。对于机枪手来说,备用弹药的重量是无法独自承担的。因此,它们会被分发给多名团队成员来共同分担。

考尔德扯开背包外袋上的尼龙搭扣,露出了一条折叠得整整齐齐的弹药带。"考尔德,我爱死你了,你让我那吹毛求疵的老母亲都自愧不如。"巴克利点着头说。

"不客气,'公鹿'。"

"佛爷"奥尔蒂斯打开自己的背包顶部,只见爆炸装置上方的缝隙里塞入了一条弹药带。巴克利露齿一笑,"'佛爷',若论到行李装车、做玉米煎饼或是收拾行囊,没人能比得过你们墨西哥佬。"

"这是我们引以为傲的民族传统。"

考尔德指了指放在奥尔蒂斯包里的弹药带,"我包里还有些空间,我可以帮你装那些子弹。"

"佛爷"突然变得有些戒备,他怀疑考尔德之所以有此提议,是因为他发现了自己先前往膝盖上注射可的松的事情，"你怎么突然变得这么好心了，亚历克斯？"

"噢，'佛爷'，我只是看到你包里的爆炸装置已经塞得满满当当了。"

"唔，除了我自己的东西之外，再装些备用子弹还是可以的。"

"真的可以吗？"

"没问题。"

考尔德拉上自己的背包拉链。"佛爷"起身离开，并在走路时竭力遮掩自己的腿仍有些瘸的事实。

巴克利的声音从仓库的另一个地方传了过来，他的语气听起来似乎有些气恼。此时他正居高临下地站在蔡斯和"鱼饵"身旁，刚刚也对他俩提出了同样的要求——让我看看你们为我带的备用弹药。

"你这是在跟我开玩笑吧！""公鹿"嚷嚷道。

"穷鬼"伸手在自己的背包里摸索着，"它就在这里面。稍等一下。"

"公鹿"的手指像枪一样指着他，"砰！我们都死了。'鱼饵'，你愿意为这位哈佛毕业的高材生解释一下为什么大伙儿都得帮我带些备用弹药吗？"

"因为重型武器消耗弹药的速度非常快……""鱼饵"开口没说几个字就被蔡斯打断了。

"所以我们每个人都得多带些子弹。这我知道。"

"公鹿"的怒气仍未消散，"如果你知道的话，就会把那些子弹放在你或者我能快速拿到的地方了。因为当你还在你的野餐篮里翻找的时候，其他所有人都会疑惑掩护火力怎么迟迟不来。"

蔡斯已经受够了。他把手举到巴克利眼前，"你的弹药在这里，妈的！"

他把弹药带放在自己头顶上摆弄着，子弹在他手里咔嗒作响。"公鹿"笑着甩了甩跟《迈阿密风云》里的时髦警探一式一样的鬈发，转身走开了。

考尔德来到蔡斯和"鱼饵"身边。"他是在对你进行测试呢。"他对"穷鬼"说。

蔡斯的情绪仍然很激动，"别废话了。"

"这其实跟子弹没关系，蔡斯。是跟……"他一时不知道该怎么表达，便抬手敲了敲自己的脑门，"是关于……你是否能保持头脑清醒。你现在要开始实干了，小伙子。"

蔡斯明白，团队里每一个人的性命都与其他成员息息相关，那么每一件事情都容不得一丁点儿的失误。蔡斯细细琢磨起这个道理，这次他是真的用心在思考。他最不想看到的就是自己把事情搞砸了。虽然蔡斯并不认识塔格特，但他知道塔格特绝不容许事情被搞砸。"大熊"也是如此。

"我给你一个小小的建议，"考尔德委婉地提议道，"可以把弹药带折叠起来，装进你背包的外侧口袋里。我们通常都是这么干的。"

当一辆脏兮兮的货运卡车驶到仓库外面停下的时候，海豹突击队员们早已准备好了。他们全副武装地从仓库大门鱼贯而出，身上洒满了早晨的阳光，随后又纷纷挤进了卡车的后厢。连同后备支援人员，这支队伍的人数已经超过了二十四人。考尔德攀上卡车之后，转身朝正准备上车的奥尔蒂斯伸出一只援手。"佛爷"上下打量着他，有些困惑，同时也有些恼火。这是怎么了？难道考尔德认为我是个瘸子吗？

"谢谢，不过我自己可以的。"

奥尔蒂斯攀上车厢，在靠边的长凳上坐了下来，身旁正好是考尔德。"公鹿"和"鱼饵"紧跟在蔡斯身后跳了进来，车上除了"铁血团队"一行，还有另一支团队的几名成员，大家各自找到空位坐了下来。

"嘿，哈佛大学的姑娘怎么样啊？"为了缓解紧张的气氛，并为自己先前对蔡斯的态度做出补偿，巴克利故意找蔡斯打趣。

蔡斯渐渐学会了该如何自如地应对这类玩笑话，"还不错。她们会说三到四门语言，会算高等微积分。"

"是吗？唔，你还得跟我们说说那里的茶和饼干怎么样。"

"没问题。我喜欢格雷伯爵茶。"

"我就知道。"巴克利转而向"鱼饵"解释，"'鱼饵'，如果你不太懂行的话，我得告诉你，那可是好茶。"

"我知道那种茶。颜色就像这个。"他说着伸出手来，指了指自己黝黑的阿富汗人脸庞。

这些无伤大雅的闲话和不带恶意的玩笑，帮助他们带着轻松的心情去面对前头的考验。卡车很快就装载完毕，乘客和装备将后厢塞得满满当当的。"大熊"格拉夫斯对准无线电通信设备的麦克风喊话道："F组和D组正在前往目标转移地点。"

卡车后厢门"砰"的一声关上了，阳光被阻隔在外，已安静下来的海豹突击队员们被全然的黑暗所包围。真正的战斗即将打响。

第七十三章
尼日利亚

飞机从卡塔尔出发的时候,阿克马尔曾说过他相信博科圣地组织的士兵毫无理性可言,他们在行的只有强迫和暴力,以及强奸、绑架年轻女孩和妇女,并将其带到奴隶市场进行贩卖。联合国和美国都将博科圣地组织列为恐怖组织,并称其为"世界上最暴力、最不可预测的组织"。在迈克尔·纳斯瑞看来,属于这个组织的所有负面特质,都在眼前这个丑陋的大块头奎恩亚姆身上得到了淋漓尽致的体现,后者正是奉派前来就人质理查德·塔格特的价钱同纳斯瑞进行商讨的人。

在街边这家设在果蔬店内部的咖啡馆里,负责沏茶的店员已经为两名外国人和相貌吓人的非洲人续过三至四次茶水了。随着双方的讨价还价继续进行,原本站在桌边的非洲人最终也坐了下来。阿克马尔和迈克尔都因奎恩亚姆的死不让步而怒火中烧。不过,迈克尔的气质倒更适合对付此人。他试着以尽可能平和的态度与博科圣地组织的谈判代表讲道理。

"我知道你们想最大化地提高卖价,"他规劝道,"但是你的组织已经宣誓效忠于我们。而且我们已经说好了,价钱是五百万美元。"

"一千万。"奎恩亚姆顽固地坚持道。

阿克马尔的耐心渐渐耗尽,他对奎恩亚姆愤愤地说:"你们宣称自己遵循《古兰经》。经上说,不能互相抬价,不能彼此背叛或相互抢生意。我们同是真主安拉的仆人,彼此互为弟兄。我们必须照着这样的准则而行。"

"《古兰经》?真主?"奎恩亚姆反驳道,"和这件事有什么关系?这是生意。"

令阿克马尔吃惊的是,迈克尔竟突然改变策略,对奎恩亚姆的要求做出了让步,"我可以同意你们的价钱。"

阿克马尔皱起眉头,望着身旁的同伴。这个迈克尔,他究竟在想些什么?迈克尔朝同伴露出一丝狡黠的神情,似是在说,别担心。

奎恩亚姆带着胜利者的自得,露出一个大大的笑容。可是当迈克尔倒出他葫芦里卖的药时,奎恩亚姆脸上的笑意瞬间消失得无影无踪。"前提是,你得让我先见到那个海豹突击队员。"迈克尔不紧不慢地说。

奎恩亚姆怒瞪着他,"这不可能。"

"没有什么事是不可能的。让我见到海豹突击队员,不然就没得谈。"

大块头思忖了片刻。或许他觉察出此事非同小可,自己做不了主,便掏出手机,准备向阿比德求助。迈克尔伸出一只手,挡住了他的手机屏幕。

"别打电话,"他警告道,同时翻了个白眼,"美国佬会监听到的。带我去见他。"

* * *

迈克尔·纳斯瑞、阿克马尔以及四名车臣枪手坐在他们租来的蓝色SUV里,车子行驶在尼日利亚森林深处尘土飞扬的狭窄道路上。在前面带路的,是载着奎恩亚姆及其同伙的军用悍马车。迈克尔兀自咧嘴笑着,脸上带着自鸣得意的神情,活像一只心里揣着秘密的柴郡猫[1]。坐在后座的他前倾着身子,目光越过前排乘客,再透过司机面前那块落满灰尘的挡风玻璃,看着车子前方的滚滚扬尘。他竟

---

[1] 柴郡猫是英国作家刘易斯·卡罗尔创作的童话《爱丽丝漫游奇境记》中的虚构角色,形象是一只咧着嘴笑的猫,拥有凭空出现或消失的能力,甚至在消失以后,它的笑容还挂在半空中。

不自觉地笑出声来。

眼见与博科圣地组织野蛮人的这场交易竟令迈克尔如此快活,阿克马尔实在有些困惑。埃米尔哈基姆·穆塔基恐怕不会因此而感到高兴吧。

"埃米尔并没有同意出价一千万美金。"他发起了牢骚。

"那些混球哪会知道这个。"

迈克尔扭过头去,长久地注视着车子的后窗,似是在邀请阿克马尔也跟着做同样的事。阿克马尔看过之后,顿时瞪大了双眼。透过扬尘,他发现在遥远的后方还有两辆SUV在跟着他们。结合迈克尔脸上的笑意,他猜测那两辆车里应该也装载着别的车臣武装分子。迈克尔从未打算为那名海豹突击队员支付一千万美元,他甚至连五百万美元也不会付。

"你到底想干什么,迈克尔?"阿克马尔喊道。

"做你对你的指挥官做过的事。完成必须了结的事。"

迈克尔的计划着实令阿克马尔有些猝不及防,一时间他有些发愣。"那么埃米尔……"他结结巴巴地说。

"埃米尔的事情你别担心。我已经获得他的许可了。你愿意支持我吗?"

阿克马尔还在犹豫。迈克尔瘦削的脸庞上始终带着一丝若隐若现的微笑。"正确的回答是,"他说,"是的,迈克尔,我愿意支持你。"

这个美国人发出了一阵低沉而响亮的大笑。"你现在已经没有回头路可走了。"他极其兴奋,大声宣告道。

第七十四章
尼日利亚

三支车队行驶在两条不同的丛林道路上，这两条路最终会在所有车队的共同目的地交会，一场冲突不可避免。奎恩亚姆和博科圣地组织的士兵们坐在军用悍马车里，直奔炼油厂南面的废弃村庄，那里是阿比德用作组织总部的基地。炼油厂的管理人员和工人是如此地害怕，以至于他们以极其低廉的价格为博科圣地组织的车辆提供燃料，并且对发生在那片区域的所有事情都守口如瓶——或者说起码阿比德本人是这么认为的。对于逃脱阿比德的魔爪的人质而言，这家炼油厂从来都不是真正实用的避难所。

迈克尔·纳斯瑞麾下的车队是三辆SUV——前头的那辆车上坐着纳斯瑞、阿克马尔和四名车臣枪手，距离头车一公里远的后方，另有两辆坐满了车臣武装分子的SUV。奎恩亚姆的军用悍马和纳斯瑞乘坐的SUV扬起了路面上的大量尘土，正好令后方的两辆SUV完全隐匿在了这支博科圣地组织分遣队的视线所及范围之外。

在另一条通往同一目的地的丛林道路上，一辆满载着全副武装的海豹突击队员的货运卡车正缓缓驶向一个尼日利亚警方流动检查站。两名身着绿色制服、各佩带一支AK-47突击步枪的警官走出一辆有警用标志的路虎揽胜SUV，谨慎地踱到马路中间去，拦下了货运卡车。他们的谨慎是不无道理的。就在两个星期之前，一群来自博科圣地组织的伊斯兰极端分子对东北部迈杜古里附近一个偏远的军事/警察基地发动袭击，至少造成十三人伤亡，该组织在火力方面优势明显，其余幸存的士兵和警察只得纷纷逃窜保命。

驻守在这个检查站的两名警官外貌差别很大，其中一人是个瘦高个儿，年近五十岁，另一名警官比前者年轻二十岁左右，个头也要矮上一头。他们被卡车刹车时扬起的灰尘团团围住，忍不住咳嗽起来，使劲挥手想扇走面前的扬尘。

尼日利亚国内的警方流动检查站普遍给旅客们带来了不便。它们不会在某个地方运作太久，设立地点经常改变，为的是给予走私者和入侵者猝不及防的打击。坐在卡车驾驶室里的是兼做中央情报局线人的尼日利亚司机，以及身为非洲裔美国人的中央情报局特工，两人互相交换了一个充满焦虑的眼神。

年长的警官跳上驾驶室旁边的踏板，用手中步枪的枪口敲了敲车窗玻璃。卡车司机摆出一副友好亲切的面孔，缓缓将车窗摇了下来。

"你好，警官。"

更年轻也更紧张的警官继续站在路边，以极为警惕的目光注视着坐在卡车驾驶室里的两个人，他的武器已在手边准备就绪。

"你们要去哪儿？"年长的警官用带有浓重口音的英语问道。英语是大多数尼日利亚人的一门公共语言，可并不是所有人都说得好。

司机搬出了预先已编排好的说辞："可可粉工厂。"

"那么你车上装的是什么？"

"全是袋子。用来装可可豆的。"

警官用敏锐的眼神打量着卡车司机，评估着接下来的步骤能否顺利进行，"你知道你得交一笔通行费吗？"

"不知道。"随即司机赶紧补上一句，"不过我会交的。需要多少钱啊？"

警官笑了笑，"你有多少钱呢？"

司机掏出了自己的钱包。站在路边的另一名警官举起步枪，用枪口对准了驾驶室里的司机和乘客。司机将握着钱包的两只手略微举起，好让对方看出他并无意同他们耍什么花招。

"他也要交。"年长的警官抬起下巴，指了指司机身旁的乘客。

话音刚落，中央情报局特工就非常配合地从口袋里掏出厚厚一卷钞票，不想却未曾留意到内中竟夹杂了几张美钞——这名特工昨天才刚刚去了一趟美国。当地警官的脸上顿时露出怀疑的神情。

"你有美钞？"

还好司机反应得快，他试着向警察解释道："他是船运公司的，刚刚随船从美国过来。"

老警官对此并不买账，起码现在他还不接受这个解释。他从踏板上跳下，举起步枪指着驾驶室，"出来！两个人都给我出来。"

车外的动静也传入了卡车的后厢，海豹突击队员们顿时进入到高度戒备状态。置身于封闭货箱内的每一名队员几乎都保持一动不动的姿势，只是将手慢慢挪到了各自的武器上。考尔德有些恼怒地摇了摇头。那么多精兵强将，竟然被两名蛮荒之地的警察拦下了。真是该死！

司机立刻服从指令，打开车门跳到了马路上。非洲裔的美国特工紧随其后，迅速挪到同一侧车门下了车。两人并肩站在卡车旁边，齐齐将双手高举过头。

"警官，有什么问题吗？"司机故作不解地问道。尽管正被枪口指着，他仍竭力让自己听起来和看起来都尽可能显得放松。

当较为年长的警官试图在司机身上搜寻武器和违禁品时，无意间捕捉到后者朝卡车后厢投去了颇为担忧的一瞥。

"注意盯着他。"年长警官用豪萨语方言对搭档说道，还用步枪指了指旁边那名乘客。

年轻警官走上前来，用一根食指死死地扣住步枪扳机，"别担心，交给我好了。"

年长警官用手中的武器推了推卡车司机。"把后面的货厢门打开。"他命令道。

"警官……"

"快给我打开。"

司机别无选择。这两名当地警官，无论其作风是否腐败，看起来都是动真格的。中央情报局特工站在路边，被年轻的警官用枪指着，无法脱身。年长的警官一直催逼着司机，两人一起来到卡车后部。警官命令司机打开货厢双开门的门锁，摆出了不达目的绝不罢休的姿态。货厢内的海豹突击队员们听到了踩在地面上嘎吱作响的脚步声，便纷纷准备好面对一场将临的危机。杀死这些警察将会引发国际争端。不去处理他们，只在必要时杀死他们，同样意味着任务失败。

紧张不安的司机打开了门锁，他在这个过程中发出尽可能多的噪音，以便对货厢里的乘客们予以提醒，同时也以此来遮掩他们所发出的任何响动。司机回头看向警官，等待他的进一步指示。警官用步枪示意他打开厢门，在司机以一个轻快的动作把门打开的当儿，警官却下意识地压低了枪管。

阳光照进了货厢，警官一脸震惊地发现，车内竟有无数支枪的枪口齐齐对准了自己。"大熊"格拉夫斯直直地盯着警官的眼睛，他将一根手指放在自己嘴唇上——嘘。

站在驾驶室旁边的菜鸟警察一直用枪指着中央情报局特工，他无法看到上级在卡车后面遇到了什么事，而且已经好一阵子没听到任何动静，于是他渐渐变得有些焦灼不安。无论他怎样伸长脖子张望，只要不离开身边的俘虏，他就什么也看不到。

年轻人是如此全神贯注于卡车的后面，以至于压根儿就没留意到正缓缓绕过卡车驾驶室来到自己身后的考尔德。考尔德用M4卡宾枪的枪口轻轻抵在了年轻警官的耳边。小伙子愣住了，下意识地将眼睛和嘴巴同时张得老大。他的表情是如此滑稽，竟令中央情报局的黑人特工爆发出一阵爆笑。一场危机就此解除。

第七十五章

尼日利亚

货运卡车沿着一条僻静的泥土路缓缓前行，这条路上全是深深的车辙。卡车驶入一片长满青草、四面被高大林木包围着的空地停了下来，引擎也随即关掉了。海豹突击队员们和后备支援人员从卡车后厢下来，进入目标转移地点。附近一群恼怒的猴子正朝一些绿色的鹦鹉扔粪便，鹦鹉们纷纷扇动翅膀飞走了。

中央情报局特工和线人都留在卡车里面，持枪看守着两名从检查站掳来的当地警察。一老一少两名警官被绳索牢牢地捆缚着，他们得等到本次任务结束之后方可重获自由。"大熊"格拉夫斯队长和另一名参与本次任务的团队队长连同现场技术支持人员一道，就自动化指挥系统的各项基本功能进行试运行，其中绝大部分功能在卡车内部就能实现。

这项工作完成后，格拉夫斯穿越绿草如茵的空地，来到了考尔德和其他队员的聚集点。他们在一棵猴面包树的巨大树荫下完成了一些伸展运动，对武器和装备进行了最后一次检查，还进行了一系列带有迷信意味的仪式，因为他们相信这或许可以帮助大家在接下来的行动中免受伤害。"大熊"本打算在这时候做一个快速祷告的，可他又决定将其推迟，留待团队进入战斗模式、即将出发前往被博科圣地组织占领的村庄之前再进行。但愿他们能在那座村庄找到并救出塔格特，再救出其余人质。

"行动开始的时间大概是在午夜时分，"他向队员们宣告道，"请做好准备。"

太阳依然挂在高空，只比一天中的最高点略微下移了少许。队员们仍有充足的时间进行休息，还可以打个盹儿。

"大熊"仍按照惯例，马不停蹄地对每一个细节问题进行反复检查。另一支团队的队长是一名瘦骨嶙峋的士官长，他有一个让人意想不到的绰号"骡子"。事实上，此人确实拥有骡子这种动物所特有的顽固性情。"大熊"正和"骡子"一道仔细察看着一张地形图，他的无线电通信设备突然响了起来——是任务控制中心发来的通话请求。

"D组请注意，这里是'收割者二号'。注意，有四辆车正沿着一条南北走向的泥土路往北移动。目测是要前往目标村庄。"

一名空军现场技术人员正在寻找"大熊"，只见他带着一台小型军用平板电脑匆匆赶来。他手中的电脑配有粗大的天线，可与任务控制中心的网络相连，从而观测到ISR飞机在其所处区域上空拍摄到的画面。"大熊"看到屏幕上有两辆车正前往目标村庄，在它们之后还跟着另外两辆车，不过后面的两辆车似乎刻意与前车保持着一定的距离。

"D组已收到，'收割者二号'，"格拉夫斯对着麦克风说，"我看到它们了。继续锁定那些车，直到它们远离目标村庄为止。"

考尔德也凑到格拉夫斯身旁，与队长一同观察平板电脑的屏幕。他们看出，行驶在前面的两辆车中，有一辆好像是类似于悍马的中型车，另一辆是SUV。它们驶入包围着废弃村庄的浓密树丛之后，渐渐不见了踪影。不久之后，尾随其后的两辆车——从屏幕上看若非SUV便是路虎越野车——也驶入树丛中，继而消失不见了。格拉夫斯和考尔德仍然紧盯着屏幕，他们认为这些车很快就会驶离村庄，在另一段未被树丛遮蔽的道路上出现。

好几分钟过去了。格拉夫斯的下巴因牙关紧咬而有些酸痛，考尔德的两只拳头一直插在丛林迷彩服的衣兜深处，整个身体都变得僵直。毋庸置疑，一定有一些事情即将发生，可是海豹突击队员们无法在事情发生之前预先知晓。

包括"骡子"在内的其余队员们也聚集在了平板电脑四周。现在，置身于这块空地上的每一个人都明白情况有变，他们的任务计划也得随之改变。该死的"墨菲定律"。

"大熊"转念一想，那四辆车或许只是运送物资或增援人马去目标村庄而已吧。然而，有一个条件却推翻了这种可能性：后面的两辆车与前面那两辆并不是一伙的，它们似乎是在暗地里尾随着前车。

"嘿，还看得见它们吗？""大熊"对着无线电通信设备的麦克风喊话。

"看不见。他们抵达目标区域之后就不见踪影了。"

格拉夫斯和考尔德四目相对。糟糕！这可不妙。

"或许这只是一个无关紧要的小插曲而已。""佛爷"仍抱有希望。

"也许那是一支杀戮小队，正前往村庄去带走人质。"考尔德推测道。

格拉夫斯继续对着麦克风说："'收割者二号'，这里是D组。能在目标区域监听出什么吗？"

"不能。无论进入那片区域的是什么人，他们始终都很安静。"

"大熊"格拉夫斯知道，他得赶紧决断大伙儿究竟是该立即开始行动，还是暂且等待。他在这两个选择之间举棋不定。他心里非常清楚，自己绝对不该因为此次行动事关塔格特而迷失了心智。

考尔德已经做出了判断，"大熊，我们现在就得进那村庄去，不然他们就会把人质带走了。"

"可我们并不了解村子里面的状况。""鱼饵"指出，"而且现在是白天，我们没有任何战术优势。"

"铁血团队"的其余成员以及"骡子"团队的成员们都默默等待着，他们齐齐注视着平板电脑的屏幕，目光迫切，似乎渴望用强烈的意念来改变事态的发展。

"'大熊'？"随着这令人备受煎熬的时刻继续延长，奥尔蒂斯低声开口道,"'大熊',我们此行的目的就是救出'阎王'和那些女孩。"

格拉夫斯点点头,眼下的决定既关乎他自己的利益以及他内心的争战,也关乎其他人的利益,而且程度相当。根本没有唯一正确的答案可循,干他们这行的时常会遇到这样的情况。他推开面前的平板电脑,看了看四周正等着他做决定的海豹突击队员们,每个人的脸上都带着极其严肃的神色。

"我们行动吧,"他宣布道,"立即行动。"

第七十六章

尼日利亚,废弃的村庄

被悬挂在村广场十字架上的"阎王"塔格特已经渐渐失去了知觉。在他下方的村子里,遍布着失修的小屋、歪斜的栅栏和破败不堪的汽车外壳,这是一个已经死去的社区残骸,内中毫无生命的气息。年轻士兵菲利克斯和其余一些博科圣地组织的士兵们在这片残骸中游荡着,如同穿梭于废弃房屋里的蟑螂一般。他们当中一些人靠着咀嚼阿拉伯茶来缓解自己的无聊,另一些人坐在小屋外面的阴影里打盹儿,还有一些人选择坐着观看正在十字架上受苦的海豹突击队员如何慢慢死去。在他们看来,这名异教徒将和其他所有的异教徒一样,死后没法进入天堂,也不会有七十二名处女等着服侍他们。他无疑将被真主安拉直接送入地狱。

在午后阳光最炙热的时候,菲利克斯和其余几名乌合之众奉阿比德之命,割断了捆缚海豹突击队员的绳索,让他从十字架落到了地上。菲利克斯和另外一名卫兵各抓着"阎王"的一条腿,拖着他经过广场,来到了牢房,最后将他扔进了牢笼里。在这期间,娜奥米和三名吓得魂飞魄散的女学生丝毫没有引发他们的注意力,他们压根儿连看都没看一眼。

卫兵刚一离开,娜奥米赶紧朝"阎王"奔去,悲痛欲绝地哭了起来,她认为"阎王"要么已经死了,要么正处于垂死的边缘。骄傲的野蛮人甚至懒得将分隔栅栏的钢筋门给锁上,所以娜奥米推开那扇门,径直来到"阎王"身边跪下,伸出双臂搂着他的头。当她发现他还活着的时候,哭声减弱了些。埃丝特端来了一个装着水的葫芦瓢,娜奥米就着那点存水为塔格特清洗晒得黝黑的面庞,也往他嘴里灌了少量的水。她轻轻摇了摇他的身体，迫切地想让他苏醒过来。

"醒醒啊，理查德，快醒醒！"

"阎王"突然猛吸了一口气，一下子惊醒过来，还试图坐起身来，"女孩们呢？"

她将一只手轻轻放在他的胸口，轻声安抚道："她们都在这儿，很安全。"

小埃丝特又带来了一些水，她坐在"阎王"的另一侧，紧紧握住他的一只手。

这时似有一些车辆驶入了屋外的村广场，低沉的引擎声隆隆作响。娜奥米绷紧了身子，"快听！"

"阎王"集中全部注意力侧耳聆听，屋外陆续传来了好几扇车门开合的声音，村广场似乎也被注入了一些新的生机和活力。他听到了此起彼伏的说话声，还有发号施令的吆喝声，以及穿着靴子的脚四处奔走的声音。借着娜奥米和埃丝特的帮助，他勉强站了起来。他浑身布满了血渍和汗渍，精力几乎消耗殆尽，心脏在胸腔里狂跳着。可就是在这样的情形下，他仍然坚定地认为自己应该竭尽所能地保护这位漂亮的非洲女教师，以及无辜的女学生们。

他们听到有人正靠近牢房，也透过墙上的裂缝隐约瞥见屋外有人影在晃动。不一会儿，牢房的门开了，阿比德站在门中央，他身后的阳光往屋内的地面投下了一道狭长的黑影。

"你的新主人到了。"首领宣告道。

第七十七章

尼日利亚

在"大熊"格拉夫斯看来,眼下事态的发展显得颇为诡异。这座废弃的村庄坐落在一条很少有人使用的道路上,从主路上还延伸出了一条通往炼油厂的捷径。主路向前穿过村庄,继续延展至一片隶属奥科穆国家公园且人迹罕至的地区。这座废弃的村庄应该不具备任何吸引车辆进入其中的理由——除非这些访客与博科圣地组织存在某种关联。

这正是令"大熊"内心备受折磨的原因所在。前面的两辆车——一辆SUV和一辆形似军用悍马的车——径直驶入村庄所在区域后,便从ISR飞机的拍摄画面中消失得不见影踪,并且也没再出现在村庄另一头的道路上。后面的两辆车似是在尾随前车而行,而且同样的情形也出现在了它们身上。自打它们消失在丛林树冠下方之后,便没再现身。无论真相是什么,"大熊"都敢押上一个月的薪水做赌注,认定此事定与"阎王"塔格特及其他人质有关——而且事态绝非向着对其有益的方向发展。

与主要依靠武器数量、人员力量取胜的传统军队不同,美国特种部队主要仰赖训练有素、足智多谋的小型队伍发挥其行动隐秘、善于发动奇袭的特质,与敌人进行近身激战,从而最终取胜。待"白色中队"的海豹突击队员们从目标转移地点出发之后,众人立即兵分两路接近那座被博科圣地组织占领的村庄。两支突袭小组的队员又分散开来,沿着各个不同的方向渐渐围拢村庄,这样便能形成严密的掩护射击网,以相互确保行军安全。"骡子"队长所率领的突袭小组围在外圈,最终从左侧进入村庄。"大熊"和他的团队成员以更快的速度径直向前突进。货运卡车和大部分后备支援人员都隐藏在目标转移地点待命。经尼日利亚政府默许,几架救伤直升机已飞至拉各斯郊外那座被指定为集结待命区的偏僻仓库听候调遣。

海豹突击队员们的任务通常以夜间战斗为主。对他们而言,此番光天化日之下的作战环境绝非制约敌人的最佳条件。不过,那些驶入村庄的神秘车辆,以及车上载着人质杀戮小队的可能性,令此次任务的首领格拉夫斯做出了立即行动的决定。他催促着团队成员们穿越覆盖着热带雨林、有冲沟和翻滚溪流分布其间的崎岖山地。考尔德走在队伍最前头,对行程进行了一番估算:他所在的突袭小组大约需要两个小时方可抵达村庄边缘,"骡子"队长所率领的小组也将在那之后不久从左侧到达,为"大熊"团队的袭击进行掩护。

"铁血团队"的成员们无需过多的敦促便能保持较快的行进速度。这或许是他们最后一个、也是唯一一个救出前队长的机会了。当他们沿着灌木丛生的峡谷壁向上攀爬的时候,"佛爷"奥尔蒂斯受伤的膝盖有些使不上力,他脚下一滑,扑倒在地。

"妈的……"

格拉夫斯回头看着他,眼里流露出担忧的神色。"佛爷"赶紧重新站了起来。

"我没事。"

先头兵考尔德举起一只手来,示意大伙儿停下来聆听附近的动静。起初他认为自己听到了从远处传来的枪火声,不过很快就推断出那不过是猴群窜在树丛间觅食所发出的声响,还夹杂着不远处一座瀑布流动的水声。于是急行军模式再度开启。

考尔德很快又要求队伍再次停下,他环顾了一下四周,问道:"蔡斯去哪儿了?"

"在那儿呢。""鱼饵"应道。说完,他朝着位于队伍侧翼的黑人队员点了点头,后者正呆立在峡谷边缘止步不前。

蔡斯从发呆中回过神来,赶紧做出手势回应考尔德的询问。"大熊"格拉夫斯示意大伙儿继续前行，蔡斯却发现刚刚看到的景象已然烙在自己的脑海里，挥之不去：一名非洲男子被悬挂在离地二米的树枝上，人早就死了，尸体也开始腐烂。他被剥光了衣服，两只手被砍掉了。在他脚下有一堆黑乎乎的灰烬余物，其上躺卧着一名女子和两个小孩被烧焦的遗体，他们看起来是被活活烧死的。

由于这片地区几乎无人居住，所以"大熊"猜测被吊死的男子生前或许是附近那家炼油厂的职员，不知何故成了博科圣地组织手下的俘虏，最终他和他的家人在此惨遭杀害，为的是以儆效尤。这不幸的一家人很快沦为了食腐动物和昆虫的盘中餐。

内心的憎恶和愤怒令蔡斯的胃里一阵翻江倒海。这名年轻的海豹突击队员第一次亲眼目睹了伊斯兰恐怖分子的暴行。求学哈佛的经历并没有让他的内心准备好面对这样的场景。眼下他才切身体会到，为何他的队友们会对杀死圣战分子持漫不经心的态度，并且认为干掉他们就是替天行道。

有人伸过一只手来握了握"穷鬼"的肩膀。"我们要继续前进，"巴克利轻声说道，"让那些混蛋付出代价。"

言之有理。蔡斯继续往前走。巴克利朝那可怕的景象投去了最后一瞥，随即也回到了自己在队伍中应处的位置。

* * *

随着"大熊"的团队渐渐接近废弃村庄的边缘，透过林间的枝叶，村内房屋那生锈而破损的屋顶已依稀可见。"大熊"部署队员们转而采用"蛙跳式前进"的行军策略，其中一半的队员交互向前行进，另一半的队员留在原地对前者实施掩护。紧接着，再轮到前面的队员掩护后面的队员交互前行，如此交替往复，直到整支队伍都安全抵达敌方区域为止。

考尔德和格拉夫斯意味深长地对视了一眼。这里实在是太过安静了，前头的村庄看起来果真彻底被废弃了，内中没有丝毫动静。格拉夫斯在脑子里整理出了几种可能性：恐怖分子在得知他们赶来此地的风声之后，提前带着人质逃跑了；恐怖分子谋杀人质之后逃跑了；恐怖分子从一开始就压根儿没来过这里；一场陷阱已经设好，正等着他们陷落其中……无论真实的情况是哪一种，最关键的问题在于：那四辆驶入村庄的汽车竟然全都消失得无影无踪了。

气氛越来越令人不安。在这寂静的丛林中，唯一能听到的只有队员们的靴子踩在地面断枝落叶上所发出的"嘎吱"声。"大熊"格拉夫斯紧张而生气，奥尔蒂斯也摆出了他在准备迎接挑战时常用的严肃表情，蔡斯的眼前始终浮现出那惨遭灭命后又被弃尸林中的一家人。突然，一只大鸟从"穷鬼"附近的一棵树上翩然起飞，吓了他一大跳。他赶紧蹲伏下来，备好武器准备开枪。这该死的鸟！

这只鸟同样也惊扰到了巴克利和"鱼饵"。他俩朝蔡斯笑了笑，然后自嘲地摇了摇头。

队员们就要走出丛林了，村庄已近在眼前。正在队伍侧翼"蛙跳式前进"的巴克利无意中看到了一个似是新坟的土堆。他谨慎地将武器准备就绪，慢慢靠近村中的第一座小屋。他抬脚跨过一棵倒下的树干，旋即竟僵在了原地。在他脚边的草丛里，趴着一具四肢伸开的尸体。死者是一名非洲人，背上有许多弹孔。仍有鲜血从那些弹孔中往外渗出，可见他是不久前才被击毙的。更重要的是——此人身上穿的正是博科圣地组织士兵的制服。

不远处的奥尔蒂斯也发现了一具尸体，那人同样是被击毙的博科圣地组织士兵。在他正前方，亚历克斯·考尔德从一棵树旁边绕过之后，也停下了脚步。他与格拉夫斯对视了一眼，示意后者跟随自己的目光往下看。只见一个瘦削的孩子脸朝上躺在草丛中。这人正是菲利克斯，阿比德的学徒。子弹击中了他的后背，之后从他的束腰外衣前襟处穿透而出。他的嘴张得大大的，有涎液从中流出，一双眼睛茫然地望着高处的枝叶。他的步枪静静地躺卧在身体旁侧。

这里究竟发生了什么？

这些人大约是在刚刚过去的一小时之内丧命的。从现场情形看来，他们很可能死于出其不意的突然袭击。由于当时运送海豹突击队员的货车离这儿尚有一段距离，再加之丛林中繁茂枝叶的阻隔，他们未能留意到杀戮时的声响，唯独先头兵考尔德曾觉得自己依稀听到了远处传来的枪声。整个过程至多只持续了一两分钟，或许可以被定性为有计划的变节及暗杀。

这时，村子另一头传来了车辆引擎发动的声音，打破了四周的寂静。该死！格拉夫斯与考尔德迅速交换了一个眼神之后，示意突袭小组即刻展开下一步行动。队员们瞬间站成火力战斗队形，冲出丛林，进入村庄。对格拉夫斯来说，尽管他们的前队长生死未卜，但这或许是他们为救他脱离敌手所能做的最后一次拼搏了。

第七十八章

尼日利亚，废弃的村庄

"大熊"格拉夫斯来不及等待"骡子"队长的团队前来协助突袭，他唯一能做的只是与"骡子"保持无线电通话，就其后续参与事宜进行协调，同时率领他自己的团队火速闯入村庄。队员们迅速分散开来，朝着村庄最外围的房子和棚屋靠近，"大熊"示意巴克利带着MK48 7.62重机枪殿后，掩护队友们向前突进。

几具血迹斑斑的尸体散落在村中各个建筑之间。突然，一声枪响从前面传来，奎恩亚姆的头颅被一颗子弹击穿，他颓然倒在地上。一辆蓝色SUV呼啸着从村子另一头钻了出来，径直驶上了通往奥科穆国家公园的道路。格拉夫斯仅仅透过房屋间隙瞥见了它飞驰而过的身影，转瞬它就消失在了漫天的扬尘当中。他压根无法辨认出车上的乘客是何许人也，甚至连人数也无法看清。

格拉夫斯观察到，击杀奎恩亚姆的刽子手和其余一些武装分子留下来并集结成了一支敌后滞留部队，以掩护那辆SUV离开此地。这就意味着那辆SUV里面很可能载有一名高价值目标。可是他和他的团队却对此无能为力，因为他们眼下还有的忙活。

这群长着外国面孔的武装分子聚集在两辆黑色SUV周围，而这两辆车正好挡在了一群建筑间的通路上。格拉夫斯发现，他们身上穿的竟是美国剩余军用物资商店里售卖的那种迷彩战斗制服。更令人惊讶的是，他们并不是非洲人，很可能是东欧人。不过，当他们看到突如其来的海豹突击队时，也是同样的讶异。其中一名武装分子用俄语喊了一句什么，飞快地躲入前头那辆SUV的驾驶座车门后面。随即他端起手中的步枪，对准了海豹突击队员。"鱼饵"用一颗子弹射穿了他的头颅，令其当场毙命。

死者的同伙纷纷躲在两辆SUV的背后或车身下面，用他们的自动步枪朝海豹突击队员发起了猛攻。格拉夫斯和队员们分散开来，以小屋或锈蚀的汽车外壳作为掩护，以火力还击火力。红色和绿色的光束——红色来自好人，绿色来自敌人——在两辆SUV和一座废弃的房屋之间交叉穿梭。子弹纷纷击在木头上、金属上和草丛中，还有一些击中SUV车身后又弹跳起来，呼啸着飞向空中。"穷鬼"蔡斯在激战中击毙了一名敌方士兵。

枪火声震耳欲聋，格拉夫斯朝着无线电通信设备的麦克风大声喊话："这里是D组。我们已和敌军交火。"

在看过这帮武装分子的装束，又听过他们以俄语喊话之后，"大熊"已经猜到了这群神秘士兵的身份。把他们的主要特征加在一起——穿着过时的美军迷彩战斗制服，白种人，讲俄语……他们无疑是车臣人。"大熊"曾在阿富汗与车臣武装分子交过手，当时他们扮演的角色是基地组织和塔利班组织的盟友。他们还被发现曾在叙利亚、伊拉克、非洲及别处的反恐战争中扮演反派，与ISIS组织并肩作战。"阎王"塔格特曾将车臣人与越南战争中的越共游击队进行过一番比较。他曾说，他们属于截然不同的类型。

"他们会战斗到死。他们有更多的激情和更严明的纪律，更不顾惜生命。他们不介意前往任何地方投入战斗。我认为他们并不清楚自己为什么要战斗。他们一生中的大部分时间都在战斗当中度过，随时随地如此。仿佛他们腹中有一团烈火激励着他们这样做一般。"

最令"大熊"感到吃惊的是，此番他们竟然在非洲对抗博科圣地组织。因为从表面上看，这两者都与ISIS组织互为同盟关系。这帮车臣人之所以这样做，并非由于他们此次选择站在正义的一边，从而试图捣毁博科圣地组织在非洲的这一据点。一定有什么变节之事涉入其间。

这起蹊跷事件的催化剂很可能是"阎王"塔格特，或是其他某个人质。除此之外,还能是什么原因呢?如果他们来这儿是为了将塔格特从博科圣地组织手中抢走,那么他们想从他身上得到什么?他们与博科圣地组织中那些相对更不成熟的圣战分子不同,他们肯定知道美国从不支付赎金的惯例。

刚刚驶离的那辆SUV令"大熊"有些不安,从而也令他更加相信他们应该赶紧找到塔格特。不过在那之前,他们还得先对付这帮车臣武装分子。

这些车臣人都是熟练的战士。战斗中的双方都竭力想要打败或击杀对方。这是一场在肾上腺素和睾丸素的刺激下所进行的生死攸关的对抗,其间的每一秒钟都可能令任何一名参与者咽下最后一口气。

两辆SUV旁边的小屋里突然爆发出一连串沉重的枪声,只见一名车臣武装分子的机枪口在小屋深处的昏暗空间闪烁不停。巴克利绕着一栋建筑的侧面匍匐前行,然后用手中的机枪对准那座小屋里面就是一阵猛射。车臣人的机枪仍不断朝屋外吐出子弹,似是想以此来牵制位于一条污水排水沟中的"鱼饵"。

为了寻求更佳的射击角度,"公鹿"握紧手中的机枪,飞快地穿过两栋小屋间的空地。敌方射手的子弹也如影随形般地追着他来到了那块空地。"公鹿"赶紧卧倒,躲在一堆泥砖背后。

几名车臣人在村庄里分散开来,试图分别与海豹突击队员们进行一对一的较量。就在格拉夫斯和考尔德来到两辆SUV附近做好迎战准备时,一名车臣武装分子朝他们扔来一个手榴弹。他俩见状赶紧扑倒在一座棚屋后面的泥地上,手榴弹随即爆炸,发出震耳欲聋的声响。棚屋的一侧被炸毁,弹片和碎块朝四面飞散。

两名海豹突击队员并未受伤,耳朵却被震得嗡嗡作响。他们如同蜥蜴一般,以腹部着地迅速爬向一片长着各式果树的杂树林,以寻求掩蔽。两名车臣人乘胜追击,向前冲向一辆外壳已严重锈蚀的丰田汽车,车子的橡胶轮胎早已腐烂,车身被一个千斤顶托了起来。

原本平趴在果树丛中的"大熊"略微翻身，转为侧卧姿势。如此一来，他便能透过丰田车下方的空隙看到位于车身另一侧的两双脚。他迅速扣动手中M4卡宾枪的扳机，击中了其中一只穿着靴子的脚，一名敌人应声倒地，整个身体都暴露在格拉夫斯的视线之内。这次他瞄准敌人的头部开枪，子弹从车身下方穿梭而过，瞬间打爆了车臣人的脑袋，好似一个被大锤击碎的南瓜。

考尔德以同样的方式处决了车身背后的另一名车臣人。他朝"大熊"莞尔一笑。这些可怜的混蛋永远不知道吸取教训。

随着战斗继续进行，局面渐渐变得对海豹突击队员们更为有利。"佛爷"奥尔蒂斯击倒一个敌人之后，冲刺着避过一阵弹雨，随即俯冲进入了一间敞开着门的小屋。通过屋内的气味，他认为这里无疑是博科圣地组织的营房。他也希望能在这里找准角度干掉一名敌方机枪手，眼下后者正以火力压制着"公鹿"，逼得"公鹿"躲在一个砖堆后面，无法施展拳脚。

可是情况并不顺利。那名机枪手的注意力从"公鹿"转向了"佛爷"。子弹接连不断地朝着奥尔蒂斯所在的小屋射来，被击落的木头碎片飞溅在他脸上，将他的皮肉刺得生疼。他就这样被敌人压制住了，死死地趴在地上不敢乱动。

"佛爷"的举动倒是让巴克利得到了一些疏解，也令他得到了自己需要的契机。巴克利迅速离开面前的砖堆，转而以一座距离目标敌人最近的小屋作为掩蔽物，端起机枪开始射击。屋内传来一声痛苦而凄厉的喊叫，枪声戛然而止，巴克利知道自己击中了目标。

"公鹿"的枪也安静了下来。就在不远处的蔡斯猜测队友或许已用完了子弹，而他先前遵照考尔德的建议，在自己的背包外袋里储备了一条备用弹药带。蔡斯一把扯开外袋上的尼龙搭扣，取出一条7.62毫米口径子弹的弹药带，迅速冲到"公鹿"身边。"公鹿"背靠着房子的外墙站着，一脸震惊地望着新人。

"你快没子弹了吗？"蔡斯问道，因疲累和兴奋而有些喘气。这场实战可比"狂猛集训"险恶多了。

巴克利以探寻的目光看了蔡斯一眼,"不,我还有。"

然而他一时间竟有些站立不稳,抬起手来捂住了身体一侧,"噢,妈的!"

直到这时,蔡斯才看到有鲜血从"公鹿"的手指缝隙往外渗出。"公鹿"喘息着倒在地上,手里仍握着武器。原来,先前敌人的一枚子弹正好通过他的躯干防护板与臀部之间的间隙击中了他的身体,他正渐渐陷入休克,这才是他停止开火的原因。

巴克利处于极其危险的境地,那个击中他的混蛋随时可能再次开枪。蔡斯环顾四周,发现一个家伙正躲在附近一栋房子的拐角往外窥探,并试图将枪口对准"公鹿"。蔡斯迅速朝他开了一枪,那名射手重重地倒在地上一命呜呼了。

接下来,团队的新兵蛋子将巴克利拖到房子背后。"我方有人倒下!位于西南方的房子背后。"他对着头盔式无线电通信设备的麦克风喊话求援。

确保伤员已被安放至安全地点后,蔡斯取下"公鹿"的机枪,快步来到房子拐角,对"公鹿"实施掩护。这时,从被"公鹿"击毙的敌方枪手所在的屋子里匆匆跑出了另一名车臣人,此人显然是从后门进了小屋之后,取走了死去同伴的重型武器。他避开了蔡斯的子弹,朝两辆车身已是弹痕累累的SUV奔去,随后迅速钻到其中一辆车背后躲了起来。

位于另一侧的奥尔蒂斯已经准备好对付他了。他通过装备在M4卡宾枪上的枪榴弹发射器发射出了一枚40毫米口径的枪榴弹。榴弹飞向被车臣人作为掩蔽物的SUV,从松垂的车门留下的门洞飞入车内,然后猛烈爆炸。巨大的冲击力将车臣士兵送上了半空,待他再次回到地面时,已经没了生命气息。

海豹突击队员们四处寻找新的目标。一时间,可怕的寂静笼罩着整个村庄。除了"大熊"的团队以外,这里似乎再无别的生命迹象。战场上随处可见被海豹突击队员击杀的车臣人尸体，还有被车臣人处决的博科圣地组织士兵的尸体。敌我双方的交火已经结束，这场激战仅仅持续了不到五分钟的时间。

匆匆赶来的士官长"骡子"和他的后备团队还来不及参与战斗，一切就已经结束了。"大熊"的团队中有一人受伤——海军军士"公鹿"巴克利。与"骡子"的团队一同赶来的，还有一支空降救援小组。

"公鹿"已陷入半昏迷状态。救援人员取下伤员的防护板，撕开他的迷彩上衣和裤子，露出了身体下侧靠近臀部位置的一处枪伤，殷红的鲜血正不断从那里冒出。这伤势可不轻，伤员的主动脉可能被切断了。

"你看到子弹射出的伤口了吗？"救援人员一面为伤员缠裹野战绷带，一面问奥尔蒂斯。

"佛爷"迅速对"公鹿"身上的其他部位进行了一番检查，"没有。"

"公鹿"的身体开始抽搐，并且剧烈地咳嗽起来，嘴里还喷出了一些血水。

第七十九章

尼日利亚，废弃的村庄

眼下这座废弃的村庄果真成了名副其实的存在，除了暂时停留此地的海豹突击队员，以及在此丧命的人所留下的亡灵，这里便别无他人了。海豹突击队员们对村子里的房屋逐一进行搜查，他们在一些小屋里找到了食物、武器、燃料、衣物以及一些床上用品和个人物品。其中一个屋子里还有几块祈祷地毯和好几本《古兰经》，显然这里曾被用作伊斯兰教堂。一辆平板卡车和一辆军用悍马车停放在一座房子附近，那里看起来既像组织总部，也是某个领袖人物的居所。除了这些，再无别的特征令这座村庄看起来像个勉强宜居之所。它只是一群嗜血而残忍的恐怖分子的临时基地，亟须从地图上被彻底清除掉。"骡子"队长建议他们应该在离开这里之前将其付诸一炬。

考尔德找到了曾用来囚禁塔格特和其他人质的牢房。他留意到这里有一扇装有铁条的小窗户，娜奥米、埃丝特和其他女孩们正是透过这扇窗户目睹了"阎王"在十字架上受苦的经过。考尔德进屋之后，首先看到的是一具背靠墙坐在门边的尸体，此人是一名身型高大、四肢修长的非洲男子，身着博科圣地组织的制服。尸体身旁的地面上放着一把弯刀。与他的其余同伴一样，他似乎也是遭遇了出乎意料的偷袭而丧命的。身为博科圣地组织恐怖分子领袖的阿比德浑身布满了弹孔，他充满了暴力的一生也以同样暴力的方式宣告结束。

一些迹象足以表明曾有多人在相当长的一段时间里被囚于此——一些用来盛水的葫芦瓢、破布片以及泥地上大大小小的脚印。小小的脚印肯定来自那些被俘的女学生,此外还有至少五名成年人留下的稍大一些的脚印。

考尔德走到牢房门口,朝格拉夫斯喊道:"没有人质。"

"大熊"担心人质可能已经被先前那辆快速驶离村庄的SUV载走了。至于"阎王"是否也在那辆车上,这就无从得知了。还有,倘若塔格特果真被那辆车带走了,其原因又何在呢?究竟是出于何种邪恶的目的,才使得他的性命被保全了下来?这一切都是谜,解开谜团的希望非常渺茫。

村庄院子里立着一座巨大的十字架,上面悬挂着血迹斑斑的绳索,这又成为了另一个难解的谜。很明显有人曾被挂在十字架上并遭受折磨,或许实施刑罚者试图以这种模拟耶稣基督重钉十字架的怪异方式来象征基督教已然死在了伊斯兰教手中。可是此地并非髑髅地[①],"阎王"也并非耶稣。倘若他死在了那个十字架上——这种可能性应该也是存在的——是不会再从坟墓里复活的。

内心带着沮丧和失望,格拉夫斯与考尔德一同回到了巴克利身边,救援人员正为伤者忙活着。向来挂在"公鹿"唇边那种略显玩世不恭的笑意已不见了影踪,令他看起来酷似《迈阿密风云》中时髦警探的神采也随之消失了。他的一头乌黑鬈发上沾满了污垢、汗水和鲜血。他面色苍白,毫无生气,一动也不动,缠裹在他身上的绷带已被鲜血浸透了。其余的队员们都围聚在"公鹿"身旁。

"他伤得有多重?"格拉夫斯问救援人员。

"他会一直血流不止吗?"奥尔蒂斯问道。

救援人员深吸了一口气,神情严肃地点了点头,"子弹射入了肋骨之间,有高压性气胸和内出血症状。得尽快进行手术。"

格拉夫斯感觉腹部犹如突然挨了一记重拳,难受极了。他踱到一边,开始联络任务控制中心,"这里是D组。请求派遣快速反应小组。我们急需伤员后送。伤员只有一名,一级伤情,需要进行紧急

[①] 耶稣被钉上十字架的地方。

手术。"

"一级伤情"意味着"公鹿"随时都有生命危险,务必及时接受救治,方有保住性命的可能。

停顿片刻之后,"大熊"补充道:"这里是D组。此次突袭成功,但人质不知去向。"

"公鹿"躺在一块铺开的雨衣上,奄奄一息地等待着。令人欣慰的是,队友们很快便听到了一阵由远及近的隆隆引擎声,一架黑鹰救伤直升机从仓库集结待命区飞了过来。格拉夫斯、考尔德、蔡斯和奥尔蒂斯一人握起雨衣的一角,抬着身负重伤的队友往村广场走去。"鱼饵"已经用一件旧衬衫在那里标记出了着陆区,同时还向不远处的直升机打着手势。村广场四周的建筑以及这块小空地中央的树丛使得直升机无法在指定地点着陆。飞机在半空中盘旋着,激起大量扬尘。这时从飞机敞开的舱门垂下了一根缆绳,绳子末端系着一架轮床。救援人员在考尔德和蔡斯的帮助下,迅速将"公鹿"抬上了轮床。

"大熊"格拉夫斯伫立在原地,他的脑海中再次浮现出亚当斯牧师最近一次的布道内容,听完那次布道之后,他收到了内容为"999999"的呼召短信。当时牧师引用了圣经旧约里先知所说的话。

"耶和华见人在地上罪恶很大……"

待"公鹿"在轮床上被安置妥当之后,考尔德和蔡斯退后几步,看着轮床被渐渐吊起,随行的救援人员握紧了缆绳,与"公鹿"一道被拉向黑鹰直升机的腹部。飞机螺旋桨转动时激起阵阵狂风,刮跑了考尔德头上的丛林帽。

"终日所思想的尽都是恶。"

"公鹿"的队友们眼巴巴地望着渐渐上升的轮床,一想到这或许是他们最后一次见到活着的"公鹿",每个人都深受触动。

"耶和华说:'我要将所造的人和走兽,并昆虫,以及空中的飞鸟,都从地上除灭……'"

格拉夫斯禁不住感到阵阵内疚，因为正是他在尚无确切把握的情况下制订了这次的行动计划。

就在他试图处理自己为"公鹿"和"阎王"滋生出的担忧和悲痛情绪时，他觉出考尔德正看着自己。亚历克斯缓缓走到格拉夫斯身旁，两名海豹突击队员就这么肩并肩地望着"公鹿"与救援人员被拉进机舱。他们仍然伫立在原地，举目望天，直到黑鹰直升机渐渐上升、远离，最终消失在了地平线上。

"因为我造成他们后悔了……"